In Wahrheit war die Sache mit Cinderella ganz anders …

Mitgefangen, mitgehangen

Name: Mayrin Barnaby, 19 Jahre
Besondere Fähigkeiten: -
Grund, weshalb die Prinzen mich auswählen sollten:
Es gibt keinen! Ich möchte mich nicht bewerben.
Das war ein Missverständnis.
Ich bitte um Entschuldigung!
Hochachtungsvoll
Mayrin Barnaby

Schwungvoll setzte ich meine Unterschrift auf das Blatt. Das sollte ja wohl deutlich genug sein!

Die anderen Mädchen schrieben alle noch eifrig. Außer dem Kratzen der Federkiele auf den Bewerbungsbögen war kein Laut zu hören.

Ich schob meinen Bogen von mir weg und lehnte mich zurück. Hinter mir ging gerade einer der Uniformierten vorbei. Eingeschüchtert zog ich die Schultern hoch.

Wie war ich bloß in diese unangenehme Situation geraten?

Ein paar Stunden zuvor …

Ein Flüstern weckte mich, und ich schlug die Augen auf. Die beiden Betten neben meinem waren leer. Auf meinen Ellenbogen gestützt, blickte ich suchend durch die Kammer.

Im blassen Licht des Morgens, das durch das kleine Dachfenster fiel, entdeckte ich meine beiden jüngeren Geschwister Neela und Leo. Sie standen in ihren Nachthemden am Fenster und schauten hinaus, die roten Haarschöpfe dicht beieinander. Wir alle drei hatten nahezu die gleiche Haarfarbe von unserem Vater geerbt. Leo hüpfte aufgeregt auf und ab, was er immer tat, wenn er sich freute.

Noch müde schlug ich die Bettdecke beiseite und trat zu ihnen. Die alten Holzdielen der Dachkammer waren eisig kalt unter meinen nackten Füßen, sodass ich zusammenzuckte.

»Was ist denn los, ihr zwei Schlafräuber?«, fragte ich gähnend und zerzauste beiden das Haar.

»Guck doch, Mayrin, die vielen Fahnen!«, rief Leo aufgeregt und deutete aus dem teils zugefrorenen Fenster. Sein breites Grinsen enthüllte seine doppelte Zahnlücke. »Oh, Mann, ist das toll!«

Tatsächlich. An sämtlichen Masten des kleinen Städtchens Talebridge, und sogar aus einigen Fenstern, wehten blaue Fahnen mit dem königlichen Wappen darauf. Natürlich. Heute war der Tag der Brautschau. Aber damit konnte ich mich jetzt nicht befassen.

»Auf, auf, waschen und anziehen, bevor ihr festfriert! Neela, hol bitte das Wasser von unten!«

Mit fast elf Jahren konnte man meiner Meinung nach so etwas von ihr erwarten. Ich erntete einen missmutigen Blick.

»Immer ich! Leo muss nie helfen!«

»Jetzt stell dich nicht so an!«, schimpfte ich ungehalten und schob sie aus dem Zimmer. Dann schlüpfte ich in meine langen Strümpfe, deren grober Stoff an den Beinen kratzte, flocht meine Haare mit geübten Bewegungen zu einem festen Zopf und steckte sie hoch. Offene Haare geziemten sich in meiner jetzigen Position nicht. Schlimm genug, dass sich trotz aller Mühen ständig störrische Strähnen aus meiner Frisur lösten.

Neela kam kurz darauf mit einem Eimer voll lauwarmem Wasser zurück und knallte ihn, heftiger als nötig, auf den abgenutzten Tisch. Ihre grünen Augen funkelten rebellisch.

Ich atmete tief durch, um angesichts ihrer schlechten Laune nicht die Beherrschung zu verlieren. Mit zusammengebissenen Zähnen kontrollierte ich, dass beide sich gründlich reinigten, und anschließend wusch ich mich selbst. Mittlerweile war das Wasser kalt geworden. *Na wunderbar.*

»Machst du mir die Hose zu, May?«, bat Leo, dessen vollständiger Name eigentlich Leopold war. Aber niemand nannte den kleinen Wirbelwind so. »Dürfen wir nachher mit zum Rathaus?«, plapperte er aufgeregt weiter. »Vielleicht sehen wir ja einen der Prinzen!«

Es war nicht leicht, einem zappelnden Sechsjährigen die Hose zuzuknöpfen.

»Das erlaubt sie bestimmt auch wieder nicht«, maulte Neela, während sie sich ein Kittelkleidchen über den Kopf zog. »Das ist echt fies!«

»Neela, es reicht!«, sagte ich drohend. Vermutlich sollte ich mich freuen, dass sie selbstbewusster wurde, und stolz auf sie sein.

»May, ich hab dich lieb, soooo lieb!«, versuchte Leo, die Situation zu retten, legte seine kleinen Ärmchen um meinen Hals und machte damit alles nur noch schlimmer.

»Pah!«, keifte Neela und feuerte ihr Nachthemd wütend in eine Ecke, wo es an einem (glücklicherweise nicht brennenden) Kerzenleuchter hängen blieb.

Ich musste mich beherrschen, sie nicht anzuschreien, genau, wie ich mich im vergangenen Jahr grundsätzlich bemüht hatte, so ziemlich alle Gefühlsregungen zu unterdrücken. Früher wurde ich oft von meiner Mutter ermahnt, dass ich mein Temperament zügeln müsse. Aber das war vor ihrem Tod gewesen.

»Ich glaube kaum, dass die Prinzen persönlich durch das Land reisen werden«, winkte ich ab. »Tionne wird heute bestimmt nur ihre Bewerbung abgeben. Ihr verpasst also nichts.«

Tionne war meine beste Freundin, die unbedingt an dieser Brautschau teilnehmen und sich um die Hand eines der vier Königssöhne bewerben wollte.

Alle adligen Familien des Landes hatten einen Brief erhalten, in dem stand, dass jedes ungebundene Mädchen zwischen siebzehn und fünfundzwanzig Jahren, welches Interesse an einer Ehe mit einem der Prinzen habe, sich im Rathaus der nächsten größeren Stadt einfinden solle. Doch weil Tionnes Eltern keine Zeit hatten, sollte ich sie heute zum Rathaus begleiten.

Ich blickte Neela und Leo nach, die sich gerade auf den Weg nach unten machten. Es tat mir leid, sie enttäuschen zu müssen, aber ich konnte mich in dem Gedränge, das auf dem Rathausplatz herrschen würde, nicht auch noch um die beiden Kinder kümmern.

Entschlossen strich ich mein dunkles, hochgeschlossenes Kleid glatt und warf einen prüfenden Blick in den Spiegel. Nachdem ich Neelas

Nachthemd vom Leuchter geholt und es ordentlich zusammengefaltet auf ihr Bett gelegt hatte, folgte ich meinen Geschwistern.

Der Duft von frischem Haferbrei schlug uns entgegen. Sallie knetete gerade einen Teig für das Teegebäck und blickte nicht auf, als wir die Küche betraten. Wehmütig dachte ich an die Zeiten zurück, als meine Eltern noch lebten und auch bei uns solche Delikatessen serviert wurden.

»Nehmt euch ’n Apfel dazu«, knurrte die Köchin und stellte drei großzügig gefüllte Schalen Brei vor uns auf den Tisch.

Sallie war kein Freund großer Worte. Dass wir zusätzlich einen frischen Apfel bekamen, zeigte ihre Sympathie für uns besser, als sie es mit Worten gekonnt hätte.

»Danke, Sallie.« Ich holte die Kanne mit Tee, die schon auf dem Herd bereitstand, und goss die dampfende Flüssigkeit in unsere Becher. Meine kalten Finger erwärmten sich, während ich am Tee nippte. Das tat gut.

Leo erzählte Paul, dem Kammerdiener von Mr Conley, währenddessen aufgeregt, dass er unbedingt die Soldaten sehen wolle, die heute für die Brautschau in die Stadt kommen würden. Er redete furchtbar gern und viel.

Neela hingegen war immer noch schlecht gelaunt. Ich würde ihr ins Gewissen reden müssen, damit sie sich wenigstens vor der Herrschaft untadelig benahm. Schließlich hing unsere Zukunft von deren Wohlwollen ab, und wir mussten dankbar sein, dass meine Geschwister mit mir kommen durften, als ich die Stellung hier angetreten hatte. Es war schwer genug gewesen, eine Familie zu finden, die mir überhaupt Arbeit als Gouvernante gab, da ich trotz meiner gestandenen neunzehn Jahre eher wie sechzehn aussah.

Ein Klirren riss mich aus meinen Gedanken. Stöhnend besah ich mir die Schweinerei. Leo hatte wieder einmal mit Händen und Füßen geredet und durch raumgreifendes Herumfuchteln seine Breischüssel vom Tisch gefegt.

Mit erschrockenen Augen, in denen sich Tränen sammelten, schaute er mich an, und seine Unterlippe begann zu zittern.

Es war wirklich zum Verrücktwerden. Ständig passierten Leo solche Missgeschicke. Mal rannte er auf der Straße aus Unachtsamkeit eine feine Dame über den Haufen, mal erforschte er, was Kletten im langen Haar seiner Schwester bewirkten (ich musste ihr anschließend einige Strähnen abschneiden). Und erst kürzlich hatte er versucht, auf die riesige Eiche hinter dem Haus zu klettern. Gerade noch rechtzeitig hatte ich ihn erwischt, als er schon auf einer Holzkiste balancierte, um an die unteren Äste zu gelangen.

»May, du musst dir keine Sorgen machen«, hatte er mir beruhigend erklärt. »Ich bin doch gesichert!«

Dabei deutete er auf das Seil, dessen Ende um seinen Oberschenkel gebunden war. Das andere Ende hatte er allerdings einfach um den Stamm des Baumes geknotet. Ich hatte nicht gewusst, ob ich lachen oder schimpfen sollte, und dann versucht, ihm klarzumachen, dass diese Art der »Sicherung« nicht funktionieren würde.

Und diese Vorfälle waren nur die Spitze des Eisberges.

Ich seufzte und stand auf, um die Scherben zu beseitigen und die Breispritzer wegzuwischen. »Leopold Barnaby, du bist wirklich eine Plage!«, schimpfte ich. »Jetzt hol schon den Lappen!«

Kleinlaut gehorchte er.

»Is schon gut«, brummte Sallie und schob Leo zurück auf die Bank. »Ich mach das.«

Während wir das Malheur gemeinsam beseitigten, kam das Spülmädchen hereingetanzt.

»Hach«, seufzte sie. »Wie gerne würde ich mich auch um die Hand eines der Prinzen bewerben. Das muss ein Leben sein! Nie wieder abwaschen, nie mehr raue, blutige Hände …«

Ich konnte ihren Wunsch nachvollziehen. Nie mehr abhängig sein von den Launen der Herrschaft …

Bis zum Tod unserer Eltern vor drei Jahren waren wir in behüteten Verhältnissen aufgewachsen. Sie waren kleine Landadlige gewesen, die bei unserer Erziehung viel Wert auf gutes Benehmen und Bildung gelegt hatten. Nur dadurch war ich letztes Jahr, als das geerbte Geld zur Neige gegangen war, in der Lage gewesen, die Anstellung als Gouvernante bei den Conleys zu finden.

»Weshalb sind die Namen der Prinzen eigentlich alphabetisch geordnet?«, warf Neela ein und zählte auf: »Alexander, Byron, Caiden, Darion!«

Eine berechtigte Frage, wie ich fand. Vielleicht war das ein kleiner königlicher Witz? Mit leisem Stolz musterte ich die Sommersprossen auf ihrem zarten Gesicht – die besaßen wir alle drei. Ich wünschte nur, dass bei mir die braunen Tupfen verschwinden würden, denn sie ließen sich nicht mit meinem Wunsch nach einem seriösen Aussehen vereinbaren, wie es sich für eine Gouvernante ziemte. Das war wie mit meinem verflixten Temperament. Auch das wollte sich manchmal einfach nicht bändigen lassen.

Ich hatte vorher nie über die Prinzennamen nachgedacht. Überhaupt hatte ich mir bisher wenig Gedanken um die königliche Familie gemacht. Wondringham Castle, deren Stammsitz, lag weit entfernt.

Auch von den anderen Bediensteten war niemand in der Lage, Neelas Frage zu beantworten.

»Vielleicht kann Tionne uns helfen, es herauszufinden«, überlegte ich. »Schließlich möchte sie an der Brautschau teilnehmen. Ich werde sie bitten, die Prinzen danach zu fragen, wenn sie ihnen begegnet.«

»Würden Sie sich nicht auch gern bewerben, Miss Barnaby?«, fragte mich der Kammerdiener grinsend.

»Nein!«, winkte ich entschlossen ab. »Ich brauche keinen Prinzen. Bestimmt sind sie furchtbar selbstgefällig. Eigentlich möchte ich gar nicht heiraten.« Ich dachte an meine verstorbenen Eltern.

»Recht ham Se. Ich war auch mal verheiratet«, brummte Sallie.

Gespannt sahen wir sie an. Die Köchin erzählte sonst nie etwas von sich. Die Aufregung, die wegen der Brautschau unter den Angestellten der Familie Conley ausgebrochen war, schien auch sie angesteckt zu haben und ihre Zunge zu lockern.

»Mein John und ich waren noch Kinder, als unsere Eltern die Ehe beschlossen haben. Die ganze Woche vor meiner Hochzeit hab ich mir die Augen aus dem Kopf geheult. Er war fett, ungepflegt und grob.«

»Oh!«, stieß ich mitfühlend hervor.

»Macht nix, am Ende wurde alles gut. Ein paar Monate später hat er sich bei der Hochzeit von nem Verwandten mit Essen vollgestopft und den Schnaps literweise gesoffen. Dann bekam er Bauchkrämpfe und erstickte im Gebüsch an seiner eigenen …«

Sie hielt inne und blickte zu Neela und Leo, die interessiert lauschten.

»… Jedenfalls werd ich nich noch mal heiraten.« Sie wandte sich wieder dem Teig zu.

»Weshalb wollen die Prinzen eigentlich so überstürzt heiraten?«, unterbrach ich das unbehagliche Schweigen, welches den Worten der Köchin gefolgt war.

»Der König ist schwer krank«, berichtete die stets gut informierte Zofe von Mrs Conley, die ebenfalls mit am Tisch saß. »Die besten Ärzte wurden zum Schloss gerufen, um ihm zu helfen, aber es heißt, dass es wenig Hoffnung gäbe. Er möchte die Erbfolge vor seinem Ableben gesichert wissen. Deshalb will er möglichst schnell für jeden Prinzen eine passende Braut finden.«

»Die Armen!«, sagte ich und war froh, dass ich nicht in deren Haut steckte.

Das Gespräch in der Küche drehte sich immer noch um die Brautschau, als ich mich wenig später erhob und in die Bibliothek ging, um die Kinder der Conleys entgegenzunehmen.

Am späten Nachmittag, nachdem ich den Unterricht beendet hatte, ließ ich meine Geschwister bei Sallie zurück und machte mich auf den Weg, um mich mit Tionne zu treffen. Der eisige Winterwind ließ die blauen Fahnen mit dem Königswappen wild flattern und zerrte an meinem Hut, sodass ich die Schleife unter dem Kinn enger binden musste.

Dass meine Freundin sich näherte, bemerkte ich, ohne sie zu sehen, weil zwei Männern, die ganz in der Nähe flanierten, stehen blieben und sich die Köpfe verrenkten. In der Tat war sie eine Augenweide: schlank und wohlgestaltet, was man selbst unter ihrem Mantel erkennen konnte, riesige braune Augen und ein umwerfendes warmherziges Lächeln.

»Mayrin!« Strahlend lief sie mir entgegen und zog mich in ihre Arme. »Ist das alles nicht furchtbar aufregend?!« Ihre Stimme überschlug sich vor Begeisterung. »Sieh nur mein Kleid!«

Tionne öffnete ihren Mantel und präsentierte mir ihr tief dekolletiertes rotes Gewand. Auf ihren kastanienbraunen Haaren trug sie ein kesses Hütchen mit farblich zum Kleid passendem Band.

»Atemberaubend!«, hauchte ich ehrfürchtig.

Den beiden Herren, die Tionne immer noch anstarrten, fiel beinahe die Kinnlade herunter. Hastig bedeutete ich ihr, den Mantel wieder zu schließen, und zog sie mit mir davon. Tionnes Zofe folgte uns.

»Meinst du, es ist zu auffällig?«, fragte Tionne ungewohnt schüchtern.

Ich schüttelte den Kopf. »Du siehst wundervoll aus. Wenn du so nicht alle Blicke auf dich ziehst, weiß ich auch nicht weiter!«

Ich betrachtete sie kritisch und versuchte, sie mir als Prinzessin vorzustellen. Schön genug war sie allemal. Außerdem war sie wohlerzogen und klug. Und vor allem sehr freundlich. Ich konnte mir durchaus vorstellen, dass einer der Königssöhne Gefallen an ihr finden würde.

»Sieh mal, was ich dabeihabe!« Tionne zog eine Tüte hervor, aus der es dampfte, und hielt sie mir entgegen.

Maronen! Das Beste bei dieser Kälte! Das Wasser lief mir im Munde zusammen, als mir der Duft in die Nase stieg. Ich griff zu. Wir mussten bei den Conleys nicht hungern, aber so etwas Besonderes gab es dort für uns nicht.

»Mmmh, köstlich«, seufzte ich und kaute genüsslich.

Tionne und ich kannten uns schon lange, noch aus den Tagen, als ich ebenfalls ein behütetes Kind aus gutem Hause gewesen war. Sie war genauso alt wie ich. Wenn ich mit ihr zusammen war, fielen die pflichtbewusste Gouvernante und die sorgende Schwester von mir ab, und die echte Mayrin kam zum Vorschein. Doch seit ich arbeiten musste, hatten wir viel zu wenig Zeit füreinander. Trotzdem hatte sie nicht vergessen, wie sehr ich heiße Maronen im Winter liebte.

»Ach, Mayrin, ist es nicht wunderbar, dass ich an der Brautschau teilnehmen darf?!«, jubelte Tionne.

»Nun ja ...« Es fiel mir schwer, ihre Freude zu teilen.

»Im Grunde unseres Herzens sind wir doch alle Prinzessinnen!« Sie machte eine affektierte Armbewegung.

Ich verdrehte die Augen. »Heiraten Prinzen nicht üblicherweise irgendeine Prinzessin oder hochrangige Adlige aus dem Ausland, um die politischen Verbindungen zu verbessern?«, fragte ich, während wir mit zügigen Schritten Richtung Rathaus wanderten.

»Der König hat es ziemlich eilig, scheint mir!«, antwortete Tionne achselzuckend.

»Hat er etwa Angst, dass die Prinzen nicht alleine in der Lage sind, sich eine passende Ehefrau zu suchen?«, machte ich mich lustig. »Vielleicht sehen sie in Wirklichkeit ganz anders aus als auf den Bildern – kleinwüchsig, pickelig oder sie haben Mundgeruch …«

Tionne kicherte.

»Denkst du wirklich, dass du auf das Schloss eingeladen wirst?« Ich vergrub meine kalten Hände tief in den Taschen des Mantels.

»Zumindest wünsche ich es mir«, antwortete sie gelassen. »Ich wäre ja dumm, wenn ich es nicht täte! Denk nur an das aufregende Leben, das wir führen würden! Das Schloss, berühmte Gäste, all der Schmuck und die schönen Kleider!«

»Und nicht zu vergessen, die hässlichen Prinzen!«, fügte ich hinzu.

»Genau! Was meinst du: einer für dich und einer für mich?« Ihre Augen blitzten bei dem Gedanken. Dann sah sie meinen Gesichtsausdruck. »Komm doch bitte mit, Mayrin. Das wird ein großer Spaß!«

Ich schüttelte den Kopf und schnaubte. »Da gibt es ein kleines Problem … oder besser gesagt drei Probleme. Erst einmal: Ich habe gar keine Einladung bekommen …«

Entschuldigend hob ich die Hände. Die Zeiten, in denen ich zu den Mädchen aus gutem Hause gehört hatte, waren unwiederbringlich vorbei.

»… und die Probleme zwei und drei habe ich gerade bei der Köchin zurückgelassen, die den beiden versprochen hat, mit ihnen Soldaten angucken zu gehen.«

Ich deutete in die Richtung, in der die Villa der Conleys lag. Als »Viertens« hätte ich noch hinzufügen können, dass ich mich nicht gerade kompetent fühlte, die Rolle einer Prinzessin auszufüllen. Dafür musste man wohl mehr Schönheit und Charme besitzen – so wie Tionne.

Meine Freundin seufzte. »Ich weiß ja. Aber es wäre zu schön gewesen, mit dir zusammen dort hinzugehen!« Ihr Gesicht nahm einen verschmitzten Ausdruck an. »Wenn ich mir einen Prinzen geangelt habe, dann hole ich euch zu mir auf das Schloss, versprochen!«

Wir kicherten wie kleine Mädchen.

Schon von Weitem hörten wir den Lärm der Menge, als wir uns dem Rathaus näherten. Auf dem Platz davor drängten sich an die hundert junge Damen in hübschen Kleidern und deren Angehörige. Die gespannte Aufregung der Anwesenden war beinahe greifbar.

Als ich die Menschenmassen erblickte, war ich kurz davor, Tionne ihrem Schicksal zu überlassen und mich davonzumachen.

»Dafür habe ich etwas gut bei dir!«, stöhnte ich, während wir uns auf den Platz zwängten.

Grinsend hielt mir Tionne die Maronentüte entgegen.

Endlich ertönte eine Glocke, und ein Herr in Uniform erschien auf der Rathaustreppe. Auf dem Marktplatz wurde es still.

»Meine sehr geehrten Herrschaften«, begann er würdevoll. »Ich bin hocherfreut, zu sehen, wie viele reizende junge Damen sich am heutigen Tag auf den Weg gemacht haben, um sich für eine Verbindung mit einem unserer verehrten Prinzen zu bewerben. Da Sie verstehen werden, dass wir eine gewisse Vorauswahl treffen müssen, bitte ich die Bewerberinnen nun in den großen Ratssaal. Die Angehörigen müssen – so leid es mir tut – im Freien warten. Und nun …«, er machte eine große Armbewegung Richtung Eingangsportal, »… treten Sie bitte ein, meine Damen!«

Es begann ein schreckliches Gedränge hin zum Rathaus, in dem wir Tionnes Zofe aus den Augen verloren.

»Bis nachher! Viel Glück!«, rief ich Tionne zu und wollte aus dem Gewühl fliehen. Aber sie zog mich am Arm mit sich.

»Nur noch bis zum Eingang – bitte, Mayrin!«, bettelte sie. »Lass mich noch nicht allein!«

Ich folgte ihr – innerlich kopfschüttelnd. Diese Hysterie wegen der Prinzen fand ich ein bisschen albern.

Aber je näher wir dem Rathaus kamen, desto mulmiger wurde mir, denn Bewerberinnen, die aus allen Richtungen nachdrängten, schoben mich mit sich. Vom Abschied vor der Treppe konnte keine Rede sein. Ohne Chance auf ein Entkommen wurde ich die Stufen hinaufgedrängt. Verzweifelt versuchte ich, in letzter Sekunde am Eingangsportal zur Seite auszuweichen. Aber ein kräftiger Mann in Uniform hielt mich zurück.

»Dort entlang, Miss«, rief er mir grinsend zu. »Kneifen gilt nicht!«

»Nein! Warten Sie!«, rief ich erschrocken. »Ich bin nicht … Ich darf gar nicht …«

Aber schon schoben mich die Massen ins Innere des Gebäudes. Noch machte ich mir keine Sorgen, denn gewiss würde sich eine Möglichkeit ergeben, das Missverständnis aufzuklären.

Widerwillig folgte ich dem Strom der Mädchen in den großen Saal im ersten Stock des Rathauses. Auch ich bekam vor dem Einlass einen Briefbogen in die Hand gedrückt. Ich winkte ab, aber die Dame mit den Blättern sah mich daraufhin so grimmig an, dass ich nicht wagte, sie weiter zu verärgern.

Im Saal hatte man lange Tischreihen aufgebaut. Wir wurden angewiesen, uns zu setzen und Feder und Tintenfass zu nehmen, die auf den Tischen bereitstanden. Ich schaute mich nach Tionne um, konnte sie aber nicht entdecken.

»Schreiben Sie nun bitte Ihren Namen und Ihr Alter oben auf das Blatt und darunter Ihre besonderen Fähigkeiten. Ganz unten begründen Sie bitte, weshalb die Prinzen gerade Sie auswählen sollten!«

Um mich herum setzte hektische Betriebsamkeit ein. Alle Mädchen bemühten sich, möglichst viel zu schreiben, sicher, um sich gut darzustellen.

Währenddessen sah ich mich weiter nach meiner Freundin um. Ganz am anderen Ende des Saals entdeckte ich sie schließlich dank ihres leuchtend roten Kleides. Ich versuchte, ihre Aufmerksamkeit auf mich zu lenken, aber sie saß völlig vertieft über ihrem Bewerbungsbogen.

»Hören Sie auf zu winken und beginnen Sie endlich!«, fuhr mich ein uniformierter Mann an, sodass ich zusammenzuckte.

Jetzt erst fiel mir auf, dass mehrere Männer zwischen den Tischen umhergingen und die Bewerberinnen genau beobachteten. Eine böse Vorahnung beschlich mich.

»Hören Sie, das ist alles ein Missverständnis.« Ich schob meinen Stuhl zurück und wollte mich erheben. »Ich will gar nicht hier sein und darf es genau genommen …«

Der Uniformierte schnauzte mich an, was mir denn einfiele, ob ich mich für etwas Besseres hielte, und drückte mich energisch auf den Stuhl zurück.

Verdutzt starrte ich ihn an und begann dann eingeschüchtert, mein Blatt auszufüllen.

Nachdem ich meine Unterschrift auf das Blatt gesetzt hatte, unterstrich ich sicherheitshalber den Satz »Ich möchte mich nicht bewerben« zweimal. Das sollte nun wirklich deutlich genug sein!

»Fertig?«, fragte einer der Uniformierten, die zwischen den Tischreihen hin und her gingen und die Bewerberinnen beobachteten.

»Ja, aber Sie müssen wissen, dass …«

Er ließ mich nicht ausreden, sondern entriss mir mein Blatt und ging weiter. Verflixt, warum hörte mir hier keiner zu?

Erstaunt bemerkte ich, dass die Männer nur bei einigen Mädchen das Blatt nahmen. Bei den meisten ließen sie es einfach liegen. Mir wurde eiskalt.

Au weia!, dachte ich. Treffen die etwa schon eine Vorauswahl?

Abermals versuchte ich, einen Mann anzusprechen und ihn darauf hinzuweisen, dass ich gerne gehen würde, aber niemand beachtete mich.

»Meine Damen, ich weiß, dass Sie alle aufgeregt sind!«, ertönte die laute Stimme des Mannes, der schon vor dem Rathaus gesprochen hatte. »Trotzdem muss ich Sie bitten, nun zu schweigen und den weiteren Ablauf nicht zu stören.«

Als sein drohender Blick mich traf, sank ich verschämt in mich zusammen.

»Folgende Damen kommen jetzt bitte zu mir!« Er warf einen Blick auf das erste Blatt in seiner Hand. »Miss Bernadetta Kennington, Miss Mary Galtrim, …«

Ich musterte die jungen Damen, die zu ihm gingen, und wusste: Das waren die Kandidatinnen. Jede von ihnen war gepflegt und besonders hübsch. Mittlerweile waren es sechs.

Wenn sie aus jeder größeren Stadt des Landes so viele Mädchen wählen, kommt für die Brautschau eine ganz schöne Anzahl von Kandidatinnen zusammen, dachte ich und hörte im selben Moment: »… Miss Tionne Healing …«

Was? Sie war genommen?! Ich stieß einen wenig damenhaften Jubelschrei aus und warf meiner Freundin eine Kusshand zu. »Erobere dir einen Prinzen, Tionne!«

Sie schaute überrascht zu mir hin und strahlte dann über das ganze Gesicht. Der Redner räusperte sich missbilligend und warf mir einen weiteren warnenden Blick zu.

»Wenn wir nun bitte fortfahren könnten …«

Ich bemühte mich wieder um Haltung, freute mich aber unbändig für Tionne. Doch dann schoss mir ein schrecklicher Gedanke durch den Kopf: Wenn sich einer der Prinzen tatsächlich für sie entscheiden sollte, würden wir uns vermutlich nie wiedersehen können. Ich schluckte.

»… und Miss Mayrin Barnaby.«

Ich erstarrte.

»Mayrin Barnaby?«, wiederholte er.

Jetzt wäre der beste Zeitpunkt, um das Missverständnis endgültig aufzuklären oder klammheimlich zu verschwinden. Doch wie gelähmt saß ich da und starrte den Sprecher an.

»He, das sind doch Sie!« Einer der Uniformierten tippte mir von hinten auf die Schulter.

Ich schüttelte den Kopf. Wäre ich doch nur unsichtbar!

»Natürlich sind Sie Miss Barnaby, ich habe Ihren Bogen doch eingesammelt! Stehen Sie schon auf und zieren Sie sich nicht so!«

Hatte denn niemand gelesen, was ich auf mein Blatt geschrieben hatte?!

Verlegen sah ich in die verständnislosen Gesichter um mich herum. Oh, wie peinlich!

Ich sprang auf und flüchtete geradewegs zum Ausgang. »Ich will keinen Prinzen heiraten«, murmelte ich mit hochrotem Kopf.

Doch die Frau, die am Eingang die Blätter verteilt hatte – die mit dem bösen Blick –, ergriff meinen Arm und führte mich zu den sieben Kandidatinnen. Der Gesichtsausdruck, mit dem sie mich jetzt bedachte, war noch finsterer.

»Bitte! Ich …«

»Machen Sie hier nicht so einen Aufstand! Wir haben nicht ewig Zeit!« Sie hielt mich fest, als ich mich weiterhin sträubte.

»Hören Sie, ich bin …«

»Wir haben jetzt schon siebzehn Städte hinter uns, und jedes Mal ist so eine Querulantin wie Sie dabei! Das ist doch nicht zu fassen! Wenn es nach mir ginge, würde ich Sie einfach hier lassen.«

»Ja, bitte! Das alles ist ein Irrtum!«

Doch sie ignorierte meine Worte und redete einfach weiter: »Drei Städte pro Tag! So geht das schon die ganze Woche. Sogar morgen, am

Sonntag, müssen wir noch in einer Stadt nach Möchtegern-Prinzessinnen Ausschau halten!«

Ich klappte meinen Mund wieder zu. Keine Chance.

Sie schob mich neben die anderen Mädchen, die mich abfällig, ja fast feindselig musterten. Aber dann entdeckte ich Tionne.

»Mayrin!« Sie streckte die Hand nach mir aus und zog mich mit einem breiten Lächeln neben sich.

Der Redner sah an meiner schlichten dunklen Kleidung herunter und warf dem Uniformierten neben sich einen fragenden Blick zu. Der zuckte nur die Schultern.

»Bitte, folgen Sie mir, meine Damen!«

»Kannst du denen nicht sagen, dass ich hier nur aus Versehen bin?«, fragte ich Tionne flehend. »Auf mich hört niemand!«

Man schob uns hinter dem Mann her. Im Weggehen vernahm ich, wie jemand den anderen Mädchen dafür dankte, dass sie dagewesen seien, und ein paar gewählte Worte darüber verlor, dass man nun einmal leider, leider nicht alle der bezaubernden Damen nehmen könne.

»Ach, komm schon, Mayrin! Es ist doch fantastisch, dass wir zusammen sind!« Tionne ließ meine Hand nicht los und zog mich mit sich. Ihre Augen leuchteten voll Vorfreude. »Stell dir vor: Vielleicht angeln wir uns beide einen Prinzen!«

Wir wurden durch einen Gang geleitet, der zu einer Hintertreppe führte.

»Himmel, Tionne!«, fauchte ich, mittlerweile ernsthaft besorgt, dass ich hier nicht mehr herauskäme. »Was soll denn bitteschön aus Neela und Leo werden?! Hast du darüber einmal nachgedacht?!«

»Oh nein!« Tionne blieb so abrupt mitten auf der Treppe stehen, dass das Mädchen hinter ihr gegen sie rannte und beide fast die Stufen herunterstürzten.

»Könnten Sie bitte weitergehen?!«, erklang es genervt von hinten, und wir setzten uns wieder in Bewegung.

»Natürlich helfe ich dir.« Tionne drängelte sich zu dem Redner nach vorn, der jetzt an einem Hinterausgang stand. »Entschuldigen Sie, bitte?«

Er sah noch nicht einmal zu ihr hin.

»Sir?« Sie tippte ihm auf die Schulter.

»Rein mit Ihnen!«, befahl er.

Anstatt ihr zuzuhören, packte man Tionne um die Taille und hob sie in eine geschlossene Kutsche, die direkt vor dem Hinterausgang stand.

»He!«, protestierte sie überrascht.

Im selben Moment wurde ich ebenfalls gegriffen und in den Wagen gestoßen.

»Was soll das?«, kreischte ich erschrocken und trat nach dem Mann, der den Wagen hinter uns Mädchen verschließen wollte. »Lassen Sie uns wieder heraus!«

Doch schon wurde die Tür zugeschlagen.

Dunkelheit.

Für einen Moment herrschte verstörtes Schweigen.

Dann zogen die Pferde mit einem Ruck an, und wir purzelten hilflos übereinander. Wie alle anderen rief ich verzweifelt um Hilfe und schlug mit den Fäusten gegen das Holz, bis meine Hände schmerzten.

Nach und nach verstummten wir. Irgendwann bat das Mädchen neben mir höflich: »Entschuldigung, könnten Sie bitte Ihren Fuß von meinem Rock nehmen?«

Wir alle bemühten uns, so gut es ging, unsere Gliedmaßen wieder zu sortieren und uns einen Platz an der Wand zu suchen. Langsam gewöhnten sich meine Augen an das Dämmerlicht.

»Weshalb transportiert man uns in einem Gefängniswagen weg?«, fragte eine zarte Stimme von der gegenüberliegenden Wand.

»Ich konnte noch nicht einmal meinen Eltern ›Auf Wiedersehen‹ sagen!«, schluchzte ein anderes Mädchen.

»Meint ihr, man hat uns entführt und wir fahren gar nicht zum Schloss?«

Alle redeten aufgeregt durcheinander.

»Mayrin?«, hörte ich Tionnes Stimme.

»Hier!« Ich spürte, wie sie sich neben mich zwängte und meine Hand nahm.

»Hast du auch Angst?«

»Natürlich! Ich muss dringend zurück!«

»Hoffentlich kann jemand meine Eltern beruhigen! Die machen sich bestimmt schreckliche Sorgen. Wo willst du denn hin? … Mayrin?«

Ich tastete mich zur Tür, um nach einem Fluchtweg zu suchen.

»Au! Das war meine Hand!«

Ich entschuldigte mich und suchte fieberhaft nach einer Möglichkeit, die Tür zu öffnen. Schließlich resignierte ich. Das Mädchen mit der zarten Stimme hatte recht gehabt, es musste sich um einen Gefängniswagen handeln. Es gab keine Möglichkeit, herauszukommen.

Ich hatte keine Ahnung, weshalb man uns hier hereingesteckt hatte, aber mir schossen die schlimmsten Befürchtungen durch den Kopf.

Waren das wirklich Männer des Königs gewesen? Wohl kaum bei deren unglaublichem Verhalten uns gegenüber.

Aber würde es tatsächlich jemand wagen, uns sozusagen vor den Augen der Eltern zu entführen? Und wenn ja: weshalb? Wollte man Lösegeld? Oder sogar Schlimmeres?

Ich konnte es mir beim besten Willen nicht erklären.

»Wenn eine von uns die Gelegenheit zur Flucht bekommt, muss sie sie ergreifen, egal, was mit der anderen passiert«, flüsterte Tionne mir zu, nachdem wir bereits einige Zeit unterwegs waren. »Dann kann wenigstens eine Hilfe holen.«

Ich wusste, dass sie mich meinte. Ich war schon immer die Flinkere von uns beiden gewesen. Mühsam schluckte ich und bemühte mich, in dem holpernden Wagen eine einigermaßen erträgliche Sitzposition zu finden.

Als wir nach stundenlanger Fahrt endlich anhielten, waren wir nur noch ein verängstigter Haufen junger Mädchen, weit davon entfernt – ganz abgesehen von mir –, sich als zukünftige Prinzessinnen zu fühlen. Es stank nach Angstschweiß, und ich hatte schrecklichen Durst.

Jemand öffnete die Wagentür. Endlich frische Luft! Ich hielt Tionnes Hand fest umklammert. Draußen war es mittlerweile Nacht geworden. Bewaffnete Männer zerrten uns aus dem Wagen und schoben uns durch ein geöffnetes Tor. Ich hatte keine Möglichkeit, zu erkennen, wo wir waren. Alles ging zu schnell, und es war so dunkel.

Aber dies kann die letzte Chance zur Flucht sein!, dachte ich. Sind wir erst einmal hinter den hohen Steinmauern verschwunden, sitzen wir sicher in der Falle.

Ich nahm all meine Kräfte zusammen und riss mich los. Nur fort! Sie hatten schon so viele Mädchen, da würde eines mehr oder weniger doch nichts ausmachen! Aber kaum hatte ich ein paar Schritte in die Dunkelheit getan, da packte mich eine Pranke. Riss mich zurück. Ich schnappte nach Luft. Hier mussten wirklich überall Wachen herumstehen!

»Wir sind doch keine Schwerverbrecher! Dazu haben Sie kein Recht!«, rief ich, holte aus und trat dem Mann mit aller Kraft gegen das Schienbein.

Überrascht stöhnte er auf und ließ mich los. Ich nutzte die Möglichkeit, schnellte zur Seite und … prallte gegen einen Mauervorsprung, den ich in der Dunkelheit übersehen hatte.

Benommen sackte ich zu Boden, doch schon hatten mich zwei Männer gepackt und zerrten mich unnachgiebig zu einer Tür, aus der ein schwacher Lichtschein drang. Ich protestierte schwach, aber niemand nahm davon Notiz.

Sie schleiften mich eine Treppe hinunter. Ein dunkles Gewölbe, massive Türen. Durch eine davon wurde ich gestoßen. Ich taumelte, stürzte auf die Knie, kroch so schnell ich konnte weg. Da waren noch andere Mädchen. Dann fiel die Tür hinter mir zu, und ich vernahm das Geräusch eines Schlüssels, der im Schloss umgedreht wurde.

Zitternd kauerte ich an der Wand und rang nach Atem. Mein Kopf schmerzte.

»Mayrin?«, sagte eine vertraute Stimme.

Ich schluchzte auf, als Tionne mich in ihren Arm zog. Sie hielt mich, bis ich wieder in der Lage war, meine Umgebung wahrzunehmen.

Sie hatten uns acht Mädchen aus Talebridge in einen Kerkerraum mit rohen Steinwänden und schmalen Fenstern in vier Metern Höhe geworfen. Es roch unangenehm nach feuchtem Stein. Zum Glück war es nicht kalt, und eine Fackel steckte in einer Halterung an der Wand und beschien unser armseliges Grüppchen mit rötlichem Licht.

Mehrere Mädchen klammerten sich wimmernd aneinander. Eine kreischte hysterisch und hämmerte gegen die Tür. Aber niemand kam, um zu helfen. Tionne hockte neben mir und starrte finster vor sich hin. So ernst hatte ich sie noch nie erlebt.

Es musste sich um einen Irrtum handeln oder um einen Albtraum. Das hier konnte einfach nicht wahr sein. Alle – mit Ausnahme von mir – hatten nichts Schlimmeres getan, als ihre Bereitschaft zu bekunden, die Prinzen kennenzulernen!

Vor meinem inneren Auge sah ich Leo und Neela, die sich ebenso verschreckt aneinanderklammerten, wie wir es taten. Sie waren ganz allein, ohne die große Schwester, die für sie sorgte. Würde sich jemand bei den Conleys um sie kümmern? Mein Magen verkrampfte sich vor Sorge um die beiden.

Seit mein Vater mit meinen beiden Brüdern, die nach mir geboren worden waren, bei einem Schiffsunglück ertrunken war und meine Mutter sich kurz darauf das Leben genommen hatte, lastete die Verantwortung für den Rest der Familie auf meinen Schultern.

Lange Zeit war meine einzige Gefühlsregung zu meiner Mutter hilfloser Zorn gewesen. Wie hatte sie ihre Kinder einfach so im Stich lassen können? Mit knapp sechzehn war ich auf einmal für zwei jüngere Geschwister verantwortlich gewesen.

Dann kamen die Geldprobleme, die meine gesamte Kraft forderten. Zwar hatten wir einen sogenannten Vormund, doch der war ein verarmter Cousin und an Schnaps, aber herzlich wenig an unseren Belangen interessiert. Die Situation hatte es erfordert, dass ich schnell erwachsen werden musste, und meistens gelang es mir ganz gut, wie ich fand, das Leben mit meinen Geschwistern zu meistern. Aber in diesem Moment hätte ich mich am liebsten wieder in die Arme meiner Mutter geflüchtet. Wäre ich bloß nicht mit Tionne zum Rathaus gegangen! Hätte ich doch mit mehr Nachdruck darauf bestanden, wieder hinausgelassen zu werden!

Tränen brannten in meinen Augen, aber ich blinzelte sie weg. Jetzt war nicht der passende Moment, um die Nerven zu verlieren. Ich musste stark und aufmerksam sein, um den richtigen Augenblick zur Flucht nicht zu verpassen. Ich hatte die Pflicht dazu, die Verantwortung für meine Geschwister! Und es war nicht meine Art, kampflos aufzugeben.

Ich bemühte mich, meinen Hut zu richten, aber der war hoffnungslos zerdrückt. Ich zitterte. Jedes Geräusch ließ mich zusammenzucken.

Was wollten die bloß von uns?

Geprüft

Es wurde eine lange Nacht. Angst und nagender Hunger zermürbten mich. Sie hatten uns seit dem Nachmittag nichts zu essen gegeben, nicht die allerkleinste Brotkante. Nicht einmal etwas Wasser hatten sie uns gebracht, was sich bei mir durch bohrenden Kopfschmerz bemerkbar machte. Den anderen schien es nicht besser zu ergehen. Von Zeit zu Zeit wimmerte eines der Mädchen neben mir. Ich bemühte mich, ihr Mut zuzusprechen, aber was konnte ich schon sagen?

Einmal war mir, als hätte ich jemanden an einem der Fenster hoch über uns gesehen, doch das Dämmerlicht konnte mir auch einen Streich gespielt haben. Ich zog meinen Mantel enger um mich. Tionne war an die Wand gelehnt eingeschlafen und stöhnte ab und zu leise im Traum. Die Fackel erlosch. Ich verlor jegliches Zeitgefühl.

Ich zuckte zusammen, als auf dem Flur schwere Schritte zu hören waren. Mehrere Männer näherten sich. Wollten sie zu uns? Was würden sie … Mühsam kam ich auf die Beine.

»Tionne!« Ich rüttelte an ihrer Schulter, bis sie erwachte, und half ihr auf.

Ich fühlte mich entsetzlich hilflos und spürte, wie mir kalte Angst den Rücken hochkroch. Auch die anderen Mädchen standen nach und nach auf. Ein Schlüssel wurde im Schloss gedreht, dann schwang die Tür auf. Das Licht mehrere Fackeln blendete uns. Mit Säbeln bewaffnete Männer stürmten in die Zelle, griffen nach den vier Mädchen, die der Tür am nächsten standen, und zerrten sie mit sich.

Als die Tür hinter ihnen zufiel, herrschte im Kerker stummes Entsetzen. Alles war viel zu schnell gegangen, als dass eine von uns hätte reagieren können.

»Verdammt!«, murmelte Tionne schließlich erschüttert.

Ich konnte nicht antworten, weil ich vollkommen damit beschäftigt war, Luft zu bekommen. Wir hielten uns an den Händen, als könnte uns das helfen. Tionnes Hand war so eiskalt wie meine.

Panik überrollte mich, als ich wenig später die Schritte der Männer wieder näherkommen hörte. Unkontrolliert zitternd drückte ich mich an die Wand. Diesmal würden sie uns holen, und es gab keine Möglichkeit, sich zu wehren, keine Chance, zu fliehen.

Abermals öffnete sich geräuschvoll die Tür. Sie kamen allein. Ohne die vier Mädchen. Oh Gott! Was hatten sie mit ihnen gemacht?

Einer von ihnen packte mich mit erbarmungslosem Griff und zwang mich vorwärts. Sein Atem erklang drohend an meinem Ohr.

Sie schleppten uns durch die Gewölbe in einen fensterlosen Raum. Heftig sog ich den Atem ein, als ich erkannte, wo wir uns befanden. Mein Herz raste, und mir war übel.

An den Wänden hingen metallene Geräte, Schellen, Seile, Schwerter, Stachelrollen. Daneben standen ein mit Nägeln gespickter Stuhl und ein Feuerkorb. In der Mitte des Raumes sah ich einen Tisch mit einem großen Rad an einer Seite. Und dieser Geruch …

Das war eindeutig eine Folterkammer.

Ich hatte nicht gewusst, dass es so etwas noch gab. Und ich hätte viel darum gegeben, wenn mir dieses Wissen weiterhin verborgen geblieben wäre. All die armen Seelen, die hier gepeinigt worden waren, erschienen vor meinem inneren Auge. Ihre Schmerzen, das ganze Blut …

Ein schrilles Kreischen riss mich in die Wirklichkeit zurück. Es war eines der beiden fremden Mädchen aus Talebridge. Das andere sank soeben in Ohnmacht, wurde aber im letzten Moment von einem der Soldaten aufgefangen, die mit tief ins Gesicht gezogenen Fellmützen und ausdruckslosen Gesichtern um uns herum standen.

Ich fühlte mich, als hätte jemand alle Luft aus meiner Lunge gepresst. Trotzdem straffte ich mich. Meine Würde war das Einzige, was mir blieb. Ich rang um Konzentration. Was sollte das Ganze?

Tionne, die dicht bei mir stand, bemühte sich ebenfalls um Haltung. Mit gerunzelter Stirn musterte sie die Männer. Dem Mädchen neben ihr gelang das nicht. Zitternd und schluchzend klammerte es sich an Tionne.

Irgendetwas lief hier entsetzlich falsch.

Meine Gedanken rasten. Wie hatte man uns vor den Augen der Angehörigen entführen können? Die Kutsche war nicht schnell gefahren, man hätte uns eigentlich ohne Probleme auf jedem halbwegs gesunden Pferd einholen können. Und wer nahm es auf sich, acht adlige Mädchen zu entführen und sich mit deren gesamten Familien anzulegen? Es war einfach nicht logisch!

Und weshalb sollte man uns foltern wollen?! Keine von uns hatte meines Wissens etwas Böses getan. Weshalb sollte man unschuldige junge Frauen so quälen und ihnen absichtlich Angst einjagen, es sei denn … Natürlich!

Endlich begriff ich: Die Auswahl war bereits in vollem Gange und man versuchte, uns zu testen!

Konnte das sein? Solch eine unglaubliche Behandlung bei adligen Damen, von denen vier potentielle Prinzessinnen waren? Das war reichlich merkwürdig, gelinde gesagt.

Ich überlegte hin und her, aber ich fand keine andere sinnvolle Erklärung.

»Das ist vielleicht eine Prüfung!«, flüsterte ich Tionne zu.

Dass sie mich gehört hatte, zeigte sie nur dadurch, dass sich ihre Augen weiteten, als sie mich ansah. Dann nickte sie fast unmerklich.

Ich atmete tief durch. Wenn ich recht behielt, dann schreckten diese Leute vor nichts zurück, um die Bewerberinnen auf ihre Prinzessinnen-Qualitäten zu überprüfen. Aber es würde auch bedeuten, dass sie uns nichts antun wollten.

In mir regte sich Wut. Unglaublich, was wir uns hier gefallen lassen mussten!

Als weiterhin nichts geschah, hielt ich die Ungewissheit nicht länger aus, und mein Zorn ließ mich jede Vorsicht vergessen. Obwohl ich am ganzen Körper bebte, ergriff ich gespielt forsch das Wort.

»Mit Verlaub, wir können hier natürlich noch ein wenig länger die Ausstattung bewundern. Ich weiß allerdings nicht, wie es Ihnen geht, meine Herren, aber ich persönlich hatte eine harte Nacht, habe Durst und benötige dringend saubere Kleidung.«

Der auf meine Worte folgende Moment eisigen Schweigens ließ mich zweifeln. Hatte ich mich doch geirrt, und würde mich meine freche Äußerung nun den Kopf kosten?

Unwillkürlich zog ich die Schultern hoch und war kurz davor, mich hinter Tionne zu verstecken. Doch dann hörte ich hinter mir ein Geräusch, das nach einem unterdrückten Lachen klang, und anschließend eine Klappe, die geschlossen wurde. Ich fuhr herum und entdeckte ein winziges Fenster, durch das man uns anscheinend beobachtet hatte.

Kurz darauf wurde die Tür geöffnet, und ein älterer Herr mit Vollbart betrat die Folterkammer. Seine Augen blitzten. Er trug einen blauen Hut mit drei riesigen Federn darauf und ein farblich dazu passendes Gewand aus festem Tuch. Weil auf seinem mächtigen Bauch das Wappen der Königsfamilie prangte, wirkte er wie eine lebende Fahne. Um seinen Hals lag eine ausladende Krause, und sein Schnauzbart war kunstvoll in Form gezwirbelt.

»Meine Damen …«, dröhnte seine Stimme so kraftvoll durch den Raum, dass wir zusammenzuckten, »… ich denke, wir können dieser kleinen Scharade ein Ende bereiten.«

Fassungslos starrte ich ihn an. Kleine Scharade? – Hatte er das, was wir an Schrecken und erniedrigender Behandlung in den letzten Stunden über uns hatten ergehen lassen müssen, gerade wirklich so bezeichnet? Uns so zu ängstigen! Was glaubte er denn, wer er war? Nur mühsam gelang es mir, mich zu beherrschen.

»Im Namen von König Osbert, Königin Theodora und den Prinzen begrüße ich Sie hier im Wondringham Castle und danke Ihnen für Ihr Interesse an unserem Auswahlverfahren.«

Erzürnt schüttelte ich den Kopf und schnaubte, was mir einen warnenden Blick von Tionne einbrachte. Dieser Mann wollte nach all dem, was man uns angetan hatte, einfach so weitermachen? Ohne sich wenigstens zu entschuldigen?! Ich atmete tief durch und presste die Lippen zusammen.

Das in Ohnmacht gefallene Mädchen war wieder zu sich gekommen und durfte sich auf einen Hocker setzen – einen normalen Hocker, ohne Stacheln auf der Sitzfläche … Ein Soldat reichte ihr einen Becher Wasser.

»Bei insgesamt mehr als zweihundert jungen Damen, die im ganzen Königreich ausgesucht wurden – und es werden heute im Laufe des Tages noch ein paar dazukommen –, verstehen Sie sicherlich, dass nicht alle Bewerberinnen in das Schloss einziehen können. Daher sahen wir uns gezwungen, diese – zugegebenermaßen ein wenig ungewöhnliche – Vorauswahl zu treffen. Eine zukünftige Prinzessin des Reiches muss jedoch in der Lage sein, in jeder Situation die Haltung zu wahren, und sei sie noch so angsteinflößend.«

Er machte zu einem Wachmann eine auffordernde Handbewegung und bekam zwei Geldbeutel gereicht, die er den beiden Mädchen übergab, die mit uns hierhergekommen waren.

»Für Ihre Unannehmlichkeiten erhalten Sie diese Entschädigung, und natürlich werden Sie in einer königlichen Kutsche nach Hause geleitet.«

Das klang zwar schon viel netter, aber immer noch brannte in meinem Magen der Zorn. Nur mühsam konnte ich eine scharfe Bemerkung unterdrücken.

»Ihre Angehörigen wurden bereits über Ihren Verbleib informiert, als Sie Ihre Heimatstadt verließen. Es ist also allgemein bekannt, wo Sie sich gegenwärtig aufhalten.«

Na, wenigstens das! Aber hatte irgendjemand so klug kombiniert, dass auch mein plötzliches Verschwinden mit der Brautschau zusammenhing, und die Familie Conley und auch meine Geschwister informiert?

Der Bärtige geleitete die beiden Mädchen aus dem Raum hinaus.

»Warten Sie, Sir! Ich nehme auch lieber das Geld!«, rief ich ihnen hinterher.

Er sah sich schmunzelnd zu mir um, als hätte ich einen guten Witz gemacht, und ging einfach weiter.

»Ich meine das ernst!«, erklärte ich den Soldaten, aber niemand beachtete mich. Das schien zur Gewohnheit zu werden.

Stattdessen führten zwei der Wachen Tionne und mich eilig zu einem Waschraum, der ein Stockwerk höher lag. Wahrscheinlich wurden schon die nächsten Bewerberinnen in die »Folterkammer« geschleppt.

Im Waschraum sah es schon viel einladender aus. Durch ein großes Sprossenfenster fiel Tageslicht herein. Es gab eine Brunnenschale, in die Wasser floss, und sogar einen riesigen Spiegel, in dem man sich von Kopf bis Fuß betrachten konnte.

Ich warf einen Blick auf meine Aufmachung und seufzte. Mein ohnehin nicht vorzeigefähiger Mantel war zerknittert und beschmutzt. Auf dem Rock prangte ein Schuhabdruck.

Aus der Anzahl der Mädchen, die nach und nach mit ebenfalls leicht verwirrtem Gesichtsausdruck den Waschraum betraten, konnte ich schließen, dass es mehrere Gefängniszellen geben musste.

Viele kicherten, und es war mir nicht ganz klar, ob es Vorfreude oder Erleichterung war. In meinen Ohren klang es ein wenig hysterisch. Ich jedenfalls fühlte mich tief erschöpft, da ich die ganze Nacht über kein Auge zugetan hatte.

»Was denkst du, wie es jetzt weitergeht?«, fragte Tionne, nachdem wir unseren Durst gestillt hatten.

»Bestimmt folgt bald eine weitere bösartige Prüfung.«

Ich half Tionne, ihren Hut zu richten. Das Gedränge und Getuschel im Waschraum nahm zu.

»Vielleicht ein kleines Wettrennen im Park?«, witzelte ich, wobei mir eher zum Schreien zumute war. »Wer als Erste bei den Prinzen ist?«

»Hör auf damit, Mayrin! Du machst mir Angst!« Tionne lachte und zupfte an einer Strähne, die sich aus meinem Zopf gelöst hatte. »Komm, ich helfe dir mit deiner Frisur.«

»Nicht nötig«, bedankte ich mich. Wenn ich so schnell wie möglich zu meinen Geschwistern zurückkommen wollte, musste ich den denkbar schlechtesten Eindruck erwecken, damit niemand auf die Idee kommen würde, mich hier behalten zu wollen. »Ich kann ja hoffentlich bald zurück nach Hause. Wenn ich geahnt hätte, dass eine Ohnmacht oder ein wenig Hysterie ausgereicht hätte …«

Doch Tionne ignorierte meine Worte, steckte mir die Haare ordentlich fest und wischte mir Schmutz aus dem Gesicht.

»Fertig«, sagte sie endlich. »Ich möchte mich schließlich für meine beste Freundin nicht schämen müssen!«

Als wir hinaustraten, empfingen uns die Morgensonne und eisige Winterluft. Das Ganze wirkte auf mich wie ein Guss kalten Wassers und brachte mein Gehirn wieder zum Arbeiten. Ein Blick zurück zeigte, dass wir in einem Turm gewesen waren, der zu einem imposanten Schloss gehörte.

Wondringham Castle. Der Stammsitz der Königsfamilie.

Ehrfürchtig betrachtete ich die mächtigen Mauern und verspürte den leisen Wunsch, einmal in meinem Leben durch dieses Schloss zu spazieren.

Alle Mädchen, die die Kerker- und Folterkammerprüfung erfolgreich überstanden hatten, wurden in den weitläufigen Schlosspark geführt. Die Szenerie war so unwirklich: etwa zwanzig leicht derangiert aussehende Mädchen in ihren stark verschmutzten besten Kleidern, die fröhlich schwatzend die verschneiten Wege entlangspazierten, als wäre nichts gewesen. Hier ein für den Winter stillgelegter Springbrunnen, dort ein lauschiger Pavillon – es hätte alles so schön sein können!

Da wir uns relativ frei bewegen konnten, gingen Tionne und ich an der Mauer des Parks entlang und suchten nach Ausgängen. Doch an jedem Tor waren Wachen postiert. Ich war mir nicht sicher, ob sie uns beschützen oder festhalten sollten. Auch über die Mauer würde ich nicht entkommen können, sie war viel zu hoch. So kehrten wir unverrichteter Dinge zurück und beobachteten, wie die letzten jungen Damen aus dem Gefängnisturm traten.

Dienerinnen – jede von ihnen trug ein besseres Gewand als ich – kamen und reichten uns heißen Würzwein und kleine Brötchen. Ausgehungert und durstig, wie wir waren, langten wir gierig zu. Das Gebäck war frisch, sogar noch warm. Ich genoss das knusprige Gefühl in meinem Mund.

Als ich eine der Dienerinnen ansprach und fragte, an wen ich mich wenden müsse, um nach Hause zu können, sagte sie, dass ein solches Gespräch erst am kommenden Tag möglich wäre, da zunächst einmal die Vorbereitungen zur Brautschau abgeschlossen werden müssten.

Im gleichen Moment erklang eine Fanfare, und der Mann mit dem Federhut trat aus dem Turm heraus und bat um Ruhe. Alle kamen näher und warteten auf das, was er zu verkünden hatte.

»Der Herold!«, flüsterte neben mir ein Mädchen mit wunderhübschen hellblonden Locken ihrer Nachbarin zu.

»Meine Damen, Sie werden nun in Kürze die Ehre haben, der Königin zu begegnen und ein paar Worte mit ihr zu wechseln. Dazu stellen Sie sich bitte in einer Reihe am Tor auf. Ich werde Ihnen ein Zeichen geben, wenn Sie vortreten dürfen.«

Ein aufgeregtes Getuschel setzte ein, während sich aus den Mädchen nach und nach eine geordnete Reihe bildete. Weil ich nicht wusste, was ich sonst tun sollte, reihte ich mich ebenfalls ein. Schritt für Schritt rückten wir in der Schlange vor. Schließlich waren wir bis in den Vorhof gelangt, und Tionne war an der Reihe. Ich wünschte ihr viel Glück. Hoffentlich würde auch die Königin merken, was für eine wunderbare Frau sie war!

Tionne war die beste und loyalste Freundin, die man sich nur denken konnte. Ich rechnete ihr hoch an, dass sie mich nicht fallen gelassen hatte, seit ich nur noch eine Gouvernante war, sondern mich weiterhin wie ihresgleichen behandelte. Im Gegensatz zu vielen anderen alten Bekannten, die plötzlich auf der Straße die Seite wechselten, wenn sie mich erblickten.

Ich rieb mir die klammen Finger und trat von einem Fuß auf den anderen. Je länger ich von meinen Geschwistern getrennt war, desto unruhiger wurde ich.

Während des Wartens bemerkte ich, dass die Mauer am Vorhof so niedrig war, dass man hinüberklettern könnte. Unauffällig beugte ich mich über die Mauer. Oh! Auf der anderen Seite ging es mehrere Meter in die Tiefe bis zum Schlossgraben.

Ein Wachmann unterbrach meine Erkundungen und geleitete mich in den Innenhof. Staunend sah ich mich um. Filigrane Türmchen, kunstvoll verzierte Balkongitter, große geschwungene Bögen. So prunkvoll hatte ich es mir nicht vorgestellt. Für die Königin hatte man einen prächtig verzierten Stuhl nach draußen getragen und ihn mit Fellen gepolstert, damit sie es bequem hatte.

Sie blickte mir in würdevoller Haltung mit einem freundlichen Lächeln entgegen. Ihre dunklen Haare waren zu feinen Löckchen arrangiert, und sie trug ein großes Diadem. Ich hatte vorher noch nie in meinem Leben solch ein wunderschönes, bestimmt sehr wertvolles Schmuckstück gesehen und war beeindruckt. Neela und Leo würden Augen machen, wenn ich davon erzählen würde!

Als ich schließlich vor Königin Theodora stand, war ich unsicher, wie ich mich verhalten sollte. Zaghaft machte ich einen Knicks.

»Guten Morgen, meine Liebe«, begrüßte sie mich freundlich, »wie ist Ihr Name und woher kommen Sie?«

»Ich bin Mayrin Barnaby aus Talebridge, Eure Majestät«, antwortete ich und überlegte, wie ich der Königin sagen sollte, dass ich sofort nach Hause musste.

»Was ist das Beste in Ihrem Leben?«, unterbrach sie meine Überlegungen.

»Meine Familie«, sagte ich ohne Zögern.

»Und weshalb sind Sie hier?«

Diese Frage überrumpelte mich. Was glaubte sie denn, weshalb sich hier all die Mädchen drängten? (Nun gut – vermutlich alle außer mir.)

»Weil mir keiner zuhören wollte«, antwortete ich wahrheitsgemäß und reckte mein Kinn.

Die Königin wirkte erstaunt. Gerade wollte ich zu einer ausführlicheren Erklärung ansetzen, da deutete sie schon mit der Hand auf eine Tür. »Bitte gehen Sie dort entlang.«

Damit war unser Gespräch beendet, und ein Diener führte mich durch ein Portal in das Schloss.

Einmal mehr hatte mir niemand zugehört.

Zu erschöpft, um Widerstand zu leisten, folgte ich dem Diener durch einen Gang, der mit Wandteppichen und Gemälden geschmückt war, zu einem riesigen Saal, in dem sich bereits einige Mädchen aufhielten.

Fasziniert blickte ich mich um. Große Bogenfenster ließen jede Menge Licht herein, das von unzähligen Spiegeln reflektiert wurde und eine kunstvolle Stuckdecke beschien. Der Parkettboden war so glatt gebohnert, dass man darauf hätte ausrutschen können. Prächtige Kronleuchter und üppige Blumenarrangements rundeten das beeindruckende Bild ab.

Und dann dieser Geruch! Kaum zu beschreiben – ein Duftgemisch von Blumen, Holz, Kerzen und Bohnerwachs … einfach majestätisch.

Ich schluckte eingeschüchtert.

Auch hier standen Wachen – unauffällig, aber präsent –, deren Anwesenheit erneut jeden Fluchtversuch im Keim erstickte.

Erleichtert entdeckte ich Tionne. Mit einem strahlenden Gesicht stürmte sie auf mich zu und umarmte mich.

»Mayrin! Ist es nicht wundervoll hier?«

Schmunzelnd löste ich mich von ihr. »Ist dieser Wahnsinn nun endlich vorbei oder geht es noch weiter?«

Sie zuckte mit den Schultern und zog mich in eine Ecke. »Ich glaube, dass sie es gern spannend machen und es genießen, uns im Unklaren zu lassen!«

»Wie überaus liebenswürdig von ihnen …«, konnte ich mir nicht verkneifen und seufzte. »Hauptsache, ich kann bald wieder zurück nach Talebridge!«

Das Feuer in den Kaminen sorgte für wohlige Wärme, die meine Müdigkeit noch verstärkte. Ich zog meinen Mantel aus und legte ihn mir über den Arm.

»Wann bekommen wir endlich die Prinzen zu sehen?«, fragte Tionne sehnsüchtig. »Ich will wissen, ob sich der ganze Ärger gelohnt hat!«

»Hab ich's nicht gesagt?«, flüsterte ich ihr hinter vorgehaltener Hand zu. »Sie werden möglichst lange versteckt gehalten, um die Bewerberinnen nicht zu verschrecken. Sie haben Pickel und Mundgeruch!«

Hinter mir ertönte ein ersticktes Husten. Erstaunt wendete ich den Kopf. Einer der Soldaten stand ganz in der Nähe und hielt sich die Hand vor den Mund. Ein dunkelhaariger junger Mann mit harten Gesichtslinien und markanten Wangenknochen. Für einen winzigen Moment traf mich der Blick aus hellwachen Augen.

Ich war mir nicht sicher, ob er meine Bemerkung gehört oder sich nur verschluckt hatte. Stirnrunzelnd musterte ich ihn. Machte er sich etwa über mich lustig? Aber er blickte bereits wieder mit unbewegter Miene geradeaus.

Nun betrat der Herold den Saal. Sofort verstummten die Gespräche, und gespannte Aufmerksamkeit zeigte sich auf den Gesichtern. Auch ich war trotz meiner Erschöpfung neugierig.

»Sehr geehrte Damen, Sie dürfen nun Ihre Zimmer beziehen!«

Für einen kurzen Moment herrschte überraschte Stille, doch dann brachen die anderen elf übrig gebliebenen Mädchen in ein schrilles Jubeln aus, das mich veranlasste, mir verzweifelt die Ohren zuzuhalten.

Um Himmels willen! Hörte dieser Albtraum denn nie auf? Ich konnte mich hier doch nicht einquartieren lassen! Stöhnend befreite ich mich aus Tionnes Griff, die versuchte, mit mir im Kreis zu tanzen.

Bis es dem Herold endlich gelang, wieder Ruhe und Ordnung herzustellen, verging einige Zeit. Dann wurden jeweils sechs Mädchen abgezählt und hinausgeführt. Tionne ließ meine Hand nicht los, und so durften wir zusammenbleiben.

Als ich an dem Wachmann vorbeikam, der das komische Geräusch gemacht hatte, zuckte dessen Mundwinkel.

Man brachte uns im Nordflügel unter – leider dem Teil von Wondringham Castle, der am weitesten vom Schlosstor entfernt lag, wie ich enttäuscht feststellen musste. Gemeinsam mit vier anderen Mädchen führte uns eine junge Frau nach oben.

»Ich bin Fanny, Ihr ganz persönliches Zimmermädchen«, stellte sie sich vor. »Ich werde für Sie während Ihres Aufenthaltes in Wondringham Castle zuständig sein und mich bemühen, Ihnen jeden Wunsch zu erfüllen.« Sie öffnete uns eine Tür.

Unser Zimmer empfing uns mit warmen Creme- und Ockertönen und war genauso schön wie der Teil des Schlosses, den ich bisher gesehen hatte. Vier große Betten mit geschnitztem Kopfteil standen an der Wand aufgereiht. Dazwischen hatte man zwei weitere Matratzen auf den Boden gelegt. Die werden wohl nicht lange benutzt werden, vermutete ich. Sprossenfenster ließen Licht herein, daneben hingen schwere Vorhänge. Es gab einen doppelten Schminktisch mit zwei zierlichen Stühlchen davor und eine gemütliche Sitzecke. Auf dem Tischchen standen eine große Schale mit Obst und eine Wasserkaraffe mit Gläsern bereit.

»Wenigstens sorgen sie für eine behagliche Unterkunft, nach diesem rüden Empfang!«, flüsterte ich Tionne zu.

»Am Ende des Ganges finden Sie die Toilette und den Waschraum, wenn Sie sich frisch machen möchten«, erklärte Fanny. »Ich werde Sie in einer halben Stunde zum Mittagessen abholen.«

»Müssen wir dort so erscheinen?«, fragte eines der anderen Mädchen entsetzt und deutete auf ihr ehemals weißes Kleid, das an der Rückseite eine hässliche graubraune Farbe angenommen hatte.

»Leider ja«, sagte Fanny mit entschuldigendem Gesichtsausdruck. »Aber ich verspreche Ihnen, dass Sie anschließend die Möglichkeit erhalten werden, sich umzuziehen. Es wird kein Mitglied der königlichen Familie beim Essen anwesend sein – Sie müssen sich also keine Sorge um Ihr Aussehen machen.«

Nachdem sie sich noch unsere Namen notiert hatte, wollte das Zimmermädchen geschäftig weitereilen. Ich hielt sie auf und nutzte die Gelegenheit, um ihr zu erklären, dass ich dringend nach Hause müsse und dass nicht nur wegen der Art und Weise, in der man uns hierher geschafft hatte.

Fanny sah mich mitleidig an und sagte: »Ich bin leider nicht befugt, eine Entscheidung zu fällen. Doch ich verspreche Ihnen, sobald ein wenig Ruhe eingekehrt ist, werde ich mit den Verantwortlichen reden, und wir werden eine schnelle Lösung für Sie finden. Sie sehen ja selbst, wie es hier gerade zugeht!«

»Aber …«, begann ich, doch Fanny eilte bereits nach draußen.

Ich seufzte. Dann musste ich eben selbst eine Lösung finden. Ich hoffte inständig, dass Neela und Leo alleine zurechtkamen, bis ich wieder bei ihnen sein konnte. Aber spätestens morgen früh, wenn üblicherweise mein Unterricht begann, würde es Probleme geben. Wie lange würden die Conleys bereit sein, meine beiden Geschwister durchzufüttern, wenn ich meiner Arbeit nicht nachkam? Die Zeit drängte.

»Das hier nehme ich!«, rief eine wunderhübsche Rotblonde namens Cecilia, die sehr selbstbewusst auf mich wirkte, und ließ sich auf das Bett direkt am Fenster fallen.

»Aber da wollte ich schlafen!«, fauchte die kurvige Rose mit den kastanienbraunen Haaren.

Ich musste schmunzeln. Es ging schon los. So viele Mädchen auf einem Haufen, die alle dasselbe wollten – da war Streit vorauszusehen.

»Ich nehme eine von den Matratzen, da ich quasi nur auf der Durchreise bin«, sagte ich, wurde aber nicht weiter beachtet.

Während die anderen die Schlafstätten untereinander aufteilten, begab ich mich auf die Suche nach dem Waschraum … und einem Ausgang aus diesem vermaledeiten Schloss. Tionne winkte mir kurz zu, während sie das Bett direkt an der Tür in Beschlag nahm.

Auf dem Gang blickte ich mich neugierig um. Auch hier: Stuck, Parkett und goldgerahmte Bilder. Große Fenster öffneten sich zur Galerie über dem Innenhof. Leider waren Wachen an beiden Enden des Flures postiert. Regungslos standen sie in Nischen.

Gemeinsam mit zwei Kandidatinnen aus einem anderen Zimmer erreichte ich den Waschraum. Ich stutzte: Sie mussten Zwillinge sein. Beide hatten dieselben zarten Gesichter und glänzende mittelblonde Haare.

»Oh! Wie schön! Guck dir mal das Brunnenbecken an, Alice! Ist das echtes Gold?«, rief eine von ihnen begeistert. Sie stellte sich mir als »Kathleen« vor.

Ich musste ihnen recht geben. Auch hier war alles sehr luxuriös und großzügig. Zu Hause hatte es so etwas Exotisches wie Wasser, das von ganz allein in eine Schale floss, nicht gegeben. Eigentlich schade, dass ich diesen Luxus nicht lange würde genießen können.

Nachdem ich mich erleichtert hatte, kehrte ich in das Zimmer zurück und legte mich auf die übrig gebliebene Matratze. Tionne hatte mir den Platz direkt neben sich frei gehalten.

Die anderen Mädchen mutmaßten, wie die Prinzen wohl aussahen und sich verhalten würden. Die gemeinsam überstandenen Strapazen hatten bewirkt, dass sich alle gleich untereinander duzten, obwohl dies nicht der Etikette entsprach.

Ich beteiligte mich nicht am Gespräch. Mir waren die Königssöhne herzlich egal, denn ich hatte wirklich andere Sorgen. Vor Erschöpfung nickte ich für einen Moment ein. Doch schon kurze Zeit später kam unser Zimmermädchen, um uns abzuholen.

Sie führte uns durch lange Gänge zu einem Turm. In einem kreisrunden Saal waren sieben Achtertische für uns eingedeckt. Viele der Plätze waren bereits besetzt, und so empfing uns ein Stimmengewirr, als fände ein Fest statt. Die meisten Mädchen trugen saubere Kleider. Das waren wahrscheinlich diejenigen, die schon länger auf dem Schloss weilten.

»Ist es nicht schön hier?«, flüsterte Tionne mir zu, während wir uns zwei freie Stühle suchten, und deutete auf die graublaue Stoffbespannung der Wände und die bemalte Decke.

Ich nickte. Mittlerweile war ich so müde, dass ich nicht mehr in der Lage war, meine Umgebung gebührend zu würdigen. Ich wollte nur noch nach Hause in mein Bett.

Als alle Platz genommen hatten, trugen Diener riesige Platten mit Speisen auf. Jede sicherlich köstlich, aber ich hatte nicht viel Appetit. Tionne unterhielt sich lebhaft mit ihrer anderen Sitznachbarin. Wie durch einen Nebelschleier nahm ich einige Gesprächsbrocken der Mädchen am Tisch wahr.

»Meinst du, dass der Richtige für dich dabei ist?«

»Hast du die Arme mit den dicken Lippen da hinten gesehen? Die hat doch keine Chance!«

»Wonach werden sie wohl bei der Auswahl gehen?«

»Ich hoffe, dass die Prinzen keine Langweiler sind!«

Die Stimmen verschwammen in meinem Kopf zu einem undurchdringlichen Brei. Mühsam würgte ich ein paar Bissen hinunter und konzentrierte mich darauf, dass mein Kopf nicht auf den Teller sank.

Nach dem Essen hatte Fanny noch eine Überraschung parat. Sie brachte uns zurück nach oben, öffnete dann jedoch die Tür zum Raum direkt neben unserem Zimmer. Weil ich als Letzte müde hinter den anderen hergeschlurft war, begriff ich zunächst nicht, weshalb meine Zimmergenossinnen so laut quietschten, seufzten und kicherten.

Dann sah ich es ebenfalls: Es war ein Ankleidezimmer mit einem bodentiefen Spiegel an der Wand, gefüllt mit hübschen Tageskleidern, märchenhaften Ballkleidern, Hüten, Tüchern, Bändern, Schuhen und allem, was man benötigte, um für jeden Anlass passend gekleidet zu sein. Überall Rüschen, Seide, Tüll, Spitze und Volants – ein Traum für jedes Mädchen mit Prinzessinnenambitionen.

Ich gähnte und blinzelte, um meine Augen offen zu halten.

»Jeweils zwei Zimmer teilen sich einen Ankleideraum«, erklärte uns das Zimmermädchen. »Später, wenn sich die Zahl der Teilnehmerinnen weiter verringert hat, werden Sie maßgeschneiderte Kleider erhalten. Bis dahin müssen diese genügen.«

Genügen? Ha! Das hier war überwältigend!

Die Begeisterung der anderen, die bereits aufgeregt in den Regalen und an den Kleiderstangen wühlten, steckte mich an, und ich strich über den Stoff eines grün schillernden Kleides. Er fühlte sich hauchzart an. So ein Kleid hatte ich noch nie gesehen. Schade, dass es für mich keine Gelegenheit geben würde, es zu tragen.

Erschöpft rieb ich mir über die Stirn und verließ den Raum, gefolgt vom mitleidigen Blick des Zimmermädchens. Tionne bemerkte es gar nicht, so beschäftigt war sie damit, einen ausladenden Hut mit Schleier aufzuprobieren.

Der Wachmann auf dem Gang warf mir einen erstaunten Blick zu, als ich an ihm vorbeiging, bevor sein Gesicht wieder den wohl üblichen regungslosen Ausdruck annahm. Sollte er doch denken, was er wollte, es war mir gleichgültig.

Ich musste dringend wieder zu Kräften kommen. Im Zimmer rollte ich mich auf meiner wunderbar weichen Matratze zusammen und fiel fast augenblicklich in einen tiefen Schlaf.

Problem gelöst

Als Tionne an mir rüttelte, kam ich wieder zu mir. Mein Kopf brummte, und ich hatte Mühe, die Orientierung wiederzuerlangen.

»Wo … Was ist los?«

»Du musst dich ankleiden, Mayrin, es gibt bald Abendessen, und wir sollen in Abendgarderobe erscheinen. Oh Gott, ich bin so aufgeregt!«

Und dann fiel es mir wieder ein: das Schloss, die Prinzen und … Leo und Neela!

»Wie lange habe ich geschlafen?«

Ich schoss in die Höhe, was mein Kopf mit heftigem Schwindelgefühl quittierte. Dass die anderen Mädchen zurückgekommen waren und begonnen hatten, sich umzuziehen, hatte ich nicht mitbekommen.

»War Fanny wieder hier? Hat sie schon gesagt, wann ich nach Hause kann?« Meine Stimme klang schrill, weil ich durch das Fenster die bereits untergehende Sonne erkennen konnte.

Die anderen Mädchen warfen sich verständnislose Blicke zu. Sie mussten mich für verrückt halten.

Tionne schüttelte den Kopf. »Leider nein. Aber weißt du, was?«, rief sie aufgeregt. »Ich habe gehört, dass wir morgen den Prinzen vorgestellt werden! Stell dir das mal vor! Den Prinzen!«

»Wunderbar«, antwortete ich mäßig begeistert. »Sie werden dir zu Füßen liegen!«

Tionne lächelte geschmeichelt und strich über ihr zartgelbes Abendkleid. »Ach, ich wünschte, wir könnten das hier zusammen erleben.«

»Hilf mir lieber bei meiner Garderobe! Wenn ich schon einmal im Leben die Chance habe, ein solches Abendkleid zu tragen, will ich das auch tun.« Ich deutete auf ihr Gewand.

Tionne gab einen glücklichen Jauchzer von sich und zerrte mich hinter sich her in den Ankleideraum. »Ich mache dich zur Prinzessin, du wirst schon sehen!«

Eine halbe Stunde bearbeitete sie mich, bürstete mir die Haare, steckte sie hoch, tupfte Farbe auf Lippen und Wangen und hüllte mich in ein leichtes eisblau geblümtes Gewand, das sich im Rücken schnüren ließ. Gleichmütig ließ ich sie gewähren. Schließlich drückte sie mir ein Paar hochhackige Schuhe in die Hand und befahl mir, sie anzuziehen.

»Die nicht«, widersprach ich zum ersten Mal. »Mit so etwas kann ich nicht laufen!«

»Du musst«, sagte sie gnadenlos. »Ich kann das Kleid so eng schnüren, dass es dir passt, aber ohne hohe Schuhe ist es zu lang!«

Widerwillig gehorchte ich und probierte ein paar wacklige Schritte. »Das wird nicht gut gehen …«, prophezeite ich.

»Ach was. Schau dich an!« Sie zog mich vor den Spiegel.

Das zarte Wesen, das ich erblickte, konnte nie im Leben ich sein! Meine Augen schienen zu leuchten, meine Haut schimmerte rosig, als käme ich von einem Nachmittag im Schnee, und das Kleid betonte die sanften Rundungen meiner Brust und fiel dann weich bis zum Boden. Wie bei einer Lady.

»Oh!«

Tionne zupfte mit zufriedenem Gesicht an meinen Haaren herum. »Gut?«

»Großartig!«, flüsterte ich und drehte mich zögernd hin und her. Das Kleid schwang elegant mit. »Und du meinst nicht, dass man zu viel von meinem Busen sieht?« Unsicher zupfte ich an meinem Dekolleté.

»Nein«, entschied meine Freundin gelassen und schob mich auf den Flur. »Das kommt dir nur so vor, bei den hochgeschlossenen Säcken, die du sonst immer trägst!«

Ich warf ihr einen bösen Blick zu.

In diesem Augenblick kam auch schon unser Zimmermädchen, um uns erneut in den runden Saal zu führen. Wieder bekamen wir eine erlesene Auswahl an Speisen vorgesetzt. Austern, Hummer, Wachtelpasteten, Braten … Das war hier wohl an der Tagesordnung. Obwohl ich immer noch keinen Appetit hatte, zwang ich mich, einige Bissen herunterzuwürgen.

Meine Gedanken wanderten während des Essens zu Neela und Leo. Sie sollten eigentlich um diese Zeit zu Bett gehen. Neela durfte immer noch ein wenig lesen, und Leo würde sich mit seinem abgewetzten

Kuscheltier im Arm zusammenrollen und versuchen, die Nachtruhe hinauszuzögern, indem er vorschob, dass er noch einmal Pipi machen müsste, noch eine Umarmung bräuchte oder Durst hätte.

Vorgestern um diese Zeit war ich noch gemeinsam mit ihnen in der Dachkammer in Talebridge gewesen und hatte Leos Hose am Knie ausgebessert. Es fühlte sich an, als wäre es länger her, so viel war in der Zwischenzeit geschehen.

Bedrückt nippte ich an meinem Kristallglas. Nie zuvor hatte ich solch einen köstlichen Wein getrunken. Ein Schauer durchfuhr mich bei dem süßen Prickeln in meiner Kehle. (Nun gut, wenn man es genau nahm, hatte ich in meinem Leben bisher nur wenige Male von Wein kosten dürfen. So etwas gab es bei den Conleys für uns natürlich nicht.)

»Luxus ist eine wunderschöne Dreingabe im Leben, aber viel wichtiger ist doch die Liebe!«, philosophierte eines der Mädchen an unserem Tisch.

»Für mich ist Reichtum schon wichtig«, widersprach eine andere, »Ich würde keinen Mann wollen, der mir nicht einen vernünftigen Lebensstandard bieten kann!«

Erneut nahm ich einen großen Schluck von meinem Wein. Den brauchte ich jetzt, um das Geschwätz zu ertragen.

»Genau! Und er sollte mir kleine Aufmerksamkeiten mitbringen. Das muss nicht teuer sein, aber immer nur Blumen ist auf die Dauer ja langweilig!«

Die hatten Sorgen! Ich warf Tionne einen genervten Blick zu, aber sie war ganz mit ihrem Hauptgang beschäftigt. Also leerte ich stattdessen frustriert mein Weinglas und übte mich in Geduld.

Meine Schuhe drückten, daher streifte ich sie im Schutz des langen Tischtuches ab, während ein Teller mit unterschiedlichen Nachtischhäppchen vor mir abgestellt wurde.

Ich probierte vom Fruchtparfait mit Himbeersoße und konnte nicht anders, als leise zu seufzen. »Mhm!« Genüsslich lutschte ich den Löffel ab. Für einen Augenblick vergaß ich meine Ängste.

»So kann es für immer bleiben!«, sagte Tionne schließlich zufrieden, lehnte sich zurück und tätschelte ihren Bauch. »Das Essen ist hier wirklich hervorragend.«

In diesem Moment wurde die Tür geöffnet, und unsere Gespräche verstummten. Der Herold trat ein. Gespannt erwarteten wir, was er diesmal zu sagen hatte.

»Meine Damen, ich hoffe, das Mahl hat Ihnen gemundet. Leider muss ich Ihre Konversation unterbrechen, denn es hat sich eine Planänderung ergeben.« Er machte eine kleine Pause, um die Spannung zu steigern, was ihm auch gelang, wie ich an den neugierigen Gesichtern um mich herum bemerkte.

»Bitte folgen Sie mir jetzt in den Thronsaal, ich möchte Ihnen unsere verehrten Prinzen vorstellen!«

Nach einem kurzen Überraschungsmoment redeten die Mädchen wieder einmal aufgeregt durcheinander.

Während ich unter dem Tisch nach meinen Schuhen angelte, überlegte ich, ob ich mich je an dieses Geräusch gewöhnen würde. Ich hätte die Schuhe nicht ausziehen dürfen, stellte ich fest, als es mir kaum gelang, meine müden Füße hineinzupressen. Beim Aufstehen wurde mir schummerig. Ich hatte wohl zu viel Wein gehabt. Ich konzentrierte mich darauf, einen Fuß vor den anderen zu setzen, um mit den hohen Absätzen nicht umzuknicken. Als Letzte verließ ich schließlich den Speisesaal.

»Wie ärgerlich!«, hörte ich das Mädchen vor mir klagen. »Wenn ich das geahnt hätte, hätte ich mich sorgfältiger geschminkt!«

»Schau mich nur an! Dieses Kleid sitzt *gar nicht!*«, antwortete die Bewerberin neben ihr.

Bewusst hielt ich ein wenig Abstand. Vielleicht ergab sich jetzt eine Möglichkeit, unauffällig das Schloss zu verlassen? Immerhin konnte ich so tun, als hätte ich mich verlaufen. Allerdings trug ich für eine Flucht vielleicht nicht ganz das passende Schuhwerk …

Verstohlen huschte ich in einen Seitengang, aber auch dort stand ein Soldat, der hilfsbereit in die andere Richtung deutete. Ich seufzte und stöckelte mit hängendem Kopf zurück zu den anderen. Wir wurden erneut zu dem Saal mit den vielen Spiegeln geführt.

»Da bist du ja endlich!« Tionne hatte nach mir Ausschau gehalten. »Ich dachte schon, dass du bereits geflohen wärst!«

»Ging nicht, überall stehen Wachen«, beschwerte ich mich.

Wir stellten uns hinter den anderen Mädchen an, die an der weit geöffneten Tür warteten und neugierig beobachteten, was im Saal geschah. Nervös trippelte ich von einem Fuß auf den anderen. Diese furchtbaren Schuhe drückten. Nie wieder würde ich solche Folterwerkzeuge anziehen. Allerdings war ich nun doch froh, dass Tionne mich herausgeputzt hatte. Ich begegnete schließlich nicht jeden Tag einem Prinzen!

Nach und nach ging es voran. Die Kandidatinnen wurden einzeln in den Saal gebeten. Als nur noch Tionne vor mir stand, konnte ich erkennen, dass jedes Mädchen den Raum bis zum anderen Ende durchschreiten musste und dann vor den vier Prinzen, die dort standen, einen Knicks machen sollte. Anschließend wurden einige Mädchen nach links, andere nach rechts geschickt.

Schon wieder eine Auswahl.

Die Prinzen zeigten bei jeder mit den Daumen entweder nach oben oder nach unten. Bekam das entsprechende Mädchen mindestens zwei Daumen nach oben, durfte es sich an der linken Seite des Saals aufstellen.

Tionne vor mir legte – wie erwartet – einen grandiosen Auftritt hin. Elfengleich schwebte sie durch den Saal und versank in einen zauberhaften Knicks. Sie bekam vier Daumen, und ich freute mich so für sie, dass ich fast vergaß, dass ich nun an der Reihe war.

Ich atmete tief durch und schritt geradewegs auf die Prinzen zu. Sie sahen besser aus als auf dem Bild, dass ich von ihnen in einem Buch der Conleys gesehen hatte, musste ich eingestehen. Viel besser.

Alle hatten dunkelbraune Haare, nur bei dem ganz links Stehenden lichtete sich der Haaransatz bereits ein wenig. Ich vermutete, dass dies Prinz Alexander war, der älteste Königssohn.

Der junge Mann neben ihm war einen Hauch fülliger als die anderen und trug einen sorgfältig gestutzten Vollbart. Das musste Prinz Byron sein. Den Bart hatte er auch auf dem Bild.

Ich erinnerte mich an Neelas Frage nach den alphabetischen Namen der Königssöhne. Nun könnte ich selbst herausfinden, weshalb es so war.

Der Prinz ganz rechts sah besonders attraktiv aus mit seinen fein geschnittenen Gesichtszügen und dem muskulösen Körper. Beim Näherkommen erkannte ich, dass er zusätzlich ein unglaublich charmantes Lächeln besaß. Er zwinkerte mir zu. Das brachte mich so aus dem Konzept, dass ich vergaß, mich auf meine Füße zu konzentrieren, umknickte und auf die Knie fiel.

Verstohlenes Gekicher ertönte. Klar, die anderen Mädchen waren froh über jede Konkurrentin, die sich von eigener Hand aus dem Rennen beförderte!

Wütend und mit hochrotem Kopf rappelte ich mich auf. Warum bloß hatte ich mich in diese Verkleidung stecken lassen?!

Ich beschloss, dass es egal war, was die Prinzen von mir dachten, und dass es die Sache beschleunigen würde, wenn ich mich möglichst skandalös benahm. Kurzerhand streifte ich mir die Schuhe von den Füßen, nahm sie in eine Hand, raffte mit der anderen Hand das nun viel zu lange Kleid und stolzierte mit hoch erhobenem Kinn, so würdevoll, wie ich konnte, auf die Prinzen zu. Dort angekommen, warf ich ihnen einen kühlen Blick zu, machte einen Knicks und stellte mich, ohne ihre Reaktionen abzuwarten, auf die rechte Saalseite zu den Mädchen, die nicht weitergekommen waren.

Endlich würde ich hier weg kommen.

Ein Diener begann, den Damen in meiner Reihe Geldbeutel auszuhändigen.

Das Mädchen neben mir schluchzte: »Ich durfte noch nicht einmal mit den Prinzen reden, sie konnten mich ja gar nicht kennenlernen!«

Ihre Nachbarin stimmte zu: »Das ist nicht gerecht!«

Ich warf Tionne auf der anderen Seite einen Blick zu und musste grinsen, als ich ihren traurig-verzweifelten Gesichtsausdruck sah.

»Einen Augenblick!«, unterbrach eine tiefe Stimme den Vorgang.

Wir schauten zu den Prinzen. Der mit der beginnenden Glatze war vorgetreten.

»Die letzte Dame möge sich bitte auf die andere Seite stellen.«

Erschrocken verstand ich, was er damit meinte: Mindestens zwei Prinzen wollten, dass ich blieb!

Abwehrend hob ich die Hand. »Nein, danke, Königliche Hoheit, ich möchte …«

Doch die Prinzen hatten sich bereits abgewendet und verließen den Saal. Bestürzt sah ich mich um. Niemand beachtete mich, außer einer anderen Kandidatin, die mich für einen winzigen Moment so finster musterte, dass es mir beinahe Angst machte.

Ich funkelte zurück. Herrje, war das schwer, bei diesem Wettbewerb nicht weiterzukommen! Kurzerhand entriss ich dem Diener eines der Geldsäckchen und verließ den Saal, um meine spärlichen Habseligkeiten zu holen. Doch einer der Wachmänner erwischte mich an der Tür. »Moment, junge Dame, dieser Geldbeutel ist nicht für Sie bestimmt!«

Als ich unbeirrt weiterging, ohne ihn zu beachten, packte er meinen Arm.

Wütend fuhr ich herum und funkelte ihn böse an. »Herr im Himmel, ich möchte doch einfach nur …!«

Vor mir stand der Soldat, der heute Morgen meine freche Bemerkung über die Prinzen gehört hatte. Er sah gut aus: groß gewachsen, schlank, intelligente blaue Augen, volles dunkelbraunes Haar und ein Gesicht, das sicher überall Blicke auf sich zog.

»Oh, Sie sind das«, sagte ich verlegen.

»Genau. Keine Hautunreinheiten, oder?« Er deutete auf die Tür, durch die die Prinzen soeben verschwunden waren, und sein Mundwinkel zuckte. »Und Sie sind dann bestimmt die temperamentvolle Dame, die gestern Abend dem jungen Mann hier …« Er legte dem Uniformierten neben sich, der mich etwas säuerlich musterte, die Hand auf die Schulter. »… den prachtvollen blauen Fleck am Schienbein verpasst hat!«

Ich spürte, wie mein Gesicht heiß wurde. »Wirklich, ich wollte nicht …«, begann ich lahm.

»Keine Sorge, Sie konnten ja nicht wissen, dass wir mit Ihnen nichts Böses vorhatten.«

Er griff nach dem Geldbeutel in meiner Hand und übergab ihn einem Diener. Widerstandslos ließ ich ihn gewähren.

»Kommen Sie, ich geleite Sie hinauf zu Ihrem Zimmer.«

Mit finsterem Gesicht schlich ich neben ihm her.

»Was wollten Sie mit dem Geld?«, erkundigte er sich.

»Abreisen!«

Er lachte auf und sah dabei so unerwartet anziehend aus, dass ich ihn wie gebannt anstarren musste.

»Finden Sie die Prinzen denn so furchtbar?«, erkundigte er sich. »Ich kann Ihnen versichern, dass sie gewiss ihre Fehler haben, aber keiner von ihnen ist mit Mundgeruch gestraft!«

»Aber nein!«, sagte ich peinlich berührt und versuchte, seine verwirrende Ausstrahlung zu ignorieren. »Die Prinzen sehen sehr gut aus.«

Wir waren vor meiner Zimmertür angekommen. Daneben hingen nun Schilder, auf denen die Namen der Bewohnerinnen standen – so befestigt, dass man sie jederzeit entfernen konnte.

»Es ist nur so, dass ich …«, versuchte ich, dem Soldaten zu erklären, weshalb ich nicht bleiben konnte.

Aber er unterbrach mich, weil ein anderer Wachmann ihm bedeutete, dass er kommen solle.

»Leider müssen wir unser nettes Gespräch ein anderes Mal fortsetzen.« Er hielt mir die Tür auf. »Ich wünsche Ihnen eine gute Nacht!« Mit einer knappen Verbeugung ließ er mich stehen.

Die anderen Bewohnerinnen waren bereits im Zimmer und blickten mir neugierig entgegen.

»Was ist denn in dich gefahren?«, fragte mich Cecilia und warf ihre goldrote Haarpracht zurück.

Es hatte also doch jemand auf mich geachtet.

»Ich möchte einfach nur möglichst rasch nach Hause«, antwortete ich und versuchte, die verständnislosen Blicke zu ignorieren.

»Lasst Mayrin in Ruhe, sie hat gute Gründe!«, sprang Tionne netterweise für mich in die Bresche. »Wir sollten jetzt besser schlafen gehen. Wer weiß, was uns morgen erwartet!«

Ich trat zum Tisch und goss mir Wasser in ein Glas.

»Meint ihr, die Auswahl wird in diesem Tempo voranschreiten? Ständig muss jemand gehen!«, fragte die überschlanke Ismey mit den weißblonden Haaren.

Mir fiel auf, dass eines der Mädchen nicht mehr da war. In ihrem Bett lag nun die kurvige Rose mit dem Puppengesicht, die vorher nur eine Matratze abbekommen hatte. Die überzählige Matratze war bereits verschwunden. Jetzt waren wir nur noch zu fünft.

Alle waren dabei, sich bettfertig zu machen, und so tat auch ich, als würde ich schlafen gehen wollen. Allerdings behielt ich Strümpfe und Unterwäsche an und hängte Kleid, Hut und Mantel so auf, dass ich sie auch im Dunkeln leicht wiederfinden würde. In der Nacht hielt auf dem Flur bestimmt niemand Wache. Die Gelegenheit musste ich nutzen.

»Was hast du vor?«, flüsterte Tionne, als das Licht gelöscht wurde. Unsere Schlafstätten befanden sich so dicht beieinander, dass die anderen Mädchen uns nicht verstehen konnten.

»Ich werde fliehen, wenn alle schlafen.«

Sie keuchte. »Im Dunkeln? Allein? Das ist viel zu gefährlich!«

»Ist mir egal! Ich muss nach Hause.«

Tionne ergriff meine Hand. »Hier sind überall Soldaten, und die Mauern sind so hoch. Das schaffst du nicht, Mayrin.«

»Aber ich muss es zumindest versuchen, versteh doch!«

»Morgen gibt es bestimmt Gelegenheit, alles zu klären. Du bekommst dein Geld und wirst vielleicht sogar mit einer königlichen Kutsche nach Hause gebracht.«

Zugegebenermaßen war das ein verlockender Gedanke. Für einen kurzen Augenblick geriet mein Entschluss ins Wanken.

Aber ich durfte nicht länger hier bleiben. Wer konnte mir garantieren, dass ich morgen mehr Gehör finden würde? Viel zu lange war ich schon von zu Hause fort. Welche Ängste mussten Neela und Leo gerade ausstehen? Morgen war Montag, und Mr Conley würde handeln müssen, wenn ich nicht wiederkam. Ich würde eben das wenige Geld, das ich bei mir trug, für die Postkutsche ausgeben müssen.

Seufzend schloss ich die Augen. »Nein, ich kann nicht länger warten.«

»Du bist mal wieder stur wie ein Esel!«, schimpfte Tionne, hielt meine Hand aber weiterhin umklammert.

»Könntet ihr da hinten jetzt bitte endlich leise sein?«, erklang Cecilias mürrische Stimme aus dem Bett am Fenster. »Ein paar von uns würden gerne schlafen!«

Ich war nahe dran, Cecilia meine Meinung zu sagen, aber Tionne hielt mich zurück.

»Ich hoffe, dass du es schaffst.« Sie drückte mir etwas in die Hand, und ich fühlte die wertvolle Halskette, die sie gestern im Rathaus von Talebridge zu ihrem roten Kleid getragen hatte. »Verkauf sie, wenn nötig!«

»Danke!«, flüsterte ich mit Tränen der Rührung in den Augen, die sie zum Glück nicht sehen konnte.

Tionne antwortete nicht mehr.

Als ich endlich sicher war, dass die anderen Mädchen schliefen, erhob ich mich leise, kleidete mich an und setzte mir meinen Hut auf.

Meine Hand zitterte, als ich behutsam die Zimmertür öffnete. Ich hielt inne und spähte in den dunklen Flur. Wie erhofft war niemand zu sehen oder zu hören. Vorsichtig schlich ich den Gang entlang und erschrak fürchterlich wegen eines Schattens, der sich jedoch als harmloses Hirschgeweih an der Wand entpuppte. Ich fand den Weg hinunter in den Innenhof des Schlosses und huschte in der Dunkelheit hinüber zur anderen Seite, wo sich der Torbogen zum Vorhof befand.

Patrouillierten hier in der Nacht Wachen? Es war niemand zu sehen oder zu hören. Friedliche Stille lag über Wondringham Castle. Der volle Mond spendete mir genügend Licht, um meinen Weg zu finden. Mit etwas Glück wurde nur das Haupttor zum Park bewacht, nicht schon der Durchgang zum Vorhof.

Weil ich niemanden bemerken konnte, schlich ich weiter und gelangte unbehelligt an die Stelle, die ich mir am Morgen als geeignet für meine Flucht gemerkt hatte. Es war die niedrige Mauer am Vorhof, auf deren anderer Seite es zwei Stockwerke hinab zum dunklen Schlossgraben ging. Ich hatte Angst vor der finsteren Tiefe. Aber wenn dieses Hindernis erst einmal überwunden war, würde der Weg in die angrenzende Stadt nicht mehr weit sein.

Hoffentlich war der Graben zugefroren! Meine Brust zog sich bei dem Gedanken, wie kalt das Wasser sein könnte, zusammen.

Ich hasste Wasser. Es erinnerte mich an das Meer, das mir erbarmungslos meinen Vater und meine beiden Brüder genommen hatte.

Doch diesen Graben zu überwinden, war für mich die einzige Möglichkeit zur Flucht. Schwierig, aber nicht unmöglich, versuchte ich, mich zu beruhigen. Schließlich war die Befestigungsanlage gebaut, um Feinde draußen zu halten, nicht, um eine Flucht aus dem Inneren zu vereiteln.

Ich blickte in Richtung Haupttor, an dem irgendwo die Wachen stehen mussten. Der eisige Wind riss an meiner Kleidung und peitschte mir die herausgerutschten Haare ins Gesicht. War da eine Bewegung? Ich duckte mich an der Brüstungsmauer und lauschte. Nein. Nichts.

Vorsichtig schob ich mich auf die schneebedeckte Mauer und schaute hinab. In der Dunkelheit sah es noch tiefer aus als am Tag. Mit dem Mut der Verzweiflung ließ ich mich langsam hinunter, tastete mit den Fußspitzen nach Halt zwischen den grob behauenen Steinen. Ein Schreckensschrei entfuhr mir, als mein Fuß an einer vereisten Stelle abrutschte. Hoffentlich hatte mich niemand gehört!

Krampfhaft krallte ich mich an die Mauersteine, am ganzen Leib zitternd und mit rasendem Herzschlag. Die Freiheit war so nah! Aber stattdessen hing ich wie ein nasser Sack an der Mauer, wagte mich weder vor noch zurück und fühlte mich unglaublich hilflos. Am liebsten hätte ich laut um Hilfe gerufen, aber das war keine Option. Ich keuchte vor Anstrengung. Erfolglos tastete ich immer noch mit dem Fuß nach einem Vorsprung, als mich jemand fest am Handgelenk packte.

Jetzt war mein Schrei wirklich laut.

»Ja, was machen Sie denn hier?!«, rief eine entgeisterte Männerstimme. Ein Soldat beugte sich über die Mauer, griff auch nach meiner zweiten Hand und zog mich wieder hinauf, wobei er Unterstützung von einem anderen Wachmann erhielt.

Als ich wieder Boden unter meinen Füßen hatte, ließen sie mich los. Aber weil meine Beine mich nicht mehr tragen wollten, rutschte ich an der Innenseite der Mauer zu Boden.

Es war so … entwürdigend. Schlimmer konnte es nicht kommen. Und ich hatte nichts erreicht. Gar nichts.

Verzweifelt ließ ich meinen Kopf auf die Knie sinken. Wie aus weiter Ferne hörte ich die Wachen miteinander reden.

»Hol ihn!«, sagte der eine.

»Ihn?«

»Na, den Hauptmann! Mr Kane!«

»Mitten in der Nacht?«, fragte der andere entsetzt.

»Ja, natürlich! Oder hast du eine Idee, was wir mit ihr anstellen sollen?«

Einer der beiden verschwand in der Dunkelheit. Der andere bewachte mich, was überhaupt nicht nötig war. Ich hätte mich so oder so nicht rühren können. Alle Kraft war aus meinem Körper gewichen, und ich zitterte wie Espenlaub. Was sollte nun werden?

Ich hörte, wie die zweite Wache mit einem weiteren Mann zurückkehrte.

»Das ist die kleine Lady.«

»Gut. Sie können wieder auf Ihren Posten gehen.«

Die beiden Wachen verschwanden ohne Widerrede. Vermutlich waren sie froh, sich nicht weiter mit mir abgeben zu müssen.

Der, den sie geholt hatten, hockte sich vor mich und legte seine Hand an meinen Oberarm. Ich zuckte zusammen.

»Wie heißen Sie?«, fragte er mit tiefer, ruhiger Stimme, die mir irgendwie bekannt vorkam.

»Mayrin. Mayrin Barnaby«, flüsterte ich kleinlaut und tastete nach meinem brennenden Knie. Ich musste es beim Abrutschen aufgeschürft haben. Immer noch wagte ich nicht, meinen Kopf zu heben.

»Zeigen Sie einmal her, Miss Barnaby!«

Behutsam, als fürchtete er, mich zu verschrecken, schob er meinen Rock bis zum Knie hoch. Durch die zerrissenen Strümpfe sickerte Blut. Seine Hand lag warm an meiner Wade.

Abwehrend hob ich die Hände. Das war skandalös! Wusste er denn nicht, dass sich so etwas nicht gehörte?

»Bitte nicht …«, wisperte ich hilflos.

Er ließ den Stoff zurückrutschen. »Das werden wir jetzt erst einmal verbinden, und dann erzählen Sie mir in Ruhe, weshalb Sie hier mitten in der Nacht an der Schlossmauer herumturnen.« Er schob einen Finger unter mein Kinn und hob meinen Kopf unnachgiebig an. »In Ordnung, Miss Barnaby?«

Als ich den Mut aufbrachte, ihn anzuschauen, sah ich, was ich schon befürchtet hatte.

Er war es. Der gut aussehende Soldat, der mich vorhin zu meinem Zimmer geleitet hatte.

Auch das noch!

Ich wünschte, es wäre jemand anderes gekommen, denn irgendetwas an ihm brachte mich massiv aus dem inneren Gleichgewicht und ließ mich wünschen, dass er nur die besten meiner Seiten zu sehen bekäme. Stattdessen hatte er gehört, wie ich freche Sprüche über die Prinzen von mir gegeben hatte, und gesehen, dass ich nicht in der Lage war, auf hochhackigen Schuhen zu laufen. Und jetzt auch noch mein missglückter Fluchtversuch …

Weil meine Stimme versagte, nickte ich nur.

Kane hieß er also. Und er war der Hauptmann. Ich fand ihn ziemlich jung für solch eine Position. Er konnte höchstens Ende zwanzig sein. Aber er hatte die Ausstrahlung eines geborenen Anführers und war bestimmt ein ausgezeichneter Befehlshaber. Weshalb musste ausgerechnet er in dieser vertrackten Situation auftauchen?

Mr Kane half mir auf. »Können Sie gehen?«, fragte er und führte mich, als ich bejahte, über den Schlosshof hinein zu einem kleinen, behaglich eingerichteten Salon. Ich spürte den leichten Druck seiner Hand durch den Mantel hindurch an meinem Rücken.

Er ließ mich auf einem zierlichen Sofa Platz nehmen, klingelte nach Personal und entzündete ein paar Kerzen.

Der Hauptmann war etwa einen ganzen Kopf größer als ich und wirkte ruhig und überlegen. Ein Mann, dem man besser nicht widersprach. Ich war es nicht gewohnt, mit derart einschüchternden Männern zu tun zu haben. Genau genommen hatte ich bisher in meinem ganzen Leben überhaupt nur wenig mit jungen Herren zu tun gehabt.

Wenig später erschien ein Diener, der seine Überraschung darüber, dass wir uns hier mitten in der Nacht aufhielten, nur mühsam unterdrücken konnte.

»Bitte, seien Sie so nett und lassen Sie uns Verbandszeug und ein Glas Glühwein für die junge Dame bringen«, bat Mr Kane, und der Diener verschwand eilig.

»Das ist nicht nötig«, winkte ich verlegen ab. »Es geht schon wieder. Ist nur ein kleiner Ratscher.«

»Das lassen Sie bitte meine Sorge sein, Miss Barnaby.« Es klang wie ein Befehl. »Und sehen Sie mich um Gottes willen nicht so verschreckt an!«

Eine Dienerin erschien und brachte heißen gewürzten Wein und Verbandszeug. Während Mr Kane sich taktvoll abwendete, zog ich meinen Strumpf herunter und erduldete, dass die Frau mein Knie verband. Anschließend ließ sie uns auf Wunsch des Hauptmanns wieder allein.

Er reichte mir das Glas und nahm neben mir auf dem Sofa Platz. Unsicher nippte ich und spürte, wie der Wein mich von innen zu wärmen begann. Es war mir unangenehm, allein hier neben diesem Mann zu sitzen, dem es schon durch Augenkontakt gelang, jeden sinnvollen Gedanken in meinem Kopf zu unterbinden.

Vorsichtig schielte ich zu ihm auf. Sein dunkelbraunes Haar war ein wenig zerzaust – bestimmt hatte er schon geschlafen. In mir erwachte der unbändige Wunsch, mit meinen Fingern durch genau diese Haare zu gleiten, während er …

Mayrin Barnaby, dachte ich, erschrocken über diesen merkwürdigen Gedanken, hör sofort auf damit! Ich kannte den Mann überhaupt nicht! Und das Wichtigste war immer noch die Frage, wie ich schnellstmöglich heimkam.

»Also?«, durchbrach Hauptmann Kane die Stille.

Meine Wangen wurden heiß, was sicher nur am Wein und der Wärme des Raumes lag.

Als ich nicht antwortete, hakte er nach: »Weshalb wollen Sie hier so dringend fort, dass Sie sich sogar in Lebensgefahr begeben?«

Sollte es in diesem riesigen Schloss doch einen Menschen geben, der bereit war, mir zuzuhören?! War dies meine Chance?

»Ich muss unbedingt morgen früh in Talebridge sein!«, erklärte ich und blickte ihn um Verständnis flehend an.

»In Talebridge?«, wiederholte er, und ich hatte den leisen Verdacht, dass er sich über mich lustig machte. »Und wie wollten Sie das anstellen?«

»Ich weiß nicht, Sir. Aber mir wäre schon etwas eingefallen, wenn ich aus diesem Schloss nur endlich herauskäme!«

Auf seiner Wange bildete sich ein Grübchen. »Und weshalb diese lebensbedrohliche Eile?«

»Meine beiden kleinen Geschwister sind dort ohne mich auf sich alleine gestellt! Es war nur ein Versehen, dass ich hier gelandet bin! Bitte!«, rief ich verzweifelt und legte meine Hand auf seinen Arm, »Sie müssen mir helfen!«

Sein Blick wanderte zu meiner Hand. Sofort zog ich sie zurück.

»Was ist denn mit Ihren Eltern?«, erkundigte er sich pragmatisch.

»Sie leben nicht mehr.«

»Oh, das tut mir wirklich leid.«

Sein Mitgefühl berührte etwas, das ich tief in mir verschlossen hielt. Tränen schossen in meine Augen. Als er dann auch noch beruhigend über meinen Arm strich, war das zu viel. Die Erschöpfung, Angst und Anspannung der beiden letzten Tage zeigten Wirkung, und ich brach in hilfloses Schluchzen aus.

»Ich muss wirklich dringend nach Hause!«

Behutsam legte er seinen Arm um mich und streichelte ein wenig unbeholfen über meinen bebenden Rücken.

Es dauerte lange, bis ich mich endlich wieder unter Kontrolle hatte. Er roch gut, stellte ich fest, als ich mich verlegen aus seinem Arm löste und ein wenig von ihm abrückte.

»Wie unangenehm«, schniefte ich und nahm dankbar das Stofftaschentuch entgegen, das er mir reichte. »Ich bin sonst nicht so weinerlich.«

»Das habe ich mir schon gedacht.«

Er winkte ab, als ich ihm das feuchte Tuch zurückgeben wollte. »Bitte, behalten Sie es. Für den Notfall.« Wieder dieses Blitzen in seinen blauen Augen. »Sie sind also verantwortlich für Ihre Geschwister. Aber was ist mit dem Personal? Wer passt denn sonst auf die beiden auf?«

Da sprach er ein heikles Thema an.

»Wir haben keine Dienstboten, jedenfalls nicht mehr«, gestand ich und wischte mir erneut über die Augen. »Ich muss als Gouvernante Geld verdienen.«

Jetzt war es heraus. Ängstlich wartete ich auf seine Reaktion. Würde er mich nun als Hochstaplerin aus dem Schloss verweisen? Das wäre zwar sehr peinlich, aber auch praktisch.

»Sie stehen also in einem Dienstverhältnis?« Interessiert schaute er mich an.

»Ich habe wirklich wieder und wieder versucht, es jemandem zu erklären, aber niemand wollte mir zuhören!«, verteidigte ich mich. »Das Ganze war ein furchtbares Missverständnis! Ich wollte doch nur meine Freundin begleiten.«

»Bitte, beruhigen Sie sich. Es besteht kein Grund, sich zu echauffieren.« Er strich sich nachdenklich über den Bartschatten. »Wenn ich es richtig verstehe, entstammen Sie also einem guten Elternhaus und sind durch den Tod Ihrer Eltern in eine Notlage geraten?«

Er lehnte sich zurück, den Blick mir weiterhin zugewandt.

»Das ist richtig, aber trotzdem …«

»Bitte, unterbrechen Sie mich nicht!«

Erschrocken über seinen harschen Tonfall schwieg ich.

»Also hätten Sie durchaus das Recht, hier zu sein und an dem Auswahlverfahren teilzunehmen«, stellte er nun fest.

»Ich weiß nicht …« Was interessierte ihn das überhaupt? Ihm als Hauptmann der Wache konnten meine Lebensumstände doch völlig gleichgültig sein!

»Aber ich weiß es.«

Mit großen Augen sah ich ihn an und schwankte zwischen Unwillen über sein unfreundliches Verhalten und dem Gefühl, dass es ausgesprochen nett von ihm war, sich Gedanken um mich zu machen.

»Vielleicht haben Sie recht. Trotzdem kann ich meine Geschwister nicht im Stich lassen.« Ich bemühte mich, meine Stimme fest klingen zu lassen.

»Wie heißen die beiden?«, fragte er unerwartet.

»Neela und Leo. Leo ist sechs, ein helles Kerlchen. Neela wird bald elf. Sie ist schon eine kleine Dame«, erzählte ich ihm stolz.

»Mhm«, machte er und betrachtete mich nachdenklich. »Sie lieben die beiden sehr, nicht wahr?«

»Aber natürlich!«, entgegnete ich, entrüstet, dass er so etwas überhaupt fragte. »Haben Sie keine Geschwister?«

Er ging nicht auf meine Frage ein. »Was wäre, wenn Sie mit Sicherheit wüssten, dass es den beiden gut ginge?«

»Sie meinen, ob ich dann bei diesem Gebuhle um die Gunst der Prinzen mitmachen würde?«

Er lachte auf. »Genau.«

»Nein«, erklärte ich im Brustton der Überzeugung.

Seine Augen weiteten sich. »Aber weshalb nicht? Sie haben gesagt, dass Ihnen die Prinzen gefallen.«

»Schon – aber sehen Sie mich doch an!«

»Ja?«, erwiderte er und tat genau das so ausgiebig, dass ich errötete.

»Na, ich bin nicht gerade so, wie man sich eine Prinzessin vorstellt.« Erregt hob ich die Hände. »Denken Sie nur an meine Unfähigkeit, auf hochhackigen Schuhen zu laufen!«

Er schmunzelte.

»Und dann … all diese wunderschönen Mädchen! Ich hätte doch gar keine Chance.«

»Woher wollen Sie das wissen, ohne es probiert zu haben?«

Ich runzelte die Stirn. »Lieb gemeint von Ihnen, Sir, aber: nein danke!«

»Und wenn ich Ihnen verraten würde, dass es ab morgen nicht nur einen immer besser gefüllten Geldbeutel zum Abschied gibt, sondern jedes Mal, wenn Sie eine Runde weiterkommen, ein wertvolles Schmuckstück? Sie könnten es hinterher verkaufen, Miss Barnaby.«

Ich horchte auf. »Wirklich?«

Er hob wissend die Augenbrauen, und ich schämte mich, weil er jetzt bestimmt dachte, dass ich äußerst geldgierig war. Aber er hatte schließlich keine Ahnung, wie notwendig wir dieses Geld gebrauchen konnten.

»Ich kann dafür sorgen, dass Ihre Geschwister in Sicherheit sind.«

Zweifelnd sah ich ihn an.

»Kommen Sie, ich zeige Ihnen etwas.« Er stellte sich ans Fenster und blickte in die Nacht hinaus.

Zögernd trat ich neben ihn.

»Dort hinten!«

Er legte die Hand auf meinen Rücken, um mich näher ans Fenster heranzuziehen, und deutete hinaus in die mondhelle Nacht. Gleichzeitig drang mir erneut sein Duft in die Nase. Sauber, männlich, mit einem angenehmen Hauch Parfüm.

Ich schluckte. In diesem Raum war es wirklich ziemlich heiß, fand ich.

»Können Sie das Haus auf der andern Seite des Schlossgrabens erkennen?«

Mein Herz klopfte schneller, weil seine warme Hand immer noch auf meinem Rücken lag. Wahrscheinlich war es ihm gar nicht bewusst … aber mir! Ich versuchte, mich auf das, was er mir zeigen wollte, zu konzentrieren.

»Dort wohnt Margret, die Frau, die mich großgezogen hat. Sie ist ein Schatz und kann wunderbar mit Kindern umgehen! Bei ihr könnten die beiden für die nächste Zeit unterkommen.«

Verwundert sah ich zu ihm auf.

»Das ist wirklich nett gemeint, aber ich habe kein Geld, um dafür zu bezahlen«, sagte ich und trat einen Schritt zurück, um ein wenig Sicherheitsabstand zwischen uns zu bringen.

»Demnächst schon!«, widersprach er und betrachtete mich prüfend.

»Aber wie sollen die Kinder zum Schloss kommen, und wer klärt alles mit meinem Dienstherrn? Was, wenn ich deshalb entlassen werde?«

»Sie sind ziemlich hartnäckig, nicht wahr?«

»Das ist wichtig!«, versuchte ich, ihm begreiflich zu machen. »Neela und Leo sind doch noch so klein und haben nur mich!«

Er seufzte.

»In Ordnung, Miss Barnaby. Es läuft folgendermaßen: Ich werde morgen früh mit Margret sprechen, ob sie die Kinder nehmen kann. Dann kläre ich, ob ich hier für einen Tag abkömmlich bin, und hole Ihre Geschwister. Sie werden noch vor dem Frühstück einen Brief an Ihren Dienstherrn schreiben und ihm alles erklären. Vergessen Sie nicht die Adresse, damit ich das Haus auch finden kann. Und sollte Ihnen gekündigt werden, wird die Königsfamilie mit Sicherheit dafür sorgen, dass Sie eine gleichwertige Anstellung erhalten!«

Was sollte ich darauf erwidern? Löste das nicht alle meine Probleme – nun gut, vielleicht abgesehen davon, dass ich immer noch kein Interesse daran hatte, bei diesem Kampf um die Prinzen mitzumachen. Verwirrt sank ich auf das Sofa und rieb meine Stirn.

Was sollte ich tun? Was war das Richtige? Und weshalb machte sich der Hauptmann überhaupt solche Mühe? In meinem Kopf herrschte ein furchtbares Durcheinander.

Wäre es nicht wunderbar, hier ein paar schöne Tage lang wie eine Prinzessin umsorgt zu werden? Frei von allen Existenzängsten? Und anschließend mit einem gut gefüllten Geldsäckchen das Schloss zu verlassen?

»Also? Was meinen Sie?«, drängte Mr Kane auf eine Entscheidung.

Ich hob den Kopf. »Denken Sie ehrlich, dass das gelingen könnte?«

»Ja.« Er stützte sich am Kopfteil eines Sessels ab und schaute auf mich hinab.

»Was, wenn ich gleich bei der nächsten Entscheidung hinausfliege? Dann wären Ihre Mühen umsonst gewesen!«

»Das lassen Sie bitte meine Sorge sein.«

Der Gedanke war unglaublich verlockend. Was würde Tionne dazu sagen?!

»Es wäre nett, wenn Sie sich entscheiden könnten, bevor die Sonne wieder aufgeht.«

»Gut«, sagte ich schließlich. »Ich könnte es ja versuchen.«

»Na also!« Er reichte mir seine Hand und half mir auf. »So ist es also abgemacht.«

Wir standen voreinander, meine Hand in seiner, und mit einem Mal war da wieder diese merkwürdige Spannung zwischen uns. Fast gleichzeitig traten wir einen Schritt auseinander und ließen uns los.

»Wir … sollten ins … Bett gehen«, stotterte ich. »Also, äh, jeder in sein eigenes.« Oh Gott, was redete ich da bloß?

Er nickte, pustete die Kerzen aus und benutzte die letzte, um mir den Weg zurück zum Zimmer zu erleuchten.

»Eines verstehe ich nicht«, sagte ich, als wir schließlich vor der Tür standen. »Weshalb tun Sie das?«

Er zögerte mit seiner Antwort. »Ich bin mir nicht sicher«, antwortete er dann und rieb sich über das Kinn, »aber ich glaube, mich reizt die Vorstellung, Ihnen im Schloss öfter über den Weg zu laufen, Miss Barnaby.« Er blickte mit einem unergründlichen Lächeln zu mir herunter.

»Gute Nacht, Herr Hauptmann!«, flüsterte ich verlegen und floh in mein Zimmer.

Was bedeutete sein Verhalten? Wollte er mich verunsichern? Falls ja, gelang es ihm hervorragend!

Der Vertrag

»Mayrin? Mayrin!«, riss mich nach viel zu kurzer Zeit eine freudige Stimme aus den schönsten Träumen.

Verschlafen öffnete ich ein Auge. Die Sonne schien bereits hell an den Seiten des noch zugezogenen Fenstervorhanges vorbei.

»Du bist ja noch da!«

»Ja. Aber wenn du weiter solchen Krach machst, nicht mehr lange!«, maulte ich Tionne müde an.

»Genau!«, erscholl es unter der Decke des Nachbarbettes hervor.

»Pah, scheint eine gute Möglichkeit zu sein, um lästige Konkurrentinnen loszuwerden!«, gab Tionne schlagfertig zurück. »Was ist passiert? Erzähl!«

Sie ließ sich der Länge nach neben mich auf meine Matratze plumpsen. In ihrer Hand baumelte die Kette, die sie mir gestern gegeben hatte. Ich hatte sie noch in der Nacht zurück auf ihren Nachttisch gelegt.

»Hattest du etwa schon ein Treffen mit einem Prinzen?«, wollte Rose, die mitbekommen hatte, dass etwas Spannendes im Gange war, sofort von mir wissen. Sie streckte ihre molligen Beine unter ihrer Bettdecke hervor und setzte sich auf. Auch Cecilia rekelte sich. Nur Ismey schlief noch friedlich.

»Nein, nein«, beruhigte ich sie. »Ich hatte bloß ein Gespräch mit einem der Soldaten. Er kann mir vielleicht helfen, dass meine Geschwister versorgt sind, sodass ich hierbleiben kann.«

»Aha«, sagte Cecilia nur, was mich nicht weiter verwunderte.

Weshalb sollte es sie auch interessieren? Wahrscheinlich wären die anderen sogar froh, mich los zu sein, bedeutete dies schließlich mehr Platz im Zimmer und eine Konkurrentin weniger.

Rose fragte neugierig: »War es der, der dich gestern zum Zimmer gebracht hat? Der Gutaussehende mit den dunklen Haaren?«

Ich bejahte.

»Von dem würde ich mir auch gerne einmal helfen lassen!«, seufzte sie und spitzte ihre Puppenlippen.

Wir mussten lachen.

Davon wachte Ismey auf. Sie gähnte und reckte ihre dünnen Arme. »Guten Morgen! Hier herrscht aber schon gute Laune!«

»Mayrin hatte heute Nacht ein Rendezvous«, übertrieb Tionne.

»Mit wem?« Sofort war auch Ismey hellwach. »Mit Prinz Alexander?«

Ich vermutete, dass sie auf diese Idee kam, weil der älteste Prinz am Vortag dafür gesorgt hatte, dass ich blieb.

»Nein, mit dem niedlichen Wachmann!«, kicherte Rose.

‚Niedlich' war so ziemlich der letzte Begriff, mit dem ich den beeindruckenden Hauptmann tituliert hätte.

»Ich glaube kaum, dass das erlaubt ist«, nörgelte Cecilia. »Schließlich sind wir wegen der Prinzen hier.«

Noch bevor jemand ihr eine Antwort geben konnte, kam Fanny herein.

»Guten Morgen! Ich hoffe, die Damen haben wohl geruht?« Sie zog die Vorhänge beiseite. »Bitte kleiden Sie sich für den heutigen Tag leger. In einer halben Stunde gibt es Frühstück im Jahreszeitensaal.«

Das musste der runde Saal sein, in dem wir bereits gestern gegessen hatten. An seiner Decke waren die vier Jahreszeiten dargestellt.

Das Zimmermädchen kam zu mir und reichte mir Feder, Tinte und ein leeres Blatt Papier, während die anderen sich zum Ankleidezimmer aufmachten.

»Man hat mir gesagt, dass Sie einen Brief schreiben müssen. Und ist es korrekt, dass Sie uns nun doch noch nicht sofort verlassen werden?« Sie lächelte und legte zusätzlich einen verschlossenen Umschlag mit meinem Namen darauf auf den Tisch.

»Ich weiß nicht …«, antwortete ich unsicher. »Das hängt ein bisschen vom Hauptmann ab.«

Sie nickte nur und verließ das Zimmer. Ich blieb alleine zurück und löste das Siegel. Das Schreiben war nicht, wie erwartet, von Mr Kane, wie ich staunend feststellte. Es war ein offizieller Brief mit Unterschrift der Königin, in dem ich persönlich nachträglich offiziell zur Brautschau eingeladen wurde!

Meine Güte, der Hauptmann verlor wirklich keine Zeit.

Ich rieb mir über die Stirn. Nun wurde es ernst.

Nach kurzem Überlegen schrieb ich einen besonders höflichen Text an Mr und Mrs Conley, um alles zu erklären. Oben notierte ich in deutlichen Buchstaben die Adresse, damit der Hauptmann mir auch die richtigen Kinder brachte. Dann warf ich mir einen Morgenmantel über und eilte zum Waschraum, um mich frisch zu machen, und anschließend in das Ankleidezimmer. Als ich wenig später in einem schlichten cremefarbenen Musselinkleid in unser Zimmer zurückkehrte, schürzte Tionne missbilligend die Lippen.

»Einfallsloser ging es wieder mal nicht, oder? Wie willst du den Prinzen denn so auffallen?«

Cecilia grinste verstohlen unter ihren hellroten Locken hervor. Gedanklich rieb sie sich bestimmt schon die Hände über meinen zu erwartenden Misserfolg.

»Ich hatte nur so wenig Zeit!«, verteidigte ich mich. Aber in Wirklichkeit hatte ich einfach erbärmlich wenig Erfahrung damit, mich hübsch zurechtzumachen.

»Warte mal, ich habe da eine Idee!«, sagte Rose freundlich, die sich ein hellgelbes Kleid ausgesucht hatte, das ihre dunklen Haare und die zarte Haut betonte. Sie zog einen Seidenschal in fröhlichen Farben hervor und drapierte ihn mir um die Schultern. »Schon besser, oder? Was meint ihr?«

Die anderen nickten.

»Besser als gar nichts«, sagte Tionne.

Das Zimmermädchen kam wieder herein, um uns zum Frühstück zu führen. Vermutlich sorgte man sich, dass wir den Weg immer noch nicht finden würden. Ich gab ihr meinen Brief mit der Bitte, ihn an den Hauptmann weiterzureichen.

Als wir beim Frühstück alle beisammensaßen, musterte ich unwillkürlich die anderen Mädchen. Es war das erste Mal, dass ich sie als potentielle Konkurrentinnen ansah. Etwa fünfzig Kandidatinnen waren noch im Rennen, mit denen ich um die Gunst der Prinzen kämpfen musste, wenn der Hauptmann mit seinen Bemühungen Erfolg hatte. Bei dem Gedanken daran wurde mir Angst und Bange. So viele wunderschöne junge Damen, selbstbewusst, charmant und klug.

Ein paar von ihnen trugen noch zerdrückte und beschmutzte Kleider, und ich mutmaßte, dass sie gerade die schreckliche Nacht im Kerker und die Auswahl durch die Königin und die Prinzen hinter sich gebracht hatten. Die Armen!

Nach dem Frühstück trat der Herold vor uns.

»Sehr geehrte Damen. Wir kommen nun zu einem etwas leidigen, aber wichtigen Thema: der Vertrag.«

Wir tauschten verwunderte Blicke. Was für ein Vertrag?

»Wie Sie alle wissen, erhalten die ausgeschiedenen Damen für ihre Mühen eine Abfindung. Der Geldbetrag wird sich erhöhen, je länger Sie auf Wondringham Castle verweilen.«

Ich freute mich über seine Worte. Der Hauptmann hatte also recht gehabt. Vielleicht war es wirklich die richtige Entscheidung, weiter durchzuhalten.

Als Nächstes erläuterte der Herold die Sache mit den Schmuckstücken, die Mr Kane mir ebenfalls bereits verraten hatte, und die anderen Mädchen brachen in vorfreudigen Jubel aus.

»Allerdings müssen Sie sich gewissen Regeln unterwerfen, wenn Sie weiterhin am Auswahlverfahren teilnehmen möchten«, fuhr der Herold fort. Sie finden die Paragrafen auf dem Vertragstext. Sollten Sie damit einverstanden sein, unterzeichnen Sie ihn bitte. Wenn nicht, dürfen Sie unverzüglich abreisen.«

Dürfen ... Ich schnaubte spöttisch. Wohl eher *müssen!*

»Anschließend erhalten Sie Briefbögen, damit Sie Ihre Angehörigen über Ihr Befinden informieren können.«

Diener verteilten die Verträge. Ich nahm den Text zur Hand und begann, neugierig zu lesen. Zuerst stand aufgelistet, wie viel Geld man zu welchem Zeitpunkt des Ausscheidens erhielt. Das war eine ganze Menge!

Dann wurde es interessant:

Paragraf 2.: Wenn das Auswahlverfahren freiwillig abgebrochen wird, erhält die entsprechende Dame lediglich die Hälfte des festgesetzten Geldbetrages.

Mist! Das hieß, ich musste mich am Riemen reißen und durchhalten.

Paragraf 3: Es ist den Damen verboten, während des Auswahlverfahrens mit anderen Männern zu tändeln oder amouröse Verbindungen einzugehen. Zuwiderhandlung wird mit sofortigem Ausscheiden ohne Abfindung bestraft.

Gut, das war kein Problem, schließlich hatte ich nicht vor, mich hier irgendjemandem an den Hals zu werfen.

Paragraf 4: Es ist den Damen verboten, das Schlossgelände ohne Begleitung eines Prinzen oder einer von einem Prinzen autorisierten Person zu verlassen.

Ich überlegte, ob Margrets Hütte noch zum Schlossgelände zählte.

Paragraf 5: Kontakt zu Personen außerhalb des Schlossgeländes (ausgenommen an Sonntagen) ist den Damen nur nach Rücksprache mit den Prinzen erlaubt.

Paragraf 6: Jede Dame hat die Pflicht, sich nach Vertragsabschluss einer ärztlichen Untersuchung zu unterziehen.

Eine ärztliche Untersuchung?! Was bitte sollte denn das bedeuten?! Wollten die etwa meine Jungfräulichkeit überprüfen?!

Ich stupste Tionne an und deutete auf die entsprechende Stelle. Sie zuckte die Schultern und unterzeichnete ohne Kommentar mit selbstbewusster Handschrift ihren Vertrag.

Ich las den letzten Absatz.

Paragraf 7: Jede Dame hat die Pflicht, sich bei Hofe angemessen zu verhalten. Ansonsten kann sie unter entsprechender Verringerung des Geldbetrages vom Auswahlverfahren ausgeschlossen werden.

Ich schluckte. Das waren eine Menge Vorschriften. Und ich hatte Fragen und wollte Antworten, bevor ich unterzeichnete. Daher schob ich meinen Stuhl zurück und ging nach vorn.

»Entschuldigen Sie bitte, Sir«, sprach ich den Herold an. »Wo genau endet das Schlossgelände?«

Er sah mich irritiert an.

»Zum Beispiel der Bereich hinter dem Schloss. Gehört der noch dazu?«

»Tja …«

»Oder die Stallungen?«

»Meine Dame, da muss ich …«

»Und die drei Häuschen nordöstlich vom Schloss?«

Der Mann hatte ja überhaupt keine Ahnung von diesem bescheuerten Vertrag! Ich verkniff mir die Frage nach der Jungfräulichkeitssache …

»Bitte, entschuldigen Sie mich für einen Moment. Ich werde mich kundig machen. Wie ist noch gleich Ihr werter Name, Miss?«

Mein Name? Jetzt würden sie mir meine nervigen Fragen bestimmt negativ anrechnen. *Tja, Herr Hauptmann, ich fürchte, alles war umsonst!*

»Mayrin Barnaby«, sagte ich kleinlaut.

Der Herold ließ mich stehen und verschwand mit wippenden Federn aus dem Saal. Einige Mädchen blickten mich missbilligend an. Alle hatten ihren Vertrag längst unterzeichnet. Ich fühlte mich schon wieder wie ein Störenfried. Um nicht weiter im Fokus zu stehen, setzte ich mich zurück auf meinen Platz und spielte mit der Schreibfeder.

»Was ist los?«, wollte Tionne wissen.

»Der Vertragstext ist nicht präzise – so unterschreibe ich das nicht!«

»Huh, die überkorrekte Gouvernante!«, neckte sie mich, woraufhin ich sie am Arm knuffte.

»Welcher Prinz hat dir bisher am besten gefallen?«

»Ich fand sie eigentlich alle attraktiv«, antwortete ich vage.

»Ja, aber welchen besonders?«

»Keine Ahnung, ich habe gar nicht so darauf geachtet. Ich war mit meinen Schuhen beschäftigt.« Gespielt zerknirscht verzog ich meine Lippen, und Tionne lachte prompt.

»Wohl eher mit gut aussehenden Soldaten!«

Der Herold kehrte zurück und sah sich suchend um. Ich erhob mich und trat zu ihm.

»Also, werte Dame, es verhält sich folgendermaßen: Als Grenze des Schlossgeländes soll die äußere Schlossmauer vor Beginn des Waldes gelten. Zur Stadt hin denken Sie sich als Grenze bitte das Tor an der Remise, das ist das Gebäude nach den Stallungen.«

Das war gut! Der Wald begann erst hinter Margrets Haus.

»Danke für Ihre Mühen«, sagte ich höflich.

Jetzt hing alles nur noch davon ab, dass der Hauptmann erfolgreich zurückkehrte.

Ich setzte mich und unterzeichnete den Vertrag. Anschließend schrieb ich einen Brief an meine Geschwister, für den Fall, dass der Hauptmann keinen Erfolg haben sollte. Darin versicherte ich ihnen, dass ich sofort zurückkehren würde, wenn es keine Möglichkeit für sie gab, zu mir zu kommen.

Nachdem die Briefe eingesammelt worden waren, stellte uns der Herold Lady Zilery vor. Eine kleine zierliche Frau mit streng hochgesteckten grauen Haaren und Brille, deren Blick kritisch über uns glitt. Unwillkürlich setzte ich mich aufrechter hin.

»Lady Zilery wird Ihnen alles Nötige beibringen, damit Sie sich bei Hofe angemessen verhalten können. Außerdem wird sie den Prinzen über Ihre Fortschritte Bericht erstatten. Dies kann sich natürlich auch auf das Auswahlverfahren auswirken.«

Ich verstand. Lady Zilery war nicht nur unsere Lehrerin, sondern würde uns gleichzeitig prüfen. Und sie sah so aus, als würde ihr nicht der kleinste Fehler entgehen …

Nachdem der Herold den Raum verlassen hatte, übernahm Lady Zilery sogleich das Zepter.

»Sie werden nun in zwei Gruppen geteilt«, rief sie mit scharfer Stimme, die absolut zu meinem ersten Eindruck von ihr passte. »Gruppe eins wird zunächst ärztlich untersucht. Gruppe zwei wird währenddessen von mir eine Führung durch das Schloss erhalten, bei der ich Ihnen erste wichtige Informationen geben werde. Also seien Sie bitte aufmerksam!«

Sie zeigte an, welche Mädchen zunächst mit ihr kommen sollten und ging mit ihnen aus dem Saal. Tionne und ich blieben mit der anderen Hälfte der Kandidatinnen zurück.

Wunderbar. Die ärztliche Untersuchung …

Eine Dienerin bat uns, ihr zu folgen, und führte uns in einen großen Salon im Erdgeschoss des Nordflügels, dessen Wände in zartem Gelb gestrichen waren. Wertvolle Teppiche bedeckten die Dielen, und im Kamin knisterte ein Feuer und erfüllte den Raum mit behaglicher Wärme. Regale mit Büchern, Sofaecken, Sessel und Tische luden dazu ein, sich hier die Zeit zu vertreiben. Sogar ein Klavier stand in der Ecke.

»Der Gelbe Salon steht Ihnen für die Dauer Ihres Aufenthaltes zur Verfügung«, teilte die Bedienstete uns mit. »In den Kommoden finden Sie Schreibutensilien, Handarbeitsmaterialien und Gesellschaftsspiele. Bitte, bedienen Sie sich.«

Sie wählte fünf Mädchen aus und nahm sie mit zur ärztlichen Untersuchung.

»Nicht schlecht!«, stellte Tionne mit zufriedenem Blick durch den Raum fest und griff von einem bereitstehenden Tablett zwei Kristallgläser mit Limonade. Eines davon reichte sie mir.

Ich musste ihr zustimmen. »Allerdings macht mir der Gedanke Angst, hier mit den anderen Kandidatinnen endlos lange Zeit verbringen zu müssen!«, sagte ich besorgt.

Wir nickten uns ahnungsvoll zu, während wir beobachteten, wie die anderen mit Gekicher den Raum und die Schubladen untersuchten.

Nach einer Viertelstunde kehrte die Dienerin zurück und nahm weitere fünf Kandidatinnen mit sich. Beim nächsten Mal waren wir dabei. Sie führte uns zu einem Raum und wies uns an, im Korridor davor zu warten, während jeweils eine von uns hineingebeten wurde.

Als ein Mädchen herauskam, sprach ich sie an. »Was genau wird dort untersucht?«

Sie hatte tiefschwarze Haare und einen Porzellanteint. Mit ihrer geradezu elfenhaften Schönheit und den leicht schräg stehenden Augen hatte sie bestimmt gute Chancen, weiterzukommen.

»Mir wurden ein paar Fragen gestellt, meine Lunge abgehorcht und in den Mund geguckt. Außerdem wurde meine Haut kontrolliert.« Ihre Stimme klang leise und ruhig.

»Musstest du dich ausziehen?«, fragte ich nervös. Ich erinnerte mich, dass das Mädchen Elaine hieß und beim Frühstück an meinem Tisch gesessen hatte.

»Hemd und Höschen durfte ich anbehalten«, sagte sie mit einem leichten Lächeln.

Ein wenig beruhigt bedankte ich mich für ihre Auskunft und wartete ungeduldig darauf, dass ich an der Reihe wäre.

So viel würde heute noch geschehen! Die Schlossführung mit Lady Zilery und deren erste Informationen – aber das Wichtigste war: Würde der Hauptmann es schaffen, Neela und Leo zu holen? Würde ich meine Geschwister endlich wiedersehen können?

Unruhig wippte ich mit den Füßen auf und ab, was mir einen herablassenden Blick von Cecilia einbrachte, die neben Tionne stand. Sie hatte ihre lockigen rotblonden Haare ansprechend hochgesteckt und war wieder einmal die Selbstsicherheit in Person.

»Meinst du, dass die Prinzen darauf achten werden, wie wir uns untereinander verhalten?«, wurde sie gerade von dem Mädchen neben ihr gefragt.

»Ich weiß es nicht«, antwortete Cecilia kühl. »Und mir sind die anderen herzlich egal.«

Sie wurde mir immer unsympathischer.

Die Untersuchung durch den Arzt und seine Helferin lief zu meiner Erleichterung tatsächlich ganz harmlos ab. Er war nur ein wenig verwundert über mein aufgeschürftes Knie. Innerhalb kürzester Zeit durfte ich den Raum wieder verlassen.

Nachdem alle Mädchen untersucht worden waren, wurden die Gruppen getauscht, und wir waren an der Reihe, von Lady Zilery durch Wondringham Castle geführt zu werden. Mit großen, schnellen Schritten, bei denen ihre Absätze Trommelwirbel auf dem Parkett veranstalteten, eilte sie voran. Sie zeigte uns die Ahnengalerie, erläuterte den Hintergrund der abgebildeten Persönlichkeiten und wie sie mit der jetzigen Königsfamilie in Verbindung standen. Dann führte sie uns weiter durch die verschiedenen Flügel des Schlosses und erklärte, wo sich Küche und Dienstbotenzimmer befanden. Immer wieder stoppte sie, um uns Verhaltensregeln einzubläuen.

»Wenn Sie einem Mitglied der Königsfamilie begegnen, machen Sie auf jeden Fall einen tiefen Knicks. Niemals sprechen Sie von sich aus als Erste. Wenn Sie angesprochen werden, dürfen Sie reden. Aber dann bitte nicht einfach drauflosplappern, sondern nur auf gestellte Fragen antworten.«

»Auch bei den Prinzen?«, fragte Rose dazwischen.

Lady Zilery schob missbilligend ihre Brille ein wenig nach unten und musterte den Störenfried über deren Rand hinweg.

Insgeheim war ich froh, dass nicht schon wieder ich es war.

»Grundsätzlich schon. Allerdings wird es bei den Einzel- oder Gruppentreffen durchaus etwas zwangloser zugehen.«

Sie führte uns weiter zur Schlosskapelle im südwestlichen Turm: ein runder, Ehrfurcht erweckender Raum mit zwei umlaufenden Emporen, die mit kunstvollen Bildern und Bibeltexten geschmückt waren.

Während wir anschließend durch einen Flur mit Geweihen an den Wänden und Gemälden mit Jagdszenen gingen, erklärte Lady Zilery: »Ein besonderer Fauxpas wäre es, die Königin zu berühren. Die korrekte Anrede ist ‚Majestät' oder ‚Königliche Hoheit'. Dass Sie auf Ihre Körperhygiene zu achten haben, muss ich hoffentlich nicht extra erwähnen. Wichtig ist auch angemessene Kleidung, wobei Sie dafür Unterstützung von einer Kammerzofe erhalten werden. Tagsüber darf es etwas legerer zugehen, zum Abendessen und erst recht bei offiziellen Veranstaltungen wird natürlich ein Abendkleid erwartet.«

Zum Abschluss zeigte Lady Zilery uns vom Schlosshof aus, wo sich die Gemächer der Königsfamilie befanden.

»Diesen Bereich dürfen Sie nicht betreten«, warnte sie und deutete auf den gesamten Ostflügel. »Wenn einer der Prinzen Sie sehen möchte, wird er zu Ihnen in den Nordflügel kommen oder Sie informieren, wo das Treffen stattfindet.«

Je weiter der Tag voranschritt, desto nervöser wurde ich. Wo waren wohl meine Geschwister und der Hauptmann gerade? Hatte alles geklappt? Waren sie vielleicht sogar schon auf dem Weg hierher?

Mein Magen knurrte bereits heftig, als Lady Zilery uns zu guter Letzt den Tagesplan präsentierte, der nun täglich im Gelben Salon aushängen würde.

Für heute standen noch Körperpflege (was auch immer das bedeuten mochte) und nach dem Abendessen eine Kennenlernrunde im Jahreszeitensaal auf dem Programm. Es war schön, zu hören, dass an diesem Tag kein weiteres Mädchen gehen musste.

Dann endlich durften wir uns zum Mittagessen in den Speisesaal begeben.

»Hätte ich mich jetzt umziehen müssen?«, witzelte ich mit Tionne herum, während wir Platz nahmen.

»Aber gewiss doch, Eure Königliche Hoheit!« Sie knickste, und wir kicherten.

Am Nachmittag wurden wir zimmerweise zur »Körperpflege« abgeholt. Die Kandidatinnen, die noch nicht an der Reihe waren, hatten sich währenddessen im Gelben Salon oder in ihrem Zimmer aufzuhalten.

Fanny führte uns in den Westflügel, wo sich ein luxuriöser Badebereich befand. Mit großen Augen blickte ich mich um. So etwas hatte ich noch nie gesehen. Es gab sogar ein Wasserbecken, das so groß war, dass man darin schwimmen konnte, und einen Raum, der sich erhitzen ließ, bis es wärmer als im Hochsommer war. Dampf stieg auf, und es duftete nach blumigen Essenzen. Flinke Dienerinnen eilten um uns herum. Sie erklärten uns, dass dies ein Brauch aus dem Orient sei, den die Königin eingeführt habe, und baten uns, die Kleidung abzulegen.

Ich war es nicht gewohnt, so viel Haut zu zeigen. Doch als die anderen Mädchen ohne Widerspruch gehorchten, stieg ich ebenfalls aus meinem Kleid.

Zunächst wurden wir in parfümiertem Wasser gebadet und dann geschrubbt, bis unsere Haut sich seidenweich anfühlte. Mein wundes Knie brannte im Wasser, was mein Wohlbefinden etwas schmälerte. Anschließend rieb man uns mit duftenden Ölen ein, feilte und polierte unsere Finger- und Fußnägel und schmierte uns irgendetwas in die Haare, sodass sie glänzten.

Ein wenig verschämt ließ ich die ganze Prozedur über mich ergehen und fragte mich, ob sich der Aufwand in meinem Fall lohnte.

»Ich fürchte, ich bin bis aufs Fleisch durchgerubbelt!«, seufzte Tionne, als wir mit geröteter Haut in unser Zimmer zurückkehrten, um Platz für die nächsten Mädchen zu machen.

Der Nachmittag auf dem Zimmer wurde lang. Vor allem Cecilia war eine Meisterin der spitzen Bemerkungen. Ihr liebstes Opfer war die mollige Rose. Ismey hielt sich zurück und beschäftigte sich lieber mit einer Stickerei. Auch ich versuchte, mich herauszuhalten, aber die Stimmung sank. Es ließ sich nicht leugnen: Die Krallen waren gefeilt und ausgefahren.

Als Rose einen kurzen Abstecher zum Waschraum machte, nutzte Cecilia die Gelegenheit, um Tionne in ihre Lästereien hineinzuziehen.

»Meinst du nicht auch, dass ihr Verhalten ein wenig zu … provinziell für eine Prinzessin ist?«

Tionne antwortete mit genervtem Unterton: »Keine Ahnung, dafür kenne ich sie zu wenig, aber wer weiß schon, welchen Geschmack die Prinzen haben!?«

Ich war stolz auf meine beste Freundin, vor allem, als ich sah, wie pikiert Cecilia guckte.

»Bestimmt haben sie uns absichtlich zu mehreren in einem Zimmer zusammengepfercht!«, wisperte ich Tionne zu, als Cecilia und Ismey gerade darüber diskutierten, welcher Prinz am besten aussehe. »Wer sich in diesem Raubtierkäfig behaupten kann, ist auch dem Leben einer Prinzessin gewachsen …«

Tionne warf mir einen gequälten Blick zu.

Zum Abendessen hatten wir, wie gefordert, Abendkleider angezogen. Anschließend leitete Lady Zilery ein paar Spiele an, damit wir uns untereinander besser kennenlernen konnten. Niemand wäre auf die Idee gekommen, dass diese Mädchen Konkurrentinnen waren, wenn er gesehen hätte, wie sie bei »Blinde Kuh« einander kreischend durch den Salon jagten oder bei einer Scharade eifrig Begriffe pantomimisch darzustellen versuchten und sich dabei vor Lachen ausschütteten.

Wenn meine Anspannung wegen Neela und Leo nicht mittlerweile auf dem Höhepunkt angelangt gewesen wäre, hätte ich ebenfalls Spaß gehabt. Aber als wir endlich auf unsere Zimmer gingen und uns bettfertig machten, gab es vom Hauptmann immer noch kein Lebenszeichen. Ich fragte bei unserem Zimmermädchen nach, doch sie wusste nichts über seinen Verbleib. Also musste ich mich weiter in Geduld üben, obwohl das nicht gerade meine Stärke war.

»Mach dir nicht so viele Sorgen, das wird schon gut gehen!«, versuchte Tionne, mich erfolglos aufzumuntern.

Die Kerzen wurden gelöscht, und ein Mädchen nach dem anderen schlief ein. Nur ich lag weiterhin wach und wälzte mich von einer Seite auf die andere.

»Bitte, bitte, lass sie heil hier ankommen!«, flehte ich in Gedanken und kaute auf meiner Wange. Was sollte ich tun, wenn sie bis morgen immer noch nicht da waren? Ich beschloss, in diesem Fall sofort abzureisen und auf das Geld zu verzichten. Das Wohlergehen meiner Geschwister und der Zusammenhalt unserer kleinen Familie waren das Wichtigste.

Wo blieben sie bloß so lange? Hätten sie nicht schon längst da sein müssen?

Irgendwann hielt ich es nicht länger im Bett aus, zog mir einen Morgenmantel über und schlich auf den dunklen Flur hinaus, um mir ein Fenster zu suchen, von dem aus ich den Schlosshof überblicken konnte. Im gleichen Moment bog ein dunkler Schatten um die Ecke. Hoffnungsvoll starrte ich ihm entgegen.

Tändeln verboten

Es war tatsächlich der Hauptmann. Gott sei Dank!

Gemessenen Schrittes kam er auf mich zu, und ich schaffte es nur unter Aufbietung all meiner Kräfte, ihm nicht entgegenzulaufen und ihn anzuschreien, dass er endlich sagen sollte, was los sei und wo meine Geschwister wären.

»Guten Abend, Miss Barnaby.« Er machte eine leichte Verbeugung. »Es gibt da zwei kleine Personen, die Sie gerne begrüßen wollen«, sagte er mit nervtötender Ruhe. Und dann hielt er mir rasch den Mund zu, als hätte er geahnt, dass ich einen Freudenschrei nicht würde unterdrücken können.

»Werden Sie es schaffen, leise zu sein?«, flüsterte er dicht an meinem Ohr.

Als ich nickte – immer noch erschrocken von seiner plötzlichen Nähe –, nahm er seine Hand von meinem Mund.

»Dann folgen Sie mir, bitte.«

Er führte mich einen Gang entlang, den ich bisher noch nicht kannte. Weil er so langsam ging, griff ich schließlich ungeduldig nach seinem Arm und zerrte ihn vorwärts, was er mit einem amüsierten Schnauben quittierte.

In einem Salon saßen Neela und Leo ungewohnt brav auf einem Sofa, die Hände sittsam im Schoß gefaltet. Glücklich stürmte ich auf die beiden zu, kniete mich vor sie und schloss sie unter Tränen in meine Arme. Meine Kniewunde brach wieder auf, aber es war mir egal.

Leo befreite sich aus meiner Umarmung. »May, ich durfte in einer echten Königskutsche mit Kutscher fahren! Ich weiß das, weil da ein Wappen drauf war, und du hast uns im Unterricht das Wappen mal gezeigt, und es war das Königswappen!«

Er hüpfte vor Begeisterung auf und ab und berichtete mir in allen Einzelheiten von den schönen Pferden und wie schnell die gelaufen seien. Währenddessen drückte Neela sich stumm an mich und wollte gar nicht wieder loslassen. Beschützend legte ich den Arm um sie.

»Und dann waren wir in einem Gasthaus, und da gab es Waffeln, die waren sooo lecker!«, fuhr Leo fort.

Ich warf Mr Kane einen dankbaren Blick zu. Er stand am Kamin und beobachtete die ganze Szene.

»Und hinter dem Wagen und davor sind jeweils zwei Soldaten geritten, mit Säbeln!« Leos Stimme klang sehr beeindruckt. »Die hatten blaue Uniformen an – so wie er!« Er deutete auf Mr Kane.

»Du meinst, wie der Herr Hauptmann«, verbesserte ich ihn sanft und wunderte mich, dass der einen solchen Aufwand betrieben hatte für zwei unbedeutende Kinder.

»Genau! Und dann …«

»Ich denke, wir sollten euch nun besser zu Margret bringen, es ist schon sehr spät«, unterbrach Hauptmann Kane Leos Wortschwall und hielt uns die Tür auf.

Ich erhob mich und ergriff die Hände meiner Geschwister. Dann fiel mir auf, dass ich nur Nachthemd und Morgenmantel trug. Meine sonst immer hochgesteckten Haare flossen lang über meinen Rücken. Verlegen sah ich an mir herunter.

»Ich glaube, ich sollte mir eben noch etwas Passenderes überziehen.«

Die Augen des Hauptmanns blitzten. »Wir werden im Schlosshof auf Sie warten.« Er sah die unsicheren Blicke der Kinder, die bei mir bleiben wollten, und ergänzte: »Da kann ich euch die Torwachen und die Zugbrücke zeigen!«

Nur widerstrebend ließ Neela mich los. Das Wissen, dass ich sie in Kürze bei einer wildfremden Frau wieder allein lassen musste, brach mir fast das Herz.

»Ich beeile mich«, versprach ich und rannte mit wehendem Morgenmantel zurück zu unserem Flur. Im Ankleidezimmer zog ich mir angemessene Kleidung und einen Pelzmantel über, der bestimmt kostbarer war als alles zusammen, was ich je zuvor getragen hatte. Dann eilte ich nach draußen.

Neela bemühte sich redlich, tapfer zu sein, aber ihr Blick zeigte mir, welche Ängste sie ausgestanden hatte. Leo dagegen unterhielt sich fachkundig und ohne Berührungsängste mit den Torwachen.

Während wir die Zugbrücke passierten, fragte ich die Kinder, wie es ihnen ergangen war.

»Ich hab mich um Leo gekümmert und dafür gesorgt, dass er keinen Unfug anstellt«, berichtete Neela ernst. »Als der Hauptmann kam, hat Mr Conley ihm erst gar nicht geglaubt und wollte uns nicht gehen lassen.« Neela warf Mr Kane einen bewundernden Blick zu, und er zwinkerte ihr zu. »Aber er hat ihm deinen Brief gezeigt, und ich habe gesagt, dass das wirklich deine Schrift ist. Dann erst hat er erlaubt, dass der Hauptmann uns mitnimmt. Ich habe auch das Bild und Mamas Schal mitgebracht.«

Gerührt drückte ich Neela an mich. »Das war eine wunderbare Idee! Pass gut darauf auf!«

»Das ist ja wohl selbstverständlich!«, antwortete sie, schon wieder ein wenig aufmüpfig, was ich als gutes Zeichen wertete.

Das Portrait unserer Eltern war nahezu das Einzige, was von einer besseren Zeit übrig war. Es war kurz nach ihrer Hochzeit entstanden. Beide sahen sehr glücklich darauf aus. Außerdem besaßen wir noch den Lieblingsschal unserer Mutter. Lange Zeit noch hatte er nach ihr gerochen. Ein wenig nach Blumen, Wärme und Geborgenheit. Wie oft hatte ich heimlich mein Gesicht hineingepresst und ihren Duft eingesogen? Aber der hatte sich mittlerweile verflüchtigt. Und auch ihr Bild in meinem Kopf, das ich verzweifelt festzuhalten versuchte, verblasste immer mehr.

Ich war froh darüber, dass unsere Schätze nicht bei den Conleys zurückgeblieben waren. Jetzt befand sich alles, was mir lieb war, hier.

»Was haben Mr und Mrs Conley gesagt?«, fragte ich den Hauptmann, während wir durch den nächtlichen Park zu Margrets Haus gingen.

»Ich habe nur mit dem Hausherrn gesprochen. Er schien beruhigt, dass es Ihnen gut geht und die Kinder versorgt sein werden. Als ich ihm berichtet habe, wo Sie sich gegenwärtig aufhalten und wie es dazu kam, schien er recht amüsiert. Leider konnte er nicht versprechen, dass die Stelle frei bleiben würde, sollten Sie länger fehlen.«

Ich nickte. »Das hatte ich schon befürchtet.«

»Aber wie bereits erwähnt: Ich denke, Sie können sich in dieser Hinsicht der Unterstützung der königlichen Familie sicher sein.«

»Hoffentlich haben Sie recht!«, seufzte ich.

»Wirst du jetzt eine Prinzessin, Mayrin?«, wollte Neela wissen.

»Ich weiß es nicht«, flunkerte ich. Sie musste sich doch denken können, dass ich keine Chance hatte. Das, was hier gefordert wurde, überstieg mein Aussehen und meine Fähigkeiten bei Weitem.

»Aber du versuchst es, oder?«, warf Leo ein. »Dann könnten wir in einem Schloss wohnen, bei den ganzen Soldaten, und müssten nie mehr Haferbrei zum Frühstück essen.«

Ich warf Mr Kane, der uns interessiert beobachtete, einen hilflosen Blick zu. »Ich verspreche, dass ich mir Mühe geben werde. Aber seid nicht traurig, wenn es nicht klappt.«

Wir waren vor der Tür eines kleinen Fachwerkhauses angelangt. Es wirkte einfach, aber gepflegt und aus den Fenstern leuchtete uns einladendes Licht entgegen. Als der Hauptmann klopfte, öffnete eine füllige Frau mit freundlichem Gesicht die Tür.

»Ah, Mr Kane!«, rief sie freudig. »Und diese hübsche junge Dame muss Neela sein, richtig?«

Meine Schwester knickste verlegen.

»Ich bin Leo!«, rief der Kleine und stellte sich selbstbewusst vor Margret. »Ich kann schon lesen!«

»Nein, wirklich?«, rief sie bewundernd aus. »Dann kannst du mir ja bei meinen Rezepten helfen. Meine Augen sind nämlich nicht mehr die allerbesten, musst du wissen.«

Sie bedeutete uns, hereinzukommen. »Herzlich willkommen! Ich bin Margret und würde mich sehr freuen, wenn ihr mir hier ein wenig Gesellschaft leisten mögt, während eure Schwester nebenan auf dem Schloss das Herz eines Prinzen erobert. Vorausgesetzt natürlich, ihr seid schon groß genug dafür, ein bisschen ohne sie auszukommen!«

»Wir sind groß genug, oder, Neela?«, fragte Leo seine Schwester, die nun schlecht zugeben konnte, dass sie lieber bei mir bleiben wollte.

»Na, das freut mich aber! Mögt ihr Pudding? Ich habe noch ein kleines bisschen vom Mittagessen über.«

Sie füllte den beiden je eine große Schüssel voll, und wir setzten uns gemeinsam an den Küchentisch. Ich schluckte gerührt. Nach den Schrecken der vergangenen Tage tat mir der wohlwollende Empfang bei Margret gut.

»Wisst ihr, dass Mr Kane den früher auch so gern gegessen hat?«, fragte Margret und lächelte den Hauptmann liebevoll an. »Immer wollte er die Schüssel auslecken!«

Er lachte gutmütig.

Nachdem die Kinder aufgegessen hatten, zeigte Margret ihnen ihren Schlafplatz: einen gemütlichen Alkoven, in dem die beiden genügend Platz haben würden. Mit dem Versprechen, sie am nächsten Tag zu besuchen, durfte ich ins Schloss zurückkehren.

Als wir Margrets Haus verließen, war es mitten in der Nacht. Leo schlief bereits, und auch Neela hatte die Augen kaum mehr offen halten können, als ich ihr eine gute Nacht gewünscht hatte.

Gedankenversunken ging ich neben dem Hauptmann her. Der Schnee knirschte unter unseren Schritten. Jetzt, wo ich die Kinder in Sicherheit wusste, spürte ich die eigene Erschöpfung.

»Wie war Ihr Tag? Was haben Sie gemacht, Miss Mayrin?«, machte Mr Kane höflich Konversation, während wir den Schlosshof durchquerten.

»Riechen Sie das nicht?«, murmelte ich. »Schönheitsprogramm. Ich dufte wie ein mehrstöckiges Freudenhaus!«

Er blinzelte überrascht, dann lachte er leise. Dieser warme Klang verursachte ein merkwürdiges Kribbeln in meiner Brust. Mir wurde klar, dass ich mich nicht gerade wie eine Dame verhielt.

»Entschuldigen Sie bitte, Sir, ich bin ganz durcheinander vor Müdigkeit und weil ich mich so freue, dass die Kinder da sind. Ich weiß gar nicht, wie ich Ihnen für Ihre Hilfe danken soll!«

»Wie wäre es mit einem kleinen Kuss?«, fragte er mit undurchsichtigem Gesichtsausdruck.

Verblüfft blieb ich stehen. Hoffentlich hatte ich mich da verhört.

»Oh«, stammelte ich abwehrend, woraufhin er einen übertrieben verletzten Gesichtsausdruck aufsetzte. »Nein … Ich wollte damit nicht sagen, dass ich Sie nicht mag, Sir! Ich glaube, Sie sind der großartigste Mensch, den ich je kennenlernen durfte, und ich finde Sie wirklich sehr attraktiv, aber …« Ich verstummte, weil mir bewusst wurde, dass ich mich gerade um Kopf und Kragen redete.

»Ja?«, fragte er schmunzelnd, und mir wurde klar, dass er mich nur hatte necken wollen.

»Naja, dieser Vertrag …«, wand ich mich.

»Vertrag?«

»Ich habe einen Vertrag unterschrieben, dass ich mit niemandem tändeln werde«, schloss ich errötend und ging eilig weiter, damit er mein Gesicht nicht sehen konnte – obwohl zu bezweifeln war, dass er im Kerzenschein viel erkennen konnte.

»Ah, ich verstehe. Na, dann will ich Sie nicht weiter in Verlegenheit bringen. Es war mir eine große Freude, Ihnen helfen zu dürfen, Miss Mayrin. Sie müssen sich nicht revanchieren.«

Wir waren vor meinem Zimmer angekommen.

»Danke!« Ich drückte seine Hand und strahlte ihn an. Irgendetwas stellte er mit mir an, dass ich immerzu das Bedürfnis hatte, ihn anzulächeln. Rasch huschte ich in das Zimmer. Bevor ich die Tür hinter mir zuzog, winkte ich ihm noch einmal zu.

Mr Kane stand im Flur, und sein leichtes Lächeln wirkte selbstzufrieden.

Als Fanny uns am nächsten Tag weckte, fühlte ich mich entspannt und zufrieden. Meine Geschwister waren in Sicherheit, gut versorgt und ganz in der Nähe. Und ich hatte ein aufregendes Abenteuer vor mir: möglichst weit kommen in der Brautschau, um eine Menge Geld mit nach Hause zu nehmen.

Ich berichtete Tionne von Margret und ihrem Häuschen, in dem Neela und Leo ein Zuhause auf Zeit gefunden hatten. Daraufhin packte sie mich und wirbelte mit mir im Zimmer herum.

»Das ist ja fantastisch! Dann können wir zusammen hierbleiben!«

Ich lächelte etwas verhalten, weil mir dieser ganze Brautschaurummel Angst einjagte.

Noch vor dem Frühstück eilten wir in den Gelben Salon, um auf dem Tagesplan nachzuschauen, was uns heute erwartete. Und sofort war es vorbei mit meiner guten Laune. Es stand nur ein Programmpunkt darauf: Tischmanieren!

»Puh, wie langweilig«, stöhnte Tionne, während wir zum Speisesaal gingen. »Den ganzen Tag lang?!«

Ich schwieg. Das letzte Mal, dass ich an einer gepflegten Tafel gesessen hatte, war drei Jahre her.

Lady Zilery kam während des Frühstücks zu uns und beobachtete mit scharfem Blick jeden unserer Handgriffe. Ich wagte kaum, zu sprechen oder etwas zu essen, aus Angst, mich zu blamieren.

Als wir schließlich fertig waren, ergriff sie das Wort. »Ich sehe, einigen von Ihnen steht ein gutes Stück Arbeit bevor.« Ihr Blick sprach Bände. »Bitte ziehen Sie sich nun ein Abendkleid an und kommen anschließend hierher zurück.«

Ich sah zu Tionne hinüber. Das klang nicht gut.

Rose seufzte leise.

»Hast du auch Angst vor dem heutigen Thema?«, fragte ich.

Sie warf mir aus ihren schönen dunkelbraunen Augen einen Blick zu und schien mich für vertrauenswürdig zu befinden. Dann nickte sie.

»Ich bin nur die Stieftochter eines kleinen Landadligen. Bis vor einem Jahr haben meine Mutter und ich in eher bescheidenen Verhältnissen gelebt«, gestand sie. »Mein leiblicher Vater war Apotheker, musst du wissen.«

Mir kam der Gedanke, dass es für einige Mädchen noch schwerer sein könnte als für mich, hier zurechtzukommen. Denn mir war es egal, wenn ich am Ende keinen Prinzen abbekam. Und außerdem hatte ich Tionne bei mir, meine beste Freundin, der ich bedingungslos vertraute. Aber gerade solch besonders hübsche Mädchen wie Rose wurden von den anderen bestimmt mit Argwohn betrachtet, denn sie waren eine starke Konkurrenz.

»Keine Sorge, du bist nicht die Einzige, die heute eine Menge zu lernen hat!« Ich deutete mit schiefem Grinsen auf mich selbst. »Vielleicht können wir uns gegenseitig unterstützen.«

Roses verwunderter Blick zeigte, wie ungewöhnlich mein Vorschlag wohl unter den gegebenen Umständen war.

»Ja … gerne«, stimmte sie etwas zögerlich zu. Vermutlich suchte sie den Haken an der Sache.

Wir verabredeten uns für den gleichen Tisch und gingen uns umziehen. Ein Abendkleid, und das am helllichten Tag! Hoffentlich würde ich etwas finden, in dem ich mich wohler fühlte als das Mal zuvor. Was sollte das Ganze überhaupt?

Um diese Uhrzeit?!

Verloren stand ich zwischen all den kostbaren Stoffen im Ankleidezimmer und griff schließlich wahllos nach einem Kleid, das zumindest ungefähr meine Größe hatte.

»Die Kleider sollen uns bestimmt helfen, uns vorzustellen, wir wären bei einer feinen Abendgesellschaft«, vermutete Tionne, die in diesem Augenblick hereinkam und einen gequälten Blick auf mein Kleid warf.

Ich hob die Schultern. Was war denn nun schon wieder an meiner Wahl auszusetzen?!

Gemeinsam kehrten wir in den Jahreszeitensaal zurück und setzten uns. Jeder Platz war vollständig eingedeckt mit einer Angst einflößenden Anzahl an Gläsern und Besteckteilen.

»Bitte erheben Sie sich wieder«, erscholl die scharfe Stimme von Lady Zilery durch den Saal. Mühelos übertönte sie unsere Gespräche.

Sofort verstummten alle und standen auf.

»Wir beginnen gleich mit der ersten Lektion. Ich gehe selbstverständlich davon aus, dass Sie sich ausschließlich sauber und gut frisiert zu Tisch begeben.«

Unwillkürlich schob ich eine meiner störrischen Haarsträhnen hinter das Ohr.

»Wenn beim Essen ein Mitglied des Königshauses anwesend ist, setzt sich grundsätzlich niemand unaufgefordert an den gedeckten Tisch. Erst wenn die Prinzen beziehungsweise der König oder die Königin dazu auffordern, ist dies erlaubt. Auch das Besteck darf erst zur Hand genommen werden, wenn das ranghöchste Mitglied des Königshauses selbst mit dem Essen begonnen hat. Die Mahlzeit endet, sobald seine – beziehungsweise ihre – Königliche Hoheit die Serviette neben den Teller legt und sich erhebt. Sie unterbrechen sofort jegliches Gespräch und erheben sich ebenfalls.«

Ich schluckte. Hoffentlich besaßen die Mitglieder der Königsfamilie einen gesunden Appetit und ließen sich Zeit bei der Mahlzeit.

Lady Zilery ließ uns keine Zeit zum Schwatzen. Zunächst übten wir das elegante Hinsetzen. Bis zum Mittagessen erläuterte sie uns dann, wofür die verschiedenen Gläser gedacht waren, dass man ein Weinglas am Stil und nicht am Bauch hielt, wann man welches Besteck verwendete, wie man es hielt und wie man es auf dem Teller zu positionieren hatte, wenn man es ablegen wollte.

Für die meisten der Kandidatinnen war das nichts Neues, denn sie kamen aus Familien, in denen viel Wert auf eine gute Erziehung gelegt wurde. Aber einige, so wie ich, wiesen noch Defizite auf, die ausgemerzt werden mussten, damit wir vorzeigefähig waren.

Ich bemerkte, dass Rose unruhig auf ihrem Stuhl herumrutschte.

»Die Serviette ist ein Mundtuch, kein Taschentuch und auch kein Wischtuch!«, belehrte uns Lady Zilery. »Sie wird also nur benutzt, um die Lippen abzutupfen, und auf den Schoss gelegt, sobald Sie Platz genommen haben, nicht etwa in den Ausschnitt gesteckt. Das würde den Verdacht erwecken, Sie wären nicht in der Lage, die Speise ohne Malheur vom Teller in den Mund zu befördern.«

»Bin ich auch nicht«, flüsterte ich Tionne zu, die an meiner anderen Seite saß. »Vor allem, wenn ich mich besonders gut benehmen möchte! Dann passiert mir grundsätzlich ein Missgeschick.«

Lady Zilerys Raubvogelblick erfasste mich. »Sie da! Wenn Sie es nicht für nötig halten, mir zuzuhören, dürfen Sie den Saal gern verlassen.«

Ich wurde rot bis zum Haaransatz. Das wollte ich auf keinen Fall. Ohne Lady Zilerys Hilfe würde ich mich bei einem offiziellen Essen bereits vor dem ersten Gang bis auf die Knochen blamieren.

Vom Nachbartisch traf mich Cecilias hämischer Blick. Ich hob angriffslustig das Kinn und presste die Lippen zusammen.

»Nach Beendigung der Mahlzeit wird die Serviette nicht zerknüllt auf den Teller geworfen, sondern links daneben abgelegt.« Lady Zilery fuhr fort, ohne mich weiter zu beachten.

Mittlerweile musste es Mittagszeit sein, denn mein Magen knurrte hörbar. Doch Lady Zilery kannte kein Erbarmen und setzte ihren Unterricht fort. Was für eine perfide Foltermethode, uns am fertig gedeckten Tisch sitzen zu lassen, ohne dass wir etwas essen durften.

Endlich, als ich es kaum mehr aushielt, gab Lady Zilery den Bediensteten ein Zeichen und ließ das Mittagessen auftragen.

»So, meine Damen, bitte zeigen Sie mir nun, dass Sie etwas dazugelernt haben!«, sagte sie, und es klang fast drohend.

Es war ungewohnt still beim Mittagessen.

»Nicht so verkniffene Gesichter! Stellen Sie sich vor, dies wäre ein gesellschaftlicher Anlass und Sie sollen sich charmant unterhalten!«

Lady Zilery ging zwischen den Tischen herum und korrigierte immer wieder erbarmungslos.

»Sie da! Hören Sie auf, diese fürchterlichen Geräusche mit Ihrem Messer auf dem Teller zu machen! Und die Dame da hinten mit den blonden Haaren! Das Besteck ist ausschließlich zur Portionierung der Speisen vorgesehen, nicht, um Ihrem Konversationsbeitrag Nachdruck zu verleihen!«

Während der erste Gang abgedeckt wurde, flüsterte Rose mir zu: »Ich glaube, ich werde in Anwesenheit der Prinzen keinen Bissen herunterbringen!«

Ich nickte verkrampft. Unter meinen Achseln sammelte sich die Feuchtigkeit. Ich hörte, wie Cecilia abfällig kicherte, als ihre Tischgenossin gemaßregelt wurde, und war froh, dass ich nicht an einem Tisch mit ihr sitzen musste.

Der Hauptgang wurde aufgetragen, und ich bemühte mich redlich, das Hühnerbein mit Messer und Gabel zu sezieren, ohne jemanden zu verletzen.

»Himmel, Ihre Körperhaltung!«

Ich zuckte zusammen, weil Lady Zilery mir in diesem Moment missbilligend auf die Schulter tippte. »Sitzen Sie doch bitte aufrecht! Die Speisen werden zum Mund und nicht der Mund zum Teller geführt!« Sie ging zum Nachbartisch weiter, um dort ein neues Opfer zu finden.

»Nun gut, meine Damen«, sagte sie schließlich seufzend. »Sie merken vermutlich selbst, dass es da Nachbesserungsbedarf bei der einen oder anderen gibt. Wir werden jetzt eine einstündige Pause machen. Im Anschluss daran bitte ich einige von Ihnen noch einmal hierher – für weitere Übungen. Das ist für Sie von großer Wichtigkeit, denn ab heute werden Sie das Abendessen gemeinsam mit den Prinzen einnehmen. Ich erwarte dann vorbildliche Tischmanieren von Ihnen.«

Wie vorauszusehen, gingen ihre letzten Worte in der lautstarken Freude über ihre Ankündigung bezüglich der Prinzen unter. Als wieder Ruhe eingekehrt war, deutete Lady Zilery auf die Kandidatinnen, die am Nachmittag nachsitzen sollten.

Es war wenig überraschend für mich, dass ich eine von ihnen war. Rose war auch dabei. Das würde es ein wenig erträglicher machen. Die anderen hatten den Rest des Tages zur freien Verfügung, was mich mit glühendem Neid erfüllte, weil ich eigentlich gehofft hatte, Zeit mit Neela und Leo verbringen zu können. Jetzt musste ich mich sputen, um sie überhaupt sehen zu können, bevor der Unterricht in einer Stunde weitergehen würde.

»Alles in Ordnung, Mayrin?«, rief Tionne, als ich im Eilschritt an ihr vorbei zum Zimmer hastete, um meinen Mantel zu holen.

»Ich will nur noch mal kurz zu meinen Geschwistern!«

Sehr undamenhaft sprang ich die Treppe hinauf und wäre auf dem Flur fast gegen einen Wachmann geprallt, der mir kopfschüttelnd nachblickte. Als ich wenig später keuchend an die Tür von Margrets Haus klopfte, öffnete mir Neela und warf sich freudestrahlend in meine Arme. »May!«

Auch Leo kam angelaufen, die Hände voll mit Mehl und die Nasenspitze ebenfalls ganz weiß. Um seinen Mund herum sah man verräterische Rührteigspuren.

»Wir dürfen Margret beim Backen helfen! Heute gibt es Kuchen! Und Neela hat alle Eier aufgeschlagen, und nur bei einem ist die Schale mit in die Schüssel gefallen! Und dann ist mir der Korb mit den Eiern runtergerutscht, aber das war ehrlich keine Absicht«, plapperte Leo. »Warum hast du so ein komisches Kleid an? Die Farbe sieht aus wie der Misthaufen von dem Bauern, bei dem wir immer mit Sallie waren.«

Ich blickte an mir herunter. Wenn ich ehrlich war, hatte Leo recht. Das Kleid war nicht gerade ein Glücksgriff gewesen. Ich seufzte.

»Teigfinger weg vom Abendkleid deiner Schwester!«

Margret kam an die Tür und rieb sich die nassen Hände an der Schürze ab, während ich mich bemühte, Leo zu erklären, was ich heute Vormittag gemacht hatte.

»Kommen Sie doch bitte herein, meine Liebe, es wird ja ganz kalt hier drinnen!« Sie lächelte mich mütterlich an. »Möchten Sie einen Tee, Miss Mayrin?«

Leo zog mich in die Küche und zeigte mir den Kuchenteig. Alle Gedanken an die Brautschau waren schlagartig aus meinem Kopf verschwunden.

»Na, euch scheint es hier aber gut zu gehen!« Ich warf Neela einen fragenden Blick zu. Bei Leo war ich mir sicher, aber ihr sah man so etwas nicht gleich an.

»Doch, Margret ist wirklich nett.«

»Aber?«, hakte ich nach.

Sie barg ihren Kopf an meiner Seite. Behutsam streichelte ich ihr über die Haare. »Du willst bestimmt die Prinzen sehen, richtig?!«, versuchte ich einen Witz, um sie aufzumuntern.

Interessiert hob sie ihren Kopf. »Ginge das?«

Ich zuckte die Achseln und blickte fragend zu Margret.

»Das kommt wohl darauf an, wie lange eure Schwester hier bleibt. Aber wir können ja Hauptmann Kane fragen, wann die Prinzen einmal ausreiten, und sie uns dann anschauen, was meint ihr?«

Beide nickten.

»Kommt der Hauptmann hier öfter vorbei?«, fragte ich und bemühte mich um einen mäßig interessierten Tonfall.

»Mit großer Sicherheit, wenn es Kuchen gibt«, lachte Margret und bedeutete mir, mich auf die Eckbank zu setzen. »Dafür hat er einen siebten Sinn!« Sie stellte einen dampfenden Becher Tee vor mich, an dem ich mich aufwärmen konnte.

»Ist er nicht eigentlich viel zu jung für den Posten eines Hauptmannes?« Ich senkte den Kopf, damit sie mir meine Neugierde nicht ansehen konnte, und blies in die heiße Flüssigkeit.

Margret lachte. »Ich finde ihn sehr reif für sein Alter.«

»Wie alt ist er denn?«, hakte ich nach.

Schmunzelnd stellte sie fest: »Der Hauptmann hat Sie beeindruckt, nicht wahr, Miss Mayrin?«

Ich errötete ertappt. »Benehmen sich meine Geschwister gut? Leo hat die ganzen Eier fallen lassen, nicht wahr?«, versuchte ich, abzulenken.

»Sie benehmen sich vorbildlich, und so ein Missgeschick kann schon mal passieren«, erwiderte Margret mild.

»Nun ja …« Ich dachte daran, wie sehr Leo Probleme anzog. Vielleicht waren all die Ermahnungen, die sich meine Geschwister von mir in den letzten drei Jahren hatten anhören müssen, doch nicht vergebens gewesen.

»Danke«, flüsterte ich, weil meine Stimme versagte.

»Wie lief es denn bei Ihnen heute? Schon einen Königssohn betört?« Margret schien ein gutes Gespür dafür zu haben, wann es besser war, das Thema zu wechseln.

»Die Prinzen werden mit uns gemeinsam zu Abend essen. Den ganzen Vormittag haben wir dafür geübt. Aber ich muss gleich zurück und weiter üben, weil meine Tischmanieren noch einen gewissen Schliff benötigen«, gab ich zu.

»Und mir willst du immer sagen, wie ich mich beim Essen zu benehmen habe!«, warf Neela ein.

»Nun ja, das ist jetzt schon etwas anderes …«

»Deine Schwester soll heute mit den Prinzen speisen! Da muss sie Dinge bedenken, von denen normale Bürger noch nie gehört haben!«, unterstützte Margret mich.

»Und deshalb muss ich leider gleich schon wieder zurück.«

»Was?!«, rief Neela empört. »Du bist doch gerade erst gekommen!«

»Ich versuche, morgen wiederzukommen.« Das hier war wirklich nicht leicht.

»Wenn sich ein Prinz in dich verliebt, müsst ihr euch dann auch küssen?« Leo sah mich besorgt an. Küssen fand er eklig.

Ich lachte. »Nur, wenn wir das wollen!«

»Naja, macht ja nichts. Weißt du, dass Margret Hühner und zwei Ziegen hat?«, fuhr er übergangslos fort. »Ich durfte die Hühner schon füttern, und Neela hat versucht, die Ziege zu melken, aber das hat noch nicht so ganz geklappt.«

Neela warf ihrem Bruder einen säuerlichen Blick zu. Margret schob unterdessen den Kuchen in den Backofen, und schon bald war die Küche von köstlichem Duft erfüllt.

Ich genoss die Zeit in Margrets Haus. Viel zu schnell musste ich in das Schloss zurückkehren. Bevor ich ging, nahm ich Margret beiseite.

»Ich weiß nicht, ob der Hauptmann es Ihnen schon gesagt hat: Im Augenblick habe ich leider kein Geld, aber wenn ich hier weggeschickt werde, erhalte ich eine größere Summe. Dann werde ich natürlich sofort für die Versorgung der beiden bezahlen!«

Sie winkte ab. »Machen Sie sich keine Sorgen. Ich habe es hauptsächlich als Gefallen für Hauptmann Kane getan. Doch ich muss gestehen, dass mir die beiden mittlerweile schon sehr ans Herz gewachsen sind. Endlich ist wieder Leben in dieses Haus eingezogen!«

Beinahe erleichtert kehrte ich nach Wondringham Castle zurück.

Den ganzen Nachmittag wurden wir von Lady Zilery gedrillt, um unsere Tischmanieren zu perfektionieren. Dabei hatte ich das Gefühl, dass sie mich besonders oft ermahnte.

»Miss Barnaby, das Brot wird mit der Hand abgebrochen, das Messer ist für die Butter!«

»Miss Barnaby, sitzen Sie bitte aufrecht!«

»Miss Barnaby, umklammern Sie das Besteck doch nicht wie eine Waffe!«

Dabei gab ich mir so große Mühe! War ich wirklich so viel schlechter als die anderen? Ich seufzte. Auf diese Weise würde ich niemals die nächste Runde überstehen. Und wenn es so weiterging, war ich schon vor dem Abendessen mit den Prinzen dermaßen erschöpft, dass mir gar nichts mehr gelingen würde. Ich versuchte unauffällig, meine verspannten Schultern zu lockern.

»Herrje, Miss Barnaby, die Serviette muss mit der sauberen Seite nach oben zeigen! Sie wollen doch nicht, dass jedermann anschließend den Soßenfleck aus Ihrem Mundwinkel noch einmal bewundern kann!«

Oh Gott, ich schaffe das nicht! Mir schwirrte dermaßen der Kopf, dass ich aus Versehen die Tischdecke erwischte, als ich mir dezent mit der Serviette den Mund abtupfen wollte, und dadurch fast den Tisch abgeräumt hätte. Rose neben mir tat netterweise, als hätte sie einen Hustenanfall, um ihr Lachen zu verbergen, während sie mir half, die umgekippten Gläser wieder aufzustellen. Sie hatte ein dunkel klingendes, herzliches Lachen, das sie mir noch sympathischer machte.

»Wenn du beim nächsten Mal schnell genug ziehst, bleibt vielleicht alles stehen!«, kicherte das Mädchen mir gegenüber. »Ich hab da mal einen Gaukler gesehen, der konnte …«

Lady Zilery räusperte sich missbilligend und runzelte die Stirn, während sie kopfschüttelnd das Chaos betrachtete, welches ich auf dem Tisch angerichtet hatte.

Mit den Worten »Ich hoffe doch sehr, dass Sie das Gelernte heute Abend auch anwenden werden!«, entließ sie uns schließlich.

»Bei meinem Glück landet nachher bestimmt eine Kartoffel auf dem Schoß des Kronprinzen!«, sagte ich beim Hinausgehen bedrückt zu Rose. Am liebsten hätte ich mich unter meiner Bettdecke versteckt und wäre erst zum Frühstück wieder hervorgekrochen.

Doch uns war keine Pause vergönnt, denn die anderen hatten längst damit begonnen, sich für das Abendessen schön zu machen.

Auf dem Weg nach oben kam mir eine Bewerberin entgegen, deren Kleid einen Ausschnitt hatte, der eine klare Aufforderung war. Ich staunte darüber, was sie sich traute.

Funktionierte das hier auf diese Weise? Musste ich meinen Körper ebenfalls so zur Schau stellen, um weiterzukommen? Und würde das etwas nützen? Denn meine wenig beeindruckende Oberweite gab da nicht sonderlich viel her. Aber viel wichtiger war die Frage: Wollte ich das überhaupt?

In Windeseile wusch ich mich und machte mich anschließend auf die Suche nach meiner persönlichen Kammerzofe Tionne. Ich entdeckte sie vor der Schmuckvitrine im Ankleidezimmer.

»Brauchst du Hilfe?«, fragte sie, als sie meinen Blick bemerkte.

Dankbar nickte ich.

»Was hältst du von diesem hier?« Sie hielt ein mattgrünes Seidenkleid vor mich. »Das passt zum Farbton deiner Augen.«

Ich zuckte die Schultern und ließ mir hineinhelfen.

»Ein bisschen mehr Euphorie, bitte!«

»Die Euphorie ist mir heute irgendwann zwischen dem zehnten und dem fünfzehnten Gang abhandengekommen«, sagte ich betrübt und wartete, während Tionne mir das Kleid am Rücken schloss.

»Sehr schön«, kommentierte sie mein Aussehen, als ich mich vor ihr drehte. »Fehlen nur noch der passende Schmuck, ein wenig Farbe im Gesicht und eine hübsche Frisur. Vielleicht hier vorne Löckchen und hinten hochgesteckt, mit einem Seidenband?«

Sie hob prüfend meine Haare aus dem Gesicht.

»Aber keine hohen Schuhe!«

»Nein«, beruhigte sie mich lächelnd, »heute besser keine hohen Schuhe.«

Während Tionne mir die Haare machte, berichtete sie, wie ihr Nachmittag gewesen war.

»Es war furchtbar! Den anderen war langweilig, und deshalb haben sie sich über alles Mögliche gestritten: wer die feinsten Tischmanieren hat, wer sich am besten mit der aktuellen Mode auskennt und wer die größten Chancen bei den Prinzen hat …«

»Du Arme!« Der Neid auf ihren freien Nachmittag, den ich bis vor einer Minute noch empfunden hatte, verging mir. »Man scheint zu wollen, dass wir uns gegenseitig vor Langeweile zerfleischen!«

»So!« Tionne steckte die letzte Strähne fest und betrachtete ihr Werk. »Dafür, dass ich keine Zofe bin, schon ganz gut, oder?«

Sie hatte tatsächlich wieder hervorragende Arbeit geleistet, wie mir ein kurzer Blick in den Spiegel zeigte. So konnte ich den Prinzen entgegentreten. Ich seufzte. Denn am liebsten würde ich mich stattdessen auf dem Zimmer verstecken und dieses Abendessen einfach verschlafen.

Abendessen mit Prinzen

Das Zimmermädchen Fanny führte uns zum Jahreszeitensaal, wo wir uns in Reih und Glied aufstellten und auf die Prinzen warteten.

»Und wenn ich wieder einen Fehler mache? Das ist so kompliziert!«, flüsterte die sonst so fröhliche Rose verzagt, und ich fühlte mich keinen Deut selbstsicherer.

Anders als bei den bisherigen Mahlzeiten standen diesmal nicht nur zwei, sondern acht Wachen im Saal. Vermutlich zur Sicherheit für die Prinzen – falls eine von uns handgreiflich werden sollte ... Ich musste innerlich schmunzeln.

Einer der Soldaten war Mr Kane. Er sah mich zwar kurz an, gab aber durch keine Regung zu erkennen, dass er mich erkannt hatte. Das Lächeln verschwand aus meinem Gesicht, und ich fühlte leises Bedauern. Aus irgendeinem Grunde wollte ich, dass er mich beachtete. Missmutig drehte ich mich wieder zum Eingang.

Lady Zilery trat ein und stellte sich neben einen Stuhl an der Wand. Endlich kam der Herold herein und kündigte die Prinzen an.

Aber was war denn nun auf einmal los? Überrascht sah ich mich um.

Die anderen Mädchen, Tionne eingeschlossen, warfen sich wie auf ein geheimes Zeichen hin in Pose: Brust raus, Bauch rein, strahlendes Lächeln, Kopf kokett geneigt. Einige strichen aufgeregt noch an ihren Haaren herum oder kniffen sich in die Wangen, um sie rosig zu machen.

Nach anfänglichem Erstaunen verstand ich: Sie wollten um jeden Preis den bestmöglichen Eindruck erwecken. Ich biss mir auf die Wange, um nicht laut loszuprusten.

Die Prinzen traten ein und begrüßten uns mit einem freundlichen »Guten Abend, sehr verehrte Damen!«

Alle vier waren schlicht, aber gepflegt gekleidet. Es gefiel mir, dass sie sich nicht übermäßig herausgeputzt hatten.

Wir knicksten tief und antworteten im Chor: »Guten Abend, Königliche Hoheiten!«

Die Situation hatte etwas Skurriles.

Der Herold bat uns, Platz zu nehmen und an jedem Tisch einen Stuhl frei zu lassen. Ich setzte mich gemeinsam mit Tionne, Rose, Ismey und der arroganten Cecilia an einen Tisch. Die zartgliedrige, dunkelhaarige Elaine und ein leicht exotisch aussehendes Mädchen namens Philippa, die das Zimmer mit Elaine teilte, gesellten sich dazu.

Bei uns verlief dies ganz friedlich, aber an einigen anderen Tischen startete ein Gerangel darum, wer neben dem frei bleibenden Stuhl sitzen durfte, auf dem sicher bald ein Prinz Platz nehmen würde.

Ich fand das albern, denn durch die runde Form der Tische war es doch allen gleichermaßen möglich, sich zu unterhalten. Würde es jetzt etwa jeden Abend Streit um die Sitzplätze geben?!

Die vier Herren setzten sich, und der erste Gang wurde aufgetragen. Der Platz an unserem Tisch blieb frei, da es acht Tische, jedoch nur vier Prinzen gab.

»Hoffentlich wechseln sie auch mal die Tische!«, maulte Cecilia, die aus ihrer Enttäuschung keinen Hehl machte.

»Ich wünschte, Prinz Byron käme zu uns!« Rose verdrehte ihren Kopf, um einen Blick auf den zweitältesten Prinzen zu erhaschen. »Der hat so fröhliche Augen!«

Mein Blick wanderte automatisch zu Mr Kanes ausdruckslosem Gesicht, der auf der anderen Seite des Saals nahe der Eingangstür stand. Fröhliche Augen hatte er eher nicht – aber schöne. Mit dichten, unverschämt langen Wimpern. Ich schluckte und bemühte mich, meine Aufmerksamkeit wieder auf das Essen zu lenken, um alle Anweisungen von Lady Zilery zu beherzigen, die jede unserer Handbewegungen mit kritischem Blick beobachtete.

Mir fiel auf, wie oft die Mädchen an den Tischen, an denen ein Prinz saß, kicherten. Und ständig warf eine von ihnen die Haare nach hinten. Wenn ich die häufigste Handbewegung des Abends hätte küren wollen, wäre es das Haare-nach-hinten-streichen gewesen. Ich musste mich konzentrieren, um nicht die Augen zu verdrehen.

Beim zweiten Gang setzte sich tatsächlich Prinz Byron zu uns an den Tisch, als hätte er Roses Wunsch gespürt. Sein dunkler Bart war sauber gestutzt, und die paar Kilos zu viel standen ihm gut. Ich wusste, dass er sechsundzwanzig Jahre alt war, zwei Jahre jünger als der Kronprinz. Charmant fragte er nach unseren Namen und woher wir kämen. Durch die freundliche Art des Prinzen brach das Eis schnell, und das Gespräch kam in Gang. Die ersten flirtenden Blicke, ein vorsichtiges Herantasten an gemeinsame Interessen – die anderen Bewerberinnen versuchten, sich von ihrer besten Seite zu zeigen.

Das Spiel hatte begonnen. Dabei gingen meine Tischgenossinnen ganz unterschiedlich vor:

Tionne punktete durch ihr fröhliches Lachen und spritzige Bemerkungen, die den Prinzen sichtlich amüsierten. Cecilia bemühte sich schon fast aggressiv darum, das Gespräch mit ihm an sich zu reißen, fiel anderen ins Wort und redete besonders laut. Elaine und Ismey zeigten sich freundlich und zurückhaltend, und Rose, die zu seiner Linken saß, warf ihm schmachtende Blicke zu und berührte ihn von Zeit zu Zeit – sobald es irgendwie passte – am Arm. Nur Philippa schien kein Interesse an Prinz Byron zu haben. Sie widmete sich ihrem Essen oder ließ ihren Blick zu den anderen Prinzen schweifen.

Und ich?

Ich war so konzentriert darauf, alle zu beobachten und gleichzeitig die erlernten Benimmregeln einzuhalten, dass ich völlig vergaß, mich selbst zu präsentieren. Als Prinz Byron mich unerwartet ansprach und nach meiner liebsten Freizeitbeschäftigung fragte, verschluckte ich mich daher vor Schreck so ungeschickt an einem gerösteten Kern aus der Dekoration der Hühnerpastete, dass ich einen Hustenanfall bekam, der gar nicht wieder aufhören wollte. Lady Zilery vergrub ihr Gesicht in den Händen.

Mit hochrotem Kopf sprang ich auf und stürmte aus dem Saal, um mich vor der Tür in Ruhe auszuhusten.

Dämlich. Einfach nur dämlich, beschimpfte ich mich selbst.

»Geht es wieder?«, erklang in diesem Moment eine samtene Stimme hinter mir.

Der Hauptmann war mir gefolgt und blickte besorgt auf mich herab, während er leicht auf meinen Rücken klopfte.

»Jaja«, flüsterte ich und hustete weiter. »So ein blöder Kern!«

Ich wischte mir die Tränen aus den Augen. Mr Kanes Nähe trug nicht gerade dazu bei, dass ich ruhiger wurde.

»So etwas Dummes!«, fluchte ich, als es mir endlich besser ging. »Da spricht der Prinz mich an, und ich verderbe alles.« Genervt stieß ich den Atem aus. »Wenigstens habe ich ihm den Kern nicht auch noch vor die Brust gehustet. Ich glaube, dann hätte Lady Zilery mich höchstpersönlich geköpft.«

Mr Kanes Mundwinkel zuckten. »Sie sollten besser wieder hineingehen. Vielleicht ist noch nicht alles verloren. Nun … Aufmerksamkeit haben Sie zumindest erlangt.«

Ich schnaubte und schlug ihm wegen seiner Frechheit leicht auf den Arm. Dann kehrte ich eilig in den Saal zurück. Dort war der zweite Gang bereits abgetragen worden, und die Prinzen hatten erneut die Plätze getauscht. Der Stuhl an unserem Tisch war frei.

»Wenn sich deinetwegen jetzt kein Prinz mehr an unseren Tisch traut, kannst du dich auf etwas gefasst machen!«, zischte Cecilia mir wütend zu, während die Diener ein Fischgericht servierten.

Genervt funkelte ich sie an.

»Mach dir keine Sorgen«, stellte Tionne sich auf meine Seite. »Es müssen jedes Mal vier Tische ohne Prinz auskommen. Beim nächsten Mal setzt sich wieder einer von ihnen zu uns.«

Cecilia sah uns nur hochmütig an.

»Aber verschluck dich jetzt besser nicht an einer Gräte!«, flüsterte Tionne mir verschmitzt zu.

Ich schnitt eine Grimasse.

»Das war doch eben dein Wachmann, der hinter dir hergegangen ist, oder?«, fragte Rose. »Übrigens hat Prinz Byron ihn darum gebeten. Wirklich ausgesprochen freundlich von ihm, nicht wahr?« Sie machte ein verklärtes Gesicht.

»Er ist nicht *mein* Wachmann!«, versuchte ich, die Gerüchte im Keim zu ersticken. Was mir nicht gelang, wie das Grinsen der anderen zeigte.

»Dir gefällt Prinz Byron besonders gut, oder?«, stellte ich Rose schnell eine Gegenfrage, um von mir abzulenken, während ich einen winzigen Happen Fisch auf meine Gabel nahm. Lady Zilery wäre zufrieden mit meinen zierlichen Bissen! Ich warf ihr einen Blick zu, aber sie sah wenig begeistert aus. Stattdessen fuchtelte sie wild mit den Händen in der Luft herum, um mir irgendetwas klarzumachen.

»Ja, ich finde ihn wirklich wundervoll«, sagte Rose mit glänzenden Augen.

In diesem Moment verstand ich, was Lady Zilery mir sagen wollte: Ich hatte vergessen, mir die Serviette wieder auf den Schoß zu legen. Rasch holte ich das Versäumnis nach.

An was wir alles denken mussten! Und es wurde nicht besser, als mir auffiel, dass die Prinzen sich nach jedem Gang auf einem Blatt Notizen machten. Ich fragte mich, was Prinz Byron über mich aufgeschrieben hatte. *Nicht in der Lage, manierlich zu essen* vielleicht?

Beim Nachtisch setzte sich schließlich Prinz Caiden zu uns an den Tisch, ein sehr schlanker, zurückhaltender Mann mit schmalem Gesicht und sinnlichen Lippen, auf die ich immerzu starren musste, sobald er sprach. Er war vierundzwanzig Jahre alt, wie ich wusste, wirkte aber älter.

Diesmal tauschten Philippa und Rose die Rollen. Rose sagte kaum ein Wort, weil sie ihren Blick gar nicht mehr von Prinz Byron abwenden konnte, der nun am Nachbartisch Platz genommen hatte. Auch die sonst so freundliche Ismey zeigte deutlich, dass sie kein Interesse hatte und schwieg, während Philippa begeistert von Prinz Caiden schien.

Der junge Prinz war ein eher ruhiger Mensch. Er erzählte wenig von sich, brachte jedoch durch geschickte Fragen seine Tischdamen dazu, den Großteil des Gesprächs zu bestreiten. Ich gab mir Mühe, mich ebenfalls an der Unterhaltung zu beteiligen.

Als sich die Königssöhne schließlich erhoben und das Mahl damit beendeten, verstummten die Gespräche sofort. Wie wir es gelernt hatten, standen wir ebenfalls auf und warteten, bis sie sich verbeugt und den Saal verlassen hatten. Dann erst gingen wir auf unsere Zimmer, wo sich das Gesprächsthema noch eine ganze Weile um die vier Prinzen drehte, bevor wir zu Bett gingen.

Während ich noch grübelte, wie es mir gelingen könnte, am kommenden Tag einen besseren Eindruck zu machen, übermannte mich der Schlaf.

Hatten wir erwartet, dass sich die Prinzen jetzt Zeit nehmen würden, uns näher kennenzulernen, wurden wir am nächsten Morgen jedoch enttäuscht. Der Tagesplan war fast leer. Vielleicht wollten sie uns Gelegenheit zur Erholung geben, oder die Prinzen hatten anderweitige wichtige Termine. Repräsentieren, regieren, sich Honig um den Bart schmieren lassen oder was Königssöhne sonst noch so taten …

Wir durften spazieren gehen, uns in den Baderäumen verwöhnen lassen oder uns im Gelben Salon beschäftigen. Doch am Abend, nach dem gemeinsamen Mahl mit den Prinzen, sollte es wieder eine Entscheidung geben, und einige Kandidatinnen würden das Schloss verlassen müssen.

Ich bemühte mich, nicht darüber nachzudenken, und nutzte den freien Vormittag, um gleich nach dem Frühstück meinen Geschwistern einen Besuch abzustatten. Leo und Neela freuten sich, mich zu sehen. Sie bauten gerade vor Margrets Haus einen riesigen Schneemann.

»Du musst uns helfen!«, sagte Neela. »Wir bekommen den Kopf nicht oben drauf!«

Gemeinsam wuchteten wir die Schneekugel nach oben.

»Der ist großartig!«, urteilte Leo zufrieden und betrachtete ihn von allen Seiten. »Das soll ein Soldat werden.«

»Nein, eine Schneefrau mit Kleid!«, rief Neela, und Sekunden später war ein Streit entbrannt.

»Lasst uns noch einen bauen!«, schlug ich gut gelaunt vor. »Einer alleine ist doch langweilig!«

Widerstrebend erklärten sich die beiden einverstanden und begannen, neue Kugeln zu rollen.

Margret trat aus der Tür. Sie hielt einen alten Topf und eine Mohrrübe in der Hand.

»Ah, Miss Mayrin! Wie schön, dass Sie Zeit gefunden haben!« Sie stellte den Topf, in dem sich einige Kohlestücke befanden, neben den fertigen Schneemann. »Wie lief es gestern? Haben Ihnen die Prinzen gefallen?«

»Ja, schon … aber ich fürchte andersherum nicht so sehr«, gestand ich betrübt. »Es ist schwer, sich von seiner besten Seite zu zeigen, wenn man die ganze Zeit von Konkurrentinnen und der unbarmherzigen Lady Zilery beobachtet wird.«

»Oh, das glaube ich Ihnen, Kindchen!«, sagte sie mitleidig und kehrte ins Haus zurück.

Ich half meinen Geschwistern, den zweiten Schneemann aufzustellen und beide mit Steinen, Kohlestückchen und dem Topf zu schmücken. Margret rückte noch eine zweite Möhre heraus, und die Schneefrau bekam Haare aus Zweigen. Als Neela und Leo endlich mit ihrem Werk zufrieden waren, gingen wir ins Haus.

»Ich habe gestern am selben Tisch mit Prinz Byron und Prinz Caiden gesessen!«, erzählte ich Neela, als wir gemütlich auf der Eckbank in der warmen Küche saßen.

Neela bekam große Augen. »Wirklich?! Wie sehen sie denn aus?«

Willig beantwortete ich alle ihre Fragen. Nur welcher der beiden Prinzen mir besser gefiel, konnte ich nicht sagen.

»Sie sind beide sehr nett, aber auf unterschiedliche Art. Tionne findet Prinz Byron attraktiver«, erzählte ich.

Es war so schön, hier zu sein. Niemand, der mich als Konkurrentin ansah, und keine kritische Lady Zilery. Gegen jede Etikette stützte ich beide Ellenbogen auf den Tisch und nippte entspannt an meinem Tee. Vielleicht sollte ich einfach hier bei Margret bleiben …

Als es Zeit wurde, Abschied zu nehmen, merkte ich, dass es meinen Geschwistern schon viel leichter fiel, mich gehen zu lassen. Mir schien, dass sie sich bereits gut bei Margret eingelebt hatten.

Die Prinzen konnten mich gestern Abend gar nicht richtig kennenlernen«, beschwerte sich das Mädchen hinter mir weinerlich. »Ständig hat Georgiana das Gespräch an sich gerissen!«

Erneut standen wir im Jahreszeitensaal bereit und warteten darauf, dass die Prinzen zum Abendessen erscheinen würden.

Ein anderes Mädchen flüsterte: »Mit Prinz Darion würde ich mich zu gerne mal unter vier Augen unterhalten!«

»Was denkt ihr, wer heute nach Hause muss? Ich glaub ja Flora, die ist viel zu still!«

Bevor ich herausfinden konnte, wer zuletzt geredet hatte, betrat Lady Zilery den Saal und ergriff mit ernster Miene das Wort.

»Heute Abend müssen Sie Ihr Bestes geben!«, sagte sie bedeutungsvoll, und ich hätte fast mit den Augen gerollt, weil sie es so darauf anlegte, uns Angst einzujagen.

Mein Blick wanderte zu der Kandidatin neben mir, die sich bei Lady Zilerys Worten dramatisch an den Hals gegriffen hatte. Olivia hieß sie und stand furchtbar gern im Mittelpunkt, wie ich bereits festgestellt hatte. Ihr Ausschnitt war so tief, dass ich Sorge hatte, er könnte der extremen Belastung nicht gewachsen sein.

So wie sie hatten auch andere Mädchen äußerst aufreizende Kleider angezogen – vermutlich glaubten sie, damit bei den Prinzen punkten zu können, und vielleicht war das sogar ein guter Plan. Verstohlen schielte ich an mir herunter. Mein geblümtes Kleid saß gut, hatte einen hübschen Fliederton und niedliche Puffärmel, aber es verhüllte züchtig meinen Busen.

»Zeigen Sie bei Tisch, was Sie gelernt haben, verwickeln Sie die Prinzen charmant in Gespräche und präsentieren Sie sich von Ihrer besten Seite. Anschließend wird sich entscheiden, wer hier verweilen darf und wer nicht.«

Falls Lady Zilery uns mit ihren Worten nervös machen wollte, dann war es ihr gelungen …

Der Herold trat ein, bat uns, beim Essen dieselbe Sitzordnung wie gestern einzuhalten, und kündigte die Prinzen an, die in diesem Moment, begleitet von mehreren Wachen, hereinkamen.

Mein Blick fiel sofort auf den Hauptmann, der sich wie am Vortag mit ausdruckslosem Gesicht an der Wand nahe der Eingangstür aufstellte.

»Guten Abend, meine Damen!« Diesmal nahm Kronprinz Alexander zum ersten Gang an unserem Tisch Platz. Er begrüßte uns in ruhigem, selbstbewusstem Ton. Mir war bereits aufgefallen, dass er am besonnensten von den vier Prinzen wirkte. Das brachte vermutlich seine Erziehung zum zukünftigen König mit sich.

Seine ernsten blauen Augen wanderten prüfend über uns, was bewirkte, dass die Gespräche nur schleppend in Gang kamen. Selbst Tionne und Ismey hielten sich ungewohnt zurück. Philippa jedoch fand ein Gesprächsthema und fachsimpelte mit dem Prinzen über die Fuchsjagd. Aber vor allem die sonst so zurückhaltende Elaine überraschte mich.

Als der Kronprinz sie ansprach, wie ihr denn der Schlosspark gefiele, erzählte sie ihm mit leuchtenden Augen von dem Rosengarten, den sie zu Hause besäße. Die beiden unterhielten sich über verschiedene Möglichkeiten der Gartengestaltung, und er schien von ihr sehr angetan zu sein. Verwundert betrachtete ich ihre rosigen Wangen, die einen hübschen Kontrast zu den nachtschwarzen Haaren bildeten.

Dann erinnerte ich mich daran, dass es auch für mich darauf ankam, wahrgenommen zu werden. Doch leider fiel mir kein geeignetes Thema ein. Ich kannte mich weder in der Botanik noch mit der Jagd besonders gut aus. Aber ein freundliches Lächeln könnte ich versuchen, beschloss ich. Ich hob die Mundwinkel und tat, als würde mich der geeignete Zeitpunkt des Rosenrückschnitts brennend interessieren.

In Wahrheit aber verfolgte ich mit ungutem Gefühl im Bauch das Gespräch am Nebentisch, wo gerade Brenda, ein ziemlich kleines Mädchen mit dunkelbraunen Locken, eine andere Kandidatin geschickt vor Prinz Caiden bloßgestellt hatte. Wo war ich hier bloß gelandet?!

Zum Hauptgang setzte sich dann Prinz Darion an unseren Tisch. Er war meiner Meinung nach der bestaussehendste Prinz: Er hatte ein ausgesprochen gut geschnittenes Gesicht, lange Wimpern und tiefblaue Augen, bei denen ich das Gefühl hatte, darin zu versinken, sobald er mir seine Aufmerksamkeit widmete. Er hielt die Gesprächsfäden in der Hand. Wir alle bemühten uns nach Kräften, ihm zu gefallen. Cecilia ging dabei erneut besonders offensiv vor.

»Sie lenkt ihn die ganze Zeit ab, sodass ich mich gar nicht mit ihm unterhalten kann!«, beschwerte sich Rose leise bei mir, die direkt neben ihm saß und zum Großteil nur seinen Hinterkopf zu sehen bekam.

Ich verstand sie, da es mir ebenfalls nicht gelang, auf mich aufmerksam zu machen. Die ganze Zeit schon überlegte ich angestrengt, wie ich mit dem attraktiven Prinzen ins Gespräch kommen könnte. Vielleicht über etwas, das ich heute erlebt hatte?

»Nutzen Sie eigentlich auch die Baderäume?«, fragte ich mitten in einen Monolog von Cecilia über die Kunstwerke in der Ahnengalerie.

Prinz Darion wandte sich mir zu und hob die Augenbrauen. »Ein verlockender Gedanke, vor allem in diesen Tagen!« Er verzog die Mundwinkel zu einem trägen Grinsen.

Ich begriff, und meine Wangen begannen zu brennen – verstärkt durch Tionnes Kichern. »Nein, ich dachte … also …« *Ich bin so etwas von trottelig!*

»Im Moment müssen die Gegebenheiten im Ostflügel ausreichen«, erlöste er mich. »Aber ich könnte mir durchaus vorstellen …« Er brach ab und lächelte verschmitzt.

Fieberhaft überlegte ich, wie ich meine Dummheit wiedergutmachen und durch eine ebenso neckische Bemerkung punkten konnte, aber in meinem Hirn herrschte gähnende Leere.

Meine Bemühungen wurden durch einen Tumult unterbrochen, der am Nachbartisch ausbrach. Olivia, das Mädchen mit der beeindruckenden Oberweite, rauschte hinaus und knallte die Tür hinter sich zu. Im Saal herrschte Totenstille. Verwundert blickten wir ihr nach.

Prinz Byron, der an ihrem Tisch gesessen hatte, erhob sich und folgte ihr. Ich bemerkte, dass Lady Zilery entnervt Richtung Stuckdecke blickte. Langsam setzten die Gespräche wieder ein.

»Zu wenig Aufmerksamkeit bekommen?«, lästerte Cecilia leise und tupfte sich ihren Mund behutsam mit der Serviette ab, genau so, wie Lady Zilery es uns beigebracht hatte, aber niemand antwortete ihr.

Der nächste Gang wurde aufgetragen. Prinz Darion verabschiedete sich, um zum nächsten Tisch zu gehen, gefolgt von einigen verklärten Blicken. Auch ich konnte seiner Anziehungskraft kaum widerstehen.

»Nicht zu glauben, dass er erst einundzwanzig ist!«, sagte Ismey schmachtend. »Er wirkt so reif und weltgewandt!«

Wir nickten zustimmend. Nur Elaine meinte schüchtern: »Ich finde Prinz Alexander besser.«

Prinz Byron kehrte zurück und teilte uns mit, dass es Olivia nicht so gut ginge und sie sich ein wenig hinlegen müsse.

»Denkt ihr nicht auch, dass das Berechnung von ihr war?«, fragte Ismey. »Sie *fühlt* sich nicht, pah!«

Ich hielt mich aus solchen Diskussionen heraus. Im Grunde war es mir herzlich egal, welche Wege die anderen Mädchen wählten, um hervorzustechen. Doch eine leise Stimme in meinem Kopf mahnte, dass ich die Sache ernster nehmen musste, falls ich weiterkommen sollte. Aber wie?

Nachdem das Abendessen abgetragen worden war, erhoben sich die Prinzen und verließen den Saal.

»Wir werden uns nun zurückziehen und darüber beraten, welchen Eindruck Sie bei Tisch auf die Prinzen gemacht haben und welche Damen uns verlassen müssen«, erklärte Lady Zilery. »Bitte warten Sie im Gelben Salon. Wir werden Sie rufen lassen.«

»Also, ich könnte mir schon vorstellen, Königin zu werden«, hörte ich ein Mädchen sagen, »und Prinz Alexander macht einen sympathischen Eindruck, oder?«

Im Gelben Salon lagen die Nerven blank. Ich saß neben Tionne auf einem Sofa und beobachtete, wie Elaine, die den Kronprinzen am liebsten mochte, die Lippen zusammenpresste.

Nachdenklich ließ ich meinen Blick über die anderen Mädchen wandern und überlegte, weshalb sie an der Brautschau teilnahmen. Ismey zum Beispiel, die still auf einem Sofa saß und sich über eine Handarbeit beugte. Schon am Vortag war mir aufgefallen, wie geschickt sie stickte. Was brachte sie dazu, sich einem solchen Wettbewerb auszusetzen? Schließlich war es schon reichlich seltsam, sich hier, gemeinsam mit so vielen anderen, auf einen der vier Prinzen zu stürzen und mit allen Mitteln um seine Gunst zu kämpfen.

Mein Grund war jedoch auch nicht gerade ehrenhaft: Geld. Ich wollte mit einer möglichst großen Abfindung das Schloss verlassen, um für meine Geschwister und mich sorgen zu können.

Aber die anderen? Soweit ich wusste, musste keine von ihnen ihr Geld selbst verdienen. Was war deren Intention? Hofften sie wirklich, ihrer großen Liebe zu begegnen? Oder war es doch eher die Sehnsucht nach Luxus, Macht und Prestige?

»Glaubst du, dass wir bleiben dürfen?«, fragte ich Tionne leise.

»Keine Ahnung!« Sie hob die Schultern. »Du bist ja mit deinem Röstkern-Auftritt ganz groß herausgekommen, aber ich …«

Lachend schnitt ich ihr eine Grimasse.

»Aber mal ganz im Ernst: Ich denke, dass es bis jetzt darum ging, den Prinzen in irgendeiner Form aufzufallen.«

Eine Dienerin trat ein und bat uns, ihr zu folgen. Sofort sprangen alle auf und drängelten sich zur Tür. Ich folgte ihnen.

Wir wurden in den großen Thronsaal geführt, an dessen Ende die Prinzen und Lady Zilery saßen. Die Herren erhoben sich bei unserem Eintreten. Neben ihnen stand ein Tisch, auf dessen dunkler Samtdecke perlenverzierte Haarspangen lagen. Auf einem anderen Tisch befanden sich achtzehn Geldbeutelchen.

Achtzehn Mädchen mussten also heute gehen. Das waren ziemlich viele. Gespannt wartete ich ab, ob ich unter ihnen sein würde.

Mehrere Wachen standen an den Saalseiten, aber den Hauptmann sah ich nicht. Mit Verwunderung stellte ich ein leises Gefühl der Enttäuschung fest.

Als endlich alle fünfzig Damen einen Platz gefunden hatten, trat Prinz Alexander vor und ergriff das Wort. Seine Stimme hallte wohlklingend durch den Saal. Er besaß bereits diese gewisse Ausstrahlung, die man von einem König erwartete, und seine lichter werdenden Haare ließen ihn reifer erscheinen.

»Sehr geehrte Damen«, begann er ernst, »die Entscheidung fiel uns schwer, da wir bisher leider nur einen allerersten Eindruck von Ihnen erhalten konnten.«

Tionne ergriff meine Hand.

»Wir hoffen sehr, dass Sie es uns nicht übel nehmen, wenn Sie aus diesem Grund eine derjenigen sind, die leider nicht länger auf dem Schloss verweilen können. Sie sollen wissen, dass jede von Ihnen eine ganz besondere Persönlichkeit und ausgesprochen liebreizend ist, sonst hätten Sie es nicht bis hierher geschafft.«

Er begann, die Namen derjenigen aufzurufen, die hierbleiben durften. Tionne quetschte meine Finger, bis es schmerzte.

Rose kreischte vor Begeisterung, als sie aufgerufen wurde, und eilte nach vorne, um ihre Haarspange entgegenzunehmen.

Dann nannte Prinz Alexander meinen Namen.

»Du bist weiter!«, rief Tionne begeistert und schob mich auf die Königssöhne zu.

Erfreut ließ ich mir die Haarspange an der Frisur befestigen. Wer von ihnen hatte für mich gestimmt? Prinz Byron wohl kaum … Ich reihte mich bei den Mädchen ein, die bleiben durften.

Endlich, als die Haarspangen bedrohlich zur Neige gingen, wurde auch Tionne aufgerufen. Ich stieß einen Jauchzer aus, den ich sofort unterdrückte. *Bloß nicht schon wieder negativ auffallen …*

Schließlich wurde die letzte Haarspange an Olivia verliehen, die ihr Schmuckstück huldvoll lächelnd entgegennahm. Mittlerweile hatte ich erfahren, dass jemand eine Ratte, vor denen sie sich schrecklich fürchtete, in ihr Zimmer geschmuggelt hatte. Beim Abendessen hatten einige Kandidatinnen sie damit geneckt. Darüber hatte sie sich so echauffiert, dass sie hinausgestürmt war.

Verwundert bemerkte ich, dass einige der achtzehn nicht aufgerufenen Mädchen in Tränen ausbrachen, während sie ihre Geldbeutel in Empfang nahmen. Als hätte man ihnen das Herz gebrochen. Dabei hatten sie doch noch gar keine Gelegenheit gehabt, die Prinzen näher kennenzulernen!

Alle meine Zimmergenossinnen hatten eine Haarspange erhalten. Trotzdem blieben wir nicht zusammen. Weil die Verteilung auf die Räume mittlerweile sehr ungleichmäßig war, wurden wir gefragt, ob jemand bereit wäre, das Zimmer zu wechseln. Schließlich entschlossen sich Cecilia und Ismey, gemeinsam umzuziehen, da sie einen Raum für sich allein erhalten würden. Ich fragte mich, wie es die ruhige Ismey mit der zickigen Cecilia aushielt.

Endlich verschwand meine provisorische Matratze, und ich durfte das Bett am Fenster belegen. Von dort aus hatte ich eine wunderbare Aussicht über die Baumwipfel. Der einzige Wermutstropfen war, dass ich Margrets Haus von hier aus trotzdem nicht sehen konnte.

»Ich bin wirklich froh, dass die Giftspritze nicht mehr hier wohnt«, sagte Tionne erleichtert. »Ismey ist ja ganz in Ordnung, aber Cecilia …«

»Ich hätte es keinen Tag länger ausgehalten!«, stimmte Rose zu. »Ständig hat Cecilia gemeine Bemerkungen über meine Figur gemacht. Ich weiß ja, dass ich ein bisschen mollig bin, aber das muss man mir doch nicht dauernd unter die Nase reiben!«

Obwohl ich nun in einem gemütlichen Bett lag, fiel mir das Einschlafen auch heute schwer, denn meine Gedanken drehten sich weiter um die Brautschau. Nur noch zweiunddreißig Mädchen waren im Rennen. Und ich war eine von ihnen!

Mittlerweile gab es einen kleinen Teil in mir, der den Prinzen gefallen wollte, stellte ich fest. *Ein kleiner Teil?!* Nun ja, ehrlich gesagt hatte mich ein erschreckender Ehrgeiz gepackt. Es ging nicht mehr ausschließlich um Geld, meine Geschwister oder die anziehenden Augen von Prinz Darion. Es ging auch um das Gewinnen – wie in einem Spiel.

Dieser Gedanke erschreckte mich. Geld als Motivation fand ich schon verachtenswert genug. Aber Ehrgeiz und Gewinnstreben – etwa auch um jeden Preis?

Leider brachte die Situation, in die ich hier geraten war, meine schlimmsten Seiten zum Vorschein. Aber da schien ich nicht die Einzige zu sein, wenn ich so überlegte, wie sich einige der Bewerberinnen aufführten und rücksichtslos versuchten, die Konkurrentinnen auszustechen. Lag es daran, dass alle um die Gunst der Prinzen buhlten? Wurden die Königssöhne attraktiver durch die Konkurrenz?

Ich wälzte mich von einer Seite auf die andere. Schließlich stand ich auf, zog mir einen Morgenmantel über und wanderte durch die stillen Gänge von Wondringham Castle. Wo der Hauptmann wohl schlief? Im Bereich der Dienstboten im Dachgeschoss?

In Gedanken versunken lief ich zum Teesalon, einem besonders einladenden Raum, der sich auf unserem Stockwerk über dem Jahreszeitensaal befand. Der Mond fiel durch die vielen Turmfenster herein, ließ die kostbaren Tapeten schillern und schenkte genügend Licht, sodass ich draußen etwas erkennen konnte.

Dann fand ich, was ich gesucht hatte: Von hier aus hatte ich einen hervorragenden Blick auf Margrets Haus. Es lag im Dunkeln – vermutlich schliefen sie und die Kinder bereits friedlich. Die Nähe zu meinen Geschwistern beruhigte mich. Zufrieden mit meiner Entdeckung ging ich zurück ins Zimmer und legte mich wieder ins Bett, wo ich endlich einschlafen konnte.

Am nächsten Morgen standen im Jahreszeitensaal drei Tische weniger. Würden die letzten Mädchen am Ende der Auswahl in einem beinahe leeren Saal speisen müssen? Eine bedrückende Vorstellung.

Während des Frühstücks überbrachte der Herold uns die Nachricht, dass die Prinzen heute und an den nächsten beiden Tagen mehrmals zu einem Spaziergang in den Schlosspark einladen würden. Während der nächsten Zeit sei der Park daher für alle anderen Damen gesperrt, damit die Spaziergänger ihre Ruhe hätten.

Ich erschrak. Wie sollte ich nun zu Margret und meinen Geschwistern kommen?

Nachdem sich das aufgeregte Gemurmel gelegt hatte, verkündete er die Namen der ausgewählten Mädchen. Tionne und Rose waren von Prinz Byron ausgesucht worden und strahlten über beide Ohren. Ich konnte nur hoffen, dass es zwischen meinen beiden Zimmergenossinnen nicht zu Streit um einen Prinzen kam. Etwas enttäuscht blickte ich den beiden nach, als sie sich später in den Innenhof begaben.

Doch auch wir Mädchen, die nicht ausgewählt worden waren, mussten uns nicht langweilen, sondern erhielten eine umfassende Modeberatung.

Lady Zilery erklärte, wie sich eine Prinzessin für verschiedene Anlässe zu schminken hatte und welches Kleid beziehungsweise welcher Kopfschmuck wann angemessen war. Am Ende verkündete sie noch eine Neuigkeit, die für große Aufregung sorgte: Ab heute wurde jedem Zimmer eine persönliche Kammerzofe zugeteilt, die uns in der nächsten Zeit bei der Kleidungswahl und der perfekten Frisur unterstützen sollte.

Sophia, die mich zukünftig vor Fettnäpfchen modischer Art retten würde, war eine pausbäckige Frau mittleren Alters. Gemeinsam gingen wir in das Ankleidezimmer. Da Tionne und Rose mit Prinz Byron unterwegs waren, kümmerte sie sich zunächst ausschließlich um mich.

Auf dem Weg nach oben begegneten wir Mr Kane. Er war mit Brenda, die am Vortag ihre Tischgenossin so meisterhaft vor Prinz Caiden bloßgestellt hatte, in ein Gespräch vertieft und bemerkte mich nicht. Brenda stammte, wie ich dank Rose wusste, ganz aus dem Norden des Landes und konnte virtuos Klavier spielen. Nachdenklich ging ich weiter. Was besprachen die beiden?

»Zunächst einmal stellen wir eine vorläufige Garderobe für Sie zusammen«, sagte Sophia, als wir in das Ankleidezimmer traten, und riss mich damit aus meinen Gedanken. Kritisch musterte sie mich von oben bis unten.

»Naja«, meinte sie schließlich wenig ermutigend, »das kriegen wir hin. Vielleicht können wir hier und da etwas ausstopfen.«

Die Kammerzofe zeigte mir, welche Kleider meiner Figur besonders schmeichelten und für welchen Anlass sie geeignet waren.

»Und dieses hier tragen Sie heute Abend.« Sie hielt ein rosafarbenes Kleid mit gewagtem Ausschnitt in die Höhe.

»Oh nein … nein, auf gar keinen Fall!«, winkte ich entschlossen ab.

»Keine Sorge, es wird alles akzeptabel bedeckt sein«, versuchte sie, mich zu überzeugen, »… aber es wird auch genug Haut zu sehen sein, um von den Prinzen wahrgenommen zu werden! Mit einer hübschen Kette dazu wird es gefällig aussehen.«

Verunsichert rieb ich mir über die Wange.

»Glauben Sie mir, Miss Barnaby, ich verstehe etwas davon!«

»Da bin ich mir sicher, aber ich …«

»Na, dann sind wir uns ja einig. Und nun zum Schmuck.«

Sophia überging meine Einwände ganz einfach und zeigte mir stattdessen die passenden Halsketten zu den Kleidern und mit welchen Spangen, Haarreifen, Bändern oder Hütchen ich meine Frisur verschönern konnte.

»Nächstes Mal werden Sie garantiert zu einem Rendezvous gebeten!«, versprach sie im Brustton der Überzeugung. »Auch aus Ihnen mache ich noch eine Dame.«

Na fein! Ich musste mir ein Kichern verkneifen, weil die Kammerzofe so in ihrer Arbeit aufging. Dabei wollte ich doch gar keine Prinzessin werden! Allein der Gedanke war schon albern.

Sophia ließ sich von meiner mangelnden Begeisterung nicht abschrecken, schminkte mich geschickt und kommentierte jeden Handgriff, damit ich ihn notfalls auch allein ausführen konnte.

Ihr gelang das Kunststück, dass meine – leider auch im Winter leicht sommersprossige – Haut strahlte und meine Augen leuchteten, ohne dass ich angemalt aussah.

»Nicht schlecht!«

Sie schnaubte. »Ich sagte doch, wir bekommen das hin. Ich bin eine der Besten!«

Zum Abschluss nahm sie meine Maße.

»In den nächsten Tagen werden Sie bereits einige maßgeschneiderte Kleider erhalten. Ich werde wundervolle Stoffe für Sie aussuchen, Sie werden sehen!«

Ich rang mir ein gequältes Lächeln ab und warf einen Blick auf das weit ausgeschnittene Kleid, das ich am Abend tragen sollte. Hoffentlich würden sich die Mühen bezahlt machen und ich konnte das Interesse eines der Prinzen wecken. Wieder dachte ich an den Abfindungsbetrag.

Spaziergänge

Rechtzeitig zum Mittagessen kehrten Tionne und Rose ins Schloss zurück – Rose übersprudelnd vor Begeisterung, Tionne etwas verhaltener.

»Wie war es?«, fragte ich neugierig.

»Prinz Byron ist so reizend!«, schwärmte Rose und seufzte glücklich. Sie löste die Bänder ihres kecken Hutes und warf ihn auf ihr Bett. »Er hat sogar meine Hand genommen, damit ich nicht stürze, als es auf den Stufen so glatt war!« Sie tänzelte davon. »Ich bin mal eben im Waschraum.«

Fragend blickte ich zu Tionne.

»Er hat ihre Hand für meinen Geschmack ein bisschen zu lange gehalten …« Sie sah aus, als hätte sie in eine saure Zitrone gebissen.

»Bist du etwa eifersüchtig?«

»Weiß nicht. Aber sag einmal, was ist denn mit deinem Gesicht passiert?«, lenkte sie vom Thema ab.

»Gefällt es dir? Das war Sophia, unsere persönliche Kammerzofe.«

»Sehr schön. Du solltest dich öfter mal ein wenig zurechtmachen – mehr Prinzessin, weniger Gouvernante!«

Als wir zum Mittagessen nach unten gingen, musste ich Tionne von den Talenten unserer Kammerzofe berichten. Anschließend quetschte ich aus ihr alle Einzelheiten über das Treffen mit Prinz Byron heraus. Schließlich wollte ich gewappnet sein, falls ich, wider Erwarten, doch noch von einem der Prinzen zu einem Rendezvous eingeladen wurde.

»Hast du auch versucht, mit ihm Hand in Hand zu gehen?«

»Nein.« Sie seufzte. »Aber ich habe gesehen, dass Georgiana – du weißt schon, die mit der beeindruckenden blonden Mähne – kurz bei Prinz Darion im Arm war! Stell dir das mal vor! *In seinem Arm!* Den Gesichtsausdruck des Mädchens neben ihr hättest du sehen sollen. Wenn Blicke töten könnten …«

»Hier wird mit großem Ehrgeiz versucht, den Prinzen zu gefallen«, stellte ich fest.

»Ja«, antwortete Tionne mit unheilvoller Miene. »Und ich bin gespannt, wie weit manche Kandidatinnen gehen werden. Ich fürchte, die Mittel und Wege werden nicht immer fein sein …«

Mir lief bei ihren Worten ein Schauer über den Rücken.

Am Nachmittag wählten die Prinzen erneut einige Mädchen zu einem Spaziergang aus. Leider war ich auch dieses Mal nicht dabei.

So langsam war ich besorgt. Mit jedem Mal, bei dem ich zurückblieb, verringerten sich meine Chancen auf einen längeren Aufenthalt. Dabei brauchten wir das Geld so dringend.

Tionne wurde diesmal von Prinz Alexander ausgewählt. Ich bemühte mich, meinen Neid zu unterdrücken und mich für sie zu freuen. Sie war eine wunderbare Frau. Und ihr herzliches Lachen fiel auf. Klar, dass sie ausgesucht wurde – ich hätte sie auch ausgesucht!

Aber was war mit mir? Was musste ich tun, damit auch einmal ein Prinz mit mir spazieren gehen wollte? Womit konnte ich überzeugen?

Meine Verführungskünste waren mehr als kläglich. Und ich gehörte sicher auch nicht zu den Hübschesten hier. Vielleicht war die Idee unserer Kammerzofe, mich besser herauszuputzen, doch nicht so verkehrt? Allerdings konnte ich kein beeindruckendes Dekolleté vorweisen wie Olivia oder Rose. Ich hatte auch keine prachtvolle Haarmähne wie Georgiana oder Cecilia. Ich war nicht so zart gebaut wie Ismey oder Josephine und hatte nicht die schimmernde Haut von Philippa. Nur Sommersprossen hatte hier sonst niemand – allerdings entsprachen die leider in keiner Weise dem gängigen Schönheitsideal.

Geübt, für meine Geschwister Optimismus und gute Laune zu verbreiten, bemühte ich mich trotzdem, mit den anderen im Gelben Salon Konversation zu betreiben. Doch der Nachmittag wollte einfach nicht vergehen. Draußen schien die Sonne, und ich war dazu verurteilt, hier drinnen zu versauern! Wie ein Vogel im Käfig fühlte ich mich, der die Flügel ausbreiten und fliegen wollte, aber nur untätig auf der Stange sitzen durfte.

Ich griff mir ein Buch aus dem Regal, aber auch das konnte mich nicht lange fesseln.

Eine Weile unterhielt ich mich mit den aparten Zwillingen Alice und Kathleen, die für mich kaum auseinanderzuhalten waren, und mit

Ismey. Sie saß mit ihrer Handarbeit am Fenster, wo das Licht am besten war, und stickte in aller Seelenruhe. Ihr schien es nichts auszumachen, dass wir tatenlos hier herumsitzen mussten. Unter ihren geschickten Händen entstand ein wahres Kunstwerk. Ich bewunderte es und ließ mir einen ganz besonderen handwerklichen Kniff zeigen, aber mir fehlte die Geduld, es ihr nachzuahmen.

Als Brenda und Olivia sich lauthals zu streiten begannen, hielt ich es nicht länger aus, obwohl die besonnene Flora bereits zu schlichten versuchte. Still stand ich auf und verließ den Salon.

Wondringham Castle war riesig, und ich hatte noch nicht einmal einen kleinen Teil davon erkundet. Neugierig schlenderte ich durch die Gänge, bewunderte die kunstvollen Bilder und die zahlreichen zur Schau gestellten Schätze: goldene Leuchter, wertvolle Vasen, Instrumente und Uhren. Vor lauter Ehrfurcht ging ich ganz sacht über die dicken Teppiche.

»Langeweile, Miss Mayrin?«, erklang auf einmal eine dunkle Stimme direkt hinter mir, und ich fuhr herum. Es war der Hauptmann.

»Sie haben mich erschreckt, Mr Kane!«

Etwas pikiert antwortete er: »Dann bitte ich natürlich um Entschuldigung. Das lag nicht meiner Absicht.«

»Wo kommen Sie überhaupt so plötzlich her?«

Er blickte mich einen Moment lang abschätzend an, dann deutete er auf einen filigran bestickten Wandbehang, an dem ich kurz zuvor vorbeigekommen war. Verständnislos wartete ich auf eine Erklärung.

»Eine versteckte Tür. Davon gibt es hier im Schloss einige.«

»Geheimtüren?«, fragte ich aufgeregt. Der Nachmittag versprach, doch noch interessant zu werden.

»Manche. Aber die meisten existieren hauptsächlich, um der Dienerschaft einen diskreten Zugang zu den Räumlichkeiten zu ermöglichen. Ich wäre Ihnen jedoch sehr verbunden, wenn Sie diese Information für sich behalten würden. Neugierige junge Damen, die auf den Hintertreppen herumspazieren, sind das Letzte, was wir hier brauchen können.«

»Natürlich, Sie können sich auf mich verlassen!«, antwortete ich hastig. Ich war ein bisschen enttäuscht, und das musste er mir angesehen haben.

»Wird Ihnen das schwerfallen, Miss Barnaby?« Seine Stimme klang kühl.

Ich runzelte die Stirn bei seinem unhöflichen Ton und hob unwillkürlich mein Kinn.

»Ein Geheimnis für mich zu behalten? Aber nein! Natürlich nicht!«, sagte ich entrüstet. »Es ist eher …« Verlegen schaute ich ihn an. »… Leider bin ich eine von den neugierigen Damen, die am liebsten einmal einen Blick auf die Hintertreppe werfen würden. Aber natürlich werde ich mich zurückhalten.«

Die Härte verschwand aus seinem Gesicht. »Vielleicht gibt es da eine Möglichkeit.« Nachdenklich rieb er sich über das Kinn. »Wäre es Ihnen unangenehm, ein kleines bisschen zu spät zum Abendessen zu kommen?«

»Ähm … nun ja … besser nicht …«, druckste ich herum. »Es ist mir, fürchte ich, bisher noch nicht gelungen, einen guten Eindruck bei den Prinzen zu hinterlassen, jedenfalls hat mich noch keiner für einen Spaziergang ausgewählt.« Ich errötete, weil es mir vor dem Hauptmann schwerfiel, zuzugeben, dass andere Männer mich nicht attraktiv fanden.

Seine Mundwinkel zuckten. »Na, da haben die Herren wohl nicht so genau hingesehen.«

Ich verzog den Mund.

»Dann vielleicht besser nach dem Abendessen, wenn die anderen Damen zu Bett gegangen sind?«

»Oh, ich weiß nicht«, überlegte ich. »Das gehört sich doch nicht, oder?«

Wieder zeigte sich das kleine Grübchen auf seiner Wange. Fasziniert starrte ich darauf.

»Aber nicht doch, Miss Barnaby!«, sagte er entschieden. »Ich bin schließlich als Hauptmann für Ihre Sicherheit zuständig und damit über jeden Zweifel erhaben.«

Machte er sich über mich lustig? Nachdenklich sah ich zu ihm auf. »Ja … ja, sicher haben Sie recht, Sir. Also gut. Ich werde hier im Flur auf Sie warten.«

»Dann bis heute Abend.« Er verbeugte sich knapp und wandte sich zum Gehen.

»Sir?«, stoppte ich ihn, weil mir eine glänzende Idee gekommen war. »Es gibt nicht zufällig einen geheimen Weg, auf dem ich zu Margrets Haus gelangen kann? Ich muss hier den ganzen Tag vertrödeln, und dabei könnte ich ihn so gut mit meinen Geschwistern verbringen!«

»Nein, so einen Gang gibt es leider nicht. Aber vielleicht kann ich für Sie eine kleine Ausnahme erwirken, wenn ich Sie begleite. Bitte, warten Sie in Ihrem Zimmer auf mich. Ich werde sehen, was ich tun kann.«

»Vielen Dank!«, rief ich ihm nach, und er hob lässig eine Hand, während er mit festen Schritten weiter in Richtung Treppenhaus ging. Er sah wirklich gut aus in seiner mit silbernen Tressen und Quasten verzierten blauen Uniform.

Weil ich überzeugt war, dass er einen Weg finden würde, mich zu meinen Geschwistern zu bringen, zog ich mir vorsorglich schon einmal einen Mantel an. Es schien mir, als wäre der Hauptmann jemand, der alles schaffte, was er sich vorgenommen hatte. Kein Wunder, dass man ihn so rasch befördert hatte, obwohl er noch so jung war.

»Wo willst du denn hin?«, fragte Rose, die auf dem Bett lag, um ein Schönheitsschläfchen zu machen, bevor auch sie eine Einweisung von unserer Kammerzofe erhielt.

Ihr schien das Eingesperrtsein überhaupt nichts auszumachen. Aber sie hatte ja heute auch schon eine Verabredung gehabt.

»Ich … äh … geh mal ein bisschen in den Hof. Frische Luft schnappen.«

»Ich wünsche dir viel Spaß!« Sie schloss ihre Augen wieder und drehte sich um.

Damit sie nicht merkte, dass der Hauptmann mich begleiten würde, ging ich hinaus und wartete auf dem Flur auf ihn. Ich ertappte mich bei einem dümmlichen Grinsen. Das musste die Anspannung sein. Glücklicherweise war Mr Kane bald zurück. Er trug seinen Mantel in der Hand.

»Fertig?«, fragte er und hielt mir einen Arm hin, als wäre ich seine Dame.

»Ähm …«, murmelte ich verlegen, »vielleicht besser nicht an Ihrem Arm …«

»Sie haben recht. Wir wollen ja nicht, dass Sie meinetwegen Ärger bekommen!«

»Richtig. Oder Sie!« Ich deutete mit dem Finger auf seine Brust.

»Ich?«

»Vermute ich zurecht, dass es nicht zu Ihren Aufgaben gehört, uns Damen am Arm durch das Schloss zu geleiten?!«

Er nickte nachdenklich. »Eher nicht.«

»Sehen Sie!«

So gingen wir züchtig nebeneinander her durch das Schloss und in den Innenhof hinaus. Die Wachen am Tor salutierten. Wahrscheinlich wussten sie bereits Bescheid. Einer der Soldaten erinnerte mich an Paul, den Kammerdiener bei den Conleys. Bei dem Gedanken an zu Hause kam mir wieder das Gespräch am Frühstückstisch vor meiner Abreise in den Sinn.

»Wissen Sie zufällig, weshalb die Vornamen der Prinzen alphabetisch geordnet sind?« Fanny und Sophia hatten die Antwort nicht gewusst.

Im Park erkannte ich von Weitem Prinz Caiden. An der einen Seite hatte sich Elaine untergehakt, an der anderen Philippa. Gemächlich schritten sie den verschneiten Weg entlang und schienen sich friedlich zu unterhalten.

Der Hauptmann sah mit gerunzelter Stirn auf mich herab. »Weshalb interessiert Sie das?«

»Ach, das ist nur so eine Frage, die meine Schwester hatte, und ich dachte …« Sein kritischer Blick machte mich nervös, sodass ich stockte. »… Ist nicht so wichtig.«

»Ich weiß es aber.«

»Oh!« Überrascht blieb ich stehen, weil ich schon fast die Hoffnung aufgegeben hatte, dass es mir jemand außerhalb der königlichen Familie verraten konnte. Aber so leicht machte er es mir nicht.

»Raten Sie, Miss Mayrin!«, befahl er verschmitzt und schob mich weiter.

»In Ordnung. Ich versuche es. Wie wäre es damit: Der König ist besonders vergesslich und ruft seine Söhne nur A, B, C und D.«

Mr Kane lachte auf, und mein Herz machte bei diesem Klang einen kleinen Hüpfer. »Nicht schlecht, aber leider falsch.«

Wir waren bei Margrets Haus angekommen, vor dem noch immer die beiden Schneemänner standen. Der Hauptmann klopfte an die Tür.

»Miss Mayrin! Mr Kane! Das ist aber eine schöne Überraschung«, rief Margret erfreut, als sie uns öffnete. »Kinder, schaut mal, wer uns besuchen kommt! Habe ich nicht gesagt, dass Mr Kane sich stets genau dann blicken lässt, wenn es Kuchen gibt?«

Drinnen saßen meine Geschwister gerade am Küchentisch, tranken Milch und aßen Kuchen. Leo sprang auf und warf sich in meine Arme. Dann begrüßte er fröhlich und unbefangen den Hauptmann. Auch Neela erhob sich. Wie eine Dame reichte sie ihm die Hand, und ich empfand großen Stolz auf sie.

»Gehst du gleich mit uns raus?«, fragte sie mich dann – jetzt sehr mädchenhaft.

»Ja, aber wir müssen hier beim Haus bleiben, der Schlosspark ist gesperrt, denn die Prinzen gehen mit einigen der Damen spazieren.«

»Warum denn nicht mit dir?«, fragte Leo verständnislos.

»Also … ich, äh, … ich weiß es nicht«, antwortete ich verlegen.

»Wir hätten Mayrin gewählt, nicht wahr, Leo?«, sagte Mr Kane verschwörerisch.

Leo nickte, und ich errötete. Das schien mir in der Nähe des Hauptmanns öfter zu passieren.

»Habt ihr uns etwas vom Kuchen übrig gelassen?«, lenkte ich rasch vom Thema ab und rutschte zu den Kindern auf die Eckbank. Margret stellte noch einen Stuhl dazu, und der Hauptmann nahm ebenfalls Platz, was mich verwunderte. Hatte er keinen Dienst?

Es war eine fröhliche Runde, und für einen heimlichen Moment fühlte es sich an wie eine Familie.

Später schickte uns Margret mit den Kindern nach draußen, während sie das Geschirr abwusch. Der Hauptmann begann sofort, mit Leo ein Schneehaus zu bauen.

»Ihr dürft uns Schneebrocken dafür bringen«, erlaubte Leo uns großzügig.

Neela zuckte die Schultern, und so begannen wir Mädchen, Blöcke aus Schnee für das Haus zu formen.

»Wie gefällt es dir hier?«, fragte ich, jetzt, wo wir beide unter uns waren.

»Gut. Margret ist wirklich nett. Aber was passiert mit uns, wenn du nicht mehr weiterkommst? Gehen wir dann zurück nach Talebridge?«

Betreten schaute ich sie an. »Ich weiß es nicht genau«, sagte ich schließlich, denn ich wollte ihr keine falschen Hoffnungen machen. »Vielleicht können wir zurück zu den Conleys. Oder ich finde eine andere Arbeit. Der Hauptmann hat mir versichert, dass ich ein Empfehlungsschreiben der königlichen Familie bekommen werde, was bei der Stellungssuche helfen wird.«

»Mr Kane hat das versprochen?«

Ich nickte.

»In Ordnung!«, sagte sie zufrieden und bestäubte mich mit Schnee.

Verwundert stellte ich fest, dass auch sie großes Vertrauen in den Hauptmann zu haben schien.

»Hey, du kleines Biest!«, lachte ich und klopfte mir den Schnee vom Mantel. Eine kurze Zeit hier draußen, und schon war meine Stimmung besser. Ich fühlte mich befreit und fröhlich. Keine Etikette. Keine Fettnäpfchen. Keine Sorge, nicht zu gefallen.

Doch irgendwann wurde es langweilig, Schneesteine zu bilden, denn das Haus, welches die beiden »Männer« planten, war ziemlich groß. Übermütig formte ich einen Schneeball und bewarf Mr Kane damit. Er fuhr herum, in seinen Augen tödliche Zielstrebigkeit, als würde er einen Angriff erwarten.

Ich zuckte zusammen.

»Oh …«, rief ich, als ich seinem harten Blick begegnete. Ich hatte ihn nur necken wollen und dabei vergessen, dass er Soldat war. »Es tut mir wirklich …«, setzte ich zu einer Entschuldigung an. Weiter kam ich nicht, denn blitzschnell hatte er einen Schneebrocken gegriffen und ihn nach mir geworfen. Ich duckte mich, erleichtert, dass er mir nicht böse war.

»Na, warte!«, rief er und kam mit großen Schritten auf mich zu.

Kichernd rannte ich weg und verschanzte mich hinter der Schneefrau. Es ging hin und her, bis ich mich vor Lachen kaum mehr halten konnte.

»Was ist los, Herr Hauptmann? Sie bekommen ja noch nicht einmal ein Mädchen gefangen!«

Ich hätte ihn besser nicht provoziert, denn nun zeigte sich, dass er bisher nur mit mir gespielt hatte. Mit einem kraftvollen Satz hechtete er um die Schneefrau herum und griff nach mir. Behindert durch meinen langen Rock, war ich nicht schnell genug. Er packte mich um die Taille, und gemeinsam landeten wir im Schnee. Sein Gesicht war meinem so nah, dass ich die kleinen Lachfältchen in seinen Augenwinkeln sehen konnte.

Auf einmal fühlte ich mich befangen. Unsicher blinzelte ich zu ihm auf. Ihm schien es genauso zu gehen, denn er erhob sich rasch und streckte mir seine Hand entgegen.

»Darf ich Ihnen aufhelfen, verehrte Lady Mayrin?«, sagte er spöttisch.

»Sehr gern, mein Herr!«, gab ich im gleichen gestelzten Tonfall zurück.

Neela und Leo standen beim Schneehaus und beobachteten uns neugierig. »Ihr macht nur Spaß, oder?«, fragte Leo unsicher.

»Aber sicher doch!«, rief ich und bewarf ihn ebenfalls mit einem Schneeball.

Glucksend verkroch er sich hinter der halbfertigen Wand des Schneehauses.

Ich blickte zum Himmel. Die Sonne würde bald untergehen. »Ich fürchte, ich muss zurück, um mich für das Abendessen hübsch zu machen, schließlich will ich diesmal betörend aussehen.«

Mr Kane sah mich ernst an. »Tun Sie das nicht immer?«

Ich lachte über seinen Witz und schüttelte Schneereste aus meinen Haaren. Doch mein Herz klopfte schneller. Weshalb sagte er so etwas? Merkte er nicht, wie er mich damit verwirrte?

Wir verabschiedeten uns von Margret und den Kindern und kehrten in der Dämmerung schweigend zum Schloss zurück. Am Himmel mischten sich Streifen in Lila, Rot und Orange zu einem bezaubernden Farbspiel.

»Ich danke Ihnen, es war ein sehr schöner Nachmittag«, sagte ich schüchtern, als wir in den Innenhof des Schlosses traten. »Ich wünschte, ich könnte mich irgendwie revanchieren.«

»Keine Sorge. Es hat mir Freude bereitet, Miss Mayrin.« Er verbeugte sich knapp, und dann ging er über den Schlosshof davon.

Während ich die Treppe zu unserem Zimmer hinaufstieg, dachte ich darüber nach, wie entspannt Mr Kane bei Margret gewirkt und wie distanziert er sich jetzt verabschiedet hatte. Ganz der pflichtbewusste

Hauptmann. Wie er sich wohl bei unserer Verabredung heute Abend verhalten würde? Beunruhigt stellte ich fest, dass meine Gedanken viel zu häufig um diesen Mann kreisten.

Als ich in das Ankleidezimmer kam, half Sophia Tionne gerade in ein orange-gelbes Kleid mit vielen Volants.

»Ah!«, rief ich begeistert. »So eines möchte ich auch!«

Beide schauten mich entgeistert an.

»Aber, Miss Mayrin!«, rief die Kammerzofe aus. »Doch nicht in dieser Farbe!«

Verwirrt kräuselte ich die Stirn.

»Nicht zu deinem Teint. Du würdest blass darin aussehen«, erklärte Tionne mir geduldig. »Sophia hat bestimmt etwas Passenderes für dich.«

Die Zofe hielt mir wieder das rosafarbene Kleid mit dem riesigen Ausschnitt entgegen.

Ich seufzte. »Nun gut. Zumindest werde ich darin nicht unscheinbar aussehen.«

Während ich missmutig hineinschlüpfte, fragte ich Tionne nach ihrem Spaziergang mit Prinz Alexander aus.

»Er ist wirklich sehr klug und stets freundlich, aber bei Weitem nicht so humorvoll wie Prinz Byron«, urteilte Tionne.

Während Sophia mein Kleid am Rücken schloss, plauderten wir über die Vorzüge der einzelnen Prinzen und darüber, wie schwer es war, sich für einen von ihnen zu entscheiden.

Ich fühlte mich furchtbar nackt, aber als ich vor den Spiegel trat, erkannte ich, weshalb die Kammerzofe dieses Kleid für mich ausgesucht hatte: Es ließ meine Taille schmaler und meinen Hals länger wirken und brachte meine roten Haare zum Leuchten. Der Ausschnitt war so geschickt geschnitten, dass meine kleinen Brüste eindrucksvoll hervorblitzten. Meine Haut wirkte zart und rosig vom Nachmittag an der frischen Luft, allerdings waren durch die Sonne neue Sommersprossen hinzugekommen. *So ein Mist!*

»Wunderbar!«, schwärmte die Kammerzofe und steckte meine Haare auf, um sie zum Abschluss mit einer silbernen Haarspange zu verzieren.

Tionne nickte mir aufmunternd zu. »Das sieht wirklich schön aus!«

»Ich wünschte, ich hätte auch so eine schlanke Taille!«, seufzte Rose, als sie mich sah.

»Und ich wünschte, ich hätte ein wenig von deiner Oberweite!«, entgegnete ich. »Man ist wohl nie zufrieden mit sich, oder?«

Rose strich versöhnt an sich herab. »Ich habe schon die hübschesten Kurven hier, nicht wahr? Oder findet ihr Olivia schöner?«

»Auf keinen Fall!«, riefen Tionne und ich einhellig.

Vor dem Jahreszeitensaal trafen wir auf den Hauptmann, der sich mit Ismey unterhielt, die sich erstaunlich lebhaft zeigte. Anscheinend war sie ebenfalls nicht vor seiner Befehlshaber-Ausstrahlung gefeit.

Schenkte er den anderen Damen etwa auch so viel Aufmerksamkeit wie mir? Der Gedanke gefiel mir nicht.

Wir betraten den Speisesaal und stellten uns auf.

»Ich weiß nicht, ob ich mich daran gewöhnen kann«, flüsterte ich Tionne zu und ruckelte verstohlen an meinem Ausschnitt herum.

»Was meinst du?«

»Na, dieses stundenlange Zurechtmachen – und jetzt auch noch mithilfe einer Zofe!«

Der Herold kam, und das Spiel begann von Neuem. Wir ließen einen Stuhl am Tisch frei, und wieder wechselten die Prinzen nach jedem Gang den Platz.

Während die Suppe aufgetragen wurde, versuchte ich, Ismey unauffällig nach ihrem Gespräch mit dem Hauptmann auszufragen. Sie sah hübsch aus heute Abend. Ihre weißblonden Haare ringelten sich neckisch um ihr Gesicht. Allerdings hätte mir ihre hagere Gestalt mit ein paar Pfunden mehr auf den Rippen noch besser gefallen.

Ismey warf mir auf meine Frage hin einen unsicheren Blick zu. »Der Hauptmann?« Sie überlegte einen Moment. »Wir haben uns darüber unterhalten, wo ich herkomme und wie es mir hier gefällt. Ein sehr charmanter Herr.«

Ich nickte zustimmend und bemühte mich dabei um einen unbeteiligten Gesichtsausdruck. *Wahrlich. Ein wirklich ausgesprochen charmanter Herr.*

Beim Hauptgang saß Prinz Darion bei uns. Quälend langsam ließ er seine Augen über mein Dekolleté wandern. Ich errötete und musste mich stark zusammenreißen, um nicht meine Hände davorzuhalten. Doch war es nicht genau das, was ich gewollt hatte? Gesehen, bemerkt zu werden? Interesse vonseiten der Prinzen? Aber weshalb fühlte es sich dann so beschämend an?

Unglücklich wendete ich den Kopf zur Seite und begegnete Cecilias kaltem Blick, die von der anderen Seite des Tisches genau beobachtete, was der Prinz tat. Welches Problem hatte sie nur mit mir? Ich straffte meine Schultern und wartete auf eine weitere spitze Bemerkung von ihr.

Und ich lag richtig mit meiner Befürchtung. Als das Dessert aufgetragen wurde und kein Prinz an unserem Tisch saß, war es mit meiner Schonfrist vorbei.

»Ich bin sehr beeindruckt von deinem selbstbewussten Auftreten, Mayrin«, sagte Cecilia freundlich und tupfte sich mit zierlichen Bewegungen die Mundwinkel ab. »Wirklich bewundernswert.«

Wie meinte sie das? »Nun ja, es ist schon ein wenig kühl«, sagte ich unsicher. »Aber du solltest eher von Olivia beeindruckt sein, deren Ausschnitt ist viel tiefer.«

»Beinahe bis zum Bauchnabel!«, ergänzte Rose dumpf. »Wenn sie sich bewegt, muss man Angst haben, dass …«

Cecilia fiel ihr ins Wort. »Ich bewundere dich doch nicht wegen deines flittchenhaften Dekolletés, sondern wegen der Unbekümmertheit, mit der du hier unter uns sitzt.«

Sie erwiderte meinen irritierten Blick, ohne mit der Wimper zu zucken und vollkommen unbeeindruckt von der Tatsache, dass alle anderen am Tisch sie musterten, als wäre sie unzurechnungsfähig.

»Ich glaube nicht, dass ich so gelassen wäre, wenn ich mich mit unlauteren Mitteln hier eingeschlichen hätte«, fuhr sie mit einem feinen Lächeln fort und taxierte mich lauernd.

Für einen Moment lang war es totenstill am Tisch.

»Wie meinst du das: mit unlauteren Mitteln?«, fragte Elaine.

»Oh!«, stieß Cecilia gespielt bestürzt hervor und hielt sich die Hand vor den Mund. »Habe ich da etwa ein Geheimnis ausgeplaudert?«

Tionne sah aus, als würde sie Cecilia gleich erwürgen wollen.

Meine Kiefer mahlten. »Ich bin nicht unberechtigt hier!«, stieß ich hervor und war kurz davor, aufzuspringen und hinauszulaufen … oder

Cecilia zu verprügeln. »Im Zimmer liegt sogar eine persönliche Einladung der Königin. Möchtest du sie sehen?«

»Nein, danke. Auch wenn es mich schon ein wenig wundert, dass die Königin damit einverstanden ist, dass eine Bedienstete sich um die Hand eines ihrer Söhne bewirbt.«

Ich versuchte, Cecilia mit meinem Blick zu erdolchen, aber sie lächelte nur hochmütig.

»Ich entstamme auch einer adligen Familie!«, rechtfertigte ich mich in die Runde. »Nur weil …«

Doch keiner hörte mir zu, weil sich soeben die Prinzen erhoben hatten und das Abendessen beendeten. Wie alle anderen stand auch ich auf, um sie mit einem Knicks zu verabschieden. Die Fäuste geballt und mit gesenktem Blick stapfte ich anschließend die Treppe empor.

»Das war nicht fein von Cecilia«, sprach mich Ismey an und bemühte sich, mit mir Schritt zu halten. »Mach dir bitte keine Gedanken über ihre Worte. Sie ist zurzeit sehr angespannt.«

Ich seufzte. Das war leichter gesagt als getan. »Ich frage mich, woher sie wusste, dass ich eine Gouvernante bin!«

Aber dies konnte Ismey mir nicht beantworten.

Später im Zimmer schimpften Rose und Tionne netterweise ebenfalls über Cecilia, während sie sich auf die Nacht vorbereiteten. Nur ich schlüpfte in ein schlichtes Tageskleid anstelle des Nachthemdes.

»Hast du noch etwas vor?«, fragte Rose.

»Vielleicht ein geheimes Rendezvous?«, stichelte Tionne und kam damit der Wahrheit gefährlich nah. »Oder willst du die gute Cecilia ein wenig verprügeln? Warte, da komme ich mit!«

Ich lachte auf, denn die Idee gefiel mir. Aber weil ich ahnte, dass dies bei der Königsfamilie wenig Anklang finden würde – genauso wenig wie ein heimliches Treffen mit einem Soldaten –, behauptete ich stattdessen, dass mir das Einschlafen immer so schwerfiele und ich daher noch ein wenig hinausgehen würde.

Unser Zimmermädchen kam mit einer frischen Karaffe Wasser herein und erlöste mich von den bohrenden Fragen.

»Benötigen die Damen noch etwas?«, erkundigte sie sich und wünschte uns, als wir verneinten, eine gute Nacht.

Immer wieder war ich beeindruckt von dem Luxus, der mich hier umgab. Eine Dienerin, die sich den lieben langen Tag um mein Wohlergehen sorgte – wer hätte das vor einer Woche gedacht?!

Ich huschte hinter Fanny hinaus.

Als ich wenig später auf dem Flur mit der verborgenen Tür ankam, wartete der Hauptmann dort bereits auf mich – regungslos an einen Schrank gelehnt, in der Hand einen brennenden Kerzenleuchter. Er hatte mich nicht vergessen. Als er mich sah, glitt ein Lächeln über sein Gesicht, das mein Herz schneller schlagen ließ.

Er verbeugte sich. »Guten Abend, Miss Mayrin.«

»Ihnen auch einen wundervollen guten Abend, Herr Hauptmann!«, antwortete ich und war erstaunt über mich selbst, weil ich fast ein wenig kokett klang. Ich gestand mir widerstrebend ein, dass ich ein klitzekleines bisschen für den Hauptmann schwärmte.

»Das wird er mit Sicherheit werden. Aber schade, dass Sie dieses rosafarbene Kleid nicht mehr tragen!«

Misstrauisch sah ich zu ihm auf. Was wollte er damit sagen?

Er äußerte sich jedoch nicht weiter dazu, sondern deutete zum Wandbehang. »Wollen wir?«

Ich nickte. Als er den Stoff anhob, sah ich, dass dahinter eine schmale Treppe zwischen den Steinmauern des Schlosses nach oben und nach unten führte. Mr Kane ging voran und erleuchtete den Weg.

Ich staunte, auch wenn ich es ein bisschen unheimlich fand. Es war kalt hier im Gemäuer, kälter als in den Zimmern, wo tagsüber fast überall die Kamine brannten, und es roch nach feuchtem Stein.

»Haben Sie Angst?«, fragte er, als hätte er meine Gedanken gelesen.

»Aber nein, natürlich nicht!«, protestierte ich.

»Na, dann ist es ja gut. Man erzählt sich nämlich, dass hier einst ein alter Diener hinuntergestürzt und zu Tode gekommen sein soll. Passen Sie also gut auf, wohin Sie Ihre Füße setzen.«

Er drehte sich zu mir und hob die Kerze. Ich hoffte, dass er meinen verschreckten Blick nicht bemerkte.

»Jedenfalls soll der arme Mann bis zum heutigen Tage immer wieder bei Nacht hier herumspuken.« Seine Stimme hallte dunkel von den Steinwänden wider. »Manchmal hört man nur seine Schritte und ein markerschütterndes Jammern, doch angeblich hat ihn ab und zu eines der Dienstmädchen gesehen – eine durchscheinende, blutüberströmte Gestalt. Aber natürlich ist das alles nur eine Geschichte.«

»Natürlich!«, wiederholte ich und bemühte mich, meiner Stimme einen fröhlichen Klang zu geben, während ich äußerst behutsam einen Fuß nach dem anderen auf die unebenen Stufen setzte, damit mir nicht das gleiche Schicksal widerfuhr wie dem Diener.

Auf einmal verlosch das Licht der Kerze, und ein qualvolles Stöhnen erklang. Entsetzt schrie ich auf und griff nach Mr Kane. Allen Anstand außer Acht lassend, krallte ich mich an seiner Uniform fest und drängte mich Schutz suchend an ihn. Oh Gott! Die Schrecken der Nacht im Schlosskerker und die Ängste, die ich um meine Geschwister ausgestanden hatte, kamen mit voller Wucht wieder empor und raubten mir die Luft.

Hauptmann Kane legte lachend seinen Arm um mich und öffnete fast im selben Moment eine Tür. »Keine Sorge, der Geist ist fort!«

Licht fiel herein, und ich sah sein schelmisches Grinsen. Ich war so damit beschäftigt gewesen, auf den Stufen nicht zu stolpern, dass ich gar nicht bemerkt hatte, dass wir das Ende der Treppe bereits erreicht hatten.

Mit Mühe unterdrückte ich die aufkeimende Wut und wand mich energisch aus seinem Griff.

»Hauptmann Kane!«, rief ich erbost. Die Arme in die Hüften gestemmt, stellte ich mich drohend vor ihn hin. »Ich werde …«

Er beugte sich zu mir herab, sodass viel zu wenig Abstand zwischen uns verblieb. Ich verstummte, als ich den Ausdruck seiner Augen sah, von dem ich nicht wusste, wie ich ihn interpretieren sollte. Weshalb blickte er mich so … intensiv an? Ich vergaß völlig, was ich hatte sagen wollen, und starrte verwirrt zu ihm auf.

»Sie werden was, Miss Barnaby?«, fragte er leise, und sein Mundwinkel zuckte unverschämt.

»Das war nicht nett von Ihnen, Sir!«, empörte ich mich.

»Nein«, sagte er gespielt zerknirscht und trat einen Schritt zurück. »Bitte, verzeihen Sie mir.«

Ich warf ihm einen weiteren finsteren Blick zu, während ich überlegte, ob mein Puls nur vor Schreck so raste.

Flehend legte der Hauptmann den Kopf schief. »Bitte, Miss Mayrin, seien Sie mir nicht länger böse. Es würde mir das Herz brechen!«

Ich konnte meine Erheiterung nicht länger verbergen. »Machen Sie das nie wieder!«, schimpfte ich mehr pro forma.

»Ich verspreche hoch und heilig, dass ich Sie heute nicht noch einmal erschrecken werde.« Er reichte mir seine Hand und führte mich hinaus ins Licht.

Ich schnaubte. *Heute …*

Wir betraten eine riesige Küche. Im Herd glomm noch ein Rest Asche. Alles war aufgeräumt und sauber; das Personal hatte die riesigen Geschirrberge bereits bewältigt und Feierabend gemacht. Verlegen entzog ich dem Hauptmann meine Hand, als er keine Anstalten machte, sie loszulassen.

»Über die Hintertreppen kann man unkompliziert in alle Stockwerke gelangen«, erklärte er, als wäre nichts gewesen.

»Wie praktisch!«

Mir war bewusst, dass ich ganz allein mit ihm hier unten war. Verstohlen schielte ich zu ihm auf und begegnete seinem Blick.

»Vielleicht sollten wir jetzt besser zurückgehen?«, schlug ich mit belegter Stimme vor.

»Gern. Möchten Sie wieder die Hintertreppe nehmen?«

»Nein danke!«, winkte ich etwas zu hastig ab. »Äh … schließlich möchte ich ja sehen, wie man auf normalem Wege in die Küche gelangt – falls mich der Hunger überkommt.«

Mr Kane blickte spöttisch auf mich herab. Natürlich hatte er mich durchschaut, war jedoch so freundlich, es nicht zu kommentieren.

»Sie haben wirklich reizend ausgesehen heute beim Abendessen. Ich bin sicher, dass einer der Prinzen Sie morgen zu einem Spaziergang einladen wird!«, sagte er, während er mich durch einen anderen Ausgang aus der Küche herausführte.

»Dass die Armen mit uns bei diesen Temperaturen den ganzen Tag durch den Park wandern müssen, tut mir leid. Hoffentlich erkältet sich niemand«, versuchte ich, das Thema zu wechseln, weil ich nicht wusste, wie ich auf sein Kompliment reagieren sollte.

Der Hauptmann schnaubte. »Es gibt warme Mäntel, und so ein Spaziergang dauert nicht ewig. Sie glauben wohl, die Prinzen wären verwöhnte Muttersöhnchen!«

»Nein, nein, natürlich nicht«, wiegelte ich ab, obwohl ich genau das insgeheim dachte. »Aber *ich* würde nicht drei Tage lang mit heiratswilligen Mädchen, die versuchen, sich gegenseitig zu übertrumpfen, durch die Kälte wandern wollen!«

Er lachte. »So kann man es natürlich auch sehen!«

»Weshalb haben sich die Prinzen überhaupt mit dieser Brautschau einverstanden erklärt? Das Ganze ist doch etwas … ungewöhnlich, oder nicht?«

»Es geschah auf Befehl des Königs, damit seine Nachfolge gesichert ist«, erklärte der Hauptmann.

»Das verstehe ich ja, aber weshalb müssen gleich alle vier Prinzen heiraten? Würde es nicht reichen, wenn der Kronprinz eine Familie gründet?«, bohrte ich nach, während ich mich bemühte, auf der Treppe nach oben mit ihm Schritt zu halten.

»Wissen Sie, die Prinzen ehren ihren Vater sehr. Der König ist schwer krank, und sein innigster Wunsch ist es, seine Söhne verheiratet zu sehen. Am liebsten möchte er, besser heute als morgen, das erste Enkelkind in den Armen halten.« Der Hauptmann seufzte, und es schien mir, dass nicht nur die Söhne den König sehr schätzten. »Doch ich fürchte, dass ihm dies nicht mehr vergönnt sein wird.«

Ich nickte bedrückt, denn ich hätte es genauso gemacht, wenn ich meinem Vater noch einen letzten Wunsch hätte erfüllen dürfen.

Schweigend gingen wir weiter.

»Haben Sie sich schon eine Taktik überlegt für den Fall, dass Sie morgen ausgewählt werden?«, fragte der Hauptmann, als wir den Flur zu den Zimmern der Kandidatinnen erreicht hatten.

Eine Taktik? Mit gerunzelter Stirn sah ich zu ihm auf.

»Nein …«, sagte ich unsicher und gestand ihm: »Ehrlich gesagt habe ich keine Ahnung, wie man sich einem Prinzen gegenüber verhält.«

»Na, ich denke, so wie jedem anderen Mann gegenüber auch. Obwohl … Vielleicht sollten Sie vermeiden, ihn mit Schneebällen zu bewerfen oder ihm gegen das Schienbein zu treten, das könnten die Wachen im Park falsch verstehen.«

»Sonst noch hilfreiche Ratschläge? Wie sieht es zum Beispiel mit heimlichen Treffen auf Hintertreppen aus? Darf man das?«

Er grinste. »Auf keinen Fall!«

Wir lachten, aber innerlich war ich zutiefst besorgt.

»Seien Sie einfach ganz natürlich«, riet er mir, als hätte er meine Gedanken gelesen. »Dann wird schon alles gut laufen.«

Hilflos hob ich die Schultern. Ich hatte keine Chance. Das musste er doch wissen! Hatte er sich die anderen Mädchen hier denn nicht gründlich angeschaut? Das waren allesamt elfengleiche Grazien oder dramatische Schönheiten, die ihr Leben lang geschult worden waren, sich so zu präsentieren, dass sie sich einen standesgemäßen Ehemann angeln konnten, die sich in Etikette, Schminktechnik und mit schönen Kleidern auskannten. Sicher, es gab auch Mädchen wie mich. Mädchen, die aussortiert werden mussten, bevor der wirklich spannende Teil der Brautschau begann.

»Mal schauen«, murmelte ich.

»Was ist denn das Problem?«

»Naja …«, druckste ich herum und errötete. »Ich habe ehrlich gesagt nicht viel Erfahrung in dieser Hinsicht.«

Der Hauptmann stoppte und musterte mich. Dann kräuselten sich seine Mundwinkel.

»Ich denke, wir sollten üben. Folgen Sie mir.«

Er legte seine große Hand auf meinen Rücken und bugsierte mich zu einem Salon am Ende des Ganges.

Keine Chance

Der Hauptmann entzündete einige Kerzen und befahl mir, mich zu setzen. Gehorsam nahm ich auf einem Sofa Platz und schaute ihn erwartungsvoll an. Mittlerweile musste es ziemlich spät sein.

Er ließ sich auf dem Sessel neben mir nieder. »Sie müssen versuchen, ihn wie unabsichtlich zu berühren. Ganz zufällig.« Er lehnte sich zu mir und legte seine Hand auf meinen Arm. Eine ausgesprochen männliche Hand.

Die Wärme seiner Haut drang durch den leichten Stoff meines Kleides. Es fühlte sich wunderbar an. Fremd und doch vertraut. An der Manschette seines Hemdes schauten dunkle Härchen hervor. Ich wagte nicht, mich zu bewegen.

»Und dann schauen Sie ihm tief in die Augen und denken an … Konfekt.«

»Konfekt?«, fragte ich erstaunt, nachdem ich mich geräuspert hatte.

»Ja. Oder Kuchen oder an irgendwelche anderen Sachen, die Damen so lieben.«

»Maronen.« Ich lächelte.

»Zum Beispiel. Und dann flüstern Sie ihm ein Kompliment ins Ohr.«

»Ins Ohr?«, echote ich.

»Genau. Meine Mutter hat mir davon erzählt. Sie behauptete, dass mein Vater dann immer ganz unruhig geworden sei. Sie werden sehen: Es wirkt!«

»Meinen Sie?«, sagte ich, noch nicht ganz überzeugt.

Verschmitzt grinste Mr Kane mich an, was ihn noch jünger wirken ließ. »Kommen Sie, wir üben es einmal.«

Er nahm eine würdevolle Pose ein, wie es die Prinzen auch tun würden.

»Nun, liebe Miss Barnaby«, sagte er mit gestelzter Stimme, »wie geht es Ihnen denn heute?«

Ich musste kichern.

»Etwas mehr Ernsthaftigkeit, bitte!«, ermahnte er mich.

»Also gut.« Ich räusperte mich. Dann lehnte ich mich langsam zu ihm hinüber und sah direkt in seine Augen. Die waren unverschämt blau mit kleinen hellen Flecken. Augen, in denen man versinken kann, schoss es mir durch den Kopf. Für einen winzigen Moment hatte ich den Eindruck, dass sie sich weiteten, als ich so nah kam, aber das musste Einbildung sein.

Ich rang um Konzentration, dann hauchte ich dem Hauptmann ins Ohr: »Sie haben so wunderschöne Härchen auf den Armen, Königliche Hoheit.«

Mr Kane stutzte und brach dann in schallendes Gelächter aus. »Sehr gut! Das wird die Prinzen begeistern.«

Ich verzog das Gesicht. »Na, wunderbar. Vermutlich werden sie mich ebenfalls auslachen!«

»Aber nein. Sie machen das hervorragend!«

Seufzend stand ich auf. »Ich muss zu Bett gehen. Wer weiß, was mich morgen erwartet. Da sollte ich besser ausgeschlafen sein.«

Der Hauptmann nickte und erhob sich ebenfalls, um mich bis zum Zimmer zu geleiten.

»Vielen Dank für die interessante Führung und die Unterweisung in Verführung!«, verabschiedete ich mich, als wir vor meiner Zimmertür angelangt waren.

»Stets zu Ihren Diensten, Miss Mayrin.«

Sein umwerfendes Lächeln ließ mich mit heftigem Herzklopfen eilig in mein Zimmer fliehen.

Und Prinz Darion lädt heute Vormittag Cecilia de Fayre und Mayrin Barnaby zu einem Spaziergang ein.«

Nach dieser Mitteilung verließ der Herold den Jahreszeitensaal, in dem wir gerade unser Frühstück zu uns nahmen.

Tionne klopfte mir mit strahlendem Gesicht auf die Schulter. »Gut so!«

Ich war ausgewählt worden! *Ich!*

Endlich. Mein tiefer Ausschnitt hatte seine Schuldigkeit getan. Ich versuchte, die neiderfüllten Gesichter einiger Mädchen zu ignorieren.

Nur dumm, dass ausgerechnet Cecilia dabei sein würde. Bei jeder Gelegenheit zeigte sie mir, wie weit ich unter ihrer Würde war. Zu einigen Mädchen war sie sogar richtig gehässig. Zu denen, die sie als

Konkurrenz empfand. Cecilia hatte die Gesichtszüge eines Engels und reizende leuchtend rotblonde Locken. Niemand, der sie sah, würde denken, dass sie jemandem etwas Böses wollte.

Auf der Treppe begegneten wir Cecilias Kammerzofe. Unbehaglich wendete ich den Blick ab, als Cecilia sie sogleich beschimpfte und ihr vorwarf, nicht den passenden Muff herausgelegt zu haben.

Ich entdeckte den Hauptmann, der in einer Tür stand und diesen Vorfall – von Cecilia unbemerkt – beobachtete. Zwischen seinen Brauen hatte sich eine steile Falte gebildet.

»Es wird Zeit«, versuchte ich, Cecilia von ihrem Opfer loszureißen, woraufhin sie mich mit einem abschätzigen Blick bedachte und endlich weiterging.

Prinz Darion erwartete uns bereits im Innenhof des Schlosses. Sobald Cecilia ihn sah, legte sich ein Strahlen über ihr Gesicht, als wäre ihre schlechte Laune von eben nie dagewesen. Ich war beeindruckt von diesem schauspielerischen Talent.

Gemeinsam spazierten wir in den verschneiten Schlosspark. Schon während der ersten Schritte steckte Cecilia ihr Revier ab.

»Sie sind so muskulös, Königliche Hoheit«, schmeichelte sie dem Prinzen, strich über seinen Arm und lächelte ihn sanft an. »Trainieren Sie den Schwertkampf?«

Er wandte sich ihr zu, ließ seine Augen über ihre perfekte Gestalt gleiten und erwiderte galant: »Aber nichts ist so schön, wie Ihre liebreizende Grazie!« Er ergriff Cecilias Finger und deutete einen Handkuss an.

Sie kicherte glockenhell, und ich kam mir überflüssig vor.

So funktionierte das Spiel also. Man musste versuchen, die Konkurrentin raffiniert aus dem Blickfeld zu bekommen, indem man die ganze Aufmerksamkeit des Prinzen auf sich zog.

Und es gab noch weitere Tricks, wie ich bald darauf feststellte: Sobald der Weg enger wurde, musste man sich beim Gehen so geschickt positionieren, dass für die andere Bewerberin kein Platz mehr neben dem Prinzen blieb und sie gezwungenermaßen zurückfallen musste.

Bei jeder noch so unbedeutend unwegsamen Stelle tat man unsicher und streckte Hilfe suchend die Hand nach dem Prinzen aus, damit dieser sie ergriff. Die Hand ließ man dann möglichst lange nicht mehr los. Gleichzeitig neckte man den Prinzen, machte bewundernde Komplimente und warf ihm schelmische Blicke zu.

Kurzum: Man gab ihm das Gefühl, der wunderbarste Mann auf Erden zu sein.

Ich lernte eine Menge an diesem Nachmittag. Nur … einen bleibenden Eindruck konnte ich bei Prinz Darion wohl nicht hinterlassen.

Resignierend nahm ich einen der Becher mit heißem Würzwein, den ein Diener uns auf einem Tablett reichte, und trank ihn in großen Schlucken leer, während ich den beiden wie eine Anstandsdame hinterherstapfte. Bei der nächsten Gelegenheit tauschte ich den leeren Becher gegen einen vollen.

Dann würde ich mich eben betrinken.

Es war furchtbar!«, klagte ich Rose und Tionne mein Leid, als ich nach eineinhalb endlos scheinenden Stunden wieder in das Schloss zurückgekehrt war. »Ich hatte keine Chance gegen Cecilia!«

Die beiden versuchten, mich zu trösten. »Aber Prinz Darion hat dir doch bestimmt auch ein wenig Aufmerksamkeit geschenkt, oder?«, fragte Rose.

»Ja schon, er hat sich wirklich bemüht, mich ab und zu ins Gespräch einzubinden … aber ich war so gehemmt, dass es mir kaum gelungen ist, einen vernünftigen Satz herauszubringen, sobald er seinen Blick auf mich gerichtet hat. Seine Augen sind wunderschön, nicht wahr?«

Beide nickten.

»Konntest du wenigstens zeigen, was für einen wachen Verstand du besitzt?«, erkundigte sich Tionne.

Betrübt verzog ich das Gesicht. »Cecilia ist zu allem Übel auch noch sehr intelligent und ihr Vater Mitglied der Regierung. Sie haben sich ausführlich über die politische Lage im Land unterhalten.«

»Au weia!«, sagte Rose.

»Das klingt nicht gut«, stimmte Tionne ihr zu. »Ach, Mayrin, gib dir ein bisschen Mühe! Wir wollen doch weiterhin gemeinsam hier bleiben, oder?!«

Ich nickte traurig und dachte an das in Aussicht gestellte Geld.

Den Nachmittag musste ich erneut im Schloss verbringen und warten, während Tionne schon zum dritten Mal zu einem Spaziergang eingeladen worden war, dieses Mal von Prinz Caiden.

Vom Hauptmann war weit und breit nichts zu sehen. Vermutlich hatte er Dienst und somit keine Zeit, mich zu meinen Geschwistern zu begleiten. Glücklicherweise war es uns übermorgen, am Sonntag, freigestellt, wohin wir gehen wollten. Wenn wir uns abmeldeten und in Grüppchen blieben, durften wir das Schlossgelände sogar bis zum Einbruch der Dunkelheit verlassen.

Ich würde Tionne bitten, mit Neela, Leo und mir einen kleinen Ausflug ins Städtchen zu unternehmen.

Doch es war erst Freitag, und wenn es weiterhin so miserabel lief, würde ich das Wochenende hier gar nicht mehr erleben …

Die Minuten zogen sich endlos in die Länge, während ich den Gesprächen im Gelben Salon lauschte, bei denen es hauptsächlich um die Spaziergänge im Park ging – wer wen wie lange angesehen oder berührt hatte, für welches Mädchen die Prinzen besonderes Interesse gezeigt hatten und wer welchen Königssohn favorisierte.

Olivia zählte gerade auf, wie sie sich das Leben als Prinzessin vorstellte: »Nie wieder will ich mir die Füße selber waschen, und es sollen nur noch feinste Stoffe an meinen Körper kommen. Ich weiß auch schon genau, welche Schneiderin ich damit beauftragen werde. Außerdem möchte ich unbedingt ein Collier aus Rubinen. Rot steht mir einfach am besten.« Ihr üppiger Busen wogte vor Erregung.

»Hat eigentlich jemand schon tiefere Gefühle für einen der Prinzen?«, fragte eine von den beiden Zwillingen, Kathleen oder Alice – ich konnte sie immer noch nicht auseinanderhalten – in die Runde.

»Ja, ich«, erklang eine selbstbewusste Stimme. Es war Georgiana mit der prachtvollen blonden Mähne, die mit einem Buch auf den Knien in einem Sessel am Kamin saß. Alle Augen richteten sich auf sie.

»Ach?! Für wen denn?«

»Für Prinz Darion.«

»Und? Hast du ihm das bereits signalisiert?«, wollte Ismey wissen und ließ ihre Stickerei sinken.

Cecilia, die ebenfalls Interesse an dem jüngsten Prinzen hatte, war kurz davor, die Spielkarten in ihrer Hand zu zerknüllen.

»Ja, gestern Abend waren wir noch allein in einem Salon, wo wir die Gelegenheit hatten, uns wirklich tiefgründig zu unterhalten, und zum Schluss hat er mir sogar einen Kuss auf die Wange gegeben.«

Alle sahen Georgiana schockiert an. Doch die zuckte nur lächelnd mit den Schultern.

Cecilia zischte empört zu ihrer Nachbarin: »Darüber muss ich auf jeden Fall mit Prinz Darion reden!«

Georgiana blickte gelassen in die Runde. »Für mich steht fest, dass ich bis zum Ende hierbleiben und Prinz Darion heiraten will. Leider kann ich dabei keine Rücksicht auf andere nehmen, auch wenn ihr das jetzt vielleicht nicht sehr freundlich von mir findet.«

Der Ton wurde härter, stellte ich fest, und erinnerte mich besorgt an Tionnes Warnung bezüglich der Mittel, die einige Kandidatinnen bei ihren Bemühungen um die Prinzen einsetzen würden.

Die Gespräche, die bei Georgianas Worten verstummt waren, setzten langsam wieder ein. Wenig später sah ich Cecilia mit einem anderen Mädchen tuscheln und dabei verstohlen auf mich deuten. Dann kicherten beide.

Ich fühlte mich schlecht, weil Cecilia bestimmt erzählt hatte, wie ungeschickt ich mich bei dem Spaziergang mit Prinz Darion benommen hatte.

Als dann auch noch Olivia in einen erbitterten Streit geriet, weil jemand meinte, dass sie mit ihrem freizügigen Ausschnitt wie ein leichtes Mädchen aussähe, stand ich auf. Ich musste hier dringend raus.

Ismey erhob sich ebenfalls, legte ihre Handarbeit beiseite und folgte mir. »Kannst du es auch nicht mehr ertragen?«, fragte sie mit gequältem Gesichtsausdruck.

Wir lächelten uns verschwörerisch zu. Gemeinsam suchten wir die Baderäume auf und ließen uns dort verwöhnen. Hier standen stets zwei Dienerinnen zur Verfügung, die nur darauf warteten, das Badewasser vorzubereiten und uns bei der Körperpflege zu helfen. Mit Ismey, die in der Wanne neben mir lag und deren weißblonde Haare weit über den Wannenrand hinabhingen, konnte ich mich sehr nett unterhalten.

»Hast du dich schon entschieden, um welchen der Prinzen du kämpfen möchtest?«, fragte sie.

Kämpfen. Ich wunderte mich über ihre Ausdrucksweise. Aber vielleicht hatte sie recht und es war genau das, worauf es hinauslaufen würde. Ich brauchte ja nur an den Spaziergang am Vormittag zu denken.

»Nein, eigentlich nicht. Aber Prinz Darion finde ich sehr charmant.«

»Ja, er hat eine ganz besondere Ausstrahlung, nicht wahr?«, schwärmte sie. »Aber ich fürchte, dass ziemlich viele der Bewerberinnen ein Auge auf ihn geworfen haben.«

»Georgiana zum Beispiel«, stimmte ich ihr zu. »Sie hat gestern beim Abendessen sein Bein gestreichelt.«

»Ehrlich!?«, rief Ismey entsetzt. »Wie skandalös! Bei einigen hätte ich wirklich bessere Manieren erwartet.«

»Dir ist Prinz Darion auch am liebsten, oder?«, erkundigte ich mich neugierig. »Auf jeden Fall ist dein Favorit nicht Prinz Caiden!«

Ismey zuckte zusammen. »Ist das so offensichtlich?«

Ich grinste. »Naja, du bist ihm gegenüber sehr kurz angebunden, vermeidest seine Nähe und lächelst ihn nie an. Ja, ich denke, es ist … ziemlich offensichtlich.«

»Da muss ich mich wohl besser zusammenreißen, um nicht unhöflich zu wirken. Aber es stimmt. Prinz Caiden ist nicht nach meinem Geschmack.«

Wir plauderten noch eine ganze Weile über die Prinzen und deren Vorzüge, und ich freute mich, dass es hier auch freundliche, unkomplizierte Mädchen gab. Vielleicht war es doch nicht so schlimm, hier zu sein? Während ich meine Hand durch das duftende, warme Wasser gleiten ließ, dachte ich daran, wie wir bei den Conleys immer einen Eimer aus der Küche ins Dachgeschoss schleppen mussten, damit wir uns überhaupt waschen konnten.

Seitdem war so viel geschehen.

Wie sie aussieht! Sie passt überhaupt nicht zu ihm!«, zischte Cecilia gehässig, als wir am nächsten Morgen auf der Galerie über dem Innenhof standen und den hübsch gemachten Mädchen hinterherschauten, die sich mit einem der Prinzen trafen. Sie deutete nach unten auf Rose, die mit Prinz Alexander über den Hof ging und durch den dicken Mantel recht voluminös wirkte.

Dass heute Abend schon wieder eine Entscheidung anstand, verschärfte die Konkurrenz zusätzlich. Es war der dritte und letzte Tag, an dem die Prinzen zu Spaziergängen einluden. Das war auch für mich die letzte Gelegenheit – abgesehen vom heutigen Abendessen –, noch einmal positiv aufzufallen.

Als der Herold heute Morgen die Namen derjenigen genannt hatte, die mit einem Prinzen in den Park durften, war ich wieder keine der Auserwählten gewesen. So ein Mist!, hatte ich gedacht. Dabei hatte ich beim Abendessen am Vortag wirklich gemeint, alles richtig gemacht zu haben. Prinz Byron hatte ich sogar zum Lachen gebracht!

Wenn ich es doch bloß noch in die nächste Runde schaffen würde. Mit dem Geld, das uns dann laut Vertrag zustand, könnten wir bestimmt ein ganzes Jahr überleben. Dafür war ich sogar bereit, ein Kleid mit einem noch tieferen Ausschnitt zu tragen.

Genervt drehte ich der lästernden Cecilia den Rücken zu und ging ins Warme, um Tionne zu suchen. Auf dem Gang unterhielt sich Mr Kane gerade wieder mit einem der anderen Mädchen. Für einen kurzen Moment streifte mich sein ernster Blick. Mit einem geräuschlosen Stöhnen machte ich mich auf den Weg nach oben. Warum bloß machte es mir etwas aus, mit wem er sich unterhielt?

Nach dem Mittagessen kam ich dann doch noch zu meinem zweiten Spaziergang. Prinz Alexander hatte Olivia und mich ausgewählt.

Olivia trug ein rotes Kleid mit einem besonders tiefen Ausschnitt und ließ ihren Mantel trotz der beißenden Kälte offen, sodass ich Sorge hatte, sie könnte sich verkühlen.

Während wir über die verschneiten Wege schlenderten, fragte Prinz Alexander uns: »Ist es Ihnen wichtig, was für eine Position Ihr zukünftiger Ehemann einnimmt?«

Die Antwort von Olivia kam prompt: »Für mich ist die Liebe viel wichtiger als der Status des Mannes, Königliche Hoheit.« Sie blickte den Prinzen mit großem Augenaufschlag an.

Irritiert erinnerte ich mich an ihre Worte vom vorangegangenen Tag im Salon, wo sie aufgezählt hatte, wie sie sich ihr künftiges Leben vorstellte.

»Es ist beruhigend, wenn genügend Geld zur Verfügung steht«, fuhr sie fort, »aber entscheidend ist eine tiefe, wahrhaftige Liebe.« Sie presste mit einer dramatischen Geste ihre Hand auf den Brustansatz.

Zwischen Bewunderung und Entsetzen schwankend, überlegte ich, ob sie mit dieser Geste auch erreichen wollte, dass der Prinz den Blick auf ihre Vorzüge heftete.

Prinz Alexander blickte zu mir und schien von mir ebenfalls eine Antwort zu erwarten, doch ich konnte nur stumm nicken.

Ich hatte noch nie wirklich darüber nachgedacht, wie ich mir meinen Ehemann vorstellte. Klar, gab es die Traumprinzfantasien, die vermutlich fast jedes Mädchen einmal hegte, aber in der Realität … Was musste ein Mann mitbringen, um mir zu gefallen? Unwillkürlich sah ich Mr Kane vor mir.

Ich versuchte, den Gedanken an ihn zu verdrängen, denn ich kam mir schäbig vor, weil ich hier mit dem Prinzen stand, um mit ihm zu flirten, während ich gleichzeitig an den Hauptmann dachte. Ich mochte Prinz Alexander. Er war zuvorkommend und gut aussehend. Aber er hatte auch diese einschüchternde, ernste Kronprinzenausstrahlung, die bewirkte, dass ich mich klein, dumm und unscheinbar fühlte.

»Verstehen Sie«, sagte er mit einem leicht hilflosen Gesichtsausdruck zu uns beiden und fuhr sich über den schütteren Haaransatz, »wie soll ich wissen, ob sich eine Frau wirklich in mich oder eher in meinen Status verliebt? Das macht es sehr schwer für mich, eine Frau zu wählen, mit der ich mein Leben lang gut auskommen kann.«

»Aber doch nicht ein Mann mit Ihrem Charme und Aussehen!«, rief Olivia mit großer Verwunderung. »Wer könnte Ihnen widerstehen?«

Einen Moment lang wollte ich wieder nur zustimmend nicken, aber seine Worte machten mich nachdenklich.

»Ich kann gut nachvollziehen, dass das für Sie ein Problem ist«, sagte ich. »Keine von uns ist hierhergekommen, weil sie von Ihnen schon vorher als Mensch begeistert war.«

»Genau«, nickte der Kronprinz. »Bestenfalls hatte mich eine der Damen einmal gesehen und attraktiv gefunden.«

»Also ebenfalls eine Äußerlichkeit«, führte ich den Gedanken weiter. »Ich möchte nicht mit Ihnen tauschen müssen, Königliche Hoheit!«, sagte ich mitleidig.

Ich hatte immer gedacht, für uns Mädchen wäre es kompliziert. Aber dass es für die Prinzen mindestens ebenso schwierig war, zumal auch noch deren Vater schwer krank war, wurde mir erst jetzt bewusst.

Der Kronprinz gab ein müdes Lachen von sich.

»Weshalb haben Eure Hoheit sich denn nicht in Ruhe unter den Prinzessinnen der Nachbarländer umgesehen? Denen dürfte es zumindest nicht um einen sozialen Aufstieg gehen.«

»Glauben Sie mir, Miss Barnaby, das hätten wir gerne. Doch sie sind entweder zu jung oder bereits vergeben. Nun kam durch die Krankheit des Königs ein gewisser Zeitdruck hinzu, sonst hätte man sicherlich auch in größerem Rahmen Ausschau halten können. Mein Vater wird nicht mehr lange unter uns weilen – wir brauchen es nicht zu beschönigen –, und sein größter Wunsch ist es, die Dynastie gesichert zu sehen. Also wurde gleich für alle Söhne …«

»Hu!«, kreischte Olivia ohne Vorwarnung erschrocken auf und drängte sich skandalös dicht an den Prinzen, der irritiert stehen blieb. »Da! Ist da etwa eine Ratte?! Ich hasse Ratten!« Sie deutete ängstlich auf eine Stelle an der Parkmauer.

Wenn ich nicht gewusst hätte, dass Olivia tatsächlich furchtbare Angst vor Ratten hatte (eine andere Kandidatin, die ständig mit Olivia in Streit geriet, hatte am Morgen ein kleines Stück Pelz an ein Band gebunden und Olivia damit fast zu Tode erschreckt), wäre ich mir, nach meiner Erfahrung mit Cecilia, nicht sicher gewesen, ob sie es nicht nur als Vorwand nutzte, um dem Prinzen näherzukommen und wieder seine Aufmerksamkeit zu erhalten.

Der Kronprinz mühte sich nach Kräften, Olivia zu beruhigen. »Woher kommt Ihre Angst vor kleinen Nagern?«

»Ach, wissen Sie, Königliche Hoheit«, sie klammerte sich angstvoll an seinen Arm, »als kleines Kind wurde ich einmal versehentlich im Keller eingeschlossen und erst nach Stunden wieder befreit. Dort unten gab es Ratten …«

»Sie Arme!«, rief der Prinz mitleidig aus. »Was für ein Albtraum für ein zartes Gemüt!«

Olivia fasste sich und löste ihren Griff. »Lassen Sie uns weitergehen«, sagte sie, allerdings ließ sie ihre Hand auf seinem Arm.

Ich musterte sie misstrauisch. Hatte sie etwa ebenfalls Nachhilfeunterricht vom Hauptmann erhalten?

»Königliche Hoheit, bitte glauben Sie mir, ich bin aufrichtig angetan von Ihnen und Ihren Brüdern. Für mich ist der Status völlig nebensächlich«, fuhr Olivia mit Schmelz in der Stimme fort. »Aber was für ein trauriges Thema an solch einem wunderbaren Tag!«

Ich warf einen irritierten Blick zum dunkelgrauen Himmel.

»Bitte, verzeihen Sie, dass ich mich hinreißen ließ!«, sagte Prinz Alexander zu ihr. »Manchmal habe ich, fürchte ich, einen Hang zu übergroßer Ernsthaftigkeit. Vielleicht mögen die Damen mir berichten, wie es Ihnen mittlerweile gelingt, sich im Schloss zurechtzufinden?«

Geschmeidig führte der Prinz das Gespräch wieder in seichte Gewässer. Und so blieb es auch für den Rest des Spazierganges, was ich sehr schade fand, denn es war das erste Mal, dass ich etwas Interessantes über einen der Königssöhne erfahren hatte.

Der Hauptmann hatte beim Abendessen Dienst und nickte mir zu, als ich an ihm vorbei in den Saal trat. Das verstärkte die Selbstvertrauen gebende Wirkung des Kleides, das die Kammerzofe mir mitgebracht hatte, um ein Vielfaches. Das extra für mich entworfene Kleid war ein zartblauer duftiger Traum, in dem ich mich wunderschön fühlte.

Ich wandte mich erstaunt um, weil Brenda, die hinter mir gegangen war, Mr Kane anherrschte, dass er gefälligst dafür sorgen sollte, dass keine Besucher des Schlosses in den Bereich der Kandidatinnen eindrangen. Aus dem Augenwinkel beobachtete ich, wie sie sich echauffierte, dass sie nun schon zum zweiten Mal einer neugierigen fremden Dame vor ihrer Tür begegnet sei. Es sei doch wohl nicht zu viel verlangt, dies zu unterbinden.

Der Hauptmann bedachte sie nur mit einem finsteren Blick, woraufhin sie hocherhobenen Hauptes weiterging. Ich an Brendas Stelle hätte bei seinen schmal werdenden Augen Angst bekommen.

Beim Essen legten sich die Damen an allen Tischen erneut gehörig ins Zeug: perlendes Lachen, tiefe Blicke, geziertes die-Haare-zurückstreichen – eben das volle Repertoire, um die Prinzen für sich einzunehmen. Ich bemühte mich, die Anwesenheit von Mr Kane auszublenden (was mir von Tag zu Tag schwererfiel), und mich ebenfalls auf den jeweiligen Prinzen an unserem Tisch zu konzentrieren.

Später im Thronsaal warteten wir angespannt auf die nächste Verkündigung der prinzlichen Entscheidungen. Wie viele Mädchen würden dieses Mal das Schloss verlassen müssen? Würde ich auch dabei sein?

»Ich wäre nicht böse, wenn Rose heute Abend gehen müsste«, sagte Olivia gerade zu der zurückhaltenden Flora, als sich die Tür öffnete und die Prinzen und Lady Zilery eintraten.

Wir alle versanken in einen Hofknicks.

»Hoffentlich kommen wir weiter!«, flüsterte Tionne mir zu, die, wie sie mir mit glühenden Wangen berichtet hatte, am Vormittag einen sehr angenehmen Spaziergang mit Prinz Caiden gehabt hatte, und griff nach meiner Hand.

Ich dachte an meine beiden Rendezvous und seufzte.

Die Prinzen baten um unsere Aufmerksamkeit.

»Leider müssen wir uns heute Abend schon wieder von einigen von Ihnen verabschieden«, sagte Prinz Alexander. Mit höflichen Worten betonte er, wie sehr er und seine Brüder dies bedauern würden und wie schwer ihnen die Wahl gefallen sei. Dann endlich begann er, die Namen der Kandidatinnen, die bleiben durften, aufzurufen. Sie erhielten von den Prinzen ein prachtvolles zweireihiges Armband aus Perlen und goldgefassten Edelsteinen. Ich hörte das begehrliche Seufzen von Olivia.

Überaschenderweise fiel mein Name schon recht früh. Verwundert blickte ich zu Tionne. Wie konnte das sein, wo meine Spaziergänge doch solche Misserfolge gewesen waren? Sie schob mich energisch nach vorne, wo mir Prinz Caiden ein Armband umlegte.

»Danke, Eure Hoheit!«, murmelte ich – immer noch verwirrt, aber auch erfreut, dass ich es wieder geschafft hatte. Welcher der Prinzen hatte sich denn für mich ausgesprochen?

Wenig später erhielten Tionne und Rose ebenfalls ein Armband und stellten sich zu mir. Eine der ausgewählten Bewerberinnen fing vor Erleichterung zu schluchzen an.

Fünf Mädchen blieben übrig. Glücklicherweise musste keine Kandidatin, die mir bereits ans Herz gewachsen war, heimreisen.

Jetzt waren wir noch siebenundzwanzig.

Lady Zilery ergriff noch einmal das Wort, bevor wir gehen durften. »Morgen nach der Messe haben Sie einen freien Tag; die Regeln dafür kennen Sie. Genießen Sie den Sonntag und erholen Sie sich, denn am Montag werden wir uns mit dem würdevollen Gang und dem Hofknicks beschäftigen.«

»Sie schafft es doch immer wieder, die Vorfreude zu schüren«, bemerkte Tionne mit einem gequälten Grinsen, während wir zu unseren Zimmern gingen.

»Meinst du, dass wir hochhackige Schuhe tragen müssen?«, fragte ich voll böser Vorahnung.

Streit mit dem Hauptmann

Wir mussten. Und zwar mit richtig schlimm hohen Absätzen.

Sprachlos starrte ich auf das sicherlich wunderhübsche Paar, das die Kammerzofe mir im Auftrag von Lady Zilery entgegenhielt. Mit Grausen erinnerte ich mich an meinen letzten Versuch auf hochhackigen Schuhen, als ich vor den Prinzen umgeknickt war. Für einen winzigen Moment überlegte ich, ob ich auf das Geld pfeifen und alles hinschmeißen sollte.

Mit solchen Schuhen konnte ich mich nur blamieren! Dabei war ich bis eben noch zuversichtlich und entspannt gewesen.

Der Sonntag war nämlich sehr schön verlaufen. Nach dem Frühstück hatten wir an der Messe in der Schlosskapelle teilgenommen. Uns Kandidatinnen wurden Plätze auf der Empore zugewiesen. So hatten wir einen wunderbaren Blick nach unten auf die Königin und die Prinzen. Der König war nicht gekommen, sein Gesundheitszustand schien es nicht zuzulassen.

Weil es draußen hagelte, hatte der anschließend geplante Ausflug in die Stadt leider ausfallen müssen. Dabei hatte ich mich so darauf gefreut, die Hauptstadt vor den Toren von Wondringham Castle zu erkunden, die ich bisher nur durch die Fenster des Schlosses hatte bewundern können.

Stattdessen verbrachte ich den ganzen Tag in Margrets Haus, spielte mit meinen Geschwistern und las ihnen Märchen aus einem Buch vor, das ich im Gelben Salon entdeckt hatte. Ich musste von den Prinzen und den anderen Kandidatinnen erzählen und Neela genau beschreiben, was für ein Kleid die Königin bei der Messe getragen hatte.

Viel zu schnell war der Tag vorbeigegangen, und ich hatte nach Wondringham Castle zurückkehren müssen.

Tionne, die im Schloss geblieben war, weil sie sich ein wenig unwohl gefühlt hatte, begrüßte mich mit finsterem Gesicht.

»Ehrlich, Mayrin, sollten wir beide nächsten Sonntag noch im Rennen um die Gunst der Prinzen sein und es wieder schlechtes Wetter geben, will ich mit zu Margret. Hier herrschte eine furchtbare Stimmung! Brenda gegen Olivia, Cecilia gegen Harriet, Georgiana gegen alle …« Sie seufzte herzzerreißend. »Der einzige Lichtblick war, dass Sophia ein ganzes Sortiment an maßgeschneiderten Kleidern mitgebracht hat.« Tionnes Stimme wurde ganz hoch vor Begeisterung. »Stell dir vor: feinste Stoffe! Und alles genau passend! Farbe und Schnitt! Meine Kleider sind einfach bezaubernd!«

Sie schleppte mich in das Ankleidezimmer, wo mein Name an einer Kleiderstange mit einer ganzen Reihe wundervoller Abendgewänder stand, und zwang mich, eines nach dem anderen anzuziehen.

So war es insgesamt ein rundum vergnügter Tag gewesen, aber jetzt, am Montag, als ich dieses unsäglich hochhackige Schuhpaar in die Hand gedrückt bekam, war alle Entspannung schlagartig verschwunden.

Zähneknirschend schlüpfte ich in die Schuhe und machte mich auf den Weg zum Thronsaal.

»Es gehört mehr zu einer Prinzessin, als hübsch lächeln zu können«, teilte Lady Zilery uns in strengem Tonfall mit. »Ihre Körperhaltung ist von großer Bedeutung. Eine Königliche Hoheit muss Überlegenheit, Ruhe und Macht ausstrahlen. Wir beginnen mit dem Knicks.«

Sie scheuchte uns nebeneinander in eine Reihe. »Sie müssen wissen, vor wem und bei welcher Gelegenheit Sie wie tief knicksen müssen.«

Dann erläuterte sie uns, was dabei alles befolgt werden musste. Es war so viel, was wir uns merken sollten: Bei offiziellen Anlässen galten andere Regeln als bei privaten Treffen, und nach einer möglichen Hochzeit mit einem der Prinzen würde wieder alles anders sein.

Als Lady Zilery uns einen formvollendeten Knicks vorführte, überfiel mich eine tiefe Mutlosigkeit. So elegant, wie sie das gerade vorgemacht hatte, würde ich das nie hinbekommen!

»Kreuzen Sie den rechten Fuß hinter dem linken, dann beugen Sie langsam beide Knie. Gleichzeitig fassen Sie Ihr Kleid an beiden Seiten und halten es etwas ab. Der Oberkörper bleibt aufrecht, nur der Nacken wird leicht gebeugt, so, als wollten Sie auf den Boden schauen.«

Sie machte die Bewegung noch einmal vor, und wir bemühten uns, sie nachzuahmen. Mein Erfolg war eher mäßig, wie ich in einem der zahlreichen Spiegel an den Wänden erkennen konnte.

»Etwas tiefer nach unten!«, sagte Lady Zilery zu einem der beiden Zwillinge, während sie die Reihe der Kandidatinnen abschritt. Dann ruckelte sie an Roses Schulter. »Denken Sie an Ihre Körperspannung, Miss Darley! Miss Healing, Schultern nach hinten! Um Gottes willen, Miss Barnaby, den Rock nicht so unanständig hoch, man kann ja Ihre Knie sehen!«

Ich wurde knallrot, als vereinzeltes Gekicher ertönte.

Während ich verzweifelt versuchte, alle Anweisungen zu befolgen, verlor ich auf den gefährlich hohen Schuhen das Gleichgewicht und schwankte. Reflexartig stützte ich mich an meiner Nachbarin ab, die dummerweise Cecilia war.

»Oh, entschuld…« Weiter kam ich nicht.

»Von welchem Bauernhof kommst *du* eigentlich?«, zischte sie mir böse zu. »Rühr mich gefälligst nicht an!«

»Also bitte!«, gab ich empört zurück. »Das war doch keine Absicht!«

Sie schnaubte höhnisch und tat, als müsse sie sich Dreck von der Stelle wischen, an der ich sie berührt hatte.

Als wir alle den formellen Hofknicks leidlich beherrschten, war ich erschöpft und hätte gut eine Pause gebrauchen können. Aber Lady Zilery hatte andere Pläne und erklärte stattdessen, wie wir zu schreiten hätten.

Ich hatte immer geglaubt, durchaus in der Lage zu sein, mich vorwärts zu bewegen, aber diese Meinung revidierte ich, während ich ihren Anweisungen lauschte.

»Erst die Hacke, dann die Spitze aufsetzen, es sei denn, Sie steigen eine Treppe hinauf. Einen Fuß direkt vor den anderen, das macht einen schönen Gang. Üben Sie das bitte auf einer geraden Linie!«

Diesmal traf der beißende Spott einiger Mädchen Rose, als sie bei ihren Bemühungen umknickte und beinahe stürzte. Cecilia flüsterte halblaut, sie habe gehört, dass Roses Mutter sich vor Kurzem erst reich eingeheiratet hätte und Rose eigentlich aus der Gosse stamme.

»Das sieht man!«, gab das Mädchen neben ihr gehässig zurück.

Ich konnte nur den Kopf schütteln und für die Prinzen hoffen, dass sie sich nicht in eine dieser Giftspritzen verliebten.

Um Rose aufzumuntern, der fast die Tränen kamen, sagte ich verschmitzt: »Das müssen wir aber noch einmal üben. Du hast ja nicht mal den Boden berührt! Das ist mir am ersten Tag hier viel besser gelungen.«

Sie erinnerte sich an meinen Sturz vor den Prinzen und lächelte schwach. »Die anderen haben ja recht. In den besseren Kreisen habe ich wirklich viel zu wenig Erfahrung. Vielleicht sollte ich lieber freiwillig abreisen, aber …«

Gerade hatte ich ihr vehement widersprechen wollen, fragte nun aber stattdessen neugierig: »Aber?«

»Naja … wenn da nicht Prinz Byron wäre.«

»Ah!«, sagte ich wissend, denn mir waren die Blicke zwischen den beiden nicht verborgen geblieben. »Du hast eine Vorliebe für ihn, nicht wahr?«

Rose nickte schüchtern.

Lady Zilery warf uns einen strengen Blick zu. Sofort verstummten wir und konzentrierten uns wieder darauf, auf den hohen Absätzen elegant zu laufen.

Als es endlich Zeit für das Mittagessen war, schmerzten mir Füße und Schultern. Doch direkt nach dem Essen ging die Quälerei ohne Verschnaufpause weiter.

Lady Zilery drückte jeder von uns ein schweres Buch in die Hand: »Das legen Sie sich bitte auf den Kopf. Es darf nicht herunterfallen!«

Gehorsam begannen wir, mit dem Buch auf dem Kopf herumzugehen.

»Haltung!«, rief Lady Zilery Flora zu. »Nicht mit den Armen schlenkern!«

Sie kam mit energischen Schritten zu mir, als ich gerade wieder einmal das Buch neu auf meinem Kopf platzierte.

»Locker! Nicht so steif!« Sie klopfte auf meine Schulter, woraufhin das Buch sofort wieder herunterfiel. »Es muss so aussehen, als würden Sie schweben.«

Bei Tionne sah es schon ziemlich elegant aus, wie ich mit leichtem Neid feststellen musste. Als ob sie jeden Tag Bücher auf dem Kopf durch die Gegend schleppen würde. Ismey, Cecilia und Olivia gelang es ebenfalls ziemlich gut.

»Ich bin mit Sicherheit die Beste bei dieser Übung!«, meinte Olivia, von sich selbst sehr überzeugt.

»Das glaubst aber auch nur du!«, schoss Cecilia sofort zurück.

Ich bemühte mich um Gelassenheit, aber wie sollte man in einem Raubtierkäfig Ruhe bewahren?

Am Ende des Tages waren meine Füße wund gescheuert, und ich hatte das Gefühl, gar nicht mehr zu wissen, wie man sich vorwärts bewegte. Allerdings war ich unglaublich geschickt im Auffangen des Buches geworden.

»Sie müssen üben, üben, üben! Morgen machen wir weiter.« Mit diesen Worten entließ Lady Zilery uns schließlich zum Umziehen für das Abendessen.

Ich schleppte mich noch bis zum Fuß der Treppe, dann wartete ich, bis die anderen vorausgegangen waren, sodass mich niemand sehen konnte, und schlüpfte aus den mörderischen Schuhen. Mit einem erleichterten Aufseufzen stieg ich in Strümpfen die Treppe hinauf, die Schuhe in der Hand.

Oben angekommen, sah ich den Hauptmann, der sich mit Cecilia unterhielt. Ich fühlte einen leichten Stich in meinem Herzen, bemühte mich aber sofort, das Gefühl zu unterdrücken. Als ich mich näherte, verabschiedete er sich höflich und kam mir entgegen. Cecilia verschwand in ihrem Zimmer, ohne mich zu beachten. Als er die Schuhe in meiner Hand erblickte, huschte ein amüsiertes Lächeln über sein sonst so ernstes Gesicht.

»Meine Füße taten weh!«, rechtfertigte ich mich und hielt anklagend die Schuhe empor, sodass er die hohen Absätze erkennen konnte. »Sehen Sie doch, Sir! Das sind keine Schuhe, es sind Waffen!«

Er nickte beeindruckt. »Das sieht wirklich gefährlich aus.« Immer noch blitzten seine Augen vergnügt.

»Genau!«, rief ich. »Gehen Sie mal auf diesen Marterwerkzeugen elegant und locker!«

»Oh, ich bin mir sicher, dass dies kein schöner Anblick wäre.«

Seine Contenance erweckte in mir den Wunsch, ihn zum Lachen zu bringen. Daher hob ich übermütig den Rock ein paar Zentimeter und führte ihm in Strümpfen eine übertriebene Version dessen vor, was wir geübt hatten. Dazu imitierte ich die Stimme von Lady Zilery.

»Sie gehen schief! Das sieht ja aus, als würden Sie einen Mehlsack tragen! Sie müssen die Untertanen mit ihren Bewegungen verzaubern! Und die Dame da hinten: nicht so aufreizend! Wir sind hier bei Hofe und nicht im Freudenhaus!«

Ich hatte es geschafft, er lachte schallend.

Kopfschüttelnd legte er mir eine Hand auf den Arm und sagte: »Mayrin Barnaby, Sie sind wirklich erfrischend!«

Erfrischend. Mein Herz schlug so schnell, als hätte er mir gerade das wunderbarste Kompliment gemacht.

Er stand so nah vor mir, dass ich wieder die hellen Sprenkel in seinen blauen Augen erkennen konnte. Wie gebannt starrte ich ihn an und bemerkte, wie sein Blick sich auf meine Lippen senkte. Für einen Moment schrie alles in mir: »Bitte, küss mich!«

Aber dann setzte meine Gehirntätigkeit glücklicherweise wieder ein. Hastig trat ich einen Schritt zurück. Um Himmels willen, was war bloß los mit mir? Das durfte nicht sein, schließlich hatte ich den Vertrag unterschrieben! Tändeln war ausdrücklich verboten! Verlegen senkte ich den Kopf und nestelte an den Riemen meiner Schuhe.

Ich wünschte, ich hätte mich besser im Griff, doch sobald er mir nahe kam, sobald ich seinen männlichen Duft roch, schien mein Gehirn stellenweise auszusetzen.

»Miss Mayrin, …«, begann er, doch ich ließ ihn nicht ausreden.

»Ich, äh … muss mich fertig machen … für das Abendessen!« Hastig wendete ich mich ab und eilte weiter.

Seine Augen brannten in meinem Rücken.

Das Zimmer war verlassen. Die anderen waren wohl schon nebenan zum Ankleiden oder ruhten sich im Gelben Salon noch ein wenig aus. Ich nahm mir einen Apfel aus der Schale, die Fanny mehrmals am Tag mit frischem Obst auffüllte, und goss mir ein Glas Wasser zum Abkühlen ein. Dann atmete ich tief durch und bemühte mich, Hauptmann Kane aus meinen Gedanken zu verbannen. Was auch immer ich da fühlte, es durfte nicht sein. Ich musste mich auf die Brautschau konzentrieren.

Nachdenklich blickte ich aus dem Fenster in die Dämmerung und biss in den Apfel. So ein Augenblick für mich allein war kostbar in diesem Schloss zwischen all den Bewerberinnen, Bediensteten und Wachen.

Endlich beruhigte sich mein Herzschlag. Ich dachte über den Verlauf der Brautschau nach. Mittlerweile deutete sich an, wer um welchen Prinzen kämpfen wollte.

Rose und Olivia schwärmten für Prinz Byron.

Georgiana wiederum hatte ja bereits deutlich zu verstehen gegeben, dass Prinz Darion ihr gehörte.

Elaine hatte nur Augen für Prinz Alexander, und Philippa flirtete mit dem etwas steif wirkenden Prinz Caiden.

Cecilia hatte zunächst mit Prinz Alexander geliebäugelt, vermutlich, weil sie dann Königin werden würde. Der jedoch schien sich nicht für sie zu interessieren. Daher bemühte sie sich, ebenso wie Ismey, mittlerweile sehr intensiv um den charismatischen Prinzen Darion.

Meine Freundin Tionne hatte sich noch nicht zwischen den beiden ältesten Prinzen entschieden.

Und ich? Welchen der Männer fand ich am attraktivsten?

Mit Prinz Alexander konnte ich die interessantesten Gespräche führen. Prinz Byron hatte diese fröhlich-zugewandte Art, die mir gut gefiel. Prinz Caiden war attraktiv, aber sehr reserviert. Und dann war da noch Prinz Darion mit seinem Schlafzimmerblick, bei dem ich das Gefühl hatte, ich wäre das einzige Mädchen auf der Welt, das ihn interessierte ... aber leider nutzte er den Effekt auch bei vielen anderen Damen.

Ich seufzte. Und wieder schlich sich der Gedanke an Hauptmann Kane in meine Überlegungen. Wenn ich die Wahl hätte ...

Dunkle Wolken wanderten über den Himmel. Ein Unwetter zog auf. Besorgt dachte ich an Neela, die bei Sturm immer in mein Bett gekrochen kam. Deshalb, und um vor all den überschäumenden Gefühlen zu fliehen, zog ich einen Mantel an und flitzte noch einmal zu Margrets Haus hinüber.

Es dämmerte bereits, und die Windböen zerrten Haarsträhnen aus meiner Frisur. Als ich das kleine Fachwerkhaus betrat, war Margret gerade dabei, die Kinder ins Bett zu bringen.

»Miss Mayrin! Was machen Sie bei diesem Wetter noch draußen?«, rief sie verwundert.

»Ich wollte kurz nachsehen, wie es meinen Geschwistern geht und Gute Nacht sagen!«

»Alles bestens, oder?«, fragte sie Leo und Neela, die gerade in ihren Nachthemden fröhlich um die Ecke bogen, um mich zu begrüßen.

»Ja, sicher!«, antworteten beide mit einem Unterton, der klar machte, wie überflüssig meine Sorge war.

»Was musstest du heute machen?«, wollte Neela sogleich wissen, die gespannt verfolgte, was auf dem Schloss vor sich ging.

Ich berichtete vom Knicksen und dem majestätischen Gang und gab eine kleine Kostprobe, woraufhin beide Kinder mich nachahmten und mit staksigen Schritten durch das Haus wackelten. Margret lachte herzlich, als Neela zum Abschluss in einen tiefen Knicks versank.

»Na, da muss ich ja keine Sorge haben, dass ihr eurer Schwester Schande bereitet, falls sie Prinzessin werden sollte.«

Ich winkte ab. »Da besteht wenig Hoffnung, glaubt mir! Aber vielleicht schaffe ich es noch ein wenig weiter, und dann bekommen wir eine großzügige Abfindung!« Ich schob Neela und Leo Richtung Bett, um das leidige Thema zu beenden. »Wie wäre es mit einer kleinen Gutenachtgeschichte?«, fragte ich Leo. »Oder bist du dafür schon zu groß?«

Er überlegte kurz und schüttelte dann den Kopf. »Erzähl mir die Geschichte von dem Soldaten, der in die weite Welt zog, um sein Glück zu machen!«

Beide Kinder schlüpften unter die Bettdecke, und ich setzte mich zu ihnen in den Alkoven, während der Wind um das Haus heulte.

»Ich will lieber eine Geschichte von einer schönen Prinzessin!«, sagte Neela, die Soldaten doof fand.

Leo wurde böse: »Nein, Soldaten!«

»Prinzessin!«, fauchte Neela. »Sonst erzähle ich, was du heute wieder angestellt hast!«

Beunruhigt horchte ich auf.

Der Kleine blickte verschämt auf seine Fußspitzen, die unter der Bettdecke wackelten. »Prinzessin ist auch in Ordnung«, nuschelte er.

»Einen Moment! Leo, was hast du angestellt?«, fragte ich streng.

Verlegen strich er mit der Hand über das Laken.

»Leopold Barnaby!«

Weil er wusste, dass ich es jetzt wirklich ernst meinte, hob er den Kopf und sagte kleinlaut: »Ich wollte mir doch nur die Soldaten ansehen!«

Fragend schaute ich zu Neela.

»Margret und ich haben ihn ziemlich lange gesucht. Irgendwann hat ihn dann einer der Wachmänner zurückgebracht. Bestimmt hat er den Torwächtern ein Loch in den Bauch gefragt!«

»Bist du jetzt böse, May?« Leo musterte mich mit traurigen Augen. »Margret hat gar nicht geschimpft! Sie hat nur gesagt, dass sie sich Sorgen gemacht hat und dass ich immer Bescheid geben muss, wo ich hingehe. Und ich hab ihr versprochen, dass ich es ihr beim nächsten Mal sage, wenn ich zu den Soldaten gehe. Den Hauptmann habe ich aber nicht gesehen. Erzählst du uns trotzdem eine Geschichte?«

Ich seufzte. Dieser kleine Nichtsnutz konnte wirklich reden wie ein Wasserfall!

»Das darf nicht wieder vorkommen, du kleine Plage«, ermahnte ich ihn, »du musst dich an die Regeln halten, schließlich sind wir hier nur zu Gast!«

Und dann erfand ich kurzerhand eine Geschichte, an deren Ende eine schöne Prinzessin einen tapferen, schlauen Soldaten heiratete. Warum der Soldat in meinem Kopf Hauptmann Kane so ähnlich sah, wollte ich nicht näher überdenken.

Am liebsten wäre ich bei Margret und den Kindern geblieben. Hier war es zwar nicht so luxuriös wie im Schloss, dafür jedoch urgemütlich und friedlich. Aber mir blieb nicht viel Zeit bis zum Abendessen, und so verabschiedete ich mich und eilte in der Dunkelheit durch den weiterhin an Kraft zunehmenden Sturm zum Schloss zurück.

Auf dem Flur kamen mir Olivia und Cecilia entgegen.

»Ich frage mich, weshalb sie überhaupt noch dabei ist«, lästerte Cecilia, als sie mich sah, gerade so laut, dass ich sie hören konnte, und Olivia ergänzte mit einem falschen Lächeln: »Vielleicht steht ja einer der Prinzen auf zerzauste Frisuren und fleckige Haut!«

Unwillkürlich griff ich an meine sommersprossige Nase und betrat hastig das Ankleidezimmer, wo die Kammerzofe mich schon händeringend erwartete.

»Na endlich! Wie soll ich vernünftige Arbeit leisten, wenn Sie zu spät kommen?«, zeterte sie und half mir eilig in ein hochgegürtetes Kleid in mattem Rostrot, das sie für den heutigen Abend ausgesucht hatte. Während sie mir die Haare neu aufsteckte, jammerte sie: »Ich habe schließlich einen Ruf zu verlieren, Miss Mayrin. Ich flehe Sie an, bitte erscheinen Sie beim nächsten Mal pünktlich.«

Ich versprach es ihr.

Mit einem Seufzen, das aus tiefster Seele kam, scheuchte Sophia mich schließlich zum Essen. Gerade noch rechtzeitig vor den Prinzen schaffte ich es in den Speisesaal.

Ich berichtete Tionne, die mich schon vermisst hatte, wo ich gewesen war. Am Nachbartisch bat Georgiana Prinz Darion währenddessen, sie kurz nach draußen zu begleiten, weil sie ihm etwas sagen müsse. Ich stockte und beobachtete, wie alle anderen auch, mit großen Augen, wie Georgiana sich bei ihm unterhakte, ihre blonde Haarpracht nach hinten strich und sich sanft an ihn schmiegte.

Als die Tür hinter ihnen geschlossen wurde, sagte Cecilia halblaut: »Puh, was für ein skandalöses Benehmen! Darauf fällt er bestimmt nicht herein!«

Doch als Georgiana wenig später mit einem zufriedenen Lächeln und rosigen Wangen an Prinz Darions Arm zurückkehrte, musste ich zugeben, dass sie es ziemlich geschickt anfing. Mit einem Handkuss geleitete der Prinz sie zu ihrem Platz, während sie ihn anstrahlte und sich dann elegant auf dem Stuhl niederließ.

Respekt! Ich könnte so etwas nicht. Dazu war ich zu schüchtern. Und vielleicht auch zu ehrlich.

Allerdings durfte man es mit der Aufdringlichkeit nicht übertreiben. Eines der Mädchen hatte heute abreisen müssen, weil sie heimlich in den Ostflügel geschlichen war, um Prinz Alexander zu sehen. Doch da verstand die königliche Familie keinen Spaß. Man hatte sie aufgegriffen und ohne viel Federlesen in eine Kutsche nach Hause verfrachtet, was eine große Aufregung im Schloss verursacht hatte.

Als wir nach dem Abendessen zu unseren Zimmern gingen, legte der Sturm richtig los. Heulend fuhr er um das Schloss und rüttelte an den Fenstern.

Mitten in der Nacht wachte ich auf, weil ein Fensterladen mit einem peitschenden Knall zuschlug. Rose und Tionne schliefen friedlich, während ich hellwach in meinem Bett saß. Zu allem Übel begannen nun auch noch Hagelkörner, an unser Fenster zu prasseln.

Leise stand ich auf und warf mir einen Morgenmantel über. Ich machte mir Sorgen um meine Schwester. Verstohlen huschte ich in den Turmsalon auf unserem Stockwerk. Der Gang, auf dem es tagsüber von schwatzenden Mädchen wimmelte, war jetzt menschenleer und dunkel. Im Turmzimmer herrschte eisige Kälte. Das Feuer, das am Tag im Kamin gebrannt hatte, war längst verloschen.

Ich presste meine Nase an die Fensterscheibe und versuchte, durch Dunkelheit und Hagelschauer Margrets Haus zu erkennen. Unmöglich. Hatte Neela große Angst? Kuschelte sie sich in diesem Augenblick womöglich an Margret statt wie sonst an mich? Konnte Leo schlafen?

Stiefeltritte erklangen durch die offen stehende Tür. Hastig zupfte ich meinen Morgenmantel zurecht. Während ich noch überlegte, wo ich mich verstecken sollte, betrat der Hauptmann den Salon.

»Ich habe mir schon fast gedacht, dass Sie es sind, die hier mitten in der Nacht durch das Schloss geistert.«

Errötend schlang ich die Arme um meinen Oberkörper. Verhielt ich mich wirklich so oft ungebührlich?

Mit einem wissenden Lächeln trat er näher. »Sie haben Angst bei Sturm?«

»Nicht ich, sondern Neela! Sie steht immer Todesängste aus.« Ich deutete aus dem Fenster in das Schneetreiben hinaus.

Er guckte zunächst verdutzt, dann lachte er. »Ich habe gehört, dass Sie heute Abend noch bei ihren Geschwistern waren.«

Misstrauisch überlegte ich, ob etwa jede meiner Bewegungen hier beobachtet wurde. »Woher wissen Sie das?«

»Meine Männer erstatten mir natürlich Bericht, wenn sich eine der Damen bei diesem Sturm hinausbegibt.«

»Sie erfahren, wo jede von uns sich aufhält?«, fragte ich irritiert. »Ist das nicht ein wenig übertrieben?«

Er schnaubte. »Das ist meine Aufgabe.«

»Kindermädchen spielen?!«

Aber jetzt hatte ich den Bogen überspannt, was ich an seinem Gesichtsausdruck merkte.

»Meinen Sie etwa, dass es ein schlechterer Beruf als andere ist?«, fuhr er mich an.

Ich verstand nicht, was er damit sagen wollte und blickte ihn verwirrt an. »Ich …«

Seine Augen waren schmal geworden und brachten mich zum Verstummen.

»Ich denke, Sie gehen besser zurück in Ihr Zimmer, es ist spät.«

Sein Ton klang so kühl, dass ich den Morgenmantel schützend enger um mich zog.

»Aber ...«

Wortlos wies er mit der Hand zur Tür.

In mir regte sich Wut. »Werde ich jetzt auf mein Zimmer geschickt, weil ich unartig war, Sir?«, fragte ich spitz.

»Sie gestatten, Miss Barnaby?« Er verbeugte sich korrekt und ließ mich einfach stehen.

Mit geballten Fäusten sah ich ihm nach. Was hatte ich nur Schlimmes getan?

Beim Frühstück am nächsten Morgen gab es – außer höllischem Muskelkater in den Oberschenkeln – noch eine Überraschung. Der Herold erschien und teilte uns mit, dass die Prinzen für den Nachmittag jeweils zwei Damen zu einer Schlittenfahrt einladen würden. Draußen strahlte wieder die Sonne, und viele der Mädchen kreischten vor Freude, obwohl sie doch noch gar nicht wussten, ob sie ausgewählt waren.

Ich rieb mir die Stirn. Nach dem Streit mit dem Hauptmann, dessen Grund ich immer noch nicht verstand, und wegen des Sturms hatte ich nicht besonders gut geschlafen.

Der Herold verkündete die Namen der ausgewählten Kandidatinnen. Rose und ich waren leider nicht dabei. Tionne gehörte zu den acht Glücklichen und durfte mit Prinz Byron fahren. Es fiel mir ausnahmsweise schwer, mich mit ihr zu freuen, denn eine Schlittenfahrt an der frischen Luft wäre genau das Richtige für meine angespannten Nerven gewesen.

Auch Ismey sah schrecklich unglücklich aus. Sie strich sich mit ihrer mageren Hand das flachsblonde Haar aus dem Gesicht und bemühte sich um ein Lächeln.

»Unser Nachmittag wird allemal besser als der von Georgiana und Cecilia!«, sagte Rose zu ihr und nippte an ihrer heißen Schokolade. Damit spielte sie auf die beiden durchaus wehrhaften Mädchen an, die Prinz Darion ausgewählt hatte. »Ich bin gespannt, was da geschieht!«

»Weshalb bist du gestern beim Abendessen mit Prinz Darion rausgegangen?«, wurde Georgiana soeben von einem der Mädchen an unserem Tisch gefragt, und ich lauschte interessiert.

»Ich wollte ihn einmal in Ruhe sprechen. Mir ist es egal, was die anderen Kandidatinnen darüber denken und sagen.« Georgiana legte ihr Messer beiseite und warf ihre blonde Mähne temperamentvoll zurück. Sie trug die Haare häufig offen – vermutlich, um sie gut zur Geltung zu bringen. Unwillkürlich griff ich an meinen strengen Zopf. »Schließlich bin ich hier, um die Gunst eines Prinzen zu erringen, und nicht, um neue Freundinnen zu finden.«

»Wie weit würdest du denn gehen, um einen Prinzen zu erobern?«, wollte Ismey wissen.

»Also küssen würde ich ihn, falls du das meinst, aber das wisst ihr ja schon. Mehr nicht, ich bin schließlich nicht leicht zu haben.«

Lady Zilery kam herein und kündigte ein erneutes Training an.

So standen wir wenig später wieder in einer Reihe und setzten in endlosen Wiederholungen einen Fuß vor den anderen, machten zierliche Handbewegungen (die meiner Meinung nach reichlich affektiert aussahen) und knicksten tief.

An meiner linken Ferse bildete sich eine Blase, meine Knie und Oberschenkel schmerzten, ebenso mein Kopf. Aber ich machte Fortschritte. Es schien nicht mehr völlig ausgeschlossen, dass ich – vor wem auch immer wir unsere neu erworbenen Künste würden zeigen müssen – einen vernünftigen Hofknicks und ein paar elegante Schritte hinlegen könnte.

Vielleicht war noch nicht alles verloren und ich konnte beim nächsten Zusammentreffen mit den Prinzen überzeugen.

Als am Nachmittag die acht Erwählten zu den Schlitten gingen, drängten wir uns im Jahreszeitensaal vor den Fenstern zum Park, um sie zu beobachten. Es waren vier elegante Gefährte, die da am Tor warteten. Die Sitze mit Fellen ausgepolstert, davor prächtige Pferde, die ungeduldig mit den Hufen scharrten.

Obwohl ich keine tieferen Gefühle für einen der Prinzen hegte, verspürte ich Neid. Auch ich wäre gern mit einem dieser Schlitten durch den winterlichen Wald gefahren. Auf die Begleitung eines Prinzen hätte ich dabei notfalls sogar verzichtet. Trotzdem musste ich ein Seufzen unterdrücken, als Prinz Caiden Philippa behutsam in eine Decke hüllte. Ob sich da etwas anbahnte?

Währenddessen reichte Prinz Byron gerade Tionne seine Hand und half ihr zuvorkommend beim Einsteigen. Sie lächelte ihm zu und sagte etwas, das ich hier oben nicht verstehen konnte, woraufhin er den Kopf zurückwarf und lachte.

Dann gab es einen kleinen Aufruhr, als Prinz Darion Cecilia in den Schlitten helfen wollte und sie auf der Stufe ausrutschte, woraufhin er sie auffing, damit sie nicht stürzte. Erschrocken schmiegte sie sich an ihn, was Georgiana, die bereits im Schlitten saß, mit einem Blick quittierte, der einen ausgewachsenen Ochsen hätte töten können.

»Das hat sie doch mit Absicht gemacht!«, kommentierte Brenda, und ich konnte mir durchaus vorstellen, dass das stimmte.

»Das wird heute noch mal richtig Ärger geben zwischen den beiden«, prophezeite Ismey, als Cecilia und Georgiana schließlich Platz genommen hatten und sich gegenseitig ignorierten.

Ein Schlitten nach dem anderen glitt durch den Park, bis sie schließlich zwischen den Bäumen verschwanden.

Ich nutzte die Gelegenheit und eilte zu Margrets Häuschen, um nachzusehen, ob dort alle den Sturm gut überstanden hatten. Vom Hauptmann war weit und breit nichts zu sehen. Das war auch gut so. Immer noch rätselte ich, weshalb er auf einmal so zornig gewesen war. Wodurch hatte ich ihn nur so aufgebracht?

Neela, Leo und Margret waren gerade dabei, in die Stadt aufzubrechen, um ein paar Besorgungen zu machen. Sie freuten sich, mich zu sehen, und natürlich war meine Sorge unbegründet gewesen – es ging ihnen hervorragend. Ich begleitete sie bis zum Ende des Schlossparks und verabschiedete mich dann.

Leo bettelte: »Komm doch bitte mit, May!«, aber ich erklärte ihm, dass wir Kandidatinnen das Schlossgelände nur sonntags verlassen dürften. Sehnsüchtig winkte ich ihnen nach und wanderte dann zurück zum Schloss, dessen mächtige Steinmauern eindrucksvoll aus dem Schnee emporragten, den der Sturm in der vergangenen Nacht zurückgelassen hatte. Kälte ließ meine Nase triefen, und ich fühlte mich bedrückt.

Auf dem Weg zu meinem Zimmer sah ich den Hauptmann im Flur stehen. Er unterhielt sich wieder mit einer der Bewerberinnen. Dieses Mal war es eine der beiden Zwillinge. Sie kicherte gerade. Sein Blick streifte mich kurz, dann konzentrierte er sich wieder auf seine

Gesprächspartnerin. Ich straffte den Rücken. Von diesem arroganten Möchtegern-Befehlshaber würde ich mir nicht den Tag verderben lassen.

Aber in Wahrheit machte es mir viel mehr aus, als ich zugeben wollte. Mr Kane war so etwas wie mein Freund hier geworden, mein ganz persönlicher Beschützer. Dass er nun böse auf mich war, tat weh und machte mich auch wütend, weil ich es nicht verstehen konnte, schließlich hatte ich nur einen Scherz machen wollen.

Unglücklicherweise stieß ich vor dem Abendessen auch noch auf Cecilia, die mit einem zufriedenen Grinsen, die Wangen kleidsam gerötet, von der Schlittenfahrt zurückkehrte. Das brachte meine Stimmung auf den Tiefpunkt, und wieder kam mir der Gedanke, dass dieser ganze Zirkus hier nichts für mich war. Und ich war mir nicht einmal sicher, ob ich überhaupt noch weiterkommen wollte.

Beim Abendessen berichtete Tionne nur, dass die Schlittenfahrt sehr schön gewesen sei.

»Aber sag mal, ist bei dir alles in Ordnung?«, erkundigte sie sich mit prüfendem Blick.

Ich hob den Kopf. »Ja …«

»Denkst du etwa schon wieder daran, aufzugeben?«, fragte sie alarmiert. Tionne kannte mich einfach zu gut.

»Naja, vielleicht sollte ich wirklich …« Ich brach ab, denn sie hatte ihre Finger unsanft in meinen Arm gekrallt.

»Das ist nicht dein Ernst, Mayrin Barnaby! Nicht, nachdem du es schon so weit geschafft hast! Hast du denn gar keinen Ehrgeiz?«

Geknickt kaute ich auf meiner Lippe. »Du hattest wenigstens ein Rendezvous heute, aber ich …«

»Na wunderbar! Ein Rendezvous, bei dem der Prinz mir größtenteils seinen – zugegebenermaßen ansehnlichen – Rücken zugewendet hat, um sich mit meiner Konkurrentin zu unterhalten! Mayrin, reiß dich zusammen, du hast hier viel mehr zu verlieren als ich!«

Beschämt senkte ich den Blick. »Ich … ich überlege es mir.«

Wut im Bauch

Zwei Mal durch den ganzen Saal hin und zurück – diese endlos erscheinende Strecke mussten wir am Abend schreiten und anschließend vor den Prinzen knicksen.

Wie Pferde, die auf dem Markt vorgeführt werden! Ich stand als Letzte in der Tür des Thronsaales und beobachtete die Prinzen und Lady Zilery, die am anderen Ende auf fünf kunstvoll geschnitzten Stühlen saßen.

Auf dieser Strecke würde ich mit den hochhackigen Schuhen an die zehn Mal straucheln oder sogar fallen und mich aufs Äußerste blamieren können. Lady Zilery hatte dafür gesorgt, dass jede von uns die Schuhe mit den höchsten Absätzen trug, die der Kleiderschrank hergab. Ich war bestimmt einen halben Kopf größer als sonst.

Neben mir standen zu allem Übel auch noch zwei Soldaten, von denen einer der Hauptmann war. Und er ignorierte mich. Seit unserer kleinen Auseinandersetzung hatten wir nicht mehr miteinander gesprochen.

Ich merkte, dass ich nervös an meinen Fingern puhlte. Sofort hörte ich damit auf und streckte mich. An Mr Kane würde ich keinen Gedanken mehr verschwenden, hatte ich mir geschworen, was allerdings ziemlich schwierig war, wenn er direkt neben mir stand. So dicht, dass ich seinen besonderen Duft wahrnehmen konnte. Berauschend.

In mir tobte ein Gefühlschaos: Aufregung, Wut, Sehnsucht, Angst – alles durcheinander. Wieder musste ich meine Hände davon abhalten, an meinen Fingern zu puhlen.

Die Aufmerksamkeit der Prinzen hatte mittlerweile stark nachgelassen. Ihre Gesichter sahen müde und ein wenig gelangweilt aus, schließlich hatten sie vor Flora, die gerade an der Reihe war, bereits vierundzwanzig andere Mädchen begutachten müssen.

Den ganzen heutigen Vormittag hatten wir weiter geübt, bis wir jede Handbewegung, jeden Schritt, jede Beugung zum Knicks wie im Schlaf beherrschten. Bauch rein, Schultern zurück und kein hektisches Herumwedeln mit den Händen – ich hatte mich redlich bemüht, alles zu befolgen, trotz meiner Zweifel am Sinn des Ganzen.

Jetzt wurde es ernst, denn nach Flora war ich an der Reihe. Das zurückhaltende Mädchen, das sich – ebenso wie Rose und Olivia – für Prinz Byron interessierte, knickste gerade vor den Prinzen: Eine elegante fließende Bewegung, als wäre es das Selbstverständlichste auf der Welt, in diesen mörderisch hohen Schuhen die Beine zu kreuzen, dann mit Grazie eine Art Kniebeuge auf einem Bein auszuführen und dabei noch lieblich zu lächeln!

Beeindruckt sah ich ihr hinterher, wie sie mit straffem Rücken den Saal verließ und in Richtung Gelber Salon zu den anderen ging, die es bereits hinter sich gebracht hatten.

Während ich noch darauf wartete, dass ich gebeten wurde, vorzutreten, eilte ein Bote durch den Saal zu den Prinzen. Er überreichte Prinz Alexander einen Brief und verschwand wieder. Lady Zilery gab mir das Zeichen.

Behutsam bewegte ich Fuß vor Fuß, stellte mir eine gerade Linie vor, auf die ich meine Tritte setzte, erinnerte mich daran, mein Kinn hoch und meine Arme locker zu halten. Sogar an ein Lächeln dachte ich, was mir gar nicht leichtfiel, denn meine Füße waren wund vom vielen Üben, meine Knie zitterten vor Aufregung, meine Haarklammern stachen in die Kopfhaut – und der Blick des Hauptmanns brannte in meinem Rücken.

Konzentrier dich, Mayrin, alles andere ist unwichtig!

Ich erreichte die Prinzen und knickste, stolz darüber, wie gut es mir gelang. Das war einer meiner besten gewesen, ein Prachtknicks sozusagen! Zufrieden hob ich den Blick, um zu sehen, wie die Prinzen reagierten.

Der Kronprinz hielt gerade Prinz Byron den Brief hin und gestikulierte aufgebracht. Prinz Caiden daneben hörte mit ernstem Blick zu. Nur Prinz Darion, der sich lässig mit baumelndem Arm in seinem Stuhl lümmelte, schaute mich an und gähnte.

Wunderbar, dachte ich aufgewühlt. Ich beschloss, mehr Energie in meinen Gang zu legen, um sie zu beeindrucken. Mit schnelleren, energischeren Schritten strebte ich wieder dem Ausgang des Saales zu und straffte die Schultern. Bestimmt würden sie mich nun beachten. Immerhin schlug ich mich wacker und war noch kein einziges Mal gestolpert, ganz im Gegenteil. Ich merkte, dass mein Gang fließend war und dass ich die Hüften in genau dem richtigen Maß schwingen ließ.

Als ich das Ende des Saales erreichte, mied ich den Blick des Hauptmanns, drehte mich auf dem Ballen um und begann den Weg von Neuem. Doch immer noch beachtete mich nur Lady Zilery.

Ich spürte die Wut in mir wachsen. Weil sie nicht einmal den Anstand besaßen, zu mir zu schauen, während ich mich abrackerte. Weil sie sich lieber mit einem blöden Brief beschäftigten. Weil sich der Schuhriemen an meiner linken Ferse mittlerweile an rohem Fleisch rieb. Und weil mir das hier sowieso alles irgendwie sinnlos erschien, wenn Mr Kane mich nicht mehr mochte. Mein Gesicht wurde heiß. Bis zur Hälfte des Saales schaffte ich es, mich zusammenzureißen, dann war es mit meiner Selbstbeherrschung vorbei. Ich riss mir die Schuhe herunter und schleuderte sie wutentbrannt direkt vor die Füße der Prinzen. Mit einem Knall schlugen sie auf dem Parkett auf. Sie schlitterten Richtung Thron, bis ein Absatz direkt an den Schuh von Prinz Byron stieß. Die Prinzen fuhren zusammen. Exzellenter Wurf!, dachte ich.

Ungläubige Gesichter starrten mir entgegen.

»Herzlichen Dank für Ihre Aufmerksamkeit«, fauchte ich, knickste und stolzierte barfuß zum Ausgang, ohne ihre Reaktion abzuwarten. Den Hauptmann würdigte ich keines Blickes.

Während ich zur Treppe stürmte, riss ich mir die Klammern aus den Haaren und ließ sie achtlos fallen. Es war mir egal. Ich eilte an den glotzenden Wachen vorüber und sprang die Stufen hinauf. Auf dem oberen Flur begegnete mir Tionne. Sie rief mir etwas hinterher, aber ich beförderte die Zimmertür hinter mir mit einem undamenhaften Stoß ins Schloss. Dann erst begannen mir, die Tränen über das Gesicht zu laufen.

Glücklicherweise war ich allein. Ich warf mich auf die goldbestickte Tagesdecke, die Fanny jeden Morgen sorgfältig ausbreitete, nachdem sie mein Bett gemacht hatte, und schluchzte hemmungslos. Jetzt war alles umsonst gewesen. Falls die Prinzen auch nur ansatzweise den Plan gehabt hatten, mich weiterkommen zu lassen, so hatten sie es sich nach meinem Auftritt eben garantiert anders überlegt. Sie würden mich hinauswerfen, und ich konnte froh sein, wenn sie das erst bei der Entscheidungsverkündung heute Abend taten.

Was war bloß los mit mir? Ich war doch sonst nicht so unbeherrscht und bewarf andere Leute mit Gegenständen.

Diese verwöhnten Prinzenbengel! Diese Ignoranz. Hatten mich einfach ignoriert, während ich mich abrackerte! Meine scheußlichsten Seiten brachten sie damit zum Vorschein.

Was sollte ich tun, wenn ich nun ohne ein einziges Geldstück gehen musste? Wenn ich nach diesem Auftritt keine Empfehlung für einen künftigen Arbeitgeber erhielt? Wie sollte ich dann für Neela und Leo sorgen? Der Gedanke, dass sie leiden mussten, weil ich die Beherrschung verloren hatte, machte mir Angst. Vielleicht würde man mich sogar bestrafen.

Ich sollte zurückgehen und mich entschuldigen. Eventuell konnte ich damit noch etwas retten. Doch dann hätte ich vor den Königssöhnen kriechen müssen, die noch nicht einmal so viel Anstand besaßen, so zu *tun*, als würden sie mir zusehen.

Nach einiger Zeit kam Tionne herein und setzte sich zu mir auf die Bettkante.

»Was ist passiert, Mayrin?«, fragte sie behutsam und streichelte mir über den Rücken.

Ich schüttelte den Kopf, weil ich nicht in der Lage war, zu reden.

»Bist du wieder gestürzt?«

»Nein«, begann ich – unterbrochen von Schluchzern. »Ich habe sie mit meinen Schuhen beworfen.«

Tionne verschluckte sich und musste erst einmal husten. »Du hast … was?!«, fragte sie dann erschüttert.

Ich drehte mich auf den Rücken und stützte mich auf meine Ellenbogen, um sie ansehen zu können. »Naja, genau genommen habe ich ihnen die Schuhe nur vor die Füße geworfen, ich habe nicht getroffen. Ich war so wütend, weil sie nur mit einem Brief beschäftigt waren und mich überhaupt nicht beachtet haben. Da habe ich den Kopf verloren.«

»Und wie haben die Prinzen reagiert?«

»Das weiß ich nicht. Ich bin hinausgelaufen.«

»Oje!«, war alles, was Tionne dazu sagte.

»Bestimmt muss ich heute Abend gehen.« Mühsam rappelte ich mich auf und wischte mir mit der Hand die Tränen von der Wange.

»Schwer zu sagen«, erwiderte Tionne mit einem Mut machenden Lächeln. »Zumindest ist es dir wieder einmal gelungen, aufzufallen. Im Gegensatz zu mir, fürchte ich.«

Fragend hob ich den Blick.

Tionne zuckte jedoch nur mit den Schultern. »Schade, dass ich nicht dabei war! Ich hätte zu gerne ihre Gesichter gesehen, als du die Schuhe geworfen hast!«

Sie hatte es geschafft: Meine Mundwinkel rutschten nach oben, als ich mich an das Bild erinnerte.

»Prinz Byron hat ziemlich verdutzt auf den Damenschuh direkt vor seinem Fuß gestarrt und sich am Bart gekratzt, und Prinz Darion hat sich so erschrocken, dass er fast vom Stuhl gefallen ist.«

Tionne lachte schallend. »Das geschieht ihnen wohl recht, schließlich wollten sie, dass wir zeigen, was wir gelernt haben, da haben sie auch die Pflicht, dir zuzusehen!« Sie reichte mir ein Taschentuch. »Weißt du eigentlich, dass Georgianas Absatz abgebrochen ist, als sie vorhin dran war? Sie ist umgeknickt und gestürzt, und jetzt ist ihr Fußgelenk beinahe auf die Größe einer Melone geschwollen!«

»Die Arme«, sagte ich mäßig betroffen. »Wie kann denn so was passieren?«

»Mhm«, machte Tionne nachdenklich.

Als ich mich endlich wieder im Griff hatte, ging ich zum Waschraum, um mein Gesicht zu reinigen. Ein Häufchen Elend starrte mir aus dem Spiegel entgegen. Rot geschwollene Augen, fleckige Haut (nicht nur die Sommersprossen …), verwischte Schminke und eine zerstörte Frisur. Ich bemühte mich, so gut es eben ging, mein Aussehen wieder repräsentabel zu machen.

Zwecklos. Ich sah unmöglich aus. Allerdings lenkte meine rote Nase von den Sommersprossen ab. Mit gesenktem Kopf wollte ich ins Zimmer zurückhuschen.

»Stürmischer Auftritt!«

Ich zuckte zusammen, als ich die tiefe Stimme des Hauptmanns vernahm. War ja vorauszusehen, dass er im ungünstigsten Moment vorbeikommen musste.

Ich hob den Kopf, warf ihm einen finsteren Blick aus meinen verquollenen Augen zu und ging einfach weiter. Mit ihm wollte ich nichts mehr zu tun haben. Er sollte mich in Ruhe lassen, die Situation war schon schlimm genug.

Aber natürlich konnte er es nicht lassen, mich zu provozieren. »Jetzt verstehe ich, was Sie damit meinten, als Sie sagten, diese Schuhe wären Waffen.«

Ich fand es überhaupt nicht witzig. In Sekundenschnelle gelang es ihm, mich wieder in Rage zu bringen.

»Ach? Seit wann lassen Sie sich denn herab, wieder mit mir zu sprechen, Sir?«, fuhr ich ihn an und spürte, dass sich weitere Tränen ankündigten.

Sein bisher verschmitzter Blick wurde kühl. »Wenn Sie aufhören würden, wie ein Waschweib zu keifen, würde ich gerne normal mit Ihnen reden.«

Sein arrogantes Verhalten trieb mich beinahe in den Wahnsinn. Schäumend vor Wut machte ich einen Schritt auf ihn zu, sah mutig zu ihm auf und deutete mit dem Zeigefinger auf seine Brust. »Wenn Sie aufhören würden, so mit mir zu reden, müsste ich nicht keifen!«

Er hob die Augenbrauen. »Also möchten Sie mich weiterhin anfahren wie irgendeinen Bediensteten?«

Wie meint er das denn nun schon wieder?

Erbost funkelte ich zurück. »Nein, natürlich nicht!« Ich holte Luft, um einen halbwegs sinnvollen Satz zusammenzubringen, denn sein durchdringender Blick verwirrte mich und verwandelte meine Wut in Hilflosigkeit. »Das ist Unsinn! Sie wissen genau, dass ich nicht so denke. Ich mag nur nicht, wenn Sie … Ach, Sie bringen mich ja ganz durcheinander!«

Ich durfte mich nicht von ihm verunsichern lassen. Mich nicht von seiner Präsenz beeinflussen lassen, nicht in sein gut geschnittenes Gesicht starren und schon gar nicht in diese Augen, die direkt in meine Seele zielten, um dort ein Feuer zu entzünden, das mich wehrlos zurückließ. Ein Feuer, das es schnellstens zu löschen galt. Nur … wie, um Himmels willen?!

»Ich bringe Sie also durcheinander?« Der Gedanke schien ihm zu gefallen, denn er beugte sich leicht vor und kam mir damit noch näher.

Ich wich zurück. »Ja! Vor allem, wenn Sie mich so ansehen, wie jetzt … ich meine …« Ich trat noch einen Schritt zurück, um Abstand zwischen uns zu bringen, aber er folgte mir, und auf einmal spürte ich einen Schrank im Rücken.

»So?« Frech stützte er jetzt auch noch seine Hand neben mir an der Schranktür ab, sodass mir der Weg zum Zimmer versperrt war.

Hilflos sah ich zu ihm auf und versuchte, ihn mit den Händen wegzuschieben, aber genauso gut hätte ich versuchen können, einen Baum zu bewegen.

»Hören Sie auf damit!«, flüsterte ich, verwirrt von meinen merkwürdigen Gedanken. Dass er unglaublich gut roch. Dass mir diese hellen Sprenkel in seinen Augen gefielen. Wie sich wohl seine Haare anfühlen mochten, wenn ich hineingreifen würde, und was wohl passieren würde, wenn ich mich ein klitzekleines bisschen vorlehnen und auf die Zehenspitzen stellen würde. Wie gebannt starrte ich auf seinen Mund und bemerkte, dass er seinen Kopf neigte.

Oh Gott!

Näher kommende Schritte rissen mich aus meiner Erstarrung. Blitzschnell tauchte ich unter seinem Arm hindurch und floh in mein Zimmer.

Sein tiefes Lachen hallte mir nach.

Ich wagte mich nicht zum Abendessen hinunter. Selbst Tionne, die mit Engelszungen auf mich einredete, konnte mich nicht dazu bewegen, mich den Blicken der Prinzen und der anderen Kandidatinnen, die sicherlich längst über meinen Ausbruch Bescheid wussten, auszusetzen.

Stattdessen aß ich etwas Obst und blickte aus dem Fenster, als es leise an der Tür klopfte.

»Ja, bitte«, sagte ich höflich und sah erstaunt, dass Prinz Darion seinen Kopf hereinsteckte.

»Mayrin Barnaby, bitte bereiten Sie mir die große Freude und begleiten Sie mich zum Abendessen!«

»Ich …«

»Es wird Sie schon niemand auffressen.« Er lachte.

Unsicher stand ich auf. Ich hatte mich noch nicht einmal für das Essen zurechtgemacht und trug immer noch ein schlichtes Tageskleid. Der Prinz trat in das Zimmer, ergriff galant meine Hand und zog sic durch seinen Arm, sodass ich bei ihm untergehakt war und nicht entkommen konnte.

»Aber …«

»Keine Ausreden. Sie kommen jetzt mit! Hier wird nicht gekniffen!« Er zog mich über den Flur.

»Mein Verhalten … Es tut mir wirklich leid«, sagte ich niedergeschmettert.

Prinz Darion grinste und zog mich weiter zum Jahreszeitensaal. Stumm setzte ich mich auf einen Stuhl, senkte den Kopf über mein Essen und versuchte, die Blicke der anderen Mädchen zu ignorieren.

»So, so! Prinz Darion!«, flüsterte Philippa neben mir bedeutungsvoll.

»Ich glaube, ich lasse mich auch einmal von ihm aus dem Zimmer abholen!«, antwortete Harriet vom Nebentisch. »Ein guter Trick.«

Ich schloss gequält die Augen und wünschte mir ein Loch herbei, in dem ich verschwinden könnte.

Nach dem Abendessen, das mir nicht geschmeckt hatte, weil ich viel zu beschämt war, wurde die nächste Entscheidung verkündet. Ein weiteres Mal mussten wir uns im Thronsaal vor den Prinzen aufstellen. Nur, dass unser Grüppchen jedes Mal ein wenig kleiner wurde.

Die erwartungsvolle Stille im Saal ließ mich auf meiner Wange herumkauen, die schon fast so wund war wie meine Füße. Endlich begannen die Prinzen, die Namen aufzurufen und Schmuckstücke zu verteilen. Ich war überzeugt: Gleich würde ich alles hinter mir und mein Elend ein Ende haben. Dann konnte ich abreisen.

In Gedanken ging ich bereits durch, was ich alles zu erledigen hatte. Die Kinder holen, alles packen, um eine Empfehlung für einen neuen Arbeitgeber bitten. Am meisten beschäftigte mich die Frage, wo wir übergangsweise unterkommen konnten. Wahrscheinlich würde ich Tionnes Eltern für ein paar Tage um Unterschlupf für meine Geschwister und mich bitten müssen, bis ich eine neue Stellung gefunden hatte. Tionne hatte mir das längst angeboten und versichert, dass ihre Eltern uns gerne aufnehmen würden.

Dieses Mal gab es Ohrringe, besetzt mit Perlen, für diejenigen, die bleiben durften. Tionne kam weiter – wie erwartet. Ganz so schlecht, wie sie es befürchtet hatte, konnte sie in den Augen der Prinzen nicht abgeschnitten haben. Auch Rose und Ismey wurden wenig später aufgerufen. Cecilia gönnte ich es nicht, aber natürlich erhielt auch sie ein Paar Ohrringe.

Als mein Name aufgerufen wurde, krallte ich beide Hände in die Falten meines Kleides und machte mich auf das Schlimmste gefasst.

Prinz Alexander blickte mich ernst an. Mein Gesicht begann zu brennen. Jetzt würde sie kommen, die große Standpauke. Mit Schimpf und Schande würde man mich aus dem Schloss jagen. Ich hob mein Kinn ein kleines bisschen höher. Zumindest sollte man mir meine Not nicht anmerken.

»Miss Mayrin, Miss Mayrin …«, begann der Kronprinz, und dann überzog ein leichtes Lächeln sein Gesicht. Er klang wie mein Vater früher, wenn ich etwas angestellt hatte.

Ich konnte ihn nur anstarren. Das hier war überhaupt nicht zum Lachen!

»Wie immer eine Überraschung wert!« Er nahm ein Kästchen vom Tisch und hielt mir ein Paar reich verzierte Ohrringe entgegen.

Ich hörte Tionnes Freudenschrei.

Auch als ich das Geschenk in den Händen hielt, es nicht nur sah, sondern auch fühlen konnte, begriff ich immer noch nicht, wie mir geschah.

»Ich … Weshalb möchten Eure Hoheit, dass ich weiterhin hierbleibe?«, fragte ich Prinz Alexander verwirrt.

»Sie sind etwas Besonderes, Miss Mayrin. Ich will nicht so weit gehen und behaupten, Ihr Temperament gefiele uns. Dazu haben wir viel zu viel Angst davor, was Ihnen das nächste Mal einfallen könnte.« Er schmunzelte. »Dennoch: Wir freuen uns, Sie hier weiterhin beherbergen zu dürfen.«

Geistesabwesend stellte ich mich mit meinem Schmuckkästchen neben die anderen Mädchen, die bereits weitergekommen waren, und nahm kaum wahr, wie Tionne mich umarmte. In mir herrschte ein furchtbares Durcheinander. Eine Kandidatin, die nicht bleiben durfte, stieß ein anderes Mädchen, das sie trösten wollte, weg und rannte aus dem Saal. Ich registrierte es kaum.

So schnell wie möglich flüchtete ich nach der Entscheidungsverkündung in mein Zimmer und verkroch mich im Bett. Ich ging noch nicht einmal mehr hinunter, um den vier Abreisenden »Auf Wiedersehen« zu sagen.

Der Stress dieses Tages, die Anspannung und das Weinen hatten mich völlig erschöpft.

»Eins, zwei, drei, …« Die Stimme des Tanzmeisters hallte durch den Thronsaal, und zweiundzwanzig Mädchen versuchten, mit mehr oder minder großem Erfolg (bei mir eher minder …), die komplizierte Schrittfolge eines Menuetts auszuführen.

Zweiundzwanzig Kandidatinnen.

Für jeden Prinzen waren etwa fünf bis sechs übrig, zwischen denen er sich entscheiden musste. Theoretisch. … Praktisch war nicht nur bei mir unklar, wer welchen Prinzen mochte, beziehungsweise, welcher Prinz welche Bewerberin bevorzugte.

»Zierliche Schritte, meine Damen! Feine Bewegungen mit den Händen und Armen!«, rief der übermäßig elegant gekleidete Tanzmeister mit nasaler Stimme und stieß seinen langen Stab auf die Erde.

»Ich bin gespannt, wen die Prinzen für heute Abend auswählen!«, flüsterte Tionne mir zu, während sie neben mir eine Drehung ausführte.

Auf dem Tagesplan hatte gestanden, dass einige von uns mit den Königssöhnen das Theater in der Stadt besuchen würden, um eine Oper anzusehen. Würde mein Schuh-Anschlag vom Vortag einen der Prinzen bewegen, mich auszuwählen? Ich bezweifelte es.

»Etwas mehr Elan, die Damen, hier bei Hofe zählt nicht das Vergnügen, sondern ausschließlich die Repräsentation!«

Tanz. Allein das Wort jagte mir Angst ein. Jede Bewegung des Körpers war genau vorgegeben, selbst die der Hände.

Als meine Eltern starben, war ich mit dem Tanzunterricht noch nicht sehr weit fortgeschritten gewesen, und ihr Tod lag ja nun schon einige Zeit zurück. Eine weitere Disziplin, in der ich negativ auffallen würde.

»Sie wollen den hochwohlgeborenen Herrschaften – und in erster Linie den Prinzen – schließlich zeigen, wie körperlich gewandt und gut gebaut Sie sind, und vor allem, wie anmutig …«

Ich rollte mit den Augen.

»Eins, zwei, drei, …«

Davon werde ich heute Nacht träumen.

Natürlich wurde ich von keinem der Prinzen zum Rendezvous gebeten – und das, obwohl ich die Oper so liebte. Stattdessen übte Tionne den ganzen Nachmittag mit Rose und mir oben im Teesalon weiter. Doch am Ende war ich immer noch weit davon entfernt, mir die Schrittfolgen der lebhaften Tänze merken zu können, und meine wunden Füße brannten.

»Das hat doch schon ganz ordentlich geklappt«, bemühte Tionne sich, mich aus meiner Trübsinnigkeit zu reißen, als es Zeit zum Umziehen für das Abendessen war.

Mit schmerzverzerrtem Gesicht griff ich an meinen Fuß. Die Ferse war aufgescheuert.

»Geht ruhig schon vor, ich komme gleich nach«, sagte ich zu Tionne und Rose.

Nachdem sie den Raum verlassen hatten, setzte ich mich auf den Boden, um meine Schuhe auszuziehen. Keinen Moment länger hielt ich es in ihnen aus. Behutsam öffnete ich die Schnalle und zog den Schuh vom Fuß. Mein Strumpf war an der Ferse dunkel gefärbt. Ich musste unser Zimmermädchen um einen Verband bitten.

Mr Kane gegenüber würde ich meine Aussage, dass die Schuhe Waffen wären, revidieren müssen – es waren Folterwerkzeuge!

In diesem Augenblick vernahm ich an der Tür ein leises Klicken. Ich fuhr herum und sprang auf. Da hatte doch nicht versehentlich jemand …?

Probehalber drückte ich die Klinke herunter. Ich war eingeschlossen. Aber weshalb bloß? Tagsüber standen die Türen doch immer offen!

»Hallo?«, rief ich laut und klopfte an die Tür. »Könnte mich bitte jemand herauslassen? Hallo?! Ist da jemand?«

Doch niemand schien mich zu hören. So etwas Dummes!

Oder … versuchte da jemand, mich absichtlich vom Abendessen fernzuhalten?

Jemand, der mich als Konkurrenz empfand?

Mich?! Ich musste fast lachen.

Mir kam eine Idee, und ich tastete die Wände nach eventuellen Geheimtüren ab. Aber ich entdeckte nichts. Mr Kane hätte bestimmt eine Lösung gewusst.

Ich seufzte und trommelte wieder an die Tür.

Endlich hörte ich Schritte, der Schlüssel wurde umgedreht und die Tür geöffnet. Ich trat einen Schritt zurück, und der Hauptmann kam herein. Wenn man vom Teufel sprach – besser gesagt: an ihn dachte!

»Bitte nicht bewerfen!« Mit verschmitztem Gesichtsausdruck deutete er auf die Schuhe in meiner Hand. »Weshalb sind Sie denn hier drinnen eingeschlossen? Wollten Sie sich etwa wieder vor dem Abendessen drücken?«

Sehr witzig. Ich verzog das Gesicht.

»Nein, ich wollte einfach mal in Ruhe nachdenken«, konterte ich.

»Hoffentlich über mich!« Er grinste frech.

»Aber nein! Ich habe daran gedacht, was Neela und Leo wohl im Augenblick machen«, log ich ertappt.

»Soweit ich weiß, sind sie mit Margret in der Stadt, und ich könnte mir denken, dass sie ein heißes Würstchen essen.«

Es war beruhigend zu wissen, dass Margret sich so lieb um meine Geschwister kümmerte.

Wunderte es mich, dass der Hauptmann genau wusste, wo sie sich gerade aufhielten? Nein. Aber ich würde mich hüten, noch einmal etwas dazu zu sagen. Vor allem das Wort »Kindermädchen« würde ich in seiner Gegenwart nie wieder in den Mund nehmen. Die Lektion hatte ich gelernt.

Vielleicht war es an der Zeit, mich für mein Verhalten zu entschuldigen. Zwar hatte er meiner Meinung nach mit dem Streit begonnen, aber ich hatte ihn auch nicht gerade nett behandelt.

»Es tut mir wirklich leid, dass Sie neulich so … wütend auf mich waren.« Ich wusste nicht, wie ich die Situation beschreiben sollte, weil mir immer noch nicht klar war, was ich verbrochen hatte.

Er musterte mich einen Moment und seufzte dann. »Und ich habe wohl zu aufbrausend reagiert. Ich kann es leider schwer ertragen, wenn jemand herablassend zu mir ist. Vermutlich sollte ich mich ein wenig in Demut …«

»Herablassend?!«, rief ich empört. »Ich war nicht herablassend! Das wäre ja auch absurd, schließlich bin ich zu Hause selbst nur eine Angestellte.«

»Sie glauben gar nicht, was dieser Wettbewerb aus einigen Damen macht …«

Fragend sah ich ihn an, aber er schwieg, während sein Blick nachdenklich auf mir ruhte.

»Denken Sie jetzt auch so von mir?« Besorgt knetete ich meine Finger.

»Nein. Ich glaube, dass Sie einfach manchmal ein wenig übermütig sind.«

Ich verzog das Gesicht. Das war wohl noch schmeichelhaft. Unbeherrscht wäre wohl der bessere Ausdruck, musste ich mir eingestehen, wobei ich an meinen Ausbruch vor den Prinzen dachte.

»Ich will mich wirklich besser zusammenreißen, um nichts Unbedachtes zu sagen«, versprach ich bedrückt. »Schließlich …« Ich zögerte. »… Ich möchte mir selber treu bleiben, verstehen Sie? Ich möchte mich hier nicht verändern lassen, bei all diesem Prinzessinnengetue.«

»Heißt das, dass Sie sich keine Mühe mehr geben wollen?«

»So meine ich das nicht. Ich lerne hier jeden Tag unglaublich viel. Und all dieser Luxus um mich herum, dazu die attraktiven Prinzen. Aber ich will mich trotzdem nicht in ein hübsches Püppchen verwandeln lassen. Oder in eine abgebrühte Kämpferin, die mit allen Mitteln die Konkurrenz ausstechen will. Oder eben in jemanden, der andere herablassend behandelt.« Das Bild von Cecilia huschte durch meinen Kopf. »Ich möchte mir selbst im Spiegel noch in die Augen sehen können, wenn ich heimkehre.«

Er nickte, und ich sah Verständnis in seinem Blick. »Sie werden also in Zukunft keine Schuhe mehr durch die Gegend werfen?«

»Pah! Die Prinzen haben die ganze Zeit nur auf einen Brief geguckt, während ich mich auf mörderisch hohen Absätzen abgerackert habe. Das hat mich so wütend gemacht!«

Der Hauptmann lachte leise. »Wissen Sie, die Nachricht enthielt wichtige Informationen aus einem der Nachbarländer, mit dem es leider diplomatische Schwierigkeiten gibt«, erklärte er mild.

»Oh«, sagte ich leise. »Das wusste ich nicht …« Meine Wangen färbten sich, weil ich so naiv gewesen war und die Prinzen zu Unrecht verdächtigt hatte, mich nicht ernst zu nehmen.

»Wie sollten Sie auch«, antwortete Mr Kane. »Es war unhöflich, Ihnen nicht zuzusehen, aber gewiss kein böser Wille, das müssen Sie mir glauben. Ich fürchte – so ganz unter uns –, die Prinzen sind ein wenig überfordert mit den Aufgaben, die sie seit der Krankheit des Königs bewältigen müssen.«

»Das verstehe ich so gut!«, beteuerte ich und rang mit den Händen. »So ging es mir nach dem Tod meiner Eltern doch auch. Umso schlimmer, dass ich jetzt so wenig Verständnis gezeigt habe. Da sehen Sie es: Ich bin für ein Leben am Hofe völlig ungeeignet!« Ich merkte, dass ich zu viel redete. »Es ist gleich Zeit für das Abendessen, Sir. Bitte entschuldigen Sie mich.« Ich wandte mich zur Tür.

»Erzählen Sie mir von Ihren Eltern. Wie lange sind Sie schon alleine?«, stoppte er mich und nahm auf einem Sessel Platz, als hätten wir alle Zeit der Welt.

Irritiert drehte ich mich wieder zu ihm. Von meinen Eltern erzählen? Wieso denn das? Und wollte ich das überhaupt? Lange Zeit hatte ich genau dies tunlichst vermieden. Weil es zu sehr schmerzte.

Er deutete auf das Sofa neben seinem Sessel.

»Mein Vater und zwei meiner Brüder waren mit dem Schiff unterwegs, um eine Verwandte zu besuchen«, begann ich zögerlich, nachdem ich mich gesetzt hatte. Aus irgendeinem Grunde war es mir nahezu unmöglich, dem Hauptmann nicht zu gehorchen.

»Während eines heftigen Sturmes sank das Schiff. Niemand konnte gerettet werden, alle ertranken. Meine Mutter hat die Trauer nicht ausgehalten und nahm sich wenig später das Leben.«

Ich bemühte mich, das Ganze möglichst emotionslos zu erzählen, denn ich wollte kein Mitleid.

»Und hat Sie mit Ihren Geschwistern allein zurückgelassen?«, fragte er ungläubig.

Ich zuckte mit den Achseln. Was erwartete er? Dass ich in Tränen ausbrach wegen dieser Ungerechtigkeit?

Ja, ich hatte Stunde um Stunde geweint und mit dem Schicksal gehadert. Das Meer verflucht, das Wetter … und sogar meine Mutter. Aber die Zeiten waren vorbei. Ich musste stark sein – auch für Neela und Leo.

»Was ist mit Ihren Eltern?«, stellte ich eine Gegenfrage, um das Thema zu wechseln. »Weshalb sind Sie bei Margret aufgewachsen?«

»Das ist eine lange Geschichte …« Er seufzte. »Irgendwann erzähle ich sie Ihnen, versprochen.«

Ach! Da gibt es wohl noch jemanden, der nicht so gern über seine Familie sprechen will!

»Sagen Sie mir wenigstens noch rasch, weshalb die Prinzennamen alphabetisch sind!«, kam ich auf die immer noch ungeklärte Frage zurück.

Er schmunzelte. »Sie dürfen noch einmal raten.«

Ich runzelte widerwillig die Stirn, versuchte es aber dennoch. »Vielleicht ist der König ein Hundenarr und hat seine Kinder wie Hunde nach Würfen benannt?«

Er lachte. »Leider auch falsch. Wenn Sie es beim nächsten Mal wieder nicht wissen, verrate ich es Ihnen vielleicht.«

»Fein! Aber ich muss jetzt wirklich los. Gucken, ob ich zum Abendessen Schuhe finde, die hinten offen sind.« Ich erhob mich mit gequältem Blick und lüpfte den Rock ein wenig, sodass er meinen blutigen Strumpf erkennen konnte.

»Oje, Miss Mayrin, ich hatte ja keine Ahnung!«, rief Mr Kane bestürzt. »Ich schicke sofort jemanden, der die Wunde versorgt.«

»Nein! Bitte nicht, ist nicht schlimm«, sagte ich verlegen, weil ich mich so wehleidig anstellte. »Unser Zimmermädchen kümmert sich hervorragend um uns. Sie wird mir helfen. Aber verstehen Sie nun, weshalb das Ganze hier wenig Spaß macht?«

»Miss Mayrin, Sie werden jetzt auf keinen Fall aufgeben!«, befahl er mit eindringlichem Ton. »Denken Sie daran, was Sie zu verlieren haben!«

»Das weiß ich doch! Aber denken Sie bitte auch daran, wie ich mich bei dem Gedanken fühle, hier hauptsächlich wegen des Geldes zu sein, die Prinzen zu täuschen und anderen Mädchen den Platz wegzunehmen!« Ich schluckte.

Er ging nicht auf meine Worte ein. »Die Zeitungen berichten regelmäßig über die Auswahl im Schloss. Keine Details, aber es werden jeweils die Namen der Damen veröffentlicht, die es eine Runde weiter geschafft haben. Sie müssen damit rechnen, eine kleine Berühmtheit zu sein, wenn sie heimkehren. Die jungen Männer werden sich darum reißen, Mayrin Barnaby kennenzulernen, die Dame, an der sogar die Prinzen Interesse gezeigt haben!«

Entsetzt starrte ich ihn an.

»Himmel …«, entfuhr es mir. »Aber das will ich doch gar nicht! Ich will nicht, dass mich jeder kennt! Alles, was ich will, ist finanzielle Sicherheit für uns.«

Auf dem Flur waren Frauenstimmen und Schritte zu hören und erinnerten mich an die Uhrzeit. »Oh, bitte entschuldigen Sie mich, Sir, ich muss wirklich dringend los!«

Er nickte mir zu, als ich aus dem Salon flitzte.

Jedes Mal stand mein Name in der Zeitung …? Das war ja furchtbar!

Tanzstunde

Zwei Tage später betrat der Herold den Saal, als wir gerade unser Frühstück beendeten. Er teilte uns mit, dass einige der Damen am Nachmittag die Prinzen zum Bogenschießen begleiten durften, und nannte nacheinander die Namen der Auserwählten.

»Und zu guter Letzt – Von Prinz Darion sind eingeladen: Harriet Mensell und Mayrin Barnaby«, schloss er.

Ja, ja, ja! Endlich war ich einmal an der Reihe.

Das würde eine gute Ablenkung sein und mich vom Grübeln abhalten, denn immer noch war mir unbekannt, wer mich am Vortag im Teesalon eingesperrt hatte. Es könnte eine der Damen von Prinz Darion sein, hatte ich mir überlegt. Schließlich hatte ich nie damit hinter dem Berg gehalten, dass ich ihn außerordentlich attraktiv fand, und alle hatten gesehen, wie er mich gestern Abend aus meinem Zimmer abgeholt hatte. Ich ließ meine Augen über die Bewerberinnen wandern, von denen ich wusste, dass sie sich für Prinz Darion interessierten: Cecilia, Georgiana, Ismey, Harriet, Josephine. Aber ich fand keine Antwort.

Nachdem wir das Frühstück beendet hatten, mussten wir erneut zum Tanztraining antreten. Als ich in die Schuhe stieg, unterdrückte ich ein Stöhnen. Das brannte wie Feuer! Meine Füße hätten gut ein paar Tage Ruhe gebrauchen können.

Ruhe war jedoch das, was der Tanzmeister und Lady Zilery uns nicht gönnen wollten. Im Thronsaal stimmten die Musiker bereits ihre Instrumente, als wir uns aufstellten.

»Heute, meine Damen, haben wir eine kleine Überraschung für Sie vorbereitet. Es werden in wenigen Augenblicken Gäste erscheinen.« Der Tanzmeister machte eine kleine Pause, um die Spannung noch mehr zu erhöhen.

»Junge adelige Herren aus der Umgebung, die sich bereit erklärt haben, uns zu unterstützen«, rief er mit vor Begeisterung fast kippender Stimme, und gleichzeitig betraten zweiundzwanzig Herren den Raum, unter ihnen der Hauptmann. Sofort waren meine wunden Füße vergessen. *Was macht der denn hier?*

»Bitte heißen Sie Ihre Tanzpartner mit einem herzlichen Applaus willkommen!«, übertönte die näselnde Stimme des Tanzlehrers das aufgeregte Getuschel.

Wir klatschten stürmisch in die Hände.

»Guck doch mal, der Dunkelhaarige da hinten! Ist der gut gebaut!«

»Ich wünschte, der große Rotblonde würde mich auswählen!«

»Und der fesche Hauptmann!«

Es war fast so, als ob die Prinzen im Raum wären, denn alle Mädchen bemühten sich darum, sich von ihrer besten Seite zu zeigen.

Schüchtern blickte ich zu Mr Kane, der sich gerade mit dem Herrn neben ihm unterhielt. Würde er mit mir tanzen? Und wollte ich das überhaupt?

Lady Zilery befahl Aufstellung, und die Herren kamen zu uns herüber.

»Darf ich bitten?«, fragte mich ein Herr mit buschigen Augenbrauen und freundlichem Gesicht. Ich schätzte ihn auf Mitte dreißig.

Wir stellten uns zum Cotillon mit je vier Paaren im Kreis auf und begrüßten die Tanzpartner mit Knicks. Die Musik setzte ein. Aus dem Augenwinkel sah ich, dass Mr Kane mit Philippa tanzte. Auf ihre ganz besondere, leicht exotische Art sah sie wunderhübsch aus.

»Ich bin übrigens Sir Hailsmith«, sagte mein Tanzpartner, während wir kleine Hüpfschritte im Kreis ausführten.

»Mhm«, antwortete ich, während ich mich darauf konzentrierte, welche Figur als nächste kam.

Als wir uns einem anderen Paar zuwendeten, sah ich direkt in die blauen Augen des Hauptmanns, die mich unverwandt musterten, und kam aus dem Tritt. Mein Puls beschleunigte sich, während ich verzweifelt versuchte, wieder ins Gleichgewicht zu gelangen.

»Hoppla!«, bemerkte Sir Hailsmith amüsiert lächelnd.

»Entschuldigen Sie, Sir«, murmelte ich mit heißen Wangen und hätte dem Hauptmann am liebsten einen bösen Blick zugeworfen, aber das hätte mich nur noch mehr aus dem Rhythmus gebracht. »Ich bin ein wenig aufgeregt.«

»Wie charmant, meine Teure.« Elegant und leichtfüßig führte Sir Hailsmith eine Drehung aus. Ich fragte mich, wie er sich dabei auch noch unterhalten konnte. »Mögen Sie mir den werten Namen verraten?«

Was soll ich verraten? … Ach so! »Mayrin Barnaby«, teilte ich ihm mit und war stolz, dass mir trotzdem gleichzeitig ein kleiner Sprung gelang.

»Wo kommen Sie her, Miss Barnaby?«

Wir drehten uns mit einem anderen Paar im Kreis.

»Talebridge«, antwortete ich knapp.

Dann schwiegen wir, bis der Tanz endete und Sir Hailsmith sagte, dass es ihm eine große Freude gewesen wäre, mit mir zu tanzen.

Wohl kaum!

Ich beobachtete, wie sich auch die anderen Paare voneinander verabschiedeten. Als ein neuer Tanz begann, fand ich mich an der Hand eines stark übergewichtigen Mannes wieder, der mich mit großen, leicht hervorquellenden Augen musterte. Er stellte sich als Lord Bristed vor. In Gedanken titulierte ich ihn Lord Glubschauge. Er leckte sich ständig über die Lippen.

»Haben Sie bereits Pläne, meine Liebe, wenn sich keiner der Prinzen für Sie entscheiden sollte?« Er strich mir mit dem Daumen anzüglich über die Hand.

Mir lief ein Schauer über den Rücken, und ich wurde wütend. Was dachte der Lord, wo er sich hier befand? Auf dem Pferdemarkt, um eine hübsche Stute zu kaufen?!

Glücklicherweise setzte gerade die Musik ein.

»Durchaus, durchaus, Mylord!«, antwortete ich mit erhobenem Kinn. »Ich werde wohl weiterhin als Gouvernante arbeiten, um die Kinder versorgen zu können.« Er musste ja nicht wissen, dass ich nur deren Schwester war.

Der Adlige zuckte zurück, sagte den ganzen Tanz über nichts mehr und entfernte sich mit erstaunlicher Hast, als die Musik endete. Zufrieden grinste ich ihm hinterher. Es machte mir nichts aus. So tief sinken würde ich hoffentlich nie, dass ich mich solch einem Mann an den Hals werfen würde.

»Was haben Sie bloß mit Lord Bristed angestellt? Haben Sie ihn auch mit Schuhen beworfen?«

Der Hauptmann trat neben mich und hielt mir, ohne zu fragen, seine Hand zum Tanz entgegen. Ich wollte nicht schon wieder einen Streit heraufbeschwören und ergriff sie daher ohne Widerspruch. Sie war warm und kräftig, und es fühlte sich überraschend gut an, sie zu halten. Mein Puls beschleunigte sich. Dann begann auch schon der nächste Tanz.

»Natürlich nicht«, wehrte ich ab. »Ich habe Lord Glubschau… äh, Lord Bristed, meinte ich natürlich …« Gleichzeitig mit ihm zu tanzen und auf meine Wortwahl zu achten, fiel mir wirklich schwer.

»Lord Glubschauge?!« Mr Kanes Mundwinkel zuckten, während wir warteten, dass das andere Paar seine Drehung beendete. »Wie treffend.«

Ich merkte, wie meine Wangen sich röteten, konnte aber nichts antworten, weil wir auseinandertreten mussten, um jeweils eine Drehung um ein anderes Paar auszuführen.

»Da möchte ich besser nicht wissen, wie Sie *mich* titulieren!«, sagte der Hauptmann, als wir wieder zusammenkamen und die Hände für eine kleine Drehung ineinanderlegten.

Jetzt musste mein Gesicht dunkelrot sein. »Nein, ich würde nie …« Ich brach ab, denn mir fiel ein, dass ich ihn gerade kürzlich Tionne gegenüber den »unwiderstehlichen Hauptmann« genannt hatte.

»Wusste ich's doch.« Er grinste und sah dabei so jungenhaft verschmitzt aus, dass ich nicht anders konnte, als zurückzulächeln. »Also: Was haben Sie dem Lord angetan?«

»Ich habe ihm nur von den Kindern und meiner Arbeit berichtet«, sagte ich mit unschuldigem Augenaufschlag und führte eine elegante Drehung aus, geradeso, wie der Tanzmeister sie uns beigebracht hatte.

Mr Kane lachte, während er, weitaus gezierter, als ich es beherrschte, auf seinen Fußballen wippte.

»Wie kommt es, dass *Sie* hier sind?«, wechselte ich das Thema, während wir Hand in Hand einen großen Bogen um mehrere Paare beschrieben.

»Sie meinen wegen meines Berufes?«, fragte er wachsam.

Oh, nein! Jetzt hatte ich ihn wohl wieder beleidigt, ohne es zu wollen. Fieberhaft überlegte ich, wie ich meinen Fehler ausbügeln konnte.

»Ich dachte …«, stotterte ich.

»Dass ich nur der Hauptmann wäre, richtig? Trotzdem bin ich von Adel, sonst hätte ich wohl kaum solch einen hochrangigen Posten inne.«

Flehend sah ich ihn an. »So meinte ich das nicht! Das wissen Sie doch ganz genau! Ich dachte, wir hätten das geklärt.«

Der Tanz endete, und ich war mir sicher, dass ich nun den nächsten Tanzpartner vertrieben hatte. Aber er überraschte mich und blieb, wo er war, als die Musik wieder begann. Zunächst tanzten wir schweigend. Ich schielte zu ihm auf und hatte keinen blassen Schimmer, was ich hätte sagen können, um die Situation zu entspannen.

Endlich ergriff er das Wort. »Haben Sie morgen schon etwas vor, Miss Mayrin?«

Erstaunt blickte ich ihn an und hätte beinahe die nächste Figur ruiniert. Gerade noch rechtzeitig führte ich mit dem Herrn rechts von mir eine Drehung aus.

»Eigentlich nicht«, sagte ich zu dem Hauptmann, als wir wieder zusammenkamen. »Ich wollte nur zu meinen Geschwistern und vielleicht einen Ausflug in die Stadt unternehmen.« Schließlich war Sonntag der einzige Wochentag, an dem uns dies gestattet war.

»Was halten Sie davon, gemeinsam mit mir und den Kindern rodeln zu gehen?«

Pirouette rechts herum.

Vor ein paar Sekunden noch hätte ich schwören können, dass er wütend auf mich war! Dieser Mann war ein Rätsel.

»Rodeln?«

Elegante Schritte vorwärts, dabei zu dem anderen Herrn unserer Runde lächeln.

»Ja.«

Drehung mit dem Partner.

»Mit Holzschlitten?« Ich war ganz aufgeregt.

Er nickte.

Drehung zu viert im Kreis.

»Oh ja! Das habe ich schon seit Jahren nicht mehr gemacht!«

Drehung um den Partner.

»Au!«

Mist! Doch keine Drehung um den Partner, die kam wohl erst später. Ich war dem Hauptmann voll auf den Fuß getreten.

»Tut mir wirklich leid, Sir«, sagte ich zerknirscht.

»Schon gut. Ich denke, es ist nichts gebrochen«, übertrieb er schamlos. »Erinnern Sie mich daran, Sie nie zu verärgern, Sie wehrhaftes kleines Ding!«

Ich musste kichern.

Der Tanz endete, und ich versank erneut in einen Knicks, während Mr Kane sich formvollendet vor mir verbeugte, um sich anschließend einer anderen Dame zuzuwenden.

Endlich konnte ich mich wieder auf die Tanzschritte konzentrieren.

Es gibt hier ganz in der Nähe einen schönen Abhang, der sich hervorragend zum Rodeln eignet.« Der Hauptmann trat zu mir, als die Musiker eine kleine Pause einlegten.

Ich stand in einer Ecke des Saales und versuchte, die bedeutungsvollen Blicke zu ignorieren, die Tionne mir zuwarf, während sie sich mit den Zwillingen Alice und Kathleen unterhielt, die erstaunlich gelassen damit umgingen, dass sich mittlerweile beide in den Kronprinzen verliebt hatten.

Hauptmann Kane griff nach zwei Gläsern, die ein Diener uns auf einem Tablett entgegenhielt, und überreichte mir eines davon. Ich dankte ihm.

Während ich an der Limonade nippte, fiel mir etwas ein. »Sagen Sie, Sir, ist das denn eigentlich erlaubt und vor allem: Ist es angemessen? Ich meine, schließlich versuche ich hier verzweifelt, mich wie eine wohlerzogene Dame zu benehmen …« Ich machte eine den Saal umfassende Handbewegung und sah ihn besorgt an.

Er lachte. »Man sagt, die Königin selbst sei diesen Berg hinabgerodelt, bevor sie Mutter wurde, also keine Sorge.«

»Nun gut. Morgen. Wenn bis dahin Ihr Fuß wieder in Ordnung ist«, konnte ich mir nicht verkneifen, ihn zu necken.

Um seine Augen bildeten sich leichte Lachfältchen. »Ich freue mich darauf.«

Voll Vorfreude machte ich mich nach dem Mittagessen auf den Weg zum Bogenschießen mit Prinz Darion. Ich würde mit Mr Kane rodeln gehen!

Selbst Tionne hatte es mit ihren bohrenden Nachfragen, was denn da zwischen dem Hauptmann und mir wäre, nicht geschafft, mir die Gelassenheit zu rauben. Ich war ihr ausgewichen, denn da gab es ja gar nichts zu erzählen. Ich fand ihn nett, und er kümmerte sich rührend um meine Geschwister. Weiter nichts. *Jawohl!*

Ich bemühte mich, meine Gedanken auf das Rendezvous zu lenken, das vor mir lag. Bogenschießen. Das hatte ich noch nie zuvor probiert.

Die Prinzen erwarteten uns im Innenhof. Bei ihnen standen Diener, welche die Bögen und Köcher mit Pfeilen in der Hand hielten.

Prinz Darion begrüßte Harriet und mich mit einem Handkuss, den er empörenderweise nicht nur andeutete. Während er mit seinen Lippen direkt auf meiner Haut verharrte, ließ er meinen Blick keinen Moment lang los. Ich musste mich beherrschen, zu lächeln und meine Hand nicht wegzureißen, denn das war mir sehr unangenehm.

Dann reichte er uns jeweils einen Arm und führte uns aus dem Schlosshof. Von der Galerie aus hörte ich das Getuschel der anderen Mädchen, die uns beobachteten. Ich bemühte mich, nicht darüber nachzudenken, was sie jetzt gerade über mich lästerten, schließlich hatte ich oft genug selbst dort oben gestanden.

»Der Schießplatz liegt am Nordflügel«, erklärte uns der Prinz, während wir durch das Haupttor schritten.

Ich zuckte etwas zusammen. Das bedeutete, dass die anderen Kandidatinnen uns hervorragend von ihren Fenstern aus beobachten konnten.

Wir umrundeten das Schloss und erreichten kurze Zeit später den Platz, auf dem man bereits vier Holzkonstruktionen mit Zielscheiben aufgestellt hatte. Für jeden Prinzen und seine Begleitungen eine.

Ich bemühte mich, alle Gedanken an die anderen Mädchen auszublenden und mich ganz darauf zu konzentrieren, bei dem Prinzen einen guten Eindruck zu hinterlassen. Als er sich mir zuwandte, um zu demonstrieren, wie man den Bogen korrekt hielt, setzte ich daher mein strahlendstes Lächeln auf. Er half mir, mich in der richtigen Position zur Zielscheibe aufzustellen.

Misstrauisch beäugte ich den Abstand zu den anderen Zielscheiben, hinter denen sich nun jeweils ein Helfer aufstellte, der die Pfeile zurückbringen sollte. Hoffentlich waren sie hinter den Holzkonstruktionen sicher. Ich wollte nicht diejenige Dame sein, die zwar keinen Prinzen erobert, dafür aber einen Diener erlegt hatte …

»Sie müssen die Sehne weit zu sich ziehen, bis die Finger unter dem Kinn ankommen«, versuchte der Prinz, mir die Technik zu erklären.

Dass er dabei so dicht hinter mir stand, dass seine Hüfte meinen Po berührte und seine Arme um mich herumgriffen, war bestimmt nur

Zufall. Unbehaglich rückte ich ein winziges Stück von ihm ab. Sicher, der jüngste Prinz sah außerordentlich gut aus und war sehr charmant, aber das ging jetzt doch etwas zu weit. Ich konnte das Getuschel hinter den Fensterscheiben des Nordflügels geradezu hören!

»Spannung im Rücken aufrecht halten!« Er strich mir leicht über die Wirbelsäule und fast hätte ich vorzeitig losgelassen.

Als er mir endlich erlaubte, den Pfeil abzuschießen, flog der geradewegs auf halber Strecke zum Ziel in den Schnee. Von Harriet ertönte ein Kichern. Kein Wunder – nicht gerade eine Meisterleistung.

Auch bei ihr stellte sich der Prinz so dicht dahinter, dass es fast schon unanständig aussah. Ich wendete den Blick ab und sah den anderen Grüppchen zu. Philippa, die bei Prinz Caiden stand, hatte gerade einen grandiosen Schuss hingelegt und die Zielscheibe gut getroffen – sie schien das schon ein paar Mal gemacht zu haben –, während Olivia beim Spannen der Bogensehne mit den Ausmaßen ihres Busens zu kämpfen schien. Ich unterdrückte ein Grinsen.

Harriet hatte ihren Pfeil währenddessen mit ebenfalls mäßigem Erfolg abgeschossen, und ich war wieder an der Reihe. Der Prinz kam mir erneut unter dem Vorwand der Hilfestellung nah, und ich erduldete es zähneknirschend.

Durchhalten! Vielleicht noch eine oder zwei Runden weiterkommen, dann hätte ich, wenn wir uns einschränkten, selbst ohne Arbeit beinahe genug Geld beisammen, um zurechtzukommen, bis Neela erwachsen und verheiratet war.

Ich biss auf meine Wange und schenkte dem Prinzen über die Schulter hinweg einen neckischen Blick. Eine dumme Idee. Herausfordernd hob er eine Augenbraue, dann berührte seine Hand ganz leicht, wie unabsichtlich, mein Gesäß. Ich sog scharf die Luft ein und ließ den Pfeil viel zu früh los. Er verschwand auf Nimmerwiedersehen zwischen den Baumwipfeln.

»Hoppala!«, rief der Prinz belustigt, »vermutlich haben Sie jetzt ein Reh erlegt!«

Ich rang mir ein Lachen ab.

So ging es weiter. Bei jedem Mal wurde der Prinz aufdringlicher, was mich so nervös machte, dass keiner meiner Pfeile auch nur annähernd sein Ziel erreichte. Das wiederum gab dem Prinzen einen Vorwand, sich erneut dicht hinter mich zu stellen, um mir weiterhin engagiert zu helfen.

Am Ende strich er mir sogar einmal leicht über den Busen, als er so tat, als wollte er mir beim Spannen der Sehne helfen. Erschrocken quietschte ich auf und rammte ihm den Ellenbogen in den Bauch.

»Umpf!« Ächzend krümmte er sich zusammen.

»Hoppala«, äffte ich ihn zufrieden nach. Mit äußerst zerknirschtem Gesicht entschuldigte ich mich mehrfach für mein ungeschicktes Verhalten.

Als er sich wieder aufrichten konnte, guckte er etwas säuerlich, kam mir aber nicht mehr zu nahe. Ich begann, mich zu entspannen, und der nächste Pfeil traf die Zielscheibe.

Wenig später endete das Training, und wir kehrten ins Schloss zurück. Hoffentlich hatte niemand bemerkt, was ich angestellt hatte. Andererseits war nicht ich diejenige gewesen, die sich zuerst schlecht benommen hatte!

Ich konnte noch nicht zu den anderen in den Gelben Salon zurückkehren, um mich ihren bohrenden Fragen zu stellen – zuerst musste ich dringend meine Gedanken sortieren. Wollte ich mich von einem praktisch wildfremden Mann berühren lassen, nur um mehr Geld zu bekommen? Sollte ich mir das gefallen lassen? War es das wert? Was war wichtiger? Die Sorge um meine Geschwister oder mein Stolz?

Auf der Suche nach einem Ort, an dem ich ein paar Minuten für mich allein sein konnte, irrte ich durch die unzähligen Gänge des Schlosses. Unbewusst landete ich in dem Flur mit der geheimen Tür. Weit und breit war niemand zu sehen. Vielleicht war dies ein Platz, an dem ich mich für einen Moment zurückziehen konnte, um mich zu fassen. Unschlüssig verharrte ich noch vor dem Wandbehang, als zwei Frauen plaudernd die Treppe emporkamen. Blitzschnell schob ich mich in die Dunkelheit der geheimen Tür. Die beiden kamen näher und blieben ganz in der Nähe stehen.

Ich erkannte Cecilias Stimme. Sie fragte gerade: »Weißt du, weshalb Josephine so überstürzt abgereist ist?«

»Vielleicht gab es einen familiären Grund? Aber für dich ist es doch ganz praktisch. Eine Konkurrentin weniger.«

»Richtig.« Cecilia kicherte. »Harriet wurde heute zwar ausgewählt, aber ich bezweifle, dass sie die nächsten beiden Runden überstehen wird.«

»Und diese Mayrin mit den Sommersprossen …«, sagte das andere Mädchen in abfälligem Ton. »Wie kommt es, dass sie immer noch dabei ist?«

»Eine berechtigte Frage«, antwortete Cecilia. »Wusstest du, dass sie in Wahrheit nur eine Gouvernante ist?«

Verstohlen schob ich die Tür weiter zu, damit ja kein Luftzug den Vorhang bewegte. Sie gab ein leises Knarren von sich, das mich erschrocken zusammenzucken ließ. Hatten sie es gehört? Nein, sie redeten weiter. Auf der Hintertreppe war es stockfinster. Kühle Luft zog herauf. Mich schauderte.

»Ach, wirklich?«, rief die unbekannte Kandidatin entsetzt, aber man hörte ihre hämische Schadenfreude heraus. »Man müsste den Prinzen sagen, dass sie eine Betrügerin ist!«

Zu meinem Entsetzen standen die beiden jetzt direkt vor dem Vorhang. Hatten sie mich doch bemerkt?

»Richtig. Wenn diese seltsamen Vorkommnisse nicht aufhören, werde ich das tun. Ich habe nämlich den Verdacht, dass Mayrin da ihre Finger im Spiel hat«, sagte Cecilia.

Nein, noch hatten sie nichts bemerkt. Ich lauschte angespannt. An welchen seltsamen Vorkommnissen sollte ich schuld sein?

»Wer hätte das gedacht!«, rief das andere Mädchen erstaunt. »Aber Georgiana scheint mir deine größte Konkurrentin um die Gunst von Prinz Darion zu sein. Sie hat gestern sogar …«

Die Stimmen wurden leiser, da die beiden weitergingen. Erleichtert atmete ich auf. Das Schloss, die Prinzen, die Konkurrentinnen und der Hauptmann … Es war einfach alles zu viel.

Als ich mich endlich aufraffen konnte, in unser Zimmer zu gehen, hatten sich Tionne und Rose bereits umgezogen.

»Wie gut, dass Harriet genau meine Größe hat«, sagte Tionne gerade, als ich eintrat, und strich ihr Kleid glatt.

»Weshalb ist das gut?«, fragte ich.

»Bei meinem weißen ist eine Naht gerissen, sodass ich es heute Abend nicht tragen kann.«

»Was für ein Unglück«, sagte ich trocken. Es war schließlich nicht so, als wäre es das einzige Kleid, dass für sie angefertigt worden war.

»Ach, das verstehst du nicht! Ich hatte mich schon so darauf gefreut und dazu bereits passenden Haarschmuck vorbereitet!« Sie deutete zu dem kunstvollen Aufbau, der auf ihrem Kopf thronte. Irgendetwas mit weißen Seidenblumen und einer riesigen weißen Feder.

»Und was hat das nun mit Harriet zu tun?«

»Sie hatte dieses schöne weiße Kleid, welches sie eigentlich heute tragen wollte, und war bereit, es mir zu leihen.«

»Wie nett.« Ich wollte den Raum verlassen, um mich in das Ankleidezimmer zu begeben.

»Moment mal, Mayrin!«, stoppte Tionne mich und kratzte sich recht undamenhaft im Dekolleté. »Wir warten hier schon die ganze Zeit gespannt auf deinen Bericht, wie es beim Bogenschießen gelaufen ist!«

»Seid ihr euch nähergekommen? Von hier oben sah es ganz so aus! Was hat der Prinz gesagt?«, fragte Rose gespannt.

»*Umpf* hat er gesagt«, fiel mir als Erstes ein.

»Umpf?« Beide sahen mich verständnislos an.

Ich nickte verschämt. »Weil er keine Luft mehr bekommen hat.«

»Keine Luft?«, echote Tionne erschrocken und versuchte, mit der Hand zwischen ihre Schulterblätter zu kommen, um sich dort ebenfalls zu reiben.

Sie hatten es also nicht mitbekommen. »Naja, als mein Ellenbogen ihn getroffen hat«, erklärte ich widerstrebend.

Rose prustete das Wasser, das sie gerade getrunken hatte, über den Sofatisch. »Du hast den Prinzen in den Bauch geboxt?!« Ihre Augen blitzten. »Warum, um Himmels willen?«

»Er hatte mich erschreckt, weil er so dicht hinter mir stand«, antwortete ich ausweichend, schließlich konnte ich schlecht vor den anderen behaupten, dass der Prinz ein mieser Grabscher war.

»Ah, ich verstehe!« Rose nickte wissend. »Ich hatte auch schon das Vergnügen mit dem jüngsten Prinzen.«

»Was ist mit Josephine?«, erkundigte ich mich, um abzulenken. »Ich habe gehört, sie wäre freiwillig abgereist?«

»Ja«, bestätigte Tionne und rieb ihre Seite. »Ganz plötzlich. Keiner weiß, weshalb. Aber sie sah ziemlich mitgenommen aus, als sie in die

Kutsche stieg. Vielleicht erfahren wir gleich von den anderen Genaueres.«

Beim Abendessen wurde jetzt durchgehend geflirtet. Da nur noch vier Tische übrig waren, saß bei jedem Gang einer der Prinzen bei uns. Das bedeutete harte Arbeit: ständig amüsant, freundlich und unterhaltsam sein, keine heiklen Themen anschneiden und sich gleichzeitig noch auf die Tischmanieren konzentrieren.

Natürlich kam das Gespräch bald auf Josephines unerwartete Abreise. Aber niemand wusste Genaueres.

»Macht doch nichts«, meinte Ismey achselzuckend. »Eine weniger, mit der ich um die Gunst von Prinz Darion kämpfen muss.«

Ich sah sie erstaunt an. Das klang so hartherzig und passte gar nicht zu der sonst so gleichbleibend freundlichen Ismey. Aber vermutlich hatte sie genau die richtige Einstellung für diesen Wettbewerb: Kampfbereitschaft.

Während die Prinzen nach der Vorspeise die Plätze wechselten, beugte sich Olivia vom Nebentisch herüber und machte sich über meine Schießkünste lustig. »Ich hoffe, Amor zielt besser als du! Sonst wird es hier am Ende überhaupt keine Hochzeit geben …«

Rose, in der es beim Anblick ihrer Konkurrentin um Prinz Byron schon die ganze Zeit brodelte, konterte: »Mayrin hat es zumindest nicht nötig, die Bogensehne mit dem Busen zu spannen!«

Während ich mich noch bemühte, ein Kichern zu unterdrücken, fauchte Olivia zurück: »Ich kann mir wenigstens sicher sein, dass Prinz Byron mich attraktiv findet!«

»Wie meinst du das?«, fragte Ismey und führte mit einer zierlichen Bewegung das Glas zum Mund.

Olivia genoss die Situation sichtlich, während Rose ihr Besteck hielt, als wollte sie die Konkurrentin damit erdolchen. »Nach dem Abendessen gestern sind wir alleine nach draußen gegangen, um uns zu unterhalten. Und als wir da so standen, hat er mich geküsst, und …«

»Wo geküsst?«, unterbrach Rose sie aufgebracht.

»Auf der Galerie«, sagte Olivia unschuldig.

»Ich meine, wohin?!« Roses Stimme klang schrill.

Ich hatte Sorge, dass ich gleich zwischen die beiden gehen musste, um Handgreiflichkeiten zu verhindern.

»Na, auf den Mund«, sagte Olivia, als wäre das selbstverständlich.

Zunächst herrschte schockiertes Schweigen, dann begannen alle, gleichzeitig zu reden – bis auf Rose, die grimmig ihren Teller anstarrte. Sie tat mir leid, schließlich war es ein offenes Geheimnis, dass sie sich in den humorvollen Prinzen verliebt hatte. Dass er nun ihre ärgste Konkurrentin geküsst hatte, die zudem auch noch furchtbar unsympathisch war, musste sie innerlich zur Weißglut bringen.

Ich fragte mich, ob es stimmte, was Olivia behauptete, oder ob vielmehr sie es gewesen war, die den Prinzen mit einem Kuss überrascht hatte …

Prinz Caiden nahm an unserem Tisch Platz, und sofort brach das Gespräch ab. Alle, außer Ismey, die sich ihm gegenüber immer noch reserviert verhielt, bemühten sich um ein Lächeln und gepflegte Konversation.

Wenigstens sprach nun niemand mehr von Prinz Darion und mir.

Ich wollte Tionne einen vielsagenden Blick zuwerfen und erschrak. Sie sah gar nicht gut aus. Ihr Gesicht war gerötet, und Schweiß glänzte auf ihrer Stirn, während sie unruhig auf ihrem Stuhl hin und her rutschte. Sie wurde doch nicht krank?

»Alles in Ordnung?«, flüsterte ich ihr besorgt zu.

Sie blickte auf und biss sich auf die Lippen. Ihre Augen waren feucht. Gequält schüttelte sie den Kopf und winkte ab. Nur mühsam schien sie die Fassung zu bewahren. Doch anscheinend wollte oder konnte sie jetzt nicht darüber reden.

Vom Nachbartisch, an dem der jüngste Prinz gerade saß, ertönte ein perlendes Lachen: Georgiana. Sie warf ihre blonde Mähne in den Nacken und schenkte Prinz Darion einen koketten Augenaufschlag. Er blickte sie amüsiert an. Weniger amüsiert sah Cecilia aus, die das Ganze mit finsterer Miene beobachtete.

Wieder wanderte mein Blick zu Tionne, die begonnen hatte, sich so unauffällig wie möglich den Bauch zu reiben. Hatte sie Magenschmerzen? Sollte ich sie besser aufs Zimmer bringen?

»Was ist mit Ihnen, Miss Barnaby, würden Sie sich auch über einen Ball freuen?«

Ich schreckte aus meinen Überlegungen auf. Prinz Caiden musterte mich höflich.

»Einen Ball?«, wiederholte ich unkonzentriert. *Was soll ich hier mit einem Ball anfangen? Mit dem würde ich nur irgendwelche Kunstwerke herunterreißen. Ich könnte ihn Leo schenken.*

»Oder tanzen Sie nicht so gerne?«

Endlich begriff ich, worüber sie sprachen. »Äh … doch, natürlich. Ich fürchte nur, ich bin nicht besonders gut darin«, gestand ich.

Auf diese Art sollten also unsere Tanzkünste getestet werden! Ich hatte mich schon gefragt, wann die nächste Prüfung anstehen würde.

»Solange Sie die Schuhe anbehalten, wird schon alles gut werden.« Über Prinz Caidens Gesicht huschte ein Lächeln, und das erste Mal verstand ich, was Philippa an ihm fand.

Mein Gesicht musste mittlerweile die Farbe einer Tomate angenommen haben. Ich bemühte mich um ein Lachen, aber es klang gepresst.

Glücklicherweise lenkte Victoria von mir ab, weil sie wissen wollte, ob wir dann auch richtige Ballkleider erhalten würden. Sofort entbrannte ein lebhaftes Gespräch über den Ball und alles, was dazugehörte. Am Montag sollte er stattfinden. Übermorgen. Und dann würde die nächste Entscheidung kommen.

Ich überlegte, was dafür beziehungsweise dagegen sprechen könnte, dass ich weiterkäme.

Pro: Die Prinzen mochten mein Temperament.

Contra: meine kümmerlichen Tanzkünste.

Pro: Rendezvous mit Prinz Darion gehabt.

Contra: diesem Schlag in den Magen verpasst.

Wie ich es drehte und wendete: Meine Chancen standen nicht gut.

Neben mir erklang ein unterdrücktes Keuchen.

»Tionne?«, fragte ich erschrocken.

Herrje! Aus ihren Augen tropften Tränen, während sie mich hilflos ansah. Man sah die Muskeln an ihrer Wange mahlen.

»Bitte entschuldigen Sie uns, Königliche Hoheit«, sagte ich entschlossen und zog meine Freundin von ihrem Stuhl. »Tionne geht es nicht gut. Ich bringe sie nach oben.«

»Brauchen Sie Hilfe, Miss Healing?«, fragte Prinz Caiden besorgt und erhob sich ebenfalls.

»Wir klingeln nach dem Zimmermädchen, wenn dem so ist, danke«, erklärte ich und versuchte, die aufkeimende Panik zu unterdrücken. Oh Gott! Was war mit Tionne los?

Nach einem hastigen Knicks führte ich meine Freundin, die sich kaum aufrecht halten konnte, aus dem Saal.

Der Anschlag

Sobald sich die Türen hinter uns geschlossen hatten, fing Tionne zu wimmern an.

»Es juckt so!« Sie begann, sich am ganzen Oberkörper zu kratzen. »Das brennt! Ah! Ich halte das nicht länger aus!« Mitten im Flur versuchte sie, ihr Kleid zu öffnen.

Kratzte der Stoff? Aber weshalb dann diese extreme Reaktion? Rasch führte ich sie nach oben, bevor sie sich noch vor der Dienerschaft entblößte. Im Zimmer half ich ihr eilig aus dem Kleid heraus.

»Himmel!« Ich rang nach Luft. Entsetzt starrte ich auf die jaulende Tionne, deren gesamter Oberkörper feuerrot und mit kleinen Wunden übersät war.

»Was, um Gottes willen, ist das?!«, rief ich und griff hastig nach dem Wasserkrug und einem Tuch, um ihr Kühlung zu verschaffen.

»Keine Ahnung, aber es verbrennt mich!«, kreischte Tionne schrill.

Wie wild tupfte ich an ihr herum. Aber es half kaum. Ich rang um Fassung. Mit hysterischen Aktionen nutzte ich meiner Freundin nicht.

»In den Waschraum! Schnell! Das muss sofort ab von deiner Haut!«, entschied ich, griff nach einem Morgenmantel, um ihre Blöße zu bedecken und führte sie über den Flur.

Erst nach etlichen Wassergüssen ließ das Jucken und Brennen nach, und Tionne sank entkräftet auf die Fliesen. Sie schluchzte schwach, und auch mir standen die Tränen in den Augen vor Sorge um meine beste Freundin.

Mir wurde klar, dass dies niemals ein rauer Stoff verursacht haben konnte. Es musste irgendein teuflisches Zeug sein, das die Haut geradezu verätzte. Jemand hatte Gift in das Kleid gerieben!

»Das hat jemand mit Absicht getan!«, stieß ich empört hervor. »Von wem hattest du das Kleid?«

»Von Harriet«, flüsterte Tionne matt.

»Na, die wird etwas erleben!« Mein Zorn kannte keine Grenzen.

»Warte! Es kann auch jeder andere getan haben – die Zimmer sind schließlich nicht verschlossen.«

Ich nickte und bemühte mich um Besonnenheit. Am liebsten hätte ich für diese Tat sofort jemanden verprügelt. *Niemand* durfte sich an meiner Freundin vergreifen!

Tionnes Zähne begannen zu klappern. Also eilte ich ins Zimmer, um einen frischen Morgenmantel zu holen, weil ich nicht wusste, inwieweit nun auch in dem von ihr getragenen etwas Gift klebte. Dann läutete ich nach angefeuchteten Laken und wickelte Tionne hinein.

»Oh weh!«, rief Fanny erschrocken, als sie die Wunden sah. »Miss Healing, wie schrecklich! Was ist passiert?«

Tionne legte sich ins Bett und überließ mir das Reden.

Nachdem ich erklärt hatte, was geschehen war, brach das Zimmermädchen in endlose Selbstvorwürfe aus. »Ich habe wirklich nichts bemerkt, als ich die Kleider heute Morgen kontrolliert habe!«, jammerte sie händeringend. »Oh, es tut mir ja so unendlich leid!«

Ich dankte ihr und schob sie aus dem Zimmer.

Erschöpft ließ ich mich in den Sessel sinken; die Sorge um Tionne war mir ordentlich in die Glieder gefahren. Ich zitterte. Grimmig fixierte ich das schöne weiße Kleid, das immer noch mitten auf dem Boden lag. Die Vorstellung, dass irgendjemand nicht davor zurückschreckte, andere zu verletzen, um seine Pläne zu erreichen, machte mir Angst. Warum bloß? Und wer hatte dies meiner Freundin angetan? Bisher war doch noch nicht einmal klar, um welchen der Prinzen Tionne kämpfen wollte! Was war zu tun? Rachegelüste verhinderten, dass ich einen klaren Gedanken fassen konnte, als ich das blasse Gesicht meiner Freundin betrachtete. Sie hatte die Augen geschlossen und regte sich nur noch, um sich von Zeit zu Zeit zu kratzen. Dafür sollte jemand büßen!

Rose kam herein. »Wie geht es Tionne?«

Vom Bett erklang ein schwaches »Besser«.

»Irgendjemand muss Gift in Tionnes Kleid gerieben haben«, berichtete ich mit harter Stimme.

Rose griff nach dem weißen Stoff und schnupperte daran.

»Vorsicht! Es hat ihr die Haut weggeätzt!«

»Mhm. Gehe ich recht in der Annahme, dass du dich nicht in einer Hecke herumgetrieben hast?« Rose ließ das Kleid wieder fallen.

Tionnes Gesicht verzog sich.

»Es könnte Thuja gewesen sein«, überlegte Rose. »Du hast wohl besonders heftig darauf reagiert, normalerweise juckt es nur stark. Habt ihr einen Verdacht, wer das gemacht hat?«

Wir schüttelten die Köpfe.

Ich erinnerte mich daran, dass der leibliche Vater von Rose Apotheker gewesen war. Vielleicht hatte sie ihr Pflanzenwissen von ihm.

»Wir müssen es dem Hauptmann sagen!«, überlegte ich. »Die Täterin muss gefasst werden, bevor sie noch mehr Unheil anrichtet!«

»Täterin?«, fragte Rose.

Ich zuckte die Achseln. Wer sonst sollte ein Motiv haben, wenn nicht eine von uns? Ich ging in Gedanken die Namen der Kandidatinnen durch, bei denen ich mir so eine Gemeinheit vorstellen konnte und kam zu keinem Ergebnis. Nicht einmal Cecilia würde ich so etwas Grausames zutrauen.

Rose verließ das Zimmer, um sich vorsichtshalber die Hände zu reinigen.

Ich läutete nach Fanny, damit sie den Hauptmann zu uns schickte. Als er wenig später das Zimmer betrat, erklärten wir ihm, was geschehen war. Er sah besorgt aus.

»Ich werde tun, was ich kann, um die Sicherheit zu erhöhen.« Mit einer Verbeugung verabschiedete er sich.

Nachdem er die Tür hinter sich geschlossen hatte, atmete ich tief durch. Nun, da er Bescheid wusste, würde sich alles zum Besten wenden. »Also gut.« Ich drehte mich zu Tionne. »Du wirst morgen auf jeden Fall im Bett bleiben müssen. Ich werde dir Gesellschaft leisten.«

Zum Glück war morgen Sonntag, der Tag, an dem wir endlich frei hatten. Da war es nicht schlimm, wenn wir auf dem Zimmer blieben.

»Ach was, ich bin nur etwas angeschlagen. Du kannst mich hier unbesorgt allein lassen. Geh ruhig zu deinen Geschwistern! Voraussichtlich wird es mir morgen schon viel besser gehen.«

Zweifelnd sah ich sie an.

»Was hast du für morgen vor?«, fragte Tionne. »Wolltest du in die Stadt gehen?«

»Tja …«, druckste ich herum, »ich bin zum Rodeln verabredet.«

»Mit deinen Geschwistern?«

»Genau.«

»Hat Margret denn einen Schlitten?«

Tionne hatte sie mittlerweile ebenfalls kennengelernt und konnte sich denken, dass die alte Frau nicht mehr Schlitten fuhr.

»Ähm … Den bringt der Hauptmann mit.« Nun war es raus. Ich war froh, dass Rose noch nicht zurückgekehrt war.

»Der Hauptmann?!« Tionnes Augenbrauen waren praktisch bis zum Haaransatz hochgezogen.

»Richtig.«

»Schon wieder?«

Ich nickte. Tionne hatte bereits mehrfach ihre Bedenken über meinen engen Kontakt zu ihm geäußert. Aber das war schließlich allein der Kinder wegen nötig!

»Ich kann ja durchaus nachvollziehen, dass du ihn interessant findest. Trotzdem traue ich ihm nicht über den Weg«, sagte sie. »Er hat so etwas Herrisches.«

Ich lachte sie aus. »Ist doch nur natürlich, schließlich ist er der Befehlshaber!«

»Im Ernst, Mayrin, vielleicht ist er gefährlich für dich! Denk nur daran, was er schon alles von dir weiß! Ist dir bewusst, dass er dich damit völlig in der Hand hat? Ein Wort von ihm zu den Prinzen, und du kannst abreisen!«

»Tionne, wir wollen nur rodeln gehen«, versuchte ich, sie zu beruhigen. »Und die Kinder sind auch dabei.« Nur gut, dass ich ihr nichts von der nächtlichen Führung über die Hintertreppe erzählt hatte!

Sie schürzte die Lippen. »Du musst es selbst wissen. Aber denk daran: Niemand darf erfahren – vor allem nicht der Hauptmann –, dass du hauptsächlich wegen des Geldes hier bist«, warnte sie mich eindringlich.

Zu spät …

»Danke, aber deine Sorge ist unnötig«, sagte ich.

Es klopfte, und ein Arzt trat ein, um Tionne zu untersuchen. Später brachte Fanny eine Heilsalbe, die der Arzt verschrieben hatte, und ich rieb Tionnes Rücken damit ein, die schon wieder schimpfen konnte, weil die Mixtur so stank.

Als ich nach der Messe am nächsten Morgen in den Schlosshof trat, wartete Mr Kane in Zivil auf mich. Auch ohne Uniform sah er gut aus, stellte ich einmal mehr fest.

Tionne wirkte immer noch mitgenommen, war jedoch aufgestanden und hatte mich genötigt, trotzdem zum Rodeln zu gehen. Zunächst hatte ich gezögert, aber nachdem sie mich fast mit Gewalt aus der Tür geschoben hatte, war ich doch froh, an die frische Luft zu kommen.

Ein ganzer freier Tag wartete auf mich. Ich fühlte mich beschwingt und glücklich. Keine Vorschriften, keine hohen Schuhe, nur die Kinder und ich … und Mr Kane.

»Es kann losgehen«, sagte ich zum Hauptmann. Ich knöpfte meinen Mantel zu und versuchte, die Schmetterlinge in meinem Bauch zu ignorieren, die in Aufruhr gerieten, weil er mich so intensiv musterte.

Was soll ich bloß mit ihm reden? Je länger ich ihn kannte, desto mehr fühlte ich mich ihm gegenüber gehemmt. Während ich neben ihm über den Innenhof ging, streifte ich mir ein Paar Handschuhe über.

»Wie lange kennen Sie Miss Healing schon?«

Gut, das war eine einfache Frage. »Wir kannten uns schon als kleine Kinder. Ihre Eltern waren mit meinen …« Ich brach abrupt ab und sog scharf den Atem ein.

Prinz Alexander kam uns entgegen.

Darüber, dass solch eine Situation eintreten könnte, wenn ich mit Mr Kane das Schloss verließ, hatte ich nicht nachgedacht. Oh Gott!

Der Prinz sah den Hauptmann mit erhobenen Augenbrauen an, nickte ihm zu, sagte jedoch nichts.

Ich warf einen Blick auf dessen Gesicht. Keine Regung.

Oh verdammter Mist! Paragraf 3 des Vertrags: Keine amourösen Verbindungen … Musste der Prinz jetzt nicht denken, ich würde mit Mr Kane tändeln? Sollte ich uns verteidigen, das Ganze erklären? Oder würde ich damit alles nur noch schlimmer machen?

Der Hauptmann legte seine Hand auf meinen Rücken, bevor ich einen Entschluss fassen konnte, und schob mich weiter, an Prinz Alexander vorbei. Meine Beine setzten sich nur mühsam wieder in Gang.

»Ist das ein Problem?«, flüsterte ich ängstlich, als der Kronprinz außer Hörweite war und ich wieder atmen konnte.

Mit verschlossenem Gesicht sah Mr Kane auf mich herab. »Haben wir denn etwas Unrechtes getan?«

»Ich … ich denke nicht«, sagte ich. »Aber vielleicht sehen die Prinzen das anders. Ich möchte nicht, dass Sie meinetwegen in Schwierigkeiten kommen.«

Er schnaubte amüsiert. »Darüber brauchen Sie sich keine Sorgen zu machen, Miss Mayrin.«

Keine Sorgen machen. Das wäre zu schön, um wahr zu sein. Ich seufzte bedrückt. Hatten sich meine Chancen, die nächste Runde zu erreichen, gerade rapide verschlechtert?

»Genießen wir diesen Tag«, beschloss ich finster. »Ich glaube nicht, dass ich noch einen Sonntag hier verbringen werde.«

»Wir werden sehen.« Er sagte es so, als wüsste er mehr als ich.

Mir kam ein erschütternder Verdacht. Hatte Tionne recht und er stand in engem Kontakt mit den Prinzen? Hörten sie vielleicht sogar auf seine Meinung? War er etwa ihr Spitzel? Nachdenklich musterte ich den Hauptmann und versuchte, in seiner Miene zu lesen. War er berechnend und eine Gefahr? Jemand, der versuchte, mich auszuhorchen, um den Prinzen Mitteilung machen zu können?

Aber vielleicht war es auch ganz anders! Vielleicht war er derjenige, der dafür gesorgt hatte, dass ich vor den Prinzen in gutem Licht dastand und deshalb immer weitergekommen war!

Er bedachte mich mit einem leichten Lächeln, und sofort war jeder Gedanke darüber, dass er mir eventuell schaden wollte, verschwunden.

»Wollen wir hineingehen?«

Wir waren bei Margrets Haus angelangt. Sobald wir geklopft und die Tür geöffnet hatten, kam uns Leo entgegengestürmt und warf sich in meine Arme.

»May! Endlich!«

Vertrauensvoll blickte er zum Hauptmann auf. »Haben Sie einen Schlitten mitgebracht?« Vor Aufregung hüpfte er auf und ab.

Mr Kane schmunzelte und strich Leo über die Haare. »Habe ich. Sogar zwei. Sie stehen schon im Schuppen bereit.«

Neela war Leo etwas verhaltener gefolgt und hielt ihrem Bruder seinen Mantel hin. »Guten Tag«, sagte sie schüchtern und machte einen leichten Knicks vor dem Hauptmann.

Ich umarmte sie. »Seid ihr bereit?«

Nachdem wir auch Margret begrüßt hatten, holte Mr Kane die Schlitten, während ich dafür sorgte, dass die Kinder sich warm anzogen. Glücklicherweise hatte Sallie daran gedacht, ihnen Mäntel und Handschuhe einzupacken.

Der Hauptmann erkundigte sich höflich nach Tionnes Befinden, dann schwiegen wir eine ganze Weile, während wir gemeinsam durch den Wald stapften. Unsere Schritte versanken knirschend im Schnee.

»Vielleicht hat die Königin eine Schwäche für das ABC?«, rätselte ich.

Hauptmann Kane sah mich irritiert an, dann lachte er. »Sie meinen die Prinzennamen? Das lässt Ihnen keine Ruhe, nicht wahr?«

Ich legte neckisch den Kopf schief. »Sollte es?«

»Leider ist auch das nicht richtig. Sie müssen es wohl weiter versuchen. Allerdings muss ich Ihnen sagen, dass es gar keine so spannende Geschichte ist, wie Sie vielleicht vermuten.«

Wir hatten eine einsame Lichtung mit großem Hang erreicht.

»Oh!«, entfuhr es mir begeistert. »Hier war ja noch gar keiner!«

Es war atemberaubend. Die Sonne schien und ließ den jungfräulichen Schnee glänzen. Neela und Leo warfen sich auf den Rücken und machten Engel-Abdrücke, indem sie ihre Arme auf und ab bewegten.

Mr Kane wirkte zufrieden. »Es ist schön, nicht wahr? Früher waren die Prinzen oft zum Rodeln hier, aber im Moment sind sie zu beschäftigt.«

»Damit, junge Damen zu betören.«

Er lachte. »Unter anderem.«

»Kann ich jetzt endlich fahren?« Leo zupfte ungeduldig an Mr Kanes Mantel.

»Männer gegen Frauen, oder Leo?« Mr Kane gab mir den anderen Schlitten.

»Au ja!« Der Kleine grinste über beide Pausbacken. »Die haben keine Chance!«

Johlend rodelten wir den Hang hinab, der am Ende angenehm flach auslief. Als ich anschließend den Schlitten bergan ziehen wollte, griff Mr Kane nach der Leine.

»Das schaffe ich alleine!«, protestierte ich. Hielt er mich etwa für schwächlich?

»Das glaube ich Ihnen gerne, trotzdem werde ich die Schlitten ziehen.«

Er war so bestimmend! Das fiel mir immer öfter auf.

»Nun geben Sie schon her!«

»Warum?«, fragte ich störrisch und hielt das Seil umklammert. Ich hasste es, wenn jemand mich als schwach empfand oder mir absprechen wollte, mein Leben zu meistern. Denn das konnte ich, jawohl! Und ich würde es schon schaffen, für die Kinder und mich zu sorgen.

»Weil Sie eine Dame sind und ich es als meine Aufgabe ansehe, Ihnen zu helfen.« Beherrscht sah er auf mich herab.

»Aber …«

»Außerdem würden Sie mir damit eine Freude machen.«

»Oh!«, stieß ich überrumpelt hervor. »Ja, wenn das so ist …«

Ich überließ ihm den Schlitten und stapfte schweigend neben ihm her. Weshalb brachte er mich ständig aus dem Gleichgewicht? Das machte mich ganz verrückt.

»Sie mögen gerne über andere bestimmen, oder?«, rutschte es mir heraus.

Mit gerunzelter Stirn warf er mir einen Blick zu. »Meinen Sie?«, knurrte er.

Ich fühlte mich unbehaglich. Das hier sollte ein fröhlicher entspannter Vormittag werden, aber irgendwie lief es gerade richtig schief.

»Erst kürzlich haben sie sich beschwert, dass man Sie herablassend behandeln würde. Aber das Gleiche gilt auch andersherum! Nur, weil ich eine Gouvernante bin, heißt das noch lange nicht, dass Sie über mich bestimmen dürfen!«

»Nur, weil ich Ihnen helfen möchte, heißt das noch lange nicht, dass ich über Sie bestimme!« Er fuhr sich durch die Haare. »Ich bin so erzogen worden, dass es sich gehört, einer Dame zu helfen.«

»Sie hätten ja fragen können, anstatt es einfach zu befehlen!«

Er schnaubte, atmete tief ein und sagte kein Wort mehr, während wir den Kindern den Hang hinauf folgten. Auch wütend sah er sehr attraktiv aus! *Diese zerzausten Haare …*

Als wir oben angekommen waren, hatten sich Leo und Neela überlegt, dass sie diesmal jeder alleine fahren wollten.

Na wunderbar. Jetzt musste ich mit dem verstimmten Hauptmann oben zurückbleiben.

Leo setzte sich auf seinen Schlitten und fuhr los.

»Vorsichtig sein!«, rief ich ihm besorgt nach.

Neela wollte sich nicht abhängen lassen und sauste sofort hinterher. Schweigend blickten wir den beiden nach, wie sie leicht schlingernd den Hang hinabglitten.

Endlich ergriff Mr Kane das Wort. »Vielleicht war ich wirklich etwas zu bestimmend. Ich bitte um Entschuldigung.«

»Vergeben und vergessen.« Wesentlich freundlicher gestimmt sah ich zu ihm auf. »Das liegt bestimmt an Ihrem Beruf.«

Er stutzte. Dann meinte er: »Gut möglich.« Er schien das lustig zu finden, denn auf seiner Wange zeigte sich wieder das winzige Grübchen.

»Wie hat Ihnen das Bogenschießen gefallen?«, wechselte er das Thema.

»Äh … gut.« Ich schlug die Augen nieder.

»Mit Prinz Darion, richtig? Mögen Sie ihn am liebsten?« Er beobachtete, wie die Kinder unten abbremsten.

»Naja …« Ich überlegte, ob das nach dessen Verhalten beim Bogenschießen immer noch so war.

»Habe ich mich geirrt?«, fragte der Hauptmann.

»Nein. Er ist … nett«, antwortete ich schließlich. Ich wollte vor Mr Kane nicht schlecht über den Prinzen reden.

»Nett?«, hakte er unerbittlich nach.

Ich improvisierte. »Da gibt es so viele Mädchen, die für ihn schwärmen. Ich bin mir nicht sicher, ob es klug war, mich auf ihn zu konzentrieren.«

»Oh, das ist bestimmt nicht leicht«, sagte er mitleidig. »Sind Sie eifersüchtig?«

»Ach, wissen Sie«, sagte ich, ohne nachzudenken, »eigentlich macht mir das kaum etwas aus.«

So war es. Im Grunde war mir der Prinz ziemlich egal. Besonders, wenn ich mit Mr Kane zusammen war.

Der Hauptmann sah mich mit einem Funkeln in den Augen an. »Aha.«

Wir gingen den Kindern, die sich mit den Schlitten abmühten, entgegen, um ihnen zu helfen. Verstohlen beobachtete ich meinen Begleiter, wie er mit großen Schritten den Hang hinabstieg.

Und endlich begriff ich, was mit mir geschah. Was er mit mir anstellte. *Oh nein!* Das … das durfte nicht sein! Ich schluckte. Es war nicht nur das übliche Kribbeln, das man verspürte, wenn man jemanden attraktiv fand. Es war viel mehr. Ich war dabei, mich mit Haut und Haaren zu verlieben. In den Hauptmann!

Mayrin Barnaby, du bist so ein dämliches Huhn!

Als wir wieder oben angelangt waren, rodelten die Kinder noch einmal allein hinab. Verstört kaute ich auf meiner Wange. Ich durfte mir nichts anmerken lassen. Ändern konnte ich meine Gefühle nicht, aber niemand durfte es wissen. Die Prinzen nicht, die anderen Mädchen nicht und vor allem nicht Mr Kane!

Ich würde vermeiden, ihn anzusehen. Ja. Das war das Beste. Ich musste mich zusammenreißen. Aber das war gar nicht so leicht, weil meine Augen ein Eigenleben entwickelt hatten. Ohne dass ich es verhindern konnte, wanderten sie immer wieder zu ihm hin.

In diesem Moment sog der Hauptmann zischend den Atem ein.

Ich folgte seinem Blick und erstarrte. »Leo!«, schrie ich entsetzt, raffte meinen Rock und rannte dem Hauptmann hinterher, der bereits den Berg hinabsprang.

Mein kleiner Bruder hatte sich wieder einmal selbst in Schwierigkeiten gebracht, war von der Piste abgekommen und direkt in den Wald am Rande des Abhangs hineingeschlittert.

Mit den schlimmsten Befürchtungen näherte ich mich der Stelle, an der er verschwunden war. Hatte er einen Baum erwischt? Waren dort Steine, an denen er sich den Kopf einschlagen konnte? Mein Herz raste. *Oh Gott!* Panisch stürmte ich voran, glitt aus, fiel und rappelte mich sofort wieder auf, um weiterzulaufen. Neela, die natürlich anstandslos den Berg hinuntergerodelt war, kam ebenfalls herbeigerannt.

»Ich habe ihn, keine Sorge!«, rief der Hauptmann in diesem Augenblick zu meiner unermesslichen Erleichterung und kam mit meinem Bruder auf der Hüfte und dessen Schlitten in der Hand aus dem Wald. Mit mahnendem Blick setzte er den Kleinen ab. »Das ist noch einmal gut gegangen!«

Leo rieb sich mit gesenktem Kopf den schmerzenden Po.

»Hast du dich verletzt?«, rief ich besorgt und kniete mich vor ihn.

»Nein, ist alles heil geblieben. Der Schlitten auch!«, erklärte er stolz.

Ich atmete tief durch. »Leopold Barnaby!«, sagte ich dann streng. »Ab sofort fährst du nur noch zu zweit!«

Leo sah mich an und nickte schuldbewusst. »Ich weiß ja: Ich bin eine Plage!«, sagte er bedrückt.

»So ist es«, bestätigte ich, verkniff mir ein Lachen, und drückte ihn an mich.

Wieder und wieder rodelten die Kinder den Hang hinunter – teils zu zweit auf einem Schlitten, teils mit uns. Unsere Wangen waren gerötet, und allmählich wurden meine Füße, trotz der gefütterten Stiefel, kalt. Leo war erschöpft. Seine Bewegungen wurden langsamer, und der Weg den Hang hinauf fiel ihm schwer. Wie kalt musste es ihm in seinen einfachen Stiefeln sein, die er von Neela geerbt hatte? Mr Kane griff ihn, setzte ihn mit Schwung auf den Schlitten und zog ihn den ganzen Weg hinauf.

»Das war das letzte Mal«, sagte ich resolut. »Wir gehen zurück.«

Ein guter Grund. Ich musste dringend mehr Abstand zwischen den Hauptmann und mich bringen.

Auch Neela sah müde aus. Wie vorauszusehen, fiel der Protest der beiden sehr halbherzig aus. Und als ich in Aussicht stellte, dass es bei Margret bestimmt etwas zu essen und einen warmen Kakao geben würde, ließen sie sich schnell überreden.

Mr Kane zog Leo auf dem Schlitten zurück, und Neela und ich trotteten mit dem zweiten Schlitten hinterher. Groß gewachsen und schlank ging der Hauptmann vor uns. Als er sich schon wieder durch die Haare fuhr, musste ich ein Seufzen unterdrücken, denn zu gern hätte ich das einmal gemacht.

»Geht es mit dem Schlitten?« Mr Kane hatte sich zu uns umgedreht.

Ich blinzelte. *Reiß dich zusammen, Mayrin Barnaby!*

»Ja, danke.« Oh Gott, wenn das so weiterging, würde ich noch verrückt werden.

Nur mit Mühe gelang es mir, beim gemeinsamen Mittagessen bei Margret zu verbergen, wie es um mich stand. Dass Mr Kane dann auch noch unabsichtlich meinen Arm streifte, machte die Sache nicht leichter. Ich holte tief Luft, rutschte ein wenig von ihm ab und versuchte, mich auf Neela zu konzentrieren, die gerade erzählte, was sie am Vortag auf dem Markt erlebt hatten.

Es gelang mir nicht. Allein seine Anwesenheit schien alle logischen Gedanken aus meinem Kopf zu verbannen und seine Nähe brannte auf meiner Haut, so, als würde ich zu dicht am Kamin sitzen.

Danke für den schönen Tag«, verabschiedete ich mich linkisch, als wir am Nachmittag wieder in den Innenhof des Schlosses zurückgekehrt waren. Ich hatte mich früher als geplant von meinen Geschwistern verabschiedet, weil ich Tionne nicht so lange allein lassen wollte. Jedenfalls war das einer der Gründe …

»Es war mir ein Vergnügen«, sagte Mr Kane mit einer leichten Verbeugung, wobei sein Blick mich nicht losließ.

Der Atem stockte mir, denn seine Augen schienen bis auf den Grund meiner Seele zu blicken. Ob er etwas ahnte? Wenn er mich öfter auf diese Weise musterte, würde ich noch aus Mangel an Atemluft ohnmächtig werden.

»Auf Wiedersehen«, wisperte ich, drehte mich um und eilte davon.

Tionne saß auf dem Sofa und las, als ich das Zimmer betrat. Sie sah schon viel besser aus.

»Wie geht es dir?« Ich setzte mich neben sie und musterte sie prüfend.

»Mir geht es gut, keine Bange«, versicherte sie mir. »Aber wie war es bei dir? Warst du brav?« Sie legte ihr Buch beiseite. »Oder bist du über den feschen Hauptmann hergefallen? Verdenken könnte ich es …«

»Tionne, bitte«, unterbrach ich sie. »Wie kommst du denn auf so eine Idee?« Ich spürte, wie meine Wangen sich röteten. War ich so leicht zu durchschauen? »Ich hätte doch gar keine Chancen bei ihm«, ergänzte ich nüchtern.

»Wie meinst du das?«

»Na, das ist doch sonnenklar.« Ich deutete auf mich.

Sie setzte sich auf. »Sonnenklar?« In ihrem Gesicht zeichnete sich Unverständnis ab. »Meine Güte, Mayrin, du bist eine wunderbare Frau! Hübsch, klug und freundlich … jedenfalls, wenn man dich nicht reizt.« Tionne grinste, und ich zog eine Grimasse. »Er ist derjenige, der sich glücklich schätzen müsste, wenn er eine Frau wie dich bekäme!«, fuhr sie dann mit Nachdruck fort.

Ich lächelte verschämt. Das hatte sie wirklich lieb gesagt.

»Aber der Umgang mit ihm tut dir nicht gut, das sehe ich doch! Du bist ganz anders als sonst, irgendwie … ich weiß nicht … völlig durcheinander!«

»Das liegt bestimmt an diesen ganzen Prüfungen«, winkte ich ab. »Und dann noch die Sache gestern mit dir …«

Mein Gewissen plagte mich, weil ich sie über meine Gefühle für den Hauptmann belog, doch solange ich derart durcheinander war, konnte ich beim besten Willen mit niemandem darüber reden. Nicht einmal mit meiner besten Freundin.

Glücklicherweise kam Rose in diesem Augenblick herein, sodass es einen guten Grund gab, dass Gesprächsthema zu wechseln und uns stattdessen über den morgigen Ball zu unterhalten.

Am nächsten Tag ging es Tionne wieder so gut, dass sie am Unterricht teilnehmen konnte. Zwar war ihre Haut weiterhin gerötet, aber die Wunden begannen, zu verheilen, und hinterließen kleine bräunliche Narben auf ihrem Oberkörper, die glücklicherweise unter der Kleidung nicht zu sehen waren.

Als wir beim Frühstück vom Anschlag auf Tionne erzählten, schienen alle aufrichtig empört zu sein. Wer von ihnen hatte Tionne dies angetan? Obwohl ich die anderen Kandidatinnen misstrauisch beobachtete, konnte ich nicht herausfinden, welche von ihnen nur schauspielerte.

Den ganzen Vormittag lang wiederholte der Tanzmeister mit uns die Schrittfolgen. Mit jeder Minute wurde ich nervöser. Was, wenn ich beim Ball die Figuren vergaß oder jemanden anrempelte? Was, wenn ich mich hoffnungslos blamierte?

Sophia war meine Rettung. Sie sorgte am Nachmittag dafür, dass ich so schön aussah, dass kaum jemand auf meine Fehler achten würde. Bis kurz vorher rackerte die Kammerzofe sich an Tionne, Rose und mir ab, feilte Nägel zu perfekten Ovalen, steckte unsere Haare zu zauberhaften Frisuren, verwandelte Haut in matte Seide und ließ Augen strahlen. Ihr theatralisches Seufzen, während sie meine Sommersprossen überschminkte, versuchte ich zu ignorieren. Schließlich half sie mir in ein Kleid, das dem silbergrauen Schein des Mondes draußen Konkurrenz machen konnte, und schob mich vor den Spiegel.

»Oh, Sophia!«, flüsterte ich erstaunt und starrte verzückt auf mein Abbild. Die junge Dame, die mir entgegenblickte, musste einem Märchenbuch entsprungen sein. Elegant, zart und strahlend sah ich aus. Ich erkannte mich kaum wieder. »Sie können ja zaubern!«, rief ich überwältigt und fiel der Kammerzofe um den Hals.

Sie löste sich aus meiner Umklammerung. »Nicht so wild, Miss Mayrin! Denken Sie an Ihre Frisur!« Sie nickte zufrieden und betrachtete ihr Kunstwerk. »Es war eine Herausforderung, aber schließlich kommt es nicht von ungefähr, dass man mir ständig die schwierigen Fälle überträgt … Gehen Sie bitte ein bisschen herum und probieren Sie aus, ob alles gut sitzt.«

Ich machte ein paar Schritte, hob die Arme und drehte mich fröhlich im Kreise. »Passt perfekt!«

»Wow!«, rief Tionne bewundernd, als sie mich erblickte. »Wenn du niemanden mit deinen Schuhen bewirfst, kann eigentlich nicht viel schiefgehen!«

Ich schnaubte. »Du siehst auch wundervoll aus«, gab ich das Kompliment zurück und bewunderte ihr sonnengelbes Kleid aus besticktem Taft, der mit roten Bändern und Borten versehen war.

»Mal schauen, ob es reicht.« Tionnes Stimme klang unbeteiligt.

Wenn ich nicht so mit mir selbst beschäftigt gewesen wäre, hätte mir ihr Tonfall zu denken gegeben.

Während wir im Zimmer warteten, stieg meine Nervosität. Ich knetete meine Hände und bemühte mich, nicht wieder an meiner Wange zu nagen. Die schien hier dauerwund zu sein.

»Was, wenn ich wieder stolpere?« Meine Stimme klang heiser. *Oder einem der Prinzen auf den Fuß trete …*

»Dann hältst du dich eben an deinem Tanzpartner fest!« Tionne schien heute nichts aus der Ruhe bringen zu können.

Rose trat ein. Auch sie war fein herausgeputzt. »Das scheint wirklich ein großes Ereignis zu werden heute Abend, oder? Die Kleider sind jedenfalls traumhaft!«

Endlich kam Fanny, um uns in den Thronsaal zu führen. Meine Hände waren schweißnass, als wir die Treppe hinuntergingen.

Wie wunderschön alles aussah. Ein Meer von Kerzen, deren Schein von den Spiegeln vertausendfacht wurde, erwartete uns. Unsere adeligen Tanzpartner, die wir ja bereits kennengelernt hatten, standen in kleinen Grüppchen auf der einen Seite des Saales beisammen und wendeten sich uns zu, als wir eintraten.

Ob Mr Kane wieder dabei sein wird?, schoss es mir durch den Kopf. Die Sehnsucht nach seiner Gesellschaft stritt in mir mit der Vernunft, die mir befahl, mich von ihm fernzuhalten. Ich ließ den Blick über die Herren wandern und entdeckte ihn schnell. Er war etwas größer als die meisten der Anwesenden. Ich nahm einen tiefen Atemzug und hätte vor Nervosität fast wieder damit begonnen, auf meiner Wange herumzukauen.

Der Tanzmeister bat uns Damen auf die gegenüberliegende Seite des Thronsaals. Diener eilten umher und reichten jedem ein gut gefülltes Glas. Ich trank einen Schluck, der in meiner Kehle brannte – feurig, aber wohlschmeckend.

Verspätet bemerkte ich, dass es auf unserer Seite unruhig geworden war. Die vier Prinzen hatten soeben den Saal betreten, und sogleich begann wieder das Präsentieren. Ich seufzte, weil ich es albern fand, sich so zu verkaufen, und trat neben Tionne.

Die Prinzen verbeugten sich vor uns und begrüßten dann zunächst die adeligen Herren. Ich beobachtete, wie Prinz Alexander zu Mr Kane ging und ein paar ernste Worte mit ihm wechselte. Eisige Kälte kroch über meinen Nacken. Konnte ich etwas tun, damit der Hauptmann keinen Ärger bekam?

Doch da ging der Kronprinz schon weiter, um einen anderen Herrn zu begrüßen.

Währenddessen stieß der Herold drei Mal mit seinem Stab auf den Boden, sodass alle verstummten. »Bitte, begrüßen Sie Ihre Majestät, Königin Theodora!«

Wir versanken in einen tiefen Knicks, als die Königin eintrat. Ihre stolze Haltung erfüllte mich mit Ehrfurcht. Sie durchschritt den Saal und nahm dort Platz, wo sonst die Prinzen saßen. Die Erkenntnis, dass sie uns während des Balles beobachten wollte, goss Öl in das Feuer meiner Angst. Meine Wange blutete mittlerweile auf der Innenseite. Ich musste wirklich damit aufhören, auf ihr herumzukauen.

Königin Theodora machte eine einladende Handbewegung. »Wir grüßen unsere ehrenwehrten Gäste und die liebreizenden jungen Damen und freuen uns auf einen angenehmen Abend, bei dem wir Ihr tänzerisches Können bewundern dürfen.«

Ich schluckte. *Welches tänzerische Können?*

»Möge die Musik beginnen!«, schloss die Königin und bedeutete dem Orchester, zu spielen.

Während die Musiker ihre Instrumente stimmten, schritten die Prinzen auf uns zu und wählten ihre ersten Tanzpartnerinnen. Dann erst setzten sich die anderen Herren in Bewegung und baten die restlichen Damen zum Tanz.

Mein Partner war klein und hatte einen kugelrunden Bauch. Ich unterdrückte ein Seufzen. Dieser Abend würde furchtbar werden, so viel war sicher. Ich musste dem Hauptmann aus dem Weg gehen, dann würde ich es vielleicht schaffen, mich auf die Schritte zu konzentrieren, sodass meine mangelnde Übung nicht weiter auffiel.

Es gelang mir, den Eröffnungstanz ohne Fehler zu überstehen. Ich kontrollierte rasch, ob Mr Kane weit genug entfernt war, als schon der nächste Herr vor mir stand.

Ich zuckte zusammen, denn es war Prinz Alexander.

Der Ball

Erweisen Sie mir die Ehre des nächsten Tanzes?«, fragte der Kronprinz höflich.

»Sehr gern, Königliche Hoheit«, erwiderte ich mit krächzender Stimme und räusperte mich, während ich knickste. Mit angespanntem Rücken stellte ich mich in Tanzposition. Ich musste gewappnet sein, denn der Prinz würde mich nicht schonen, das war mir klar. Er würde meinen Ausflug mit dem Hauptmann, bei dem er uns ertappt hatte, nicht unkommentiert lassen.

Cecilia stand neben mir. Ihr Tanzpartner war Prinz Darion, den sie liebreizend anlächelte. Die Musik begann, und in den folgenden Minuten benötigte ich so viel Konzentration wie nie zuvor. Zum einen, um die komplizierten Schritte und Drehungen korrekt auszuführen, zum anderen, um jeden Satz gegenüber dem Kronprinzen genauestens zu durchdenken.

»Sie waren mit dem Hauptmann rodeln?«

Es ging los. Ich bemühte mich, mir mein Unbehagen nicht anmerken zu lassen.

»Ja, mit meinen beiden kleinen Geschwistern. Der Schnee war sehr schön.« Ganz bewusst erwähnte ich die Kinder. Vielleicht würde ihn das milder stimmen.

»Letztes Jahr waren wir auch noch dort.« In seiner Stimme schwang Sehnsucht mit.

»Es tut mir sehr leid, dass Ihr Vater so krank ist, Hoheit. Besteht Hoffnung, dass er genesen wird?« Ein Themawechsel war sicher das Beste.

»Ich fürchte, nein. Wir versuchen, die Zeit zu genießen, die uns mit ihm verbleibt.«

Seine Worte machten mich traurig, denn sie erinnerten mich an den Tod meiner Eltern. Ich hatte damals keine Gelegenheit gehabt, mich zu verabschieden. Bis heute wünschte ich, dass ich ihnen noch einmal hätte sagen können, wie lieb ich sie hatte. Daher konnte ich gut nachfühlen, wie wichtig den Prinzen diese letzte Zeit mit ihrem Vater war und wie gern sie ihm seinen letzten Wunsch erfüllen wollten.

»Und nun bringen wir Kandidatinnen so viel Unruhe nach Wondringham Castle«, sagte ich mitleidig.

»So war es der ausdrückliche Wunsch des Königs. Allerdings bedeutet es auch eine entzückende Ablenkung für uns. Wir genießen durchaus die Gegenwart so vieler bezaubernder Damen.«

Ein Platzwechsel mit einem anderen Tanzpaar trennte uns für einen Moment und gab dem Prinzen Gelegenheit, wieder auf Mr Kane zurückzukommen.

»Sind Sie öfter mit dem Hauptmann unterwegs?«

»Nein!«, sagte ich hastig. »Ich begegne ihm ab und zu hier im Schloss, und er hat mir geholfen, meine Geschwister bei Margret unterzubringen. Das ist alles.«

Leider ließ der Prinz immer noch nicht locker. »Unterhalten Sie sich auch mit den anderen Soldaten?«

»Äh … nein, ich …« Ich war so verwirrt durch den Verlauf des Gespräches, dass ich kurz davor war, die nächste Tanzfigur zu verpatzen. Erst im letzten Moment reihte ich mich in eine Drehung zu viert ein, was mir einen abfälligen Blick von Cecilia eintrug, die sich mir jetzt gegenüber befand.

»Also nur mit dem Hauptmann?«

»Ja, aber es ist nicht so, wie es aussieht!«, sagte ich mit wachsender Besorgnis und kehrte als Letzte in die Reihe zurück. »Wir haben uns nur ab und zu unterhalten. Er ist sehr hilfsbereit, aber absolut loyal – das müssen Sie mir glauben!«

Der Kronprinz sah mich erstaunt an.

»Er ist ein Ehrenmann, wirklich!«, betonte ich vehement.

»Oh, daran zweifle ich gar nicht!«, erwiderte der Prinz mit beunruhigender Betonung, während er meine Hand ergriff und mich behutsam in eine Drehung führte. »Sonst hätte er solch eine hochrangige Position nie erhalten.«

»Denken Sie etwa, dass *ich* dem Hauptmann Avancen gemacht hätte?!« Oh mein Gott, das durfte wirklich niemand im Schloss annehmen! Ich schielte zu Cecilia, um zu sehen, ob sie uns zuhörte. Wahrscheinlich nicht, jedenfalls schien sie ganz damit beschäftigt, Prinz Darion schöne Augen zu machen.

»Finden Sie ihn denn nicht attraktiv?«, erkundigte sich der Kronprinz.

»Doch, aber …« Ich stockte. »Gehe ich recht in der Annahme, dass ich mich gerade um Kopf und Kragen rede?«, fragte ich matt.

Die Mundwinkel des Prinzen zuckten.

»Es wäre sehr nett von Ihnen, wenn wir das Thema wechseln könnten.«

»Bringe ich Sie in Verlegenheit, Miss Barnaby?«

Er macht sich tatsächlich über mich lustig! »Ja!«

»Nun, dann sollten wir uns wohl besser anderen Themen zuwenden, nicht wahr?«

»Genau!« Ich nickte dankbar und vergaß darüber den Hüpfer, der nun hätte folgen müssen.

Wir unterhielten uns noch ein wenig über unsere Lieblingsbücher, bis der Tanz endlich endete und ich mich mit einem Knicks vom Prinzen verabschieden konnte. Ich atmete auf. Meine Achseln waren feucht, und mein Atem ging hektisch. Doch schon stand der nächste Herr vor mir, und es wäre wohl sehr unhöflich gewesen, ihn abzuweisen. Er machte ein paar artige Bemerkungen über mein Kleid und das Wetter, ansonsten ließ er mich in Ruhe, worüber ich sehr dankbar war.

Nach diesem Tanz gab es glücklicherweise eine Pause, in der erneut Diener mit diesen leckeren, stark alkoholhaltigen Getränken herumgingen. Ich fragte nach etwas Wasser, denn ich hatte so eine Ahnung, dass ich an diesem Abend einen klaren Kopf brauchen würde, doch man sagte mir, dass es bedauerlicherweise nur diese Getränke gäbe.

Also trank ich. Was blieb mir auch anderes übrig. Im Thronsaal war es schon durch die vielen Menschen und die unzähligen Kerzen warm. Zusätzlich brannte in den Kaminen Feuer.

Für einen kurzen Moment durchzuckte mich die Frage, weshalb es nur Alkohol gab. Doch da in diesem Moment Prinz Darion auf mich zutrat, vergaß ich den Gedanken sofort wieder. Stattdessen trank ich noch einen großen Schluck, um meinen trockenen Mund zu befeuchten.

»Mayrin, meine Liebe!«, begrüßte mich der Prinz und beugte sich galant über meine Hand, um seine Lippen schon wieder direkt darauf zu pressen, anstatt es nur anzudeuten.

Verschämt entzog ich ihm meine Finger, als er keine Anstalten machte, mich loszulassen.

»Prinz Darion. Welch eine Ehre.« Ich rang mir einen koketten Augenaufschlag ab und trank aus Verlegenheit einen weiteren Schluck. Mittlerweile spürte ich das Brennen des Alkohols kaum noch.

»Dieses Kleid steht Ihnen hervorragend.« Schamlos ließ er seinen Blick auf meinem tiefen Ausschnitt verweilen.

Ich unterdrückte den Fluchtreflex und winkte stattdessen lächelnd ab. »Ihr seid ein Charmeur, Königliche Hoheit!«

An mir war wirklich eine Schauspielerin verloren gegangen. Ich musste nur noch daran arbeiten, dass das Lächeln meine Augen erreichte.

»Sie würden mir eine große Freude bereiten, wenn Sie mir das Vergnügen des nächsten Tanzes gönnen würden.« Er strich mir über den Arm, vermutlich in der Annahme, dass er mich damit willenlos machen könnte, aber ich spürte nur eine leichte Befangenheit. Das freudige Kribbeln, das der Prinz noch vor ein paar Tagen in mir ausgelöst hatte, war verschwunden.

»Sehr gern.« Gespielt erfreut blinzelte ich zu ihm auf.

Puh! Ich trank das Glas aus. Das hier war wirklich harte Arbeit.

Ich muss so viel Geld wie möglich mitnehmen. Ich darf Neela und Leo auf keinen Fall verlieren. Wir müssen zusammenbleiben. Immer und immer wieder betete ich mir dies vor.

Ein Diener nahm mein Glas, und die Musik setzte wieder ein. Prinz Darion verbeugte sich mit einem provozierenden Lächeln. Ich knickste, und wir legten die Hände aneinander, um uns im Gleichschritt voran zu bewegen.

»Geht es Ihnen gut, Miss Mayrin?«

»Aber ja, Königliche Hoheit! Weshalb fragen Sie?«

»Sie sehen ein wenig … hm … müde aus.«

So viel zu meinem koketten Lächeln … »Es, äh, ist sehr warm hier.«

»Möchten Sie mich in der nächsten Pause vielleicht auf die Galerie begleiten?« Wieder hing sein Blick in meinem Ausschnitt fest.

»Nein!«, sagte ich etwas zu hastig. »Danke, aber es geht mir wirklich ausgezeichnet. Es ist wunderschön hier drinnen, mit den vielen Kerzen und der Musik.«

So weit kam es noch, dass ich mit ihm allein nach draußen ging! Das wäre ja, als würde eine Maus freiwillig zum Kater kommen, um sich fressen zu lassen!

Seine Augen blitzten, als er die Schultern zuckte. »Schade!«

Ich schenkte ihm ein unschuldiges Lächeln und konnte mich dann glücklicherweise abwenden, weil der Tanz es so verlangte.

Als die Musik zu Ende war und wir uns verabschiedet hatten, griff ich zur Abkühlung das nächste gefüllte Glas vom Tablett eines Dieners und trank es gleich bis zur Hälfte leer. Der Alkohol bewirkte, dass ich alles nicht mehr so ernst nahm. Als ich gleich darauf von einem adligen Herrn zum Tanz gebeten wurde, fühlte ich mich leicht und beschwingt.

In der nächsten Pause machte ich mich auf den Weg zu Tionne, die sich gerade mit Rose unterhielt.

»Ah, Mayrin Barnaby, die Dame, der niemand zuhört!«

Ich fuhr zusammen. Vor mir stand die Königin und musterte mich kritisch. Sie erinnerte sich also noch an unser erstes Zusammentreffen! War das nun gut oder schlecht? Ich besann mich und sank in einen tiefen Knicks.

»Aber man sollte ihr zuhören«, fuhr Königin Theodora fort und schenkte mir ein leichtes Lächeln, »denn sie denkt mit.«

Verlegen senkte ich den Blick auf mein Glas. »Ich verstehe nicht, Eure Majestät …«

»Meines Wissens waren Sie die einzige Kandidatin, die sich vor der Unterschrift genauer nach Vertragsdetails erkundigt hat. Das zeigt doch, dass Sie Verträge nicht einfach hinnehmen, sondern in der Lage sind, Dinge zu hinterfragen!«

Ich errötete. »Ehrlich gesagt war das nur, weil …« Ich stockte, denn es wäre bestimmt nicht klug, das kleine Geheimnis von Mr Kane und mir preiszugeben. »… ich gerne an der frischen Luft bin. Und der Park ist selbst im Winter wunderschön!«

Sie nickte mir huldvoll zu, und ich begriff, dass ich hiermit entlassen war. Ich trat einen Schritt beiseite und beobachtete, wie die Königin sich einer anderen Kandidatin zuwendete.

»Mayrin!«, rief Tionne, die neben Rose an der Wand stand, und winkte mich heran.

»Habt ihr einen schönen Abend?«, fragte ich und unterdrückte ein Aufstoßen.

Tionne warf mir einen scharfen Blick zu. »Ja. Sehr nett.«

»Und bei dir? Hast du schon mit Prinz Byron getanzt?«, wandte ich mich an Rose.

»Oh ja!«, strahlte sie. »Er tanzt wundervoll. So elegant. Und man kann sich so amüsant mit ihm unterhalten!« Sie nippte versonnen an ihrem Getränk. »Aber habt ihr Georgiana gesehen, wie sie sich vorhin an Prinz Darion herangemacht hat? Das war kein Menuett, das war ein Balztanz!«

Wir kicherten. Überhaupt kam es mir so vor, als würden alle Mädchen öfter lachen als sonst. Das kam bestimmt vom Alkohol. Auch ich sollte besser aufhören, so viel zu trinken, aber das Zeug war verdammt gut und es war unerträglich heiß hier drinnen.

Cecilia stolzierte mit gewohnt hochmütigem Gesichtsausdruck an uns vorbei und bemerkte spitz: »Mit deinen Tanzkünsten kannst du Prinz Darion nicht überzeugt haben, Mayrin. Das sah ja aus, als würde eine Ente zum Ball watscheln!« Sie kicherte hämisch. »Ständig hast du die Einsätze verpasst!«

Wütend blitzte ich sie an, fand aber keine passende Erwiderung, denn sie hatte recht. Im gleichen Moment verkündete der Tanzmeister eine Damenwahl. Unwillkürlich warf ich einen Blick zu Mr Kane, während mehrere der Kandidatinnen sofort losstürmten, um sich einen Prinzen zu schnappen. Ich schalt mich innerlich, dass ich nicht schneller gewesen war. Um Prinz Darion herrschte bereits dichtes Gedränge.

Auch Tionne hatte den Zeitpunkt verpasst.

»Zu spät!«, meinte sie gleichmütig. Wahrscheinlich ging es ihr doch noch schlechter, als sie zugeben wollte.

Besorgt sah ich sie an. »Ist alles in Ordnung mit dir? Du bist so still!«

»Nein, nein, es geht mir gut«, winkte sie ab. »Na los, suchen wir uns wenigstens einen feschen jungen Adligen!«

Ich war mir nicht sicher: Ging es ihr zwar körperlich gut, aber sie litt, weil ihr bewusst geworden war, dass irgendjemand ihr Böses wollte? Nachdenklich folgte ich ihr durch den Saal. Was konnte ich tun, um ihr zu helfen?

In diesem Moment stand Mr Kane vor mir. Überrascht sah ich zu ihm auf. Ich hatte mich schon gefragt, ob er heute einen Tanz von mir fordern würde.

»Darf ich bitten, Miss Mayrin?«

Ich wollte sagen, dass doch eigentlich Damenwahl wäre, aber, weil ich meiner Stimme nicht traute, schwieg ich. Vielleicht hatte Tionne recht und sein Verhalten war berechnend. Aber wenn er mich so ansah wie jetzt, mit diesem intensiven Blick, der mein Herz zum Rasen brachte, dann war ich verloren. Und obwohl ich wusste, dass ich mich von ihm fernhalten musste, nickte ich und knickste. Kamen meine wackeligen Knie vom Alkohol?

Die Musik begann, und wir stellten uns auf. Ich schaute kurz zu Tionne, die mich mit gerunzelter Stirn musterte, und hob verlegen die Schultern. Missbilligend schüttelte sie den Kopf.

»Sie sehen heute Abend bezaubernd aus«, sagte Mr Kane und reichte mir die Hand.

Seine warmen, kräftigen Finger umfassten meine, und überrascht bemerkte ich, wie er mit dem Daumen über meinen Handrücken strich. Die Berührung löste eine Gänsehaut an meinem ganzen Körper aus. Erstaunt blinzelte ich und ließ prompt einen Schritt aus. Warum wankte der Boden unter meinen Füßen?

Während ich rasch zurück in die richtige Fußstellung glitt, ermahnte ich mich, nicht auf ihn hereinzufallen. Bestimmt sollte er nur testen, ob ich einen wankelmütigen Charakter besaß. Er würde mich mit seinem Charme einwickeln, bis ich alle Vorsicht fahren ließ, um dann den Prinzen Bericht zu erstatten. Je mehr ich ihm vertraute, desto gefährlicher konnte er für mich werden.

Und weil ich auch berechnend sein wollte und mich gerade besonders mutig fühlte, lächelte ich zuckersüß zu ihm auf und sagte: »Sie sehen in Ihrer Uniform aber auch sehr schneidig aus, Hauptmann Kane«, woraufhin seine Augen groß wurden.

Während des Tanzes merkte ich, dass es mir nur mühsam gelang, meine Körperteile zu koordinieren und die Bewegungen so auszuführen, wie wir sie im Tanzunterricht erlernt hatten. Hatte ich etwa einen Schwips? Ich sah mich um. Den anderen Mädchen war noch nichts anzumerken. Vermutlich waren sie Alkohol eher gewohnt als ich. Mein Magen fühlte sich flau an. Wenn ich nicht augenblicklich mit dem Trinken aufhörte, würde ich mich zu allem Unglück noch auf das Parkett des Thronsaales übergeben. Daher antwortete ich nur recht einsilbig auf die Konversationsversuche des Hauptmannes und konzentrierte mich stattdessen darauf, meine Körperfunktionen und -teile unter Kontrolle zu behalten.

»Geht es Ihnen gut?«, fragte Mr Kane besorgt, als die Musik endete. Sein Blick ruhte fragend auf mir.

»Nicht wirklich«, murmelte ich mit schwerer Zunge. »Ich glaube, ich brauche eine kleine Pause.«

Er führte mich zu einem Sofa, auf das ich mich dankbar sinken ließ. Im Thronsaal war es furchtbar laut geworden, dröhnende Männerstimmen, schrill lachende Frauen – alle schienen sehr ausgelassen: ein Stimmengewirr, fast wie ich auf dem Markt in Talebridge.

Mr Kane beugte sich dicht an mein Ohr, damit ich ihn verstand, und als seine Wange meine für einen winzigen Moment streifte und ich die feinen Bartstoppeln rau auf meiner Haut fühlte, hätte ich vor Glück fast laut geseufzt.

»Möchten Sie noch etwas trinken?«

»Nein, bloß nicht!«, winkte ich hastig ab. »Mir ist nicht so gut.« Ich sah ihn an und überlegte, was wohl passieren würde, wenn ich meinen Mund auf seine wohlgeschwungenen Lippen pressen würde. Er war mir so nah, dass ich das Gefühl hatte, schielen zu müssen.

»Kommen Sie!«, knurrte er mit gerunzelter Stirn. Er stand auf und griff nach meinem Arm.

Störrisch schüttelte ich den Kopf und blieb sitzen. Keine Ahnung, was passieren würde, wenn ich jetzt aufstehen musste. Warum hatte ich bloß so viel getrunken?

Doch der Hauptmann ließ sich nicht beirren. Ohne auf meinen Protest zu achten, zog er mich hoch und führte mich aus dem Saal.

»Lassen Sie mich los!«, versuchte ich es noch einmal, obwohl mir klar war, dass ich ohne seinen stützenden Arm kaum mehr geradeaus laufen konnte. »Sie sind schon wieder so schrecklich bestimmend!«

Aber er ignorierte mich.

Elaine kam mit Prinz Alexander am Arm an mir vorbei und sah mich verwundert an. Es war mir egal. Den adligen Herrn hinter ihnen kannte ich.

»Guten Abend, Lord Glubschauge«, kicherte ich und unterdrückte ein Hicksen.

Der Hauptmann zog mich rasch weiter.

»Oje, oje«, jammerte ich, als sich alles um mich herum zu drehen begann und mein Magen rebellierte. Entschuldigend sah ich zu Mr Kane auf und zuckte zusammen, als ich seinem grimmigen Gesichtsausdruck begegnete. »Habe ich das eben laut gesagt?«

Der Hauptmann blieb so abrupt stehen, dass ich gegen ihn schwankte und er mich festhalten musste, damit ich nicht fiel. Er nickte knapp, aber mit bedeutungsvollem Blick.

»Es tut mir sehr leid. Ich bin wohl ein bisschen … äh … müde«, nuschelte ich und schämte mich zutiefst für meinen Zustand.

Sein Gesicht wurde weicher. Er seufzte und wandte sich an einen Diener. »Holen Sie mir einen Kaffee – stark –, ein großes Glas Wasser und etwas gesalzenes Brot«, befahl er, und der Diener verschwand sofort eilfertig.

Gab es hier denn niemanden, der dem Hauptmann nicht sofort gehorchte?

Überraschend fürsorglich führte Mr Kane mich zu einer Bank in einem Erker des Flures und drückte mich auf das Polster. Hier war es kühler und die Luft bedeutend besser.

»Geht es?«

Mehr als ein Nicken schaffte ich nicht. Mit hängendem Kopf wartete ich auf die Rückkehr des Dieners.

»Was haben Sie heute Abend gegessen?«, fragte der Hauptmann streng.

»Nicht viel«, gestand ich. Die Aufregung wegen des Balls hatte mir den Appetit verdorben.

Er nickte wissend. »Wenn Sie Alkohol trinken, ist es wichtig, dass Sie auch etwas essen. Merken Sie sich das für das nächste Mal.«

»Jawohl, Herr Hauptmann!«, witzelte ich, was er mit einem Schnauben quittierte. »Aber es wird kein nächstes Mal geben. Ich trinke nie wieder Alkohol«, schwor ich und hielt mir den Bauch, um den Würgereiz zu unterdrücken, der mich soeben überfiel.

»Sagen Sie bitte rechtzeitig Bescheid, falls Sie das Gefühl haben, sich übergeben zu müssen!«

»Bescheid!«

In diesem Moment kam der Diener mit einem Tablett zurück. Mr Kane griff nach der Tasse Kaffee und drückte sie mir in die Hand.

Unschlüssig, ob ich das bei mir behalten könnte, sah ich auf das Getränk herab.

»Nun trinken Sie schon!«, befahl er.

Weshalb brüllte er denn so? Meine Güte, war der Typ herrisch!

Mr Kane fuhr sich mit der Hand durch die kurz geschnittenen dunklen Haare. Irgendwie wirkte er gleichzeitig wütend und besorgt. Was hatte er für ein Problem? Er benahm sich fast so, als wäre er für mich verantwortlich. Mhm … *Ein verführerischer Gedanke.*

Nachdem ich einen Schluck von dem ungewohnten Getränk genommen hatte, fütterte er mich wie ein Vater sein Kind mit etwas Brot. Mein Magen beruhigte sich ein wenig, und ich atmete auf.

»Danke«, sagte ich matt und wollte aufstehen. »Es geht schon viel besser.«

Der Hauptmann drückte mich auf das Sofa zurück. »Erst austrinken.« Er deutete auf den Kaffee. *Schon wieder dieser bestimmende Ton …*

Tionne kam vorbei und fragte, ob mit mir alles in Ordnung sei.

»Ja«, antwortete Mr Kane an meiner Stelle. »Nur eine kleine Unpässlichkeit.«

Fragend sah sie mich an, und ich nickte. »Es geht gleich wieder.«

Sie musterte uns misstrauisch, ging aber schließlich weiter.

Mr Kane ließ mich nicht aufstehen, bevor ich die Kaffeetasse nicht vollständig gelehrt, eine ganze Scheibe Brot gegessen und anschließend noch ein Glas Wasser ausgetrunken hatte. Dann erst half er mir, mich zu erheben, und führte mich nach draußen auf die Galerie.

Die kalte Luft traf mich wie ein eisiger Schock, und die Bewegung bewirkte, dass der Alkohol noch einmal mit aller Kraft zuschlug. *Reiß dich zusammen, Mayrin! Du wirst dir jetzt nichts anmerken lassen!* Dass Mr Kane mich die ganze Zeit nicht aus den Augen ließ, war nicht sehr hilfreich. Weshalb stand er so dicht bei mir?

»Möchten Sie vielleicht noch ein wenig Wasser?«

Erschöpft schüttelte ich den Kopf. Es ging mir etwas besser. Aber bloß nichts mehr zu mir nehmen … Auf meinen Armen bildete sich eine Gänsehaut, die der Berglandschaft rund um Talebridge Konkurrenz machen konnte.

»Ist Ihnen kalt?«, fragte er überflüssigerweise.

Ich verzog den Mund. *Nein, wie kommen Sie denn darauf? Ich gehe tagtäglich bei Eis und Schnee mit nackten Armen und tiefem Dekolleté ins Freie!*

Er zog seinen Frack aus und legte ihn mir fürsorglich um die Schultern. Seine Hände verblieben an meinen Armen. Es gelang mir nicht, mich zu bewegen. Seine Kleidung duftete so verführerisch nach ihm und gab die Wärme angenehm an mich ab, so, als würde er mich fest umschlungen halten.

Ich wusste, ich sollte die Augen niederschlagen und einen Schritt beiseitetreten. Etwas Schlaues sagen, anstatt darauf zu hoffen, dass er … Aber ich starrte nur unverändert wie hypnotisiert zu ihm auf.

Er atmete schwer, was mich mit wilder Freude erfüllte. Auch ich ließ ihn nicht völlig kalt! Seine Augen hielten meinen Blick gefangen, während er seine Hand hob und zärtlich die Konturen meines Gesichtes nachfuhr. Mein Atem stockte. Gleich … Gleich würde er mich endlich küssen! Unwillkürlich öffnete ich die Lippen, starrte auf seinen Mund und erwartete voll Sehnsucht seine zärtliche Berührung.

Doch … nichts weiter geschah. Stattdessen nahm Mr Kane abrupt die Hand von meinem Gesicht und trat einen Schritt zurück.

Er holte tief Luft. »Wir sollten wieder hineingehen.« In seiner Stimme lag grimmige Entschlossenheit.

Ich fühlte mich, als hätte mir jemand einen Kübel Eiswasser über den Kopf gekippt. Hastig machte ich ebenfalls einen Schritt weg von ihm, während bittere Enttäuschung sich durch meine Seele wühlte.

»Ja«, sagte ich mit heiserer Stimme und räusperte mich. »Man wird uns schon vermissen.«

Bestimmt hatte er mich gar nicht küssen wollen. Wie war ich nur auf diesen absurden Gedanken gekommen? Ich gab ihm den Frack zurück. Mein Gesicht glühte. Was sollte ein Mann wie Mr Kane schon mit einer wie mir anfangen?

Ohne ihn anzusehen, drehte ich mich um und wollte mit schnellen Schritten in Richtung Treppe hasten.

»Mayrin … ich …«, begann der Hauptmann mit gepresster Stimme und hielt mich am Arm fest.

»Was?«, zischte ich und funkelte ihn an. Ich wollte mich jetzt nicht von irgendwelchen fadenscheinigen Erklärungen weiter verletzen lassen. Ich wollte in mein Zimmer, in Ruhe über alles nachdenken und meine Wunden lecken. Tionne hatte so recht gehabt! Dieser Mann war Gift für mich!

»Wir dürfen nicht …« Er wirkte zum ersten Mal, seit ich ihn kannte, unsicher.

»Ja«, stimmte ich ihm hart zu und ließ mich auch nicht davon erweichen, dass er sich mit der Hand frustriert durch die wundervollen dunklen Haare fuhr. »Natürlich. Ich wünsche Ihnen noch einen schönen Abend, Herr Hauptmann.«

Er runzelte die Stirn, sagte jedoch nichts mehr.

Ich drehte mich auf dem Absatz um und rauschte leicht schwankend davon, was meinem Abgang leider ein wenig von seiner Dramatik nahm.

Tränen schossen mir in die Augen, aber zum Glück begegnete ich auf dem Weg nach oben niemandem. Nur ein paar Wachen sahen mich, aber die hatten sich in den letzten zweieinhalb Wochen vermutlich an heulende Mädchen gewöhnt.

Tionne und Rose waren noch im Ballsaal, sodass ich das Zimmer für mich allein hatte. Wütend auf mich, auf den Hauptmann und die ganze Welt ließ ich mich auf mein Bett sinken. Mein Magen rebellierte immer noch, und mein Kopf dröhnte. Schließlich rollte ich mich zu einer Kugel zusammen, zog mir die Decke über den Kopf, als könnte sie mich schützen, und schluchzte hemmungslos.

Weinte um einen Kuss, den ich nie bekommen sollte. Trauerte um eine Liebe, die von Anfang an nicht hatte sein sollen.

Ich musste meine Gefühle für den Hauptmann auf der Stelle vergessen und aufhören, mich in Selbstmitleid zu suhlen. Wichtig war jetzt nur noch, dass ich nüchtern wurde und mich endlich wieder dem eigentlichen Grund meines Hierseins widmete: möglichst lange bei der Brautschau dabeizubleiben, um viel Geld mit nach Hause zu nehmen.

Irgendwann musste ich eingeschlafen sein, denn ich erwachte erst, als meine Zimmergenossinnen hereinkamen.

»Mayrin?« Tionne strich mir behutsam über den Rücken. »Alles in Ordnung? Wir haben dich vermisst.«

Müde setzte ich mich auf. Mein Kopf dröhnte, und meine Augen wollten sich kaum öffnen lassen.

»Ist der Ball schon zu Ende?«, fragte ich mühsam.

»Ja. Aber weil sich so viele Mädchen nicht mehr auf den Beinen halten konnten, hieß es, dass die anstehende Entscheidung erst morgen verkündet werden soll.«

»Dann war ich nicht die Einzige, die sich daneben benommen hat?«, fragte ich mit einem Hauch Erleichterung.

»Auf keinen Fall!« Tionne und Rose sahen sich an und brachen in schallendes Gelächter aus.

Ich hielt eine Hand an meinen schmerzenden Kopf.

»Victoria hat versucht, mit einem der adligen Herren zu knutschen, und Brenda hat sich direkt vor Prinz Caiden übergeben!«, erklärte Tionne, während sie von einem Lachanfall geschüttelt wurde. »Das hättest du sehen sollen! Alles voll mit Spinat und …«

Ich hielt mir rasch die Ohren zu. »Erspart mir bitte die Einzelheiten, mir geht es selbst nicht so gut.«

»Ach ja, und Harriet hatte einen riesigen nassen Fleck am Allerwertesten, der so aussah, als hätte sie eingenässt«, berichtete Rose feixend. »Aber sie behauptet steif und fest, das habe eine ihrer Konkurrentinnen getan!«

Tionne kicherte immer noch. Obwohl mir so elend zumute war, freute ich mich, dass sie ihre gute Laune wiedergefunden hatte.

»Auf jeden Fall musst du dir keine Sorgen machen«, stellte Rose fest. »Ich glaube nicht, dass überhaupt jemand bemerkt hat, dass du gegangen bist. Alle waren damit beschäftigt, Olivia davon abzuhalten, weiterhin ein schlüpfriges Lied zum Besten zu gegeben.« Sie grinste zufrieden von einem Ohr bis zum anderen über den Fauxpas ihrer Konkurrentin. »Ich muss zugeben: Singen kann die Frau!«

In der Nacht schlief ich unruhig, und einmal musste ich zum Waschraum laufen und mich übergeben. Dementsprechend gerädert fühlte ich mich, als Tionne mich am nächsten Tag weckte.

»Victoria ist abgereist!«

»Was?«, fragte ich verständnislos und öffnete mühsam meine verklebten Augen.

»Nun ja, genauer gesagt, wurde sie abgereist«, ergänzte Rose, die anscheinend auch schon putzmunter war, obwohl die beiden die ganze Nacht über getanzt hatten.

Sie trugen Morgenmäntel über ihren Nachthemden und hatten wohl schon den neusten Flurklatsch gehört.

Ich blinzelte in das Tageslicht und setzte mich auf. »Victoria?«, fragte ich gähnend.

»Genau! Du weißt schon: Sie wurde dabei erwischt, wie sie einen der adligen Tanzpartner geküsst hat.«

»Oh!« Ich schluckte und war mit einem Mal hellwach.

»Noch bevor die Sonne vollständig aufgegangen war, haben die Wachen sie aus ihrem Zimmer geholt und in eine Kutsche nach Hause gesetzt«, fuhr Tionne unbarmherzig fort und sah mich dabei bedeutungsvoll an.

Ich konnte nicht antworten.

Wie gut, dass mich niemand mit dem Hauptmann gesehen hat. Wie gut, dass es nicht zum Äußersten gekommen ist! Vielleicht sollte ich Mr Kane dankbar sein.

Sehr nachdenklich ging ich nach unten.

Gleich nach dem Frühstück wurden wir in den Thronsaal zur Entscheidungsverkündung gebeten. Mein Kopf dröhnte immer noch, aber ich hatte meinen Körper wieder unter Kontrolle.

Vier Geldsäckchen lagen auf dem Tisch, was bedeutete, dass sechzehn von uns weiterkommen würden. Ich fragte mich, wie viele Prüfungen und Entscheidungen es noch geben würde.

Die Prinzen standen mit ausdruckslosen Gesichtern neben dem Tisch. Prinz Alexander hielt eine kleine Ansprache, dass sie sich nun leider wieder von vier Damen verabschieden müssten. Die Entscheidung sei ihnen diesmal besonders schwer gefallen, weil sie die Personen hinter dem bezaubernden Äußeren bereits hätten näher kennenlernen dürfen.

Ich dachte, dass das auch kein Trost für die Mädchen sein würde, die heute nach Hause geschickt wurden.

Dann ging es los. Jede, die bleiben durfte, erhielt diesmal eine edelsteinbesetzte Brosche. *Was mag die wohl wert sein, wenn man sie verkauft?*

Prinz Alexander rief die erste Kandidatin nach vorn. Es war Rose, die mit einer kleidsamen Röte im Gesicht das Schmuckstück entgegennahm.

Werde ich auch eine erhalten? Oder ist es vielleicht besser für mich, nach Hause zurückzukehren und dem Hauptmann nicht mehr zu begegnen? Die Zurückweisung durch ihn schmerzte immer noch tief, doch größer war die Erleichterung, dass nicht ich anstelle von Victoria von Soldaten aus dem Schloss geschleppt worden war. Und das hatte ich irgendwie auch dem Hauptmann zu verdanken, denn wäre es nach mir gegangen …

Aber »zu Hause«, wo war das überhaupt?

Jetzt wurde Cecilia aufgerufen. Ich rieb mir über die schmerzende Stirn. Als Nächste stolzierte Olivia mit schwingenden Hüften nach vorn.

Hätte ich bloß nie meine Arbeit bei den Conleys aufgegeben! Wenn wir ohne Heim und ohne Geld dastehen, ist es meine Schuld.

Ismey erhielt ihre Brosche.

Ich schluckte. Fast alles hätte ich in diesem Augenblick dafür gegeben, wenn meine Eltern noch leben würden und ich gemeinsam mit ihnen im Esszimmer unseres schönen Hauses in Talebridge sitzen könnte, anstatt hier in diesem Saal zu stehen. Meine Hände zitterten, doch mir war nicht klar, ob das an meinem übermäßigen Alkoholgenuss vom Vortag lag.

In der Gruppe der Bewerberinnen herrschte ungewohnte Stille, während ein Mädchen nach dem anderen aufgerufen wurde, wo doch sonst immer jemand flüsterte oder kicherte. Nur das Jauchzen, wenn wieder eine von uns ihren Namen vernahm, störte das angespannte Schweigen. Die Anzahl der Schmuckstücke neigte sich bedrohlich dem Ende entgegen.

»Mayrin Barnaby«, sagte Prinz Caiden endlich.

Als ich meine Brosche erhielt, konnten meine Beine mich kaum noch tragen vor lauter Erleichterung. Ich hatte es noch einmal geschafft! Ich war unter den letzten sechzehn Mädchen. Ab jetzt würde das Geld bestimmt so lange reichen, bis Leo und Neela erwachsen waren und auf eigenen Füßen standen. Vielleicht gelang es Neela sogar, eine gute Partie zu machen? Zuzutrauen wäre es ihr.

Nachdem ich mich zu den anderen Broschenträgerinnen gesellt hatte, schaute ich verstohlen zu Mr Kane, der an der Tür stand. Er musterte mich mit unergründlichem Blick. Was dachte er darüber, dass ich es noch eine Runde weiter geschafft hatte? War er erfreut oder verärgert?

Philippa erhielt die letzte Brosche. Philippa!?

Moment mal … Irgendetwas lief hier ganz furchtbar schief!

Das Verhör

Tionnes Name war noch nicht genannt worden. Nein! Ich keuchte und unterdrückte den Schrei, der in meinem Hals aufstieg, indem ich meine Faust vor den Mund presste. *Oh Gott, Tionne!* Es erwischte mich eiskalt. Nie hätte ich gedacht, dass sie vor mir weggeschickt werden könnte. Nie!

Mit zusammengepressten Lippen stand sie mit den drei anderen Mädchen vor den Prinzen. Es lagen keine Broschen mehr auf der samtenen Decke.

Bestimmt hatte man sich einen Spaß erlaubt, und es gab noch eine allerletzte Brosche, die irgendwo versteckt war. Anders konnte es nicht sein. Irgendeiner der Prinzen musste doch für meine großartige Freundin gestimmt haben! Das konnten sie doch nicht machen, nach all dem, was Tionne in den letzten drei Tagen durchgemacht hatte! Wenn sie jetzt gehen musste, dann hatte die Attentäterin ja ihr Ziel erreicht!

Verzweifelt krallte ich meine Hände ineinander. Die Innenseite meiner Wange blutete. Warum konnten sie nicht die fiese Cecilia rausschmeißen, die eiskalte Brenda oder diese selbstverliebte Olivia?

Aber es geschah kein Wunder. Tionne und die anderen drei Mädchen bekamen je einen Geldbeutel überreicht und wurden mit herzlichen Worten verabschiedeten.

Mein Magen krampfte sich zusammen. Jetzt sollte ich auch noch meine beste Freundin ziehen lassen?! Tionne, die mich immer unterstützt hatte. Tionne, ohne die ich in Kleidungsfragen verloren war. Die mich warnte, mich zum Lachen brachte und zum Kämpfen antrieb, die ein Stück zu Hause hier in der Fremde bedeutete?

Ich spürte, wie meine Augen feucht wurden. Diese verdammte Brautschau!

Jetzt wurde mir bewusst, dass sich das Ganze schon angekündigt hatte. Tionne schien geahnt zu haben, dass bei keinem der Prinzen der Funke übergesprungen war.

Nur ich hatte nichts gemerkt. All die Andeutungen in den letzten Tagen … Ich war so mit mir selbst beschäftigt gewesen, dass ich nicht darauf geachtet hatte. Was war ich doch für eine miserable Freundin.

Ich konnte ein Schluchzen nicht unterdrücken. Es war mir egal, dass die anderen mich merkwürdig anschauten. Das ganze Spektakel hier war mir zuwider. All die aufgetakelten Mädchen, das Herumpoussieren und die Intrigen.

Erst als die Prinzen den Saal längst verlassen hatten und auch die Kandidatinnen sich anschickten, zu gehen, erwachte ich aus meiner Erstarrung.

Tionne kam zu mir. »Du musst nicht traurig sein.«

»Tionne …« Ich wusste nicht, was ich sagen sollte.

Sie schloss mich in ihre Arme und tätschelte mir tröstend den Rücken. In diesem Augenblick entglitt mir das letzte bisschen meiner Selbstbeherrschung. All das, was ich in der Zeit hier erlebt hatte, brach über mir zusammen: die Entführung, die Sorge um meine Geschwister, das Schloss, der Luxus, die Prüfungen und der Hauptmann, von dem ich angezogen wurde wie eine Motte vom tödlichen Feuer. Dass mich nun auch noch Tionne allein lassen musste, raubte mir den Boden unter den Füßen. Hemmungslos schluchzend krallte ich mich an ihr fest, als könnte ich das Unvermeidliche damit verhindern.

»Es tut mir so leid!«, heulte ich mit tropfender Nase. »Wenn ich könnte, würde ich …«

»Das ist schon in Ordnung«, unterbrach sie mich. »Ich versuche, es mit Fassung zu tragen.«

Sie zog ein Taschentuch hervor und drückte es mir in die Hand. Ich wischte mir über Augen und Nase. »Aber …«

»Nein ehrlich, du brauchst dir keine Gedanken zu machen. Warum sollte ich traurig sein? Es ist einfach keine tiefere Zuneigung entstanden zwischen einem der Prinzen und mir.«

So war sie. Selbst jetzt noch versuchte sie, mich zu trösten, anstatt umgekehrt.

Noch mehr Tränen liefen mir über die Wangen. »Ja, aber bei mir doch auch nicht!«, stellte ich klar.

Sie zuckte mit den Schultern. »Aber anscheinend mag dich zumindest einer der Prinzen! Du wirst schon noch herausfinden, welcher es ist.«

Ich bewunderte, wie ruhig sie blieb, und schämte mich. So ging es nicht weiter. Ich musste mich zusammenreißen, stark sein für meine Freundin, die in diesem Augenblick viel eher das Recht hatte, traurig zu sein, als ich.

Stumm gingen wir nebeneinander zum Zimmer, das nicht länger das ihre war. Mühsam bemühte ich mich, die Fassung wiederzuerlangen, um es Tionne nicht noch schwerer zu machen. Wut kämpfte in mir mit Enttäuschung. Ich grub die Zähne fest in meine Wange, um meinen Zorn und meine Verzweiflung nicht laut hinauszuschreien.

Sophia und Fanny kamen, um sich zu verabschieden und um Tionne einen Koffer und sämtliche Kleider, die eigens für sie angefertigt worden waren, zu bringen. Tionne lehnte Hilfe beim Packen ab und verabschiedete sich mit herzlichem Dank von den beiden. Sie wollte die letzten Minuten, die ihr hier verblieben, mit Rose und mir allein verbringen.

»Warum ist stattdessen nicht Brenda rausgeflogen?« Rose saß mit hängendem Kopf auf ihrem Bett und seufzte schwer. »Meine Güte, sie hat dem Kronprinzen praktisch auf die Schuhe gespuckt!«

»Wisst ihr, ich freue mich auf zu Hause und meine Eltern. Da kann ich mich in Ruhe erholen.« Tionne legte das Kleid, das ich gerade für sie sorgsam zusammengefaltet hatte, in den Koffer. »Es sollte eben einfach nicht sein. Natürlich bin ich ein wenig traurig, es war eine aufregende Zeit hier mit euch. Aber irgendwo wartet auch auf mich mein Traumprinz. Nur eben nicht hier.«

Jetzt musste ich wieder schluchzen.

»Mayrin!«, mahnte Tionne und nahm mir das nächste Kleid aus den Händen, bevor es durch meine Tränen ganz nass wurde.

Als alles verpackt und von Dienern in den Innenhof gebracht worden war, in dem schon die Kutschen bereitstanden, die die Mädchen zurück nach Hause bringen sollten, stand Tionne mit gestrafften Schultern vor mir.

»Ich schaff das nicht ohne dich!«, flüsterte ich verzweifelt.

Sie umfasste mein Gesicht mit beiden Händen.

»Mayrin, jetzt hör mir mal gut zu!« Eindringlich sah sie mir in die Augen. »Du musst. Bring sie gefälligst dazu, dich zu mögen! Jetzt bist du diejenige von uns, die die Fahne von Talebridge hochhalten muss!«

Sie lächelte, doch auch ihre Augen waren feucht. »Aber pass auf, dass dir nicht auch jemand etwas Böses zufügt. Und lass um Himmels willen die Finger von diesem zwielichtigen Hauptmann!«

Ich schnaubte. »Der kann mir gestohlen bleiben.«

»Gut so! Vertrau ihm bloß nicht, mit dem ist irgendetwas nicht in Ordnung, da bin ich mir sicher. Ist dir mal aufgefallen, dass man ihn jedes Mal mit einem anderen Mädchen herumstehen sieht?«

Ich nickte und ignorierte das Gefühl in meiner Brust, das mir etwas anderes einflüstern wollte. »Ich werde ihm aus dem Weg gehen, Tionne.«

Zufrieden gab sie mir einen letzten Kuss auf die Wange und kletterte dann in die wartende Kutsche.

Ich lief bis zum Ende der Ausfahrt neben der Kutsche her und winkte ihr noch lange nach. Jetzt konnte sie mich nicht mehr sehen, und ich ließ meinen Tränen freien Lauf.

Tag zwei nach Tionnes Abreise war fast überstanden, aber immer noch verspürte ich eine schmerzliche Leere. Draußen war der Schnee weggetaut, und alles sah grau und matschig aus. Das passte hervorragend zu meiner Stimmung.

Im Jahreszeitensaal glitzerten die Kronleuchter im Licht der Kerzen, während mehrere Bedienstete soeben den Nachtisch servierten. An den Tischen gab es nun viel Platz, und ich sehnte mich zu der Zeit zurück, in der es hier laut und fröhlich zugegangen war und die Masse der Mädchen mir Anonymität gewährt hatte. Es gab zwar immer noch vier Tische, doch an jedem saßen nur noch vier Kandidatinnen und ein Prinz.

Ich senkte den Kopf wieder über meinen Teller. Tionne war fort und der Hauptmann sozusagen auch. Er hatte zwar mehrfach versucht, mich anzusprechen, doch ich hatte ihn mit fadenscheinigen Begründungen abgewiesen. Der Gedanken, dass er wusste, dass ich ihn mehr mochte als er mich, war mir unerträglich. Ich würde Tionnes Ratschlag beherzigen und seine Nähe meiden. Das war das einzig Richtige. Allerdings war es nicht hilfreich, ständig seine Blicke auf mir zu spüren, wenn er in der Nähe war. Weshalb tat er das? Wusste er denn nicht, wie sehr er mich damit quälte?

Es gelang mir kaum, mich auf den Unterricht zu konzentrieren, bei dem es in den letzten beiden Tagen um das korrekte Verhalten bei gesellschaftlichen Anlässen gegangen war.

Dabei wäre das bitter nötig gewesen, denn es gab auf dem royalen Parkett viele Fallstricke, wie Lady Zilery uns klarmachte. Abgesehen von den Basisanforderungen, dass man zuvorkommend, höflich, liebenswürdig und stets unerschütterlich gelassen erscheinen musste, sollte man auch noch die Klugheit eines wandelnden Lexikons vorweisen.

»Sie müssen sich so viele Namen wie möglich merken«, hatte Lady Zilery uns eingeschärft, »und auf jeden Fall die Titel korrekt verwenden!«

Wir paukten die Stammbäume alter Adelsgeschlechter, insbesondere den der königlichen Familie, und lernten, wer wie zu titulieren war. Glücklicherweise fiel mir das Lernen leicht. Aber was nützte das, wenn ich schon bei den Grundlagen der Konversation versagte, denn Gelassenheit war nicht gerade eine meiner Stärken.

»Hey, Mayrin«, sagte Rose, die sich nach Kräften bemühte, mich aus meiner Melancholie zu rütteln, »hast du noch Lust auf eine Partie Mühle vor dem Schlafengehen?«

Müde nickte ich und legte meinen Dessertlöffel zur Seite. Mir fehlte der Appetit. Ich bemühte mich um einen begeisterten Gesichtsausdruck und versagte kläglich. Es fiel mir schwer, am Gespräch teilzunehmen, wo ich mich doch viel lieber in mein Bett verkrochen hätte.

»Geht es Ihnen nicht gut, Miss Barnaby?«, erkundigte sich Prinz Caiden, der für das Dessert an unserem Tisch Platz genommen hatte.

»Doch, doch, Königliche Hoheit«, versicherte ich. Irgendwie gelang es mir, die Mundwinkel zu einer Art Lächeln nach oben zu ziehen. »Ich fürchte, das Wetter lässt mich ein wenig schwermütig werden.«

Ich senkte den Blick. Auch Lügen war nicht gerade eine meiner Stärken. Netterweise widersprach keines der Mädchen, die natürlich wussten, wie nah mir der Abschied von Tionne gegangen war. Was jedoch zum Glück niemand ahnte, war, wie nah mir die Sache mit dem Hauptmann ging.

Weshalb hatte er mich nicht küssen wollen? Ich war mir beim Ball so sicher gewesen, dass er es tun wollte! Hatte ich mich geirrt? Oder hatte er sich und mich schützen wollen vor der Katastrophe, in die wir unweigerlich geschlittert wären – spätestens, wenn uns jemand ertappt hätte?

Mein Kopf sagte mir, dass es das Beste war, wenn der Hauptmann und ich uns voneinander fernhielten. Aber innerlich zerriss es mich. Aus vollstem Herzen sehnte ich mich danach, ihm nah zu sein, ihn zu riechen, zu hören, zu spüren. Ich schluckte.

»Na, da sollten wir besser etwas dagegen unternehmen«, sagte Prinz Caiden gerade. »Würde es Ihnen gefallen, wenn ich Sie morgen zu einem kleinen Ausflug einladen würde?«

»Oh«, sagte ich überrascht. Vielleicht war Prinz Caiden doch nicht so unnahbar, wie ich gedacht hatte. »Das wäre sehr schön«, fügte ich wohlerzogen hinzu und warf einen schuldbewussten Blick zu Philippa, die am Nebentisch saß und uns beobachtete.

Sie hatte mir kürzlich gestanden, dass sie sich in Prinz Caiden verliebt hatte, und ich gönnte ihr den Prinzen von Herzen. Aber wenn ich ständig versuchte, niemandem ins Gehege zu kommen, war es sinnlos, hier zu bleiben. Prinz Caiden war vielleicht ein bisschen zu ernst, aber attraktiv. Es gab Schlimmeres, als Zeit mit ihm zu verbringen.

In diesem Augenblick brach ein Tumult an Philippas Tisch aus, weil bei einer Armbewegung ein Träger an Georgianas Kleid gerissen war. Wenn sie nicht so rasch reagiert hätte, wäre ihr Busen entblößt worden. Entsetzt kreischte sie auf und versuchte, mit mittelmäßigem Erfolg den Stoff mit der Hand so zu halten, dass sie weiterhin sittlich bedeckt war.

Prinz Darion sprang auf, legte seinen Frack um sie und geleitete sie hilfsbereit aus dem Saal.

»Ich glaube nicht, dass das Zufall war«, sagte Ismey leise zu mir.

Überrascht sah ich sie an. »Du meinst …?«

»Genau! Das war bestimmt wieder ein Attentat.«

»Mhm. Das wäre möglich«, stimmte ich ihr zu und dachte an Tionne und das manipulierte Kleid.

Ismey nickte bedächtig und strich sich eine flachsblonde Strähne aus dem Gesicht.

»Aber wer sollte so etwas tun?« Diejenige musste wirklich geschickt sein, denn sonst hätte Georgianas Zofe die fehlerhafte Naht beim Ankleiden sicherlich bemerkt.

Ismey hob die mageren Schultern, und wir beide ließen unsere Augen kritisch durch den Saal wandern.

Cecilia wirkte recht selbstzufrieden. Nur schien es mir, als wäre der Plan, sollte er von ihr stammen, in Georgianas Fall nach hinten losgegangen, denn die glänzenden Augen des Prinzen hatten verraten, dass er ihren entblößten Anblick durchaus zu schätzen wusste. Ich beobachtete mit einer gewissen Schadenfreude Cecilias Miene, die sich – je länger die beiden fortblieben – immer weiter verfinsterte. Ismey und ich warfen uns einen bedeutungsvollen Blick zu.

Ich beschloss, ab sofort meine Kleidung vor dem Anziehen besonders gründlich zu kontrollieren.

Als wir uns am nächsten Tag nach dem Frühstück im Jahreszeitensaal versammelten, um Lady Zilerys Unterricht zu lauschen, wusste ich immer noch nicht, was Prinz Caiden mit mir am Nachmittag vorhatte. Auf dem Tagesplan hatte nur gestanden, dass es zum ersten Mal Einzeltreffen mit den Königssöhnen geben würde.

Ich hatte ein Einzeltreffen!

Weshalb der Prinz dafür mich und nicht beispielsweise Philippa oder Brenda gewählt hatte, verstand ich allerdings nicht. Es hatte bisher keine Anzeichen dafür gegeben, dass er sich für mich interessierte oder mich gar als potentielle Ehefrau in Betracht zog. War es vielleicht nur das Mitleid, weil ich so niedergeschlagen wirkte? Oder steckte etwas ganz anderes dahinter?

»Heute geht es um die Gesprächstechnik bei offiziellen Anlässen«, unterbrach Lady Zilery meine Gedanken. »Sie werden lernen, worüber man spricht und worüber man besser schweigt.«

Ich seufzte.

»Tabuthemen sind beispielsweise: Tod, Geld, persönliche Probleme, Krankheiten – insbesondere Ihre eigenen – und natürlich Kritik an Anwesenden. Auch bei Witzen ist Vorsicht geboten.«

Puh, das alles klang ziemlich trocken und kompliziert …

Ich beugte mich zu Rose und flüsterte: »Vielleicht wäre das ein schöner Anlass für ein schlüpfriges Lied von Olivia!«

Sie kicherte, was uns einen bösen Blick von Lady Zilery eintrug.

»Was darf man denn überhaupt?«, wagte Brenda zu fragen.

»Gut zuhören, wenn der andere redet«, antworte Lady Zilery spitz. »Interesse zeigen. Gerne auch ein wenig von sich selbst erzählen, es sollte jedoch nicht um problematische Themen gehen. Und halten Sie bitte um Gottes willen keine Monologe!«

Beim Sprechen pflegte sie mit schnellen, harten Schritten durch den Raum zu gehen.

»Zunächst einmal will man sein Gegenüber unverbindlich kennenlernen. Als zukünftige Prinzessin würden Sie tagtäglich repräsentieren müssen. Da kommt es darauf an, dass Sie in der Lage sind, schnell mit Menschen – egal, ob einfaches Volk, Adlige oder sogar Könige – ins Gespräch zu kommen und ein paar unverbindliche Sätze zu wechseln. Sehr empfehlenswert ist eine Frage als Einstieg. Sie animiert Ihr Gegenüber dazu, etwas von sich zu erzählen. Senden Sie also das Signal ›Es gibt für mich im Moment nichts Wichtigeres als Sie‹ und zeigen Sie das auch durch Ihre Körpersprache. Denken Sie dabei an Mimik, Gestik und den Blickkontakt.«

Ich hörte nur mit halbem Ohr zu. Stattdessen beobachtete ich, dass der Hauptmann gerade an der geöffneten Saaltür vorbeiging.

»Auch der Gesprächsabschluss ist wichtig, sonst kann es Ihnen passieren, dass jemand die Gelegenheit nutzt und stundenlang von den Verdauungsproblemen seines Hundes erzählt.« Lady Zilery sah jetzt ein bisschen schelmisch aus, was sie mir beinahe sympathisch machte. »Ein paar höfliche Verabschiedungsworte, vielleicht der Hinweis darauf, dass dort hinten Lady Soundso stehe, die Sie gerne noch begrüßen würden – die Unverbindlichkeit dieser Art von Gesprächen gibt Ihnen die Möglichkeit, sich rasch zu entfernen, ohne dass jemand pikiert reagieren würde.«

Jetzt stellte Harriet eine Frage. In ihrem Gesicht konnte man immer noch die großen Quaddeln sehen, die sich am Morgen nach dem Eincremen wie aus heiterem Himmel gebildet hatten. Das hatte ziemlich eklig ausgesehen. Sie war völlig außer sich gewesen und hatte sich kaum getraut, zum Frühstück zu erscheinen.

Irgendjemand versuchte da gezielt, Konkurrentinnen um Prinz Darion unschädlich zu machen. Abgebrochene Absätze, gerissene Träger am Kleid, Wasserflecken am Po und nun das!

Wer tat so etwas?!

Während ich noch versuchte, die störenden Gedanken abzuschütteln und mich wieder auf den Vortrag von Lady Zilery zu konzentrieren, kamen auf einmal Soldaten herein und nahmen, ohne es zu erklären, zwei der Kandidatinnen mit sich.

Überrascht schauten wir ihnen nach.

»Was wollen die von Elaine und Philippa?«, brach Ismey das bedrückte Schweigen. »Glauben die ernsthaft, dass gerade die beiden schuld an Harriets Ausschlag sind?!«

Sie sprach aus, was ich auch vermutete: Die Königliche Familie hatte ebenfalls Verdacht geschöpft und versuchte, herauszufinden, wer die Anschläge auf die Kandidatinnen verübt hatte. Das war zu erwarten gewesen. Spätestens jetzt war doch klar, dass da jemand gezielt versuchte, die Bewerberinnen um die Hand von Prinz Darion auszuschalten!

»Das alles kann kein Zufall sein«, sagte ich. »Ich frage mich nur, wie die verätzte Haut von Tionne da hineinpasst.«

Es entwickelte sich eine aufgeregte Diskussion über die Attentate, obwohl Lady Zilery uns herrisch aufforderte, still zu sein, damit sie mit dem Unterricht fortfahren konnte. Wir überlegten, ob der Anschlag auf Tionne vielleicht in Wirklichkeit Harriet gegolten haben könnte, von der meine Freundin das weiße Kleid geliehen hatte, denn auch Harriet war eines der Mädchen, die sich für Prinz Darion interessierten.

War auch ich in Gefahr, wo ich doch allgemein ebenfalls als Bewerberin um die Gunst des jüngsten Prinzen galt? Ich erinnerte mich, wie mich vergangene Woche jemand im Salon eingeschlossen hatte. Vielleicht blühte mir noch viel Schlimmeres?

Wieder kamen die Soldaten herein und nahmen diesmal die Zwillinge mit. Keines der Mädchen kehrte in den Unterricht zurück. Wollte man etwa verhindern, dass wir miteinander sprachen, bevor alle befragt worden waren?

Ich erfuhr es bald, denn Rose und ich wurden als Nächste abgeholt. Während meine Zimmergenossin davongeführt wurde, geleitete ein Soldat mich zu einem Arbeitszimmer.

»Dies ist Mayrin Barnaby, Mr Grantham!«, teilte er dem dort an einem Tisch mitten im Raum sitzenden Uniformierten mit, der in irgendwelchen Unterlagen blätterte.

Mr Grantham blickte kurz auf, als wir eintraten, und wies mich an, ihm gegenüber am Tisch Platz zu nehmen. Er war von muskulöser, fast schon bulliger Statur und wog bestimmt das Doppelte von mir. Ich vermutete, dass er ein hochrangiger Soldat war, der mich verhören sollte, und wunderte mich, dass nicht der Hauptmann selbst sich darum kümmerte. Aber vielleicht verhörte der gerade Rose.

Nachdem der Wachmann an der Tür Position bezogen hatte, als würde man befürchten, dass ich fliehen wollte, passierte eine ganze Weile nichts, denn Mr Grantham las ungerührt weiter in seinen Schriftstücken. Während ich wartete, blickte ich mich neugierig um. Es war ein karger Raum mit rohen Steinwänden. An der Mauer neben mir standen ein großes Regal mit Büchern und eine hölzerne Bank. Ich lehnte mich vor, um einen Blick aus dem Fenster zu erhaschen und überlegte, ob wir uns in dem Turm mit den Kerkerräumen befanden.

Ein lauter Knall ließ mich zusammenfahren. Erschrocken blickte ich zu Mr Grantham, der abrupt aufgestanden war und dabei mit der flachen Hand auf den Tisch geschlagen hatte. Ich runzelte die Stirn. Was sollte das? Wollte er mich etwa erschrecken?

Sein stechender Blick, mit dem er mich von oben herab musterte, zeigte, dass genau dies seine Intention war. Und es war ihm gelungen. Er hatte meine volle Aufmerksamkeit.

»Sie mögen Prinz Darion?«, fragte er unvermittelt.

Er wirkte ernst und gefährlich, stellte ich fest. Ein wichtiger Mann, der nicht lang fackeln würde, wenn ihm jemand in die Quere kam. Ich schauderte, obwohl ich doch nichts zu befürchten hatte, denn schließlich hatte ich niemandem etwas getan.

»Nun ja …« Ich überlegte. Mochte ich ihn? Seit der Einladung zum Bogenschießen deutlich weniger.

»Ja«, antwortete ich schließlich eingeschüchtert, weil der Blick des Soldaten immer finsterer wurde, je länger meine Antwort auf sich warten ließ.

Mr Grantham trat um den Tisch herum näher an mich heran. »Wie gern mögen Sie den Prinzen?«

Ich lehnte mich ein wenig zurück, weg von ihm, weil seine Haltung so bedrohlich wirkte.

Gerade wollte ich zu einer Antwort ansetzen, da fuhr er fort: »So gern, dass Sie bereit wären, anderen Kandidatinnen kleine Streiche zu spielen?«

Entgeistert schloss ich den Mund wieder. Meine Gedanken rasten. Er schien zwei Dinge zu versuchen. Auf der einen Seite wollte er mich einschüchtern. Und das konnte er leider, wie ich an meinen eiskalten Händen feststellen musste, sehr gut. Auf der anderen Seite versuchte er, die Anschläge als Streiche zu verharmlosen – wohl, um es mir zu erleichtern, etwas zu gestehen.

Dabei waren es bei Weitem keine kleinen Streiche! Aufgebracht dachte ich an Tionnes Anblick, als sie sich vor Schmerzen auf dem Fliesenboden des Waschraumes gewunden hatte, nachdem ich sie von Harriets Kleid befreit hatte. Dachten die etwa, ich würde so etwas tun?!

In mir regte sich Wut, aber ich musste meine Antwort wohlüberlegt geben, das war mir klar. Mr Grantham war kein Mann, den man unterschätzen durfte, keiner, mit dem man Späße trieb.

»Ich finde seine Königliche Hoheit sehr nett, aber ich würde niemals einer Konkurrentin solche Dinge zufügen«, erwiderte ich mit mühsam unterdrücktem Zorn. »Schon gar nicht meiner besten Freundin Tionne, auf die ja auch ein Anschlag verübt wurde! Für sie würde ich fast alles tun!«

Ohne Vorwarnung stützte er sich auf dem Tisch auf und beugte sich zu mir vor, so dicht, dass ich fast schielen musste, um ihm in die Augen sehen zu können. Ich schluckte und versuchte, weiter zurückzuweichen, aber die Lehne des Stuhls verhinderte das.

»Wie ehrenhaft«, sagte er gefährlich leise, und sein Tonfall ließ keinen Zweifel daran, dass er dies ironisch meinte.

Sein stechender Blick fixierte mich für einen endlosen Moment und ließ meinen Mund so trocken werden, dass ich nichts darauf antworten konnte.

»Wie kommt es denn, dass Sie die einzige Bewerberin um die Hand von Prinz Darion sind, auf die noch kein Anschlag verübt worden ist?«, fuhr er abrupt fort.

Das war wohl so eine Masche von ihm. Dieses plötzliche Reden, wenn man gar nicht damit rechnete. Er war so nah, dass ich seinen Atem auf meinem Gesicht spürte. Ich konnte es nicht verhindern: Ich bekam Angst. Dachte er wirklich, ich wäre an den Anschlägen schuld?

Ohne mir die Chance zu geben, mich zu rechtfertigen, redete er weiter: »Und soweit ich weiß, haben Sie es von allen Damen am nötigsten, eine gute Partie zu machen. Vielleicht, indem Sie ein wenig nachhelfen?« Er machte eine kurze Pause und tat, als würde ihm gerade etwas einfallen, was ich ihm jedoch nicht abnahm, denn nichts in diesem Verhör wurde dem Zufall überlassen. »Wir sollten Ihr Zimmer durchsuchen lassen. Was würden wir da wohl finden, Miss Barnaby?«

Grimmig starrte ich zurück. Sollten sie doch! Ich hatte nichts zu verbergen! Aber weil ich ihn nicht provozieren wollte, unterdrückte ich ein hämisches Lächeln. Doch schon im nächsten Moment verging mir das Lachen.

»Das Risiko, Sie hierzubehalten, ist einfach zu groß. Wir werden Sie nach Hause schicken müssen, Miss Barnaby.«

Wie bitte? Ich blinzelte verwirrt und senkte den Kopf.

Nun gut. Das war wohl zu befürchten gewesen. Ich überlegte, was ich alles vor der Abreise erledigen musste. Da waren erst einmal Neela und Leo, die ich von Margret abholen musste …

Doch erneut schaffte es Mr Grantham, meine Aufmerksamkeit unvermittelt auf sich zu ziehen. Er trat zurück und hob die Mundwinkel, aber das Lächeln erreichte seine Augen nicht, sodass es mir fast mehr Angst machte als die bedrohliche Nähe vorher.

Zu Recht, wie seine nächsten Worte zeigten. »Aber erst einmal werden wir Ihre Geschwister befragen«, sagte er emotionslos.

Was?! Ich schoss hoch. Wollte er mir damit drohen, dass sie meine Geschwister ebenfalls unter Druck setzen würden?

»Sie sind hier im Schloss?«, fragte ich schockiert.

Wie konnten sie es wagen, Leo und Neela mit hineinziehen?! Auf keinen Fall! Nicht, wenn ich das verhindern konnte! Niemand hatte das Recht, meinen kleinen Geschwistern zu drohen!

»Das dürfen Sie nicht!«, rief ich aufgebracht. Eine Träne rann meine Wange entlang, ohne dass ich es verhindern konnte. Zornig wischte ich sie weg.

Mein Gegenüber richtete sich zu seiner vollen Größe auf – sein Gesichtsausdruck war die pure Überlegenheit. »Sie werden nicht glauben, was wir alles dürfen …« Ein kaltes Lächeln glitt über seine Züge.

Meine Beine wurden weich. »Geht es Neela und Leo gut?«, fragte ich schwach und ließ mich zurück auf den Stuhl sinken.

»Sagen wir so: Es geht ihnen den Umständen entsprechend … und Sie haben es in der Hand, dass dies so bleibt.«

Seine Drohung war so unverhüllt, dass es mir den Atem raubte.

»Ich habe wirklich nichts mit den Anschlägen zu tun, das müssen Sie mir glauben!«, flehte ich verzweifelt. »Ich werde sofort das Schloss verlassen, aber bitte lassen Sie meine Geschwister in Ruhe!«

Er hatte es geschafft: Er hatte mich kleingekriegt. Fieberhaft suchte ich nach einem Ausweg aus dieser Situation.

»Ich möchte den Hauptmann sprechen!«, verlangte ich und versuchte erfolglos, nicht zu schluchzen. Mr Kane war der Einzige, der uns jetzt noch helfen konnte.

Mr Grantham schwieg für eine ganze Weile, während ich bebend auf seine Antwort wartete.

»Mr Kane also«, sagte er schließlich mit gehobenen Brauen. »Sie denken wirklich, er würde Ihnen helfen?«

Ich nickte angespannt. War das ein kluger Schachzug gewesen, oder würde er nun erst recht wütend werden, weil ich seinen Vorgesetzten sprechen wollte?

»Ich habe wirklich nichts getan, ich schwöre es!«, versuchte ich erneut, ihn zu beschwichtigen.

Er schnaubte. Dann brüllte er unvermittelt den Wachmann an der Tür an und ließ mich dadurch schon wieder zusammenfahren: »Nehmen Sie dieses Weib um Gottes willen mit!«

Ich schöpfte Hoffnung. Würde er von uns ablassen?

Langsam, mit wachsamem Blick auf den cholerischen Mr Grantham, erhob ich mich – immer auf der Hut vor weiteren Ausbrüchen. Doch er ließ mich tatsächlich gehen.

Erst auf der Treppe, die zum Trakt der Kandidatinnen führte, gelang es mir wieder klare Gedanken zu fassen.

»Wo sind meine Geschwister?«, fragte ich ängstlich den Soldaten, der mich zurückbegleitete.

»Bei ihrem Kindermädchen«, antwortete er knapp.

Ich stutzte. »Bei Margret? Nicht im Schloss?« Was sollte das bedeuten? War etwa alles nur eine leere Drohung gewesen?!

»Genau. Ihnen wird nichts geschehen.« Mit unbewegter Miene ging er weiter, ohne mich anzusehen.

Mir fehlten die Worte. Und vielleicht war es auch besser so, denn andernfalls hätte ich etwas sehr wenig Damenhaftes von mir gegeben.

Erst als ich wieder in meinem Zimmer angelangt war, wo Rose bereits auf mich wartete, lösten sich meine zu Fäusten geballten Hände. Die Fingernägel hatten rote Halbmonde in meiner Handfläche hinterlassen, und meine Wangeninnenseite blutete.

»Ist alles in Ordnung mit dir?«, fragte Rose besorgt. »Du bist so blass!«

»Ich glaube, ich muss schreien«, erklärte ich dumpf. »Oder auf irgendetwas einschlagen.«

Mit verwundertem Blick musterte sie mich. »Aber warum denn das?«

Als ich ihr von dem Verhör und der erlogenen Drohung gegen meine Geschwister berichtet hatte, war ich schon ein wenig ruhiger geworden. Rose erzählte, dass sie ebenfalls ein unangenehmes Gespräch hinter sich hatte, allerdings war sie nicht bedroht worden. Ich vermutete, dass das daran lag, dass sie sich für Prinz Byron interessierte und somit keinen Grund hatte, den Bewerberinnen für Prinz Darion zu schaden.

Nach dem Mittagessen schaute ich sofort bei meinen Geschwistern nach dem Rechten, denen es zu meiner großen Erleichterung tatsächlich hervorragend ging. Niemand war zu ihnen gekommen und hatte sie erschreckt. Mr Grantham hatte nur leere Drohungen ausgesprochen. Was für ein bösartiger Mensch!

Der Hauptmann wusste bestimmt, wie Mr Grantham sich aufgeführt hatte, argwöhnte ich. War es vielleicht sogar auf seinen Befehl hin geschehen?! In mir brodelte es.

Ich würde ihn damit konfrontieren, beschloss ich auf dem Rückweg. Das war eine Sache, die ich nicht auf sich beruhen lassen konnte.

Nachdem ich wieder im Schloss angekommen war, bereitete ich mich auf das Treffen mit Prinz Caiden vor, und ich bemühte mich, nicht mehr an das Verhör zu denken.

Was würden wir unternehmen? Was erwartete er von mir? Worüber sollte ich mich mit ihm unterhalten? War er vielleicht derjenige, der mich hatte weiterkommen lassen?

Einzelrendezvous

Vor lauter Aufregung war ich viel zu früh fertig und beschloss daher, im Innenhof zu warten, bis der Prinz mich abholte. Eine dumme Idee, erkannte ich, als ich den Hauptmann auf mich zukommen sah und sich mein verräterischer Puls beschleunigte. Sofort war der Gedanke an Mr Grantham wieder in meinem Kopf und erfüllte mich mit glühender Wut.

»Was sollte dieses unsägliche Verhör?«, fauchte ich Mr Kane an. »War es nicht schon schlimm genug, dass man uns bei unserer Ankunft hier wie Verbrecherinnen empfangen hat? Ist das die Art, wie man bei Ihnen Gäste behandelt?«

Bei meinen Worten war er stehen geblieben und sein bis dahin freundliches Gesicht verfinsterte sich. »Weshalb denken Sie, dass ich damit etwas zu tun habe?« Sein Gesichtsausdruck zeugte von mühsamer Beherrschung.

Er musste sich also beherrschen? Ha! Der sollte mich kennenlernen! Ich ballte die Fäuste, ohne dass er es sehen konnte, denn meine Hände steckten in einem Muff.

»Tja. Weshalb sollte der Hauptmann der Wachen etwas mit den Verhören zu tun haben, die seine Soldaten durchführen?« Meine Stimme ätzte vor Ironie. »Lassen Sie mich kurz nachdenken …«

Ich wollte ihn soeben anklagen, wie es kam, dass er zwar wusste, wo sich jede einzelne Person des Haushaltes aufhielt, aber keine Ahnung hatte, was seine eigenen Männer so trieben, als er mit weicher Stimme fragte: »Waren meine Männer grob zu Ihnen, Miss Mayrin? Denn, sollte es so gewesen sein, wird das Konsequenzen haben!«

Jetzt hatte er mich aber überrascht. So, wie ich ihn und seinen verflixten Stolz kennengelernt hatte, hätte es eigentlich einen Streit geben müssen, der sich gewaschen hatte, schließlich war mein Tonfall nicht eben höflich gewesen!

»Ja … äh, nein!« Verwirrt starrte ich ihn an. Wollte er mich auf den Arm nehmen? »Es hat mich keiner angerührt, aber dieser Kraftprotz, der mich verhört hat, dieser Mr Grantham hat damit gedroht, dass er sich Neela und Leo vorknöpfen würde!« Empört sah ich zum Hauptmann auf. »Erst als ich nach Ihnen verlangt habe, hat er mich gehen lassen.«

Mr Kane strich sich mit ernstem Gesicht über das Kinn. »Ich werde mich darum kümmern, dass so etwas nicht wieder vorkommt.«

Mein Zorn verpuffte. Ich nickte und schwieg, weil er mir den Wind aus den Segeln genommen hatte.

»Sie haben ein Einzeltreffen?« Er musterte mich unergründlich.

»Ja«, gab ich knapp zurück und fühlte bei seinem Blick wieder das Flattern in meinem Magen. Aber ich würde mir keine Blöße mehr geben und mich noch einmal wie ein Schulmädchen an seinen Hals werfen. Darauf konnte er lange warten!

Er nickte. »Gut.«

»Wieso ist das gut?«, fragte ich aufgebracht. Hatte er jetzt etwa vor, mich in die Arme eines der Königssöhne zu treiben?!

»Wenn es Ihnen gelingt, das Herz eines der Prinzen zu erobern, haben Sie für sich und Ihre Geschwister ausgesorgt.« Er ließ seinen Blick unbeirrt auf mir ruhen.

Einen der Prinzen heiraten?! Was für eine absurde Idee.

»Das mag ja sein«, gab ich zurück, »aber was, wenn ich das gar nicht will? Abgesehen davon hatte ich bisher nicht den Eindruck, dass sich einer der Prinzen übermäßig für mich interessieren würde.«

Meine Hände in dem warmen Muff zitterten leicht. Seine bloße Anwesenheit ließ meinen Körper von Kopf bis Fuß kribbeln. Mr Kane wirkte auf mich wie ein Magnet, der mich erbarmungslos anzog, ohne dass ich es verhindern konnte. Es war einfach stärker als ich. Er beugte sich noch näher zu mir. Ich schluckte.

»Ich bin mir sicher, dass sich einer von ihnen sogar sehr für Sie interessiert«, flüsterte er rau.

Meine Augen weiteten sich. Er wusste offenbar mehr als ich. War das etwa der Grund für sein merkwürdiges Benehmen? Wollte er meinem Glück nicht im Wege stehen und hatte sich deshalb von mir zurückgezogen? Vielleicht war er gar nicht berechnend, sondern sehr selbstlos?!

»Sie meinen, … weil ich immer noch in der Auswahl bin?«, fragte ich nach.

»Richtig.«

»Na gut … Aber was ist mit Liebe? Ist das nicht das Wichtigste?«, rutschte es mir heraus, und ich spürte, wie ich feuerrot wurde.

Und was wäre, wenn er meine Gefühle vielleicht doch erwidern würde?

»Ja, was ist mit Liebe …?«, wiederholte er nachdenklich. »Irgendeiner der Prinzen gefällt Ihnen doch bestimmt, oder?«

Ich verzog den Mund zu einem schiefen Grinsen. »Ich fürchte, ich bin so beschäftigt damit, die Prinzen für mich zu begeistern, dass es mir nicht gelingt, mich für die Prinzen zu begeistern!«, gestand ich.

Ich hatte den Eindruck, dass er nur mit Mühe ein Lächeln unterdrücken konnte, und runzelte die Stirn. Zum Glück kam gerade Prinz Caiden aus dem Ostflügel. Hastig machte ich einen Schritt zurück und winkte ihm zu.

Mr Kane hatte mich wieder daran erinnert, warum ich hier war. Nicht, um schöne Kleider zu tragen und mich an Delikatessen rund zu futtern, sondern, um den Prinzen zu gefallen und möglichst weit zu kommen in diesem verrückten Wettbewerb. Als ich mich wieder zum Hauptmann umwandte, war der verschwunden.

»Ich sehe, Sie sind bereit, Miss Barnaby«, sagte der Prinz und deutete zum Tor. »Wollen wir?«

Er war schlanker als die anderen Prinzen, fast schon hager, was der enge Mantel, den er heute trug, noch betonte. Durch sein schmales Gesicht wurden die schön geschwungenen Lippen betont.

»Wohin gehen wir?« Schüchtern schritt ich neben ihm her.

Er lächelte geheimnisvoll. »Lassen Sie sich überraschen!«

So verhielt er sich immer: zurückhaltend und nachdenklich. Nur ganz selten einmal blitzte Spontanität durch.

Ich seufzte und fügte mich. Kein Schlitten, keine Kutsche weit und breit, nur ein paar Soldaten, die uns folgten. Mr Kane war nicht unter ihnen. Wie es schien, wollte der Prinz einen Spaziergang mit mir machen. Gut, dass ich warme Kleidung gewählt hatte. Trotz des Tauwetters war es immer noch empfindlich kalt.

Wir gingen über die Brücken von Schloss- und Parkgraben, die Allee entlang, an den Stallungen und der Orangerie vorbei und verließen an der Remise den Bereich des Schlosses. Dann lagen endlich die hübschen Fachwerkhäuser der Hauptstadt vor uns, über denen sich Wondringham Castle erhob.

»Es ist das erste Mal, dass ich in die Stadt gehe!«

Voll Vorfreude schritt ich möglichst damenhaft durch den Matsch, den der schmelzende Schnee hinterlassen hatte. Tionne hatte mir erzählt, dass die Stadt riesig und teilweise sehr schön sei und es erstaunliche Dinge zu kaufen gäbe: wundervolle Schmuckstücke, jede Menge Bücher und erlesene Kunstwerke aller Art. Ich wusste, dass einige Mädchen schon bei ihren Verabredungen mit den Prinzen einkaufen gewesen waren und sich etwas hatten aussuchen dürfen. War es das, was der Prinz mit mir vorhatte? Das würde mir auch gefallen!

Aber Prinz Caiden hatte anderes im Sinn. Wir schlenderten eine Weile durch die Gassen, dabei erzählte er Anekdoten und Wissenswertes über die Stadt. Obwohl er der perfekte Gentleman war – höflich und zuvorkommend –, hatte ich die ganze Zeit über ein unbehagliches Gefühl. Vielleicht war es sein ernster Gesichtsausdruck, der mir Sorge bereitete, vielleicht sein unnahbares Verhalten.

Ich bemühte mich, eine angenehme Begleiterin zu sein, und versuchte sogar einmal, ihm einen tiefen Blick zuzuwerfen. Aber das fühlte sich so fürchterlich falsch an, dass ich es unterließ.

Mir war klar, dass ich mir Mühe geben musste, doch jetzt beim Rendezvous mit dem Prinzen war es etwas ganz anderes, zu flirten und so zu tun, als hätte ich Interesse. Ich fühlte mich gehemmt und unwohl, ein Zustand, der nicht besser wurde durch die forschenden Blicke, die der Prinz mir zuwarf, während wir die Sehenswürdigkeiten der Stadt abklapperten.

Von Zeit zu Zeit streute er Fragen nach anderen Bewerberinnen ein. Ich durchschaute, was er vorhatte: Er wollte Informationen darüber sammeln, wer sich wirklich in einen der Prinzen verliebt hatte und wer nur auf die Vorteile aus war, die eine Verbindung mit dem Königshaus mit sich brachte. Er wollte wissen, wer sich gut integrieren konnte und wer freundlich zu den anderen Kandidatinnen war.

Bereitwillig schwärmte ich von den Qualitäten der Mädchen, die ich mochte, und verriet auch, wer sich ernsthaft verliebt hatte. Doch ich weigerte mich, über irgendjemanden etwas Schlechtes zu sagen, nicht einmal über Cecilia, Brenda oder Olivia. Da mussten sich die

Prinzen schon selbst ihr Bild machen. Soweit sollte mich dieser Wettbewerb nicht bringen, dass ich hier zur Petze wurde.

Endlich, als es draußen bereits dämmerte und ich immer unruhiger wurde, führte Prinz Caiden mich in ein Gasthaus. An der Tür erwartete uns der Wirt. Er musste gewusst haben, dass wir kommen würden. Kerzenschein und ein prasselndes Feuer im Kamin empfingen uns, als wir eintraten. Außer uns gab es in der Gaststube keine Gäste.

»Geschlossene Gesellschaft?«, fragte ich meinen königlichen Begleiter verunsichert.

Er nickte. »Ich dachte, dass wir uns so besser unterhalten können.«

Besser unterhalten … Was meinte er denn, was wir den ganzen Nachmittag lang getan hatten?

»Aha …«, murmelte ich nervös.

Er geleitete mich zu einem sorgfältig gedeckten Tisch. Als wir Platz genommen hatten, eilten sofort zwei diensteifrige Bedienungen herbei und schenkten uns Wein und Wasser ein. Ich beschloss, mich dieses Mal weitestgehend an das Wasser zu halten. Eine Situation wie die am Ballabend wollte ich nicht noch einmal erleben.

Der Prinz hob seinen Becher. »Auf einen schönen Abend!«

Ich wiederholte seine Worte und bemühte mich, mir meine Unsicherheit nicht anmerken zu lassen.

Während das Essen aufgetischt wurde, kamen Gaukler herein und begannen, uns mit Musik, Tanz, Gesang und kleinen Kunststückchen zu unterhalten. Sie waren gut, stellte ich fest, während ich über eine lustige Geschichte lachen musste, die ein Spaßmacher zum Besten gab.

Prinz Caiden sah mich mit undurchsichtigem Gesichtsausdruck an. »Gefällt es Ihnen?«

Sofort verstummte ich und wendete mich ihm zu. »Ja. Ihnen nicht, Eure Hoheit?«

Er lächelte nicht, als er antwortete. »Doch.«

Wir widmeten uns wieder dem Essen. Unterdessen begann ein Mädchen, mit zarter Stimme ein Liebeslied zu singen, das mich völlig in den Bann schlug. Ich seufzte leise.

»Cecilia sagte, Sie wären Gouvernante?«, riss der Prinz mich abrupt aus meinen Gedanken.

Erschrocken richtete ich mich auf. Was wollte er damit sagen? Wollte er mich überrumpeln? War das eine Drohung?

»Ich habe ein offizielles Schreiben der Königin, dass ich trotzdem hier sein darf!«, verteidigte ich mich und wünschte Cecilia auf den Mond.

»Ich weiß.« Die Stimme des Prinzen klang emotionslos, und auch sein Blick verriet in keiner Weise, was er dachte.

Verwirrt schwieg ich und überlegte, worauf er hinauswollte. Mein Unbehagen wuchs.

»Sehen Sie sich denn den Anforderungen, die an eine Prinzessin gestellt werden, zweifelsfrei gewachsen?«

Ach, daher wehte der Wind! Kampfbereit hob ich mein Kinn. Er glaubte also, dass ich nicht geeignet für ein Leben bei Hofe wäre!

»Natürlich bin ich …«, begann ich empört und verstummte, als mir im selben Moment bewusst wurde, dass seine Frage vollkommen berechtigt war. Ich klappte meinen Mund wieder zu und errötete.

Er musterte mich kühl. »Wenn Sie noch nicht einmal selbst daran glauben, dass Sie geeignet sind, weshalb überlassen Sie dann nicht Ihren Platz einer Dame, die den Rang einer Prinzessin ausfüllen könnte?«

Mein Gesicht brannte vor Scham, und die nächsten Worte brachen aus mir heraus, ohne dass ich sie stoppen konnte: »Und was ist mit *Ihnen*? Wer sagt, dass Sie würdig sind, den Titel ›Prinz‹ zu tragen?«, stieß ich aufgebracht hervor. »Sind Sie etwas Besseres, nur weil Sie als Sohn eines Königs geboren wurden?«

Erst als es heraus war, wurde mir bewusst, dass man einen Prinzen auf gar keinen Fall mit Worten angreifen durfte, gleichgültig, wie er sich benahm. Ich schlug die Hand vor den Mund.

»Es … es tut mir leid, Königliche Hoheit«, stammelte ich, erschrocken über mich selbst, und blickte ängstlich zu ihm.

Doch der Prinz sah nicht wütend, sondern eher nachdenklich aus. »Schon gut«, sagte er und schob seinen Teller von sich. »Das ist schließlich eine durchaus interessante Frage.«

Ich versteckte mein Gesicht hinter meinem Becher und trank, ganz entgegen meinen Vorsätzen, einen großen Schluck Wein. Den brauchte ich dringend. Prinz Caiden schwieg einen Moment versonnen, und man hörte nur die helle Stimme der Sängerin und die Klänge der Laute, mit der sie sich selbst begleitete.

»Ich wollte Sie durchaus nicht kränken, Miss Mayrin. Wir registrieren sehr wohl, wie sehr Sie sich anstrengen. Aber mich interessiert, aus welchem Grund Sie die ganze Mühe auf sich nehmen.«

Er wollte wohl hören, welchen Prinzen ich so gerne mochte, dass er der Mühen wert war. Verlegen strich ich eine Haarsträhne aus meinem Gesicht. Ich konnte ihm schlecht erklären, dass ich nur hier war, weil ich Geschwister hatte, für die ich sorgen musste, die auf mich angewiesen waren.

»Oft wächst man an seinen Aufgaben«, antwortete ich schließlich leise. »Manchmal gibt es Situationen im Leben, die einen dazu zwingen, Dinge in Angriff zu nehmen, von denen man nicht weiß, ob man sie bewältigen kann.«

Seine graublauen Augen betrachteten mich wie ein interessantes Exponat. »Ja«, sagte er dann, und das erste Mal an diesem Nachmittag hatte ich das Gefühl, dass er mich hinter seine Maske blicken ließ. »Sie haben recht, es gibt solche Situationen.«

Dankbar für sein Verständnis lächelte ich. »Sie geraten bestimmt öfter in solche Situationen, nicht wahr? Ich meine aus diplomatischen Gründen zum Beispiel …«

Sein Mundwinkel zuckte. »Richtig.« Er strich sich über die Stirn, als würde er unliebsame Gedanken wegwischen wollen.

»Was für eine Verbindung haben Sie zum Hauptmann?«, fragte er unvermittelt und versetzte mir damit den nächsten Schrecken.

Ich riss die Augen auf, und mein Atem stockte. Gerade hatte ich begonnen, mich wieder zu entspannen, und nun das! Dies hier war kein romantisches Rendezvous, es war schon wieder ein Verhör!

»Gar keine!«, antwortete ich bestimmt und gab mir Mühe, gelassen zu wirken. Meine Fingernägel drückten unter dem Tisch schmerzhaft in meine Handflächen.

Die Augenbrauen des Prinzen zuckten nach oben. »Gar keine …?«, wiederholte er.

»Genau!«, beharrte ich.

»Und wie wollen Sie mir erklären, dass Sie des Öfteren gemeinsam mit ihm gesehen wurden?«

»Hat das auch Cecilia erzählt?«, fragte ich giftig.

»Glauben Sie mir, wir wissen ziemlich viel von dem, was im Schloss vor sich geht.« Er sah mich streng an. »Also?«

Störrisch starrte ich zurück. »Ich habe nichts Verbotenes getan!«

»So?«

Ich nickte nachdrücklich.

»Dann frage ich einmal anders: Denken Sie, dass Ihre Sympathie für den Hauptmann die Ernsthaftigkeit, mit der Sie sich für die Verbindung mit einem von uns Prinzen engagieren, beeinträchtigt?«

Oh Gott, wie das klang! Natürlich beeinträchtigten mich meine Gefühle für Mr Kane. Jeden Tag, jede Minute, jede Sekunde. Sogar im Schlaf.

»Nein.«

»Nun gut.« Er winkte der Bedienung zu, dass sie das Dessert auftragen möge, und erlöste mich aus dem Kreuzverhör.

Ich atmete auf. Den Rest der Mahlzeit redeten wir nur noch über unverfängliche Themen. Fast war es, als hätte es den bedrohlichen Teil des Gespräches nie gegeben. Aber eben nur fast. Sehr nachdenklich kehrte ich anschließend nach Wondringham Castle zurück. Es schien mir, als wäre es an der Zeit für mich, in Würde das Schloss zu verlassen.

Als ich den Nordflügel betrat, empfingen mich die anderen Mädchen lautstark.

»Wie war es?«

»Habt ihr Händchen gehalten?«

»Oder euch sogar umarmt?«

»Weshalb seid ihr schon so früh zurück? Die anderen sind noch unterwegs!«

Die aufgeregten Fragen und der finstere Blick, mit dem Philippa mich bedachte, überforderten mich. Ich schluckte. Jetzt hätte ich Tionne an meiner Seite gebraucht. Aber sie war nicht mehr da, um mich in Schutz zu nehmen. Ich musste mich den Hyänen allein stellen.

Es war nicht leicht, die bohrenden Fragen und die subtilen Anzeichen von Eifersucht der Konkurrentinnen auszuhalten. Nachdem ich ein paar belanglose Details von meinem Treffen mit dem Prinzen erzählt hatte, wollte ich mich in mein Zimmer zurückziehen, doch in diesem Augenblick erscholl von der Galerie der aufgeregte Ausruf: »Rose ist zurück!«

»Sag schon! Was machen sie?!«

»Hält er ihre Hand?«

Sofort ließen die Mädchen mich in Ruhe und stürmten auf Rose los. Die sah gar nicht gut aus, fand ich, als sie sich schließlich durch die Menge der neugierigen Mädchen durchgekämpft hatte. Sie wirkte angespannt und hatte feuchte Augen. Als sie bei meinem Anblick in Tränen ausbrach, griff ich ihren Arm und lotste sie zu unserem Zimmer.

»Sie braucht jetzt etwas Ruhe!«

Fragendes Gemurmel folgte uns.

»Es war ein Desaster!«, schluchzte Rose. »Bestimmt denkt der Prinz jetzt, dass ich eine hohle Nuss bin.«

»Weshalb sollte er das tun?«, fragte ich verständnislos und hielt Rose die Zimmertür auf.

Sie ließ sich auf ihr Bett fallen und vergrub das Gesicht im Kissen. Ihre Schultern zuckten. »Weil ich fast gar nichts gesagt habe.« Ihre Worte waren kaum zu verstehen.

Ich reichte ihr ein Taschentuch und setzte mich neben sie auf die Bettkante. »Aber warum denn das?« Tröstend strich ich ihr über den Rücken.

Eine ganze Weile konnte Rose sich nicht verständlich artikulieren, aber schließlich fand ich heraus, dass Olivia und Louise ihr eingeredet hatten, sie sähe in dem Kleid, das sie für das Treffen ausgesucht hatte, von hinten unglaublich dick aus. Das hatte Rose so verunsichert, dass sie all ihr Selbstbewusstsein verloren hatte.

»Und das hast du ihnen geglaubt?«, fragte ich empört.

Rose rappelte sich auf und schnäuzte ihre Nase. »Ja. Ich weiß ja, dass ich mollig bin. Es war keine Zeit mehr, mich umzuziehen, und deshalb musste ich so los!« Sie deutete verzweifelt auf ihr Kleid.

»Langsam glaube ich, dass du wirklich eine hohle Nuss bist«, sagte ich kopfschüttelnd.

Rose sah mich mit großen Augen an und war kurz davor, wieder in Tränen auszubrechen. »Mayrin …?«

»Na, denk doch mal nach. Für wen interessieren sich die Mädchen, die das zu dir gesagt haben?«

»Für Prinz Byron?«

»Richtig. Und würde Sophia dir ein Kleid geben, das unvorteilhaft aussieht?«

Rose schüttelte langsam den Kopf.

»Siehst du?! Außerdem kennt der Prinz doch deine Rundungen und scheint dein Äußeres durchaus zu schätzen!«

Sie nickte bedrückt. »Ich hab's vermasselt, oder?«

Tröstend nahm ich sie in den Arm. »Ich wünsche dir von ganzem Herzen, dass der Prinz erkennt, was für ein wunderbarer Mensch du bist.«

»Mayrin, bitte lass mich hier nicht alleine!« Rose krallte sich mit verzweifeltem Blick an meiner Hand fest.

»Ich …«, setzte ich an. »Nein.« Doch! Auf keinen Fall durfte ich länger bleiben! »Jedenfalls nicht vor der nächsten Entscheidung«, fügte ich leise hinzu.

Ich war die hohle Nuss.

Am nächsten Morgen beim Frühstück sprachen alle davon, dass Cecilia und Prinz Darion sich bei ihrem Rendezvous geküsst hätten. Georgiana war deshalb tödlich beleidigt, hatte dem Prinzen noch am gleichen Abend eine unerfreuliche Szene gemacht und sagte nun die ganze Zeit kein Wort. Sie tat mir sogar ein bisschen leid, doch es war ziemlich naiv von ihr zu glauben, dass der jüngste Prinz die Gelegenheit, mit einer hübschen Frau Zärtlichkeiten auszutauschen, ungenutzt verstreichen lassen würde.

Den ganzen Vormittag bemühte sich Lady Zilery nach Kräften, uns auf das gesellschaftliche Parkett vorzubereiten, was sich allerdings als schwierig herausstellte, denn die Ereignisse bei den Einzelrendezvous hatten die übrig gebliebenen Kandidatinnen in helle Aufregung versetzt. Zumal zwischen den Zwillingen nun doch ein heftiger Streit entbrannt war, weil Kathleen Prinz Alexander hatte begleiten dürfen und Alice zurückbleiben musste.

Dieses Mal ging es um schlagfertige Antworten und subtile Gesprächsführung. Endlich etwas, worin ich mich geschickt anstellte: Reden konnte ich.

Rose hatte es da schwerer. »Ich habe furchtbare Angst davor, mich bei der kommenden Prüfung zu blamieren«, sagte sie traurig.

Generell hatte sie es zurzeit nicht ganz leicht. Mit Haut und Haaren hatte sie sich in Prinz Byron verliebt, zweifelte jedoch daran, dass er für sie ebenso fühlte.

»Wollen wir nachher wieder hochgehen und üben?«, schlug ich Rose flüsternd vor, damit Lady Zilery uns nicht hörte.

Dankbar nahm sie an.

So gingen wir nach dem Mittagessen zum Teesalon, in dem wir auch das Tanzen geübt hatten. Auf dem Weg hinauf überlegte ich, dass es hier wohl nicht oft vorkam, dass jemand einer anderen Kandidatin anbot, gemeinsam zu üben. Zwar hatten sich bereits Freundschaften gebildet, doch wenn es um die Prinzen ging, kämpfte jedes der Mädchen für sich alleine.

Aber so wollte ich nicht sein. Zu helfen kam mir ganz normal vor. Zu Hause hatte ich ständig jemandem helfen müssen – meinen Geschwistern oder den Conley-Kindern. Tionne und ich hatten uns schließlich auch immer gegenseitig unterstützt. Ich mochte Rose und würde es ihr gönnen, wenn sie weiterkäme. Und wer sagte überhaupt, dass wir uns ins Gehege kommen mussten, schließlich gab es vier Prinzen!

»Wir können so tun, als wäre ich ein fremder Lord und …«, begann ich und brach abrupt ab, nachdem ich die Tür zum Teesalon geöffnet hatte.

»Oh!«, stieß ich entsetzt hervor.

Dort standen – dicht voreinander – Cecilia und der Hauptmann. Cecilia hatte ihre Hand gerade auf Mr Kanes Arm gelegt und schenkte ihm ihr Engelslächeln. Als er mich erkannte, sah ich Unbehagen in seinem Blick.

»Verzeihung, wir wollten nicht stören«, stieß ich hervor, ließ die verdutzte Rose stehen, machte auf dem Absatz kehrt und floh.

Erstickt schluchzte ich auf. Ich hatte ja geahnt, dass er meine Gefühle nicht erwiderte. Was wusste ich denn schon von ihm und seinem Leben? Nicht einmal seinen Vornamen kannte ich! Aber dass er nun ausgerechnet mit Cecilia flirtete, war kaum zu ertragen. Irgendetwas zerbrach in mir und ließ Leere und Verzweiflung zurück. Aber wo konnte ich hin, um Trost zu finden, jetzt, wo Tionne nicht mehr da war?

Rose fand mich in meinem Bett, wo ich auf dem Rücken lag und Löcher in die Kassettendecke starrte.

»Es tut mir leid«, sagte ich tonlos, als sie sich zu mir auf die Bettkannte setzte, »ich weiß, dass ich mich kindisch benehme.«

»Der Hauptmann also.«

Ich nickte unter Tränen. »Sag einfach nichts, mir ist schon klar, wie dumm ich bin. Bitte – du musst das für dich behalten!«

Sie strich mir tröstend über den Arm. »Das ist doch selbstverständlich! Man kann sich eben nicht aussuchen, an wen man sein Herz verliert.«

Ich seufzte, rappelte mich auf und wischte meine Augen trocken. »Also los, dann üben wir eben hier.«

Es war sinnlos, herumzuliegen, sich im Schmerz zu suhlen und Trübsal zu blasen. Und nun wusste ich wenigstens endgültig, dass der Hauptmann nicht das für mich fühlte, was ich für ihn empfand.

Staatsbesuch

Beim Tee am Nachmittag zeigte sich, dass es goldrichtig gewesen war, fleißig zu üben. Denn Lady Zilery eröffnete uns, dass gerade wichtige Staatsgäste anreisen würden, mit denen wir am Abend gemeinsam speisen sollten. Und, als ob das nicht schon fürchterlich genug wäre für jemanden, der es nicht gewohnt war, sich in der besseren Gesellschaft zu bewegen, erfuhren wir auch noch, dass sich Gäste eines Landes darunter befanden, zu dem die diplomatischen Beziehungen angespannt waren.

Ich überlegte, ob ich mich krankmelden oder am besten gleich meine Geschwister schnappen und fliehen sollte. Aber dann dachte ich wieder an das Geld, welches ich bei der nächsten Entscheidung noch erhalten könnte, und auch an Rose.

Mit weichen Knien stieg ich am Abend die Treppe hinab und hielt mich vorsichtshalber am Geländer fest, da die Absätze an meinen Schuhen nicht gerade zu meiner Sicherheit beitrugen. Ich trug ein zartes weiß-geblümtes Kleid mit einer kleinen Schleppe, an dem ich, bevor ich hineingeschlüpft war, ausgiebig geschnuppert hatte, um herauszufinden, ob jemand etwas hineingerieben hatte. Das tat ich seit dem Anschlag auf Tionne mit all meiner Kleidung.

»Und bitte die Finger vom Alkohol lassen, Miss Mayrin!«, sprach mich der Hauptmann von der Seite an.

Ich zuckte zusammen. Er war der Letzte, dem ich in diesem Augenblick begegnen wollte. An seiner Wange erschien das liebenswerte Grübchen, was meine Laune nicht eben verbesserte.

»Der ganze Alkohol beim Ball war vermutlich auch so eine blöde Prüfung, oder?«, fragte ich mit finsterem Blick und beschwor in meinem Kopf das Bild herauf, wie er mit Cecilia im Teesalon zusammengestanden hatte. Denn ohne ein gewisses Quäntchen Wut im Bauch wäre es beim Blick in seine Augen sofort wieder um mich geschehen gewesen.

Er zögerte, dann nickte er. »Ja. Eine Prinzessin muss in der Lage sein, in jeder Situation die Contenance zu wahren.«

»Na, das war dann bei mir wohl ein voller Erfolg …«, murmelte ich und verzog das Gesicht, als ich an mein ungehöriges Benehmen am Ballabend zurückdachte.

Mr Kane lachte und sah dabei so jungenhaft aus, dass mein Herz einen Hüpfer machte. Verdammt! Dabei hatte ich mir so fest vorgenommen, mich nicht mehr von seinem Charme um den Finger wickeln zu lassen.

»Ich muss weiter …«, sagte ich und deutete Richtung Thronsaal. »Sehen, ob ich nicht irgendeinen Botschafter beleidigen kann.« Hastig eilte ich davon.

Vor dem Eingang zum Saal traf ich auf Rose. Sie war kreidebleich, und ihre schönen Augen waren noch riesiger als sonst. Wir warfen uns gegenseitig ein gequältes Lächeln zu und gesellten uns zu den anderen Kandidatinnen, die ebenfalls unruhig vor dem Saal darauf warteten, hineingebeten zu werden.

Drinnen wurden gerade die Staatsgäste von der Königin und den Prinzen begrüßt. Ich hörte die Stimme des Herolds, der jeden Gast würdevoll ankündigte. Meine Wange war von innen schon wieder wundgebissen. Als ich mich Rose zuwendete, blickte ich in die kalten, durchdringenden Augen von Mr Grantham, der ganz in der Nähe stand, und zuckte zusammen. Rasch drehte ich mich weg, um seinem Blick nicht länger ausgeliefert zu sein.

Endlich wurden wir hereingebeten. In der alphabetischen Reihenfolge unserer Nachnamen durften wir eintreten und der Herold stellte uns den Gästen vor, die mit Gläsern in der Hand im Raum verteilt standen und uns neugierig erwarteten.

Mir fiel auf, dass die anderen Kandidatinnen ein gewinnendes Lächeln aufsetzten. Aber ich hatte nicht genügend Übung darin, meine Gefühle zu verbergen, und merkte selbst, dass ich viel zu ernst war. Sicher, wir hatten mit Lady Zilery geübt, mit fremden Menschen elegant ins Gespräch zu kommen, aber sich nun in einem Raum mit all diesen Persönlichkeiten zu befinden, die wichtig für die politischen Beziehungen des Königreiches waren, war etwas völlig anderes.

»Das ist der Botschafter!«, flüsterte Cecilia bedeutungsvoll mit Blick zu den Prinzen, von denen drei bei der Königin standen und sich mit einem fremden Herrn unterhielten.

Lady Zilery hatte uns erklärt, dass die unausgesprochene Erwartung bestanden hätte, dass die Prinzessin dieses Landes Prinz Alexander heiraten sollte. Als nun vor Kurzem die Details der Brautschau an die Öffentlichkeit gelangt wären, hätte das dort für großen Unmut gesorgt.

Prinz Caiden fehlte, und ich überlegte, ob er wohl krank war. Suchend sah ich mich nach Philippa um, die sicherlich enttäuscht war, dass »ihr« Prinz nicht anwesend war. Dabei stieß ich gegen eine hübsche, blutjunge Dame. Sie trug eine blaue Schärpe über ihrem Kleid und ein prachtvolles Collier.

»Ich … bitte vielmals um Verzeihung«, stammelte ich verlegen und trat hastig einen Schritt zur Seite – und damit einem Bediensteten, der gerade ein volles Tablett durch den Saal balancierte, auf den Fuß. Im letzten Augenblick gelang es ihm, das in gefährliche Schieflage geratene Tablett zu stabilisieren.

»Oh, ver…!«, entfuhr es mir, und ich verzog gequält das Gesicht.

Die Dame mit der Schärpe lachte glockenhell. Sie konnte das Erwachsenenalter kaum erreicht haben.

Verlegen schlug ich mir die Hand vor den Mund und sah sie unsicher an. »Entschuldigen Sie, ich bin eine Katastrophe«, gestand ich mit heißen Wangen und wollte mich rasch verdrücken.

»Ja, wo wollen Sie denn so schnell hin?«, fragte sie fröhlich, sodass ich stehen blieb. »Endlich einmal jemand Interessantes auf diesen trockenen diplomatischen Veranstaltungen.«

»Ich fürchte, dass ich Sie da enttäuschen muss«, erklärte ich würdevoll. »Die wirklich interessanten Damen sind dort hinten.« Ich deutete auf Georgiana, Olivia und Cecilia, die mittlerweile bei den Prinzen standen und versuchten, durch gefälliges Posieren und launige Bemerkungen, deren Aufmerksamkeit zu erlangen.

Die Schärpendame bedachte die drei mit einem abfälligen Blick. »Ja, sicher. Diese Art von Damen kenne ich zur Genüge – eine hochmütiger als die andere.«

Jetzt musste ich lachen. »Aber Konversation können sie betreiben, das muss man ihnen lassen.«

»Welche Damen bemühen sich denn um den Kronprinzen?«, fragte sie interessiert.

Ich zeigte sie ihr. »Die besten Chancen haben, denke ich, diese beiden …« Ich deutete auf Elaine und Kathleen, die beide nahezu feengleich schön in ihren Kleidern aussahen.

Alice war ihrer Zwillingsschwester zwar sehr ähnlich, aber die deutlich Schüchternere der beiden. Deshalb glaubte ich, dass sich der Kronprinz eher für Kathleen als zukünftige Königin entscheiden würde.

»Mhm. Ich verstehe«, murmelte die unbekannte Dame. »Sie sind hinreißend.«

»Und das Schlimmste ist: Sie sind auch noch sehr nett!«

»Wirklich eine Frechheit!«, lachte sie. »Aber was ist mit Ihnen? Für welchen der Prinzen interessieren Sie sich?«

Schon wieder so eine Fangfrage.

»Also …«, druckste ich herum, »… ich …«

Mir fielen Lady Zilerys Hinweise ein, wie man einen unangenehmen Gesprächspartner loswerden konnte. »Oh! Bitte, entschuldigen Sie, aber ich sehe dort hinten … äh … Prinz Byron, den ich dringend noch begrüßen muss.«

»Oh nein, meine Liebe! Diese Tricks kenne ich! So leicht kommen Sie mir nicht davon!«

Ertappt blieb ich stehen und strich mir eine Haarsträhne aus dem Gesicht.

»Bei mir ist die Situation … ein kleines bisschen verworren. Eigentlich bin ich nur durch einen dummen Zufall hierher geraten.«

»Oh, bitte erzählen Sie!«, bat sie begeistert.

Die Stimme des Herolds, der uns zu Tisch bat, erlöste mich.

»Wir müssen uns setzen!«, stellte ich erleichtert fest. »Es hat mich sehr gefreut, Ihre Bekanntschaft zu machen«, fügte ich artig hinzu.

»Mich hat es auch gefreut«, sagte die junge Dame. »Wir sollten unser Gespräch später unbedingt fortsetzen.«

»Gewiss!«, log ich und musste schmunzeln, weil die Fremde mich durchschaute und mahnend den Zeigefinger hob.

Wir traten an die Tische und warteten darauf, dass die königliche Familie Platz nahm. Bereits am Nachmittag hatte Lady Zilery uns die Tischordnung vorgestellt. Es war genau geplant worden, welches Mädchen neben welchem Gast sitzen sollte.

Elaine beispielsweise als potentielle Kronprinzessin würde neben einem Duke sitzen, der großen politischen Einfluss besaß. Mit ihrer gewinnenden Art würde sie keine Schwierigkeiten haben, mit ihm ins Gespräch zu kommen. Ich hingegen sollte neben einem Lord sitzen, der augenscheinlich gesellschaftlich keine große Bedeutung besaß. Doch als ich am Platz mit meinem Namensschild ankam, stand dort bereits eine ältere Dame.

»Kindchen, seien Sie doch so lieb und rücken Sie zwei Plätze auf«, sagte sie und setzte das Gespräch mit dem Herrn an ihrer Seite fort, ohne mich weiter zu beachten, sodass mir nichts anderes übrig blieb, als ihr meinen Platz zu überlassen. Überrumpelt stellte ich mich hinter den frei gebliebenen Stuhl, der sich näher am Tisch der Königin, ihrer Söhne und der höchsten Staatsgäste befand.

Mir gegenüber würden nun Elaine und der Duke sitzen und neben mir – oh nein! – der beleidigte Botschafter, wie ich an seinem Namensschild erkannte. Ich war wirklich ein Glückspilz, dachte ich betrübt und warf einen hilflosen Blick zu Elaine. Doch die war vollkommen mit dem Duke beschäftigt, der ihr gerade Komplimente machte.

Die königliche Familie nahm Platz, woraufhin sich auch alle anderen Anwesenden setzten. Weil ich keine Wahl hatte, ließ ich mich auf dem frei gebliebenen Stuhl nieder, und der erste Gang wurde aufgetragen. Der Botschafter rechts neben mir unterhielt sich glücklicherweise mit seiner anderen Sitzpartnerin. Links neben mir saß nun Lord Mallet, der Ehemann der Dame, die sich meinen Stuhl unter den Nagel gerissen hatte.

»Ich hoffe, der Platzwechsel bereitet Ihnen keine Unannehmlichkeiten. Meine werte Gattin hat einen gewissen Hang dazu, Unruhe zu stiften«, teilte er mir im Flüsterton mit. In seinem Mundwinkel hing ein Speiserest. Lady Mallet hörte ihn trotzdem und gab ihm einen spielerischen Klaps auf die Hand.

»Das habe ich wohl gehört, Rupert!«, sagte sie, hob ihre Serviette und tupfte ihm den Mundwinkel sauber. »Ich mag alt und ein wenig wunderlich sein, aber ich bin nicht taub!«

Ich musste lachen. Die beiden gefielen mir.

»Sicher, meine Liebe, sicher!«, beschwichtigte Lord Mallet seine Frau und grinste mir verschwörerisch zu. »Wo kommen Sie her, Miss Barnaby?«, fragte er freundlich.

Erstaunt sah ich ihn an und wunderte mich, woher er mich kannte, bis mir einfiel, dass ja vor seiner Frau das Kärtchen mit meinem Namen darauf stand. »Aus Talebridge, Mylord.«

»Ah, wie schön!«, rief Lord Mallet. »Ein Freund von mir besitzt dort in der Nähe ein kleines Jagdschlösschen. Leeds?«, sprach er den gegenübersitzenden Duke an. »Ihnen gehören doch auch einige Ländereien bei Talebridge, nicht wahr?«

Der Duke nickte beiläufig und wandte sich gleich wieder an Elaine, die ihn mit ihrem Charme anscheinend schon um den Finger gewickelt hatte. Die Duchess auf seiner anderen Seite wirkte leicht angesäuert.

»Wir waren einige Male dort zu Gast und durften die angenehme Umgebung genießen«, fuhr Lord Mallet fort, ohne Anstoß an der abweisenden Art des Dukes zu nehmen.

»Richtig, die wundervollen Berge! Gab es da nicht immer diese hervorragenden Pasteten?«, beteiligte sich nun auch Lady Mallet an dem Gespräch. »Aber bitte verraten Sie mir doch, Liebes«, wollte sie von mir wissen, »wie es Ihnen gelungen ist, die Prinzessin zum Lachen zu bringen! Ich hätte nicht geglaubt, dass dies bei der heutigen Veranstaltung jemandem gelingen würde.«

Fragend sah ich sie an. Ich folgte ihrem Blick zum Kopfteil der Tafel, und nun sah ich, dass die junge Dame mit der Schärpe neben Prinz Darion Platz genommen hatte. Aber das bedeutete ja … *Sie* war die verschmähte Prinzessin! Kein Wunder, dass sie sich so interessiert nach Prinz Alexanders Damen erkundigt hatte! In Sekundenschnelle ließ ich unser Gespräch Revue passieren. Hatte ich irgendetwas nicht Wiedergutzumachendes gesagt?

»Oh, das war gar keine Absicht, Ma'am«, gestand ich. »Ich fürchte, sie hat sich eher über meine Tollpatschigkeit amüsiert.«

Lady Mallet lächelte. »Wie erfrischend!«

Erfrischend?! Ich war mir nicht sicher, ob ich als das »erfrischende« Mädchen, das zu dumm zum Geradeausgehen war, in Erinnerung bleiben wollte.

Die Teller des ersten Ganges wurden abgedeckt und die Gläser nachgefüllt. Während der nächste Gang aufgetragen wurde, ließ ich meinen Blick durch den Saal wandern. Der Hauptmann war nicht anwesend, wie ich mit einer Mischung aus Erleichterung und Enttäuschung feststellte.

»Bitte, verraten Sie mir, was Ihrer Meinung nach der Grund ist, weshalb Sie immer noch hier sind«, unterbrach Lord Mallet mit vollem Mund meine Gedanken.

Traurig sah ich ihn an. »Sie meinen, weil ich nicht so schön bin wie die anderen Mädchen?«

»Aber nicht doch, Miss Barnaby!«, wehrte er betroffen ab.

»Nein, nein, Sie dürfen das gerne sagen, Mylord, es macht mir nichts aus. Ich weiß es ja selbst – schauen Sie sich bloß diese Sommersprossen an! Nur ein bisschen an der frischen Luft und ich sehe selbst im Winter aus, als hätte ich eine ansteckende Krankheit!«

Prinz Byron, der gerade zu uns blickte, gab ein ersticktes Geräusch von sich, und ich argwöhnte, dass er unser Gespräch verfolgt hatte und sich nun über mich lustig machte.

»Ich wollte eigentlich nur wissen, welcher …«, begann der Lord.

Lady Mallet beugte sich an ihm vorbei zu mir hin und unterbrach ihn. »Kindchen, Sie haben einfach eine andere Art von Schönheit. Eine weniger offensichtliche. Ich denke, Ihre Schönheit kommt von innen, und das ist mindestens genau so viel wert!«

Dankbar lächelte ich sie an, weil ich fand, dass sie das sehr nett gesagt hatte. »Ich weiß auch nicht genau, weshalb ich noch hier bin. Es könnte etwas damit zu tun haben, dass ich mich anders benommen habe als die anderen Mädchen.«

Ich warf Prinz Byron einen verschämten Blick zu.

»Oh, bitte, verraten Sie uns, was Sie gemacht haben!«, rief Lady Mallet.

»Ähm … ich kann nur sagen, dass sich wohl nicht viele Mädchen den Prinzen gegenüber so verhalten haben dürften«, wand ich mich und errötete, als ich daran dachte, wie ich die Prinzen wütend mit meinen Schuhen beworfen hatte.

Prinz Byron nickte zustimmend und rieb sich grinsend über den Bart.

»Sie machen es aber spannend!«, sagte der Lord, und seine Gattin beugte sich noch näher, um ja kein Wort zu verpassen. »Nun erzählen Sie schon!«

Fragend blickte ich zu Prinz Byron. Der drehte sich zu seinem Bruder, der gerade einen großen Schluck Wein trank, und rief laut:

»Darion! Soll Miss Barnaby erzählen, wie du letzte Woche ihretwegen fast vom Stuhl gefallen bist?«

Der jüngste Prinz wedelte abwehrend mit den Händen. »Um Gottes willen, nein!«

»Tut mir leid«, wandte ich mich wieder an Lord Mallet. »Königlicher Befehl – da kann man nichts machen.«

Lady Mallet kicherte wie ein junges Mädchen. »Schade! Vielleicht können Sie es erzählen, wenn wir uns einmal wieder begegnen.«

Ich lächelte schief. Die Wahrscheinlichkeit, dass das geschehen würde, hielt ich für sehr gering.

Nachdem die Tafel aufgehoben worden war, ging es mit Tanz und Glücksspiel zur Unterhaltung der Gäste weiter. Es war nicht solch eine ausgelassene Veranstaltung wie der Ball Anfang der Woche, doch die Gäste schienen sich zu amüsieren, und die königliche Familie konnte diesmal zufrieden mit dem Verhalten der Kandidatinnen sein.

Gegen Mitternacht eilte ich nach oben, um mich nach den Anstrengungen eines ländlichen Tanzes frisch zu machen. Auf dem Rückweg begegnete mir Prinz Darion. Höflich lächelnd wollte ich an ihm vorbeigehen, doch er griff nach meinem Arm und hielt mich fest.

»Mayrin Barnaby«, sagte der Prinz theatralisch und betrachtete mein Dekolleté mit einer leicht verschwommenen Version seines Herzensbrecher-Blickes. »Wissen Sie eigentlich, dass ich Sie von Anfang an bezaubernd fand?«

»Aber nicht doch«, wehrte ich verunsichert ab. Woher kam dieser Anfall von Romantik? Mein Verstand befahl, dass ich mich geschmeichelt fühlen und den Moment nutzen sollte, um zu flirten, aber mein Körper wollte nur die Flucht ergreifen.

»Doch wirklich!«, beteuerte er. »Dieses niedliche Gesicht, dieses fröhliche Lächeln …«

»Mein ruhmreicher Sturz vor Ihre Füße«, ergänzte ich trocken, und er gluckste.

»Ja, auch das!« Er trat noch näher und strich mir mit einer trägen Bewegung eine Haarsträhne hinter das Ohr.

Er stand zu nah. Ich schluckte, hörte auf meinen Verstand und brachte mit trockenem Mund heraus: »Sie sind mir auch von Anfang an aufgefallen, Hoheit. Ihr Blick war es, der mich am ersten Tag zu Fall brachte.« Das Letztere entsprach durchaus der Wahrheit.

Er grinste selbstgefällig und zog mich in seinen Arm. Sein Atem roch stark nach Alkohol. Möglichst unauffällig versuchte ich, mich aus seiner Umklammerung zu winden. Mein eingefrorenes Lächeln schmerzte.

Schritte erklangen auf dem Flur. Prinz Darion beachtete sie nicht. Aus dem Augenwinkel erkannte ich Cecilia, die uns fassungslos anstarrte und dann auf dem Absatz kehrtmachte.

»Cecilia! Warte!«, flehte ich sie an, aber sie ging weiter, ohne sich umzusehen.

Und schon war ich wieder mit dem Prinzen allein. Ich versuchte, ihn wegzuschieben, aber er drängte mich unbeirrt an die Wand und hielt mich schließlich zwischen seinen Armen gefangen.

Jetzt machte er mir wirklich Angst. Hilflos sah ich zu ihm auf. »Königliche Hoheit, ich …«, stammelte ich. »Bitte …«

Sein Blick hing an meinem Mund, und mit der einen Hand griff er hinter meinen Rücken, um mich noch dichter an sich zu ziehen. Mein Magen krampfte.

»Sie spüren es auch, nicht wahr? Dieses Knistern zwischen uns?« Langsam senkte er den Kopf.

Das Einzige, was ich spürte, war das Ausmaß seiner Erregung, die sich gegen meinen Bauch presste.

»Nein!«, schrie ich, drehte meinen Kopf zur Seite und suchte nach einer Möglichkeit, aus dieser Situation zu entkommen. Ich konnte ihm ja schlecht das Knie zwischen die Beine rammen, schließlich war er ein Prinz! »Bitte, lassen Sie mich los!«

»Ach, du süßes Häschen«, hörte ich seine Stimme leicht schleppend an meinem Ohr, während er meinen Hals zu küssen begann. »Ich kenne doch die Frauen. In Wirklichkeit bist du nur ein wenig schüchtern, nicht wahr?«

Mir war übel. Mit aller Kraft versuchte ich, ihn wegzuschieben, was nur den Effekt hatte, dass er fester zugriff, sich mit seinem ganzen Körper an mich presste und seine Erektion an mir rieb.

»Lassen Sie mich sofort los, oder ich schreie um Hilfe!«, stieß ich mit dem Mut der Verzweiflung hervor.

Er lachte leise und nahm mein Gesicht in seine Hände, um mich mit einem brutalen Kuss auf den Mund zum Schweigen zu bringen. Für einen kurzen Moment war ich starr vor Schreck. Doch sobald sein Griff sich lockerte, weil er dachte, ich würde ihn gewähren lassen, nutzte ich die Chance, stieß ihn weg und sprang davon. Umsonst. Trotz seiner Trunkenheit reagierte er geschickter, als ich es erwartet hatte, und konnte mich erneut packen. Behindert durch das Abendkleid, war ich einfach nicht schnell genug.

Hilflos schluchzte ich auf, als sein harter Griff mich zurückriss.

In diesem Moment erklang eine schneidende Stimme hinter uns. »Ich denke, die Dame hat deutlich genug zu verstehen gegeben, was sie von Ihren Avancen hält, Prinz Darion!«

Der Hauptmann!

Vor Erleichterung wäre ich beinahe in Tränen ausgebrochen.

»Lassen Sie sie sofort los!« Der Blick, mit dem Mr Kane den Prinzen bedachte, hätte tödlicher nicht sein können. Er drängte Prinz Darion von mir weg. »Sie haben zu viel getrunken, Hoheit!«

Das letzte Wort stieß der Hauptmann mit solch einer Verachtung hervor, dass ich erschrocken die Hand vor den Mund schlug. Wie würde Prinz Darion auf diese offene Provokation reagieren?

Doch der ließ erstaunlicherweise ohne Widerstand von mir ab und murmelte kleinlaut: »Ich sollte mich wohl besser zurückziehen …«, woraufhin der Hauptmann nickte und ihn mit Nachdruck in Richtung Ostflügel schob.

Ich stützte mich an der Wand ab, weil meine Beine zitterten, während ich dem jüngsten Prinzen nachstarrte, der langsam den Gang hinunterwankte.

»So hätten Sie nicht ihm reden dürfen!«, stellte ich trotz meines verwirrten Zustandes fest. »Was geschieht, wenn er sich morgen noch daran erinnert?«

Mr Kane schnaubte. »Keine Angst, ich habe den Prinzen lediglich vor sich selbst beschützt. Das weiß er. Im Grunde ist er kein schlechter Mann.«

Ich schüttelte im krampfhaften Versuch, mein Gehirn aus dem Schockzustand zu befreien, den Kopf.

»Alles in Ordnung, Miss Mayrin?« Besorgt betrachtete er mich.

Alles in Ordnung?! War das sein Ernst? Nichts war in Ordnung! Ich mochte gar nicht darüber nachdenken, was hätte geschehen können, wenn der Hauptmann nicht zufällig vorbeigekommen wäre. Erschöpft schüttelte ich den Kopf.

»Ich kann nicht mehr«, wisperte ich. Meine Augen brannten, und meine Stimme klang dünn. »Ich möchte nach Hause.«

Mr Kane zog mich sanft in seinen Arm. Ich ließ ihn gewähren, weil meine Beine mich nicht mehr trugen, obwohl ich den dringenden Wunsch verspürte, erst die Berührung des jüngsten Prinzen abzuwaschen.

»Ist ja gut, Mayrin«, murmelte er, vergrub seine Nase in meinen Haaren und hielt mich lange Zeit einfach nur fest, bis mein Körper zu zittern aufhörte und ich zur Ruhe kam. »Er wird Sie nicht noch einmal belästigen, das verspreche ich«, sagte er schließlich mit belegter Stimme.

»Wie soll das denn gehen? Er ist schließlich der Prinz! Er darf alles«, schniefte ich. »Nein, es ist besser, wenn ich diese Farce hier beende. Ich hätte schon viel früher gehen sollen.«

Mr Kane schob mich ein wenig von sich, um mir ins Gesicht sehen zu können. »Nicht so voreilig«, sagte er eindringlich, und ich konnte ihm ansehen, dass er scharf nachdachte.

Er zog mich zu einer Sitzbank, die sich in einer kaum einsehbaren Nische befand, und drückte mich auf das Polster. »Setzen Sie sich«, wies er mich mit Befehlshaberton an und ließ sich neben mir nieder, als ich gehorchte. In einer beschützenden Geste legte er den Arm um mich und zog mich zu sich heran. Kraftlos sank mein Kopf gegen seine Schulter.

»Nur weil sich ein angetrunkener Jungprinz danebenbenimmt, werden Sie sich hoffentlich nicht verunsichern lassen!«, versuchte er, meinen Ehrgeiz zu wecken.

»Zu spät, Sir«, flüsterte ich kläglich.

Er fuhr sich durch die Haare, ohne den Blick von mir zu wenden. »Mayrin, Sie werden jetzt nicht aufgeben!«

Flehend sah ich zu ihm auf. »Verstehen Sie doch, ich kann so etwas nicht! Ich kann nach diesem Vorfall nicht mehr so tun, als ob alles in Ordnung wäre und ich in irgendeinen der Prinzen verliebt wäre.«

Das war mir jetzt sonnenklar. Nie wieder wollte ich so etwas erleben! Eher ging ich ohne das Geld heim. Ich richtete mich auf. Mein Entschluss stand fest.

Doch dann streiften Mr Kanes Finger meinen Hals, als er mit der Hand eine Haarsträhne aus meinem Gesicht schob. Das Gleiche hatte vor Kurzem Prinz Darion getan, aber nun war es nicht der Prinz. Das fühlte ich mit jeder Faser meines Körpers. Schlagartig war mein Mund trocken.

»Ich weiß, was Sie da versuchen!«, warnte ich ihn.

Er musterte mich intensiv. »Was meinen Sie?«, fragte er unschuldig und beugte sich zu meinem Ohr. Seine Lippen streiften meine Wange. Ich bebte am ganzen Leib.

»Sie wollen, dass ich so verwirrt bin, dass ich den Prinzen vergesse!«

»Und? Gelingt es mir?«, raunte er.

Ich hielt den Atem an, als ich auf einmal die Wärme seiner Hand auf der bloßen Haut in meinem Nacken fühlte.

»Wie bitte?«, murmelte ich, legte den Kopf zur Seite, sodass er mit den Lippen ungehindert an meinen Hals gelangen konnte, und schloss die Augen. Ich war Wachs in seinen Händen.

Er gab ein leises Glucksen von sich. »Ich will Sie nicht verlieren, Mayrin«, sagte er leise.

Seine Worte drangen erst zu mir durch, als er sich von mir löste. Ich gab ein leises Protestgeräusch von mir. Er sollte verdammt noch mal nicht mit dem aufhören, was er da tat!

Da nahm er mein Gesicht in beide Hände und sah mir tief in die Augen. Ganz still. Er rührte sich keinen Millimeter von der Stelle. Ich konnte seinen Mund direkt vor mir sehen, so nah, dass ich beinahe nur die Lippen hätte spitzen müssen, um ihn endlich …

Als Schritte auf der Treppe erklangen, zuckte ich ertappt zurück.

Himmel, was tat ich hier?

Ich erinnerte mich daran, was mit Victoria passiert war, die hinausgeflogen war, weil sie einen der adligen Tanzpartner geküsst hatte. Ich erinnerte mich, dass Tionne mich vor dem Hauptmann gewarnt hatte. Und ich erinnerte mich wieder daran, dass ich ihn ständig mit anderen Mädchen reden sah.

Schnell rückte ich ein Stück von ihm ab. Was war bloß los mit mir, dass er mich so leicht dazu bringen konnte, alle Vernunft außer Acht zu lassen? Er war gefährlich!

Verdammt gefährlich für mein Herz.

Mit misstrauischem Blick versuchte ich, die Wahrheit in seinem Gesicht zu lesen. »Was wollen Sie von mir, Mr Kane?« Meine Stimme klang rau.

Ein Bediensteter ging an uns vorbei, ohne uns weiter zu beachten. Zum Glück war es keines der Mädchen gewesen – oder gar einer der Prinzen!

»Dass Sie bleiben!«, sagte er ganz ruhig.

Machte er sich etwa über mich lustig? »Warum wollen Sie das?« Ich kaute auf meiner Wange.

Er antwortete nicht, sondern schaute mich nur auf diese Art an, die mir das Atmen schwer machte.

»Ich muss jetzt gehen, Sir«, sagte ich, als ich die Spannung zwischen uns nicht mehr aushielt, und erhob mich hastig.

Er stand ebenfalls auf. »Versprechen Sie mir, dass Sie bleiben.«

»Ich … Ich werde eine Nacht darüber schlafen.«

»Mehr kann ich wohl nicht verlangen.« Seine Stimme klang ernst. »Erholen Sie sich erst einmal. Wenn Sie mögen, bringe ich Sie nach dem Frühstück zu Margret und den Kindern. Das wird Sie gewiss aufmuntern. Und am Montag sieht die Welt bestimmt wieder ganz anders aus.«

Ich wünschte ihm eine gute Nacht und ließ ihn einfach stehen, um nach oben in mein Zimmer zu gehen, obwohl im Thronsaal das Fest noch in vollem Gange war.

An diesem Tag konnte ich beim besten Willen kein weiteres mehr Gespräch ertragen.

Als ich im Morgengrauen aus einem Albtraum hochfuhr, lag Rose in ihrem Bett und schlief friedlich. Ich hatte nicht gehört, wie sie hereingekommen war. Müde drehte ich mich auf die andere Seite, um weiterzuschlafen. Aber es ging nicht, denn jetzt begann das Grübeln. Unruhig wälzte ich mich hin und her.

Gehen oder bleiben?

Weiterlügen oder ein neues Leben aufbauen?

Prinz Darion wieder unter die Augen treten oder ohne das Geld abfahren müssen?

Verflixt! Es musste doch einen Ausweg aus diesem Dilemma geben!

Aber als sich Rose am späten Vormittag endlich regte, hatte ich mich immer noch nicht entschieden. Mit zurückhaltenden Worten berichtete ich ihr, was Prinz Darion getan hatte, aber auch sie wusste keinen Rat.

»Ich weiß, dass es furchtbar selbstsüchtig von mir ist, aber ich wünsche mir so, dass du bleibst!«, sagte sie mit flehendem Blick.

Verzweifelt wünschte ich mir Tionne hierher zurück. Sie hätte sicher gewusst, was zu tun wäre.

Als ich Rose später zum Speisesaal folgte, trat uns Cecilia mit grimmigem Blick in den Weg.

»Na, du kleines Flittchen!«, zischte sie. »Hattest wohl gestern einen schönen Abend?!«

Oh Gott, sie hatte mich mit Mr Kane gesehen! Jetzt würde alles auffliegen!, dachte ich im ersten Moment und wich zurück. Doch dann fiel mir ein, mit wem sie mich angetroffen hatte. Und sie war einfach weitergegangen, obwohl doch ein Blinder hatte sehen können, dass der Prinz mich gewaltsam festgehalten hatte!

»Du meinst … Prinz Darion?«, fragte ich vorsichtig.

»Na, da ist wohl jemand besonders schlau«, fauchte Cecilia außer sich vor Wut.

»Aber …«, wollte Rose sich zu meiner Verteidigung einschalten, doch, als Cecilia sich ihr zuwandte und sie zornig anblitzte, verstummte sie erschrocken.

»Misch dich nicht ein, Dickerchen!«, sagte Cecilia grob, und ich sah, wie Rose zusammenzuckte.

»Nun ist es aber genug, Cecilia!«, griff Ismey, die eben dazugekommen war, empört ein.

»Richtig!«, stimmte ich ihr zu. »Halt Rose da raus, sie hat dir nichts getan!«

»Sie hat dir nichts getan, sie hat dir nichts getan!«, äffte Cecilia mich spöttisch nach. »Spielst du jetzt auch noch Kindermädchen für Speckbacke, Mayrin Barnaby?«

Ich war entsetzt. Angesichts Cecilias Gehässigkeiten fehlten mir die Worte. Auch Ismey schwieg bestürzt.

»Glaub ja nicht, dass du damit durchkommst, Fleckengesicht!«, fuhr Cecilia fort. »Prinz Darion gehört dir nicht, verstanden? Keine hat das Recht, mit ihm mitten am Abend ein Fest zu verlassen und nicht wieder aufzutauchen! Dabei ist das ja wohl nur der Gipfel all deiner Schandtaten, nicht wahr?!«

Ihr hasserfüllter Blick machte klar, dass sie zu allem bereit war, um ihr Ziel zu erreichen.

Ich erkannte die charmante, feinsinnige junge Dame kaum wieder, als die sie sich noch vor wenigen Stunden bei der Abendgesellschaft gezeigt hatte. Aber wie meinte sie das: der Gipfel all meiner Schandtaten?

Rose, Ismey und ich sahen uns mit großen Augen an, nachdem Cecilia davongerauscht war.

»Was ist denn bloß in sie gefahren?«, fragte Ismey verwirrt.

»Naja, gestern Abend war Prinz Darion …«, versuchte ich, zu erklären, »… sagen wir mal … ein wenig indisponiert und konnte wieder einmal seine Finger nicht bei sich behalten. Das hat sie gesehen und wohl missverstanden. Anstatt mir in der Not zu helfen, ist sie beleidigt weggegangen.«

»Weshalb brauchtest du denn Hilfe?«, fragte Ismey verständnislos. »Weil Prinz Darion zärtlich zu dir war? Aber da kannst du doch stolz drauf sein! Das ist schließlich eine große Ehre und zeigt, dass er Interesse an dir hat.«

Eine große Ehre sollte das gewesen sein? Einen Moment lang war ich sprachlos. War das ihr Ernst? Gestattete sie dem jüngsten Prinzen etwa, sie unsittlich zu berühren?

Manchmal vergaß ich, dass Ismey zwei Seiten hatte. Sie war nicht nur die liebenswürdige, in Handarbeit begabte, schöne junge Dame, sondern sie war auch ehrgeizig und hatte den festen Willen, das Herz von Prinz Darion zu erobern.

»Sicher hast du recht«, antwortete ich schließlich und sah kurz zu Rose, die uns mit verblüfftem Gesichtsausdruck zugehört hatte.

Weil es mir zu kompliziert erschien, Ismey zu erklären, dass ich keinerlei Interesse an den aufdringlichen Avancen des jüngsten Prinzen hatte, fügte ich nichts hinzu, sondern ging stumm weiter.

Als wir den Speisesaal betraten, blickte ich verstohlen zu Cecilia. Mit der war innerhalb von Sekunden eine erstaunliche Verwandlung geschehen. Lächelnd und plaudernd saß sie am Tisch und tat, als wäre nichts gewesen.

Während des Essens verriet Philippa uns, dass Prinz Caiden wegen eines Unwohlseins leider nicht am Bankett hatte teilnehmen können. Sie strahlte, als sie das sagte, vermutlich, weil sie die Einzige war, die diese Information vorher gehabt hatte.

Unwillkürlich musste ich lächeln, als ich in ihr verliebtes Gesicht blickte.

Rose und Ismey berichteten, dass sie sehr zufrieden damit wären, wie der Abend verlaufen sei. Rose war mehrfach von Prinz Byron zum Tanz aufgefordert worden. Er habe ihr Komplimente gemacht und ihr in einem unbeobachteten Augenblick sogar einen kleinen Kuss geraubt, gestand sie mit kleidsam gefärbten Wangen.

Ismey meinte stolz, es sei ihr nicht schwergefallen, angenehme Gespräche mit dem Botschafter zu führen, und sie hoffe, sich damit für einen Platz als Prinzessin qualifiziert zu haben. Beim anschließenden Tanz mit Prinz Darion habe der ihr versichert, sie würde bezaubernd aussehen und er sei ein wenig eifersüchtig auf den Botschafter gewesen.

Das musste gewesen sein, bevor er mir im Gang begegnet war …

In die Enge getrieben

Nach der Messe, die an diesem Tag wegen des vorangegangenen Festes erst später stattfand, passte der Hauptmann mich im Gang ab.

»Holen Sie Ihren Mantel, dann gehen wir zu Margret!«

Entrüstet blickte ich zu ihm auf. »Ihnen auch einen schönen guten Tag, Sir! Wie wäre es mit einem ›Bitte‹?!« Ich war schließlich nicht irgendeiner seiner Soldaten, die er den ganzen Tag herumkommandieren durfte.

Er runzelte kurz die Stirn, stockte und sagte dann mit einer übertriebenen Verbeugung: »Liebste Miss Mayrin, hätten Sie vielleicht die Güte, Ihren Mantel zu holen, damit ich Sie zu Ihren Geschwistern begleiten könnte? Mein untertänigster Dank wäre Ihnen gewiss.«

»Es geht doch.« Ich grinste und lief nach oben, um mich anzuziehen.

»Irgendwelche weiteren Ideen zu den Prinzennamen?«, fragte Mr Kane gut gelaunt, als wir später gemeinsam das Schloss verließen.

»Wie wäre es hiermit?«, schlug ich vor. »Es ist eine alte Familientradition. Der König hat zwei ältere Halbschwestern, richtig?«

Der Hauptmann nickte zustimmend.

»Vielleicht fangen deren Vornamen mit A und B an und der König heißt in Wirklichkeit Christopher-Osbert oder Carl-Osbert?«

Mr Kane lachte. »Es tut mir wirklich leid, Ihre Ideen sind beeindruckend, aber es ist wieder falsch. Der Grund ist wirklich nicht so ausgefallen, wie Sie denken, allerdings hat es tatsächlich etwas mit den Schwestern des Königs zu tun.«

Wir überquerten die Schlossgrabenbrücke und bogen zu Margrets Haus ab.

»Werden Sie bleiben?« Er war wieder ernst.

Ich antwortete nicht. Das Ganze war kompliziert.

Vielleicht sollte ich zumindest die nächste Entscheidung abwarten, bei der sich das Problem mit großer Wahrscheinlichkeit von alleine lösen würde: Ich hatte die Prinzessin des Nachbarlandes angerempelt, das Rendezvous mit Prinz Caiden in den Sand gesetzt und den jüngsten Prinzen brüskiert – die Liste ließe sich vermutlich fortsetzen. Da war absehbar, was geschehen würde. Und es war in Ordnung so.

Das Geld würde reichen, die Kinder könnten bei mir bleiben, und meine kindische Schwärmerei für den Hauptmann würde sich mit ein wenig Abstand sicherlich legen. Ich würde zum Alltag übergehen können. Vielleicht nahmen uns sogar die Conleys wieder auf. Oder ich würde eben eine andere Familie finden, bei der ich arbeiten konnte. Es würde sich alles ergeben.

Doch heute wollte ich den freien Tag in der wohltuend unkomplizierten Gesellschaft von Margret und meinen Geschwistern genießen.

»May, weißt du, was passiert ist?«, sprudelte Leo sofort los, als wir Margrets Haus betraten. »Uns ist ein Kätzchen zugelaufen und …«

»Das wollte ich doch erzählen!«, unterbrach Neela ihren Bruder wütend, der ihr daraufhin die Zunge herausstreckte.

»Ich sehe schon: Es geht euch gut«, schmunzelte ich.

»Nun lasst eure Schwester und den Hauptmann doch erst einmal hereinkommen!«, ermahnte Margret die Kinder und nahm uns unsere Hüte und Mäntel ab.

Wir setzten uns auf die Küchenbank, während sie einen Kessel Wasser auf den Herd schob.

»Also: Wie war das mit dem Kätzchen?«, wollte ich wissen, während Leo auf meinen Schoß kletterte.

»Es ist richtig süß«, schwärmte Neela.

»Schwarz-Weiß-gefleckt!«, fügte Leo hinzu.

»… und Margret hat erlaubt, dass wir es behalten!« Neelas Gesicht war verzückt. »Wir haben es Dotty getauft.«

Mr Kane ergriff seine Chance. »Dann wollt ihr sicher noch ein wenig hierbleiben? Oder möchtet ihr lieber möglichst schnell nach Talebridge zurück?«

So ein heimtückischer Kerl! Natürlich brüllten die Kinder sofort, dass sie unbedingt noch hierbleiben wollten.

Sprachlos schüttelte ich den Kopf. Dann musste ich laut lachen. »Sie sind wirklich furchtbar!«

»Furchtbar?« Seine Stimme klang pikiert, aber in seinem Mundwinkel bildete sich das kleine Grübchen.

Margret hatte sich die Hand vor den Mund geschlagen, sodass ich nicht erkennen konnte, ob sie von meiner Wortwahl entsetzt war oder ob sie lachte. Sie drehte uns rasch den Rücken zu und goss das kochende Wasser in eine Teekanne.

»Jawohl! Sie wussten ganz genau, dass ich nun keine Wahl mehr habe!« Grimmig sah ich zu ihm auf. »Ich würde es sogar für möglich halten, dass Sie dieses Kätzchen vor Margrets Haustür abgesetzt haben!«

»So etwas Hinterlistiges würde ich nun wirklich nicht tun.« Er hob in einer Geste der Entrüstung die Hände.

Ich schnaubte – erzürnt darüber, dass er mich nicht ernst nahm.

Doch er ließ sich nicht beirren. »Margret, was denkst du? Sollten Miss Barnaby und die Kinder nicht noch ein wenig bleiben?«

»Tja …« Sie tat, als müsste sie ernsthaft überlegen, während Leo und Neela mit flehenden Augen an ihren Lippen hingen. »Es ist natürlich schon viel Arbeit mit den beiden …«

Die Kinder sackten zutiefst enttäuscht in sich zusammen.

»… aber sie sind auch eine großartige Hilfe, und ohne sie würde es in meinem Häuschen viel zu still und langweilig sein. Ich fürchte sogar, dass ich es ohne die beiden gar nicht mehr aushalten würde.«

Ihre letzten Worte gingen im Jubelgeschrei meiner Geschwister unter. Seufzend ließ ich den Kopf hängen.

Der Hauptmann nahm tröstend meine Hand. »Machen Sie bitte nicht so ein trauriges Gesicht, Miss Mayrin. Es wird alles gut werden. Ich bin ja schließlich auch noch da.«

»Eben!«, murmelte ich und wagte es nicht, mich zu rühren, weil er noch immer meine Finger umfasst hielt.

»Wie bitte?«

»Ich möchte noch nichts versprechen«, antwortete ich laut.

»Nun gut.« Mr Kane ließ mich los und erhob sich. »Ich muss zurück. Zum Abendessen hole ich Miss Mayrin wieder ab«, sagte er an Margret gewandt. Dann ging er und hinterließ eine merkwürdige Leere.

»Wie läuft es auf dem Schloss?« Margret goss Tee in einen Becher und stellte ihn vor mich. Dann knetete sie weiter an einem Teig. Sie schien immer in Bewegung zu sein.

»Wir lernen eine Menge. Und einige Mädchen sind schon richtig in einen der Prinzen verliebt«, berichtete ich und beobachtete, wie die Kinder das Kätzchen mit einen Stück Faden zum Spielen animierten.

»Und Sie?«, fragte sie sanft.

Ich seufzte. »Hm … Nicht annähernd. Vielleicht brauche ich einfach ein bisschen mehr Zeit, um die Prinzen kennenzulernen.«

»Ich verstehe. Das ist bestimmt schwierig.« Margret stellte den Teig zum Aufgehen beiseite und setzte sich zu mir. »Wie ist die Stimmung bei den Kandidatinnen untereinander? Ist der Konkurrenzkampf groß?«

Ich dachte an die vielen Anschläge auf die Bewerberinnen um Prinz Darion. Aber weil die Kinder mich hören konnten und ich ihnen keine Angst machen wollte, hielt ich mich zurück.

»Das ist ganz unterschiedlich. Einige sind wirklich sehr lieb und hilfsbereit, aber dann gibt es da auch Mädchen, die egoistisch sind und mit allen Mitteln kämpfen. Manchmal denke ich, die vielen Wachen sind vor allem dazu da, uns Kandidatinnen voreinander zu beschützen!«

Margret schmunzelte.

Mit dem letzten Satz hatte ich einen unauffälligen Übergang zu einer Frage schaffen wollen, die mir schon die ganze Zeit auf der Seele brannte.

»Die Soldaten müssen sicher ziemlich viel arbeiten. Bestimmt haben sie nur wenig Zeit für eine Familie, oder? Der Hauptmann zum Beispiel … wie schafft er es, Zeit für seine Frau zu finden, so oft, wie ich ihn im Dienst sehe?«

Angespannt nippte ich an meinem Tee, ohne Margret in die Augen zu blicken, und wartete auf die Antwort.

»Mr Kane ist nicht gebunden.«

Ihre Stimme klang, als hätte sie mich durchschaut, und meine Wangen wurden warm.

»Ach so.« Rasch wechselte ich das Thema: »Wissen Sie, weshalb die Prinzennamen nach dem Alphabet sortiert sind?«

»Mhm. Das weiß ich ehrlich gesagt nicht. Aber die Dienerschaft hatte damals schon Wetten abgeschlossen, bis zu welchem Buchstaben der König und die Königin kommen würden …«

Ich musste kichern.

Später bemühte ich mich möglichst unauffällig, noch einmal auf das Thema »Hauptmann« zu kommen, um Margret wenigstens seinen Vornamen zu entlocken und herauszufinden, weshalb er bei ihr aufgewachsen war, aber sie antwortete nur, dass ich ihn schon selbst fragen müsse, wenn ich etwas über ihn wissen wolle.

Weil mir meine Neugierde unangenehm war, ließ ich das Thema ruhen.

Es war wie verhext! Ich wollte so gerne alles über ihn wissen, aber wen sollte ich bloß fragen, ohne dass auffallen würde, wie viel mir an Mr Kane lag?

Als der Hauptmann mich später zurückbegleitete, dämmerte es bereits. Es war merkwürdig, im Abendlicht dicht neben ihm zurück zum Schloss zu spazieren, ihn so nah zu wissen und zu überlegen, was wohl passieren würde, wenn ich nun seine Hand berühren würde.

»Haben Sie sich entschieden?«, durchbrach seine klangvolle Stimme die Stille.

Er ließ aber auch nicht locker! Interessanterweise meinte ich, einen winzigen Hauch von Unsicherheit herauszuhören, wo doch sonst sein ganzes Auftreten selbstsicher und befehlshaberisch war.

Der Tag bei Margret und den Kindern – ohne Prinzen, Prüfungen und Zickereien – hatte mich entspannt. Ich würde bleiben, zumindest bis zur nächsten Entscheidung. Aber das musste der Hauptmann ja nicht sofort wissen.

»Nun ja«, sagte ich langsam, während wir die Wachen am Schlosstor passierten. »Ich gehe zurück.«

»Zurück?« Er klang aufgewühlt.

»Ja. Es ist besser so«, fuhr ich mit trauriger Stimme fort, um ihn zu necken. Gut, dass er mein Gesicht in der Dunkelheit des Vorhofes nicht erkennen konnte. »Stellen Sie sich den Ärger vor, wenn ich … heute Abend nicht rechtzeitig wieder im Schloss wäre.« Ich kicherte. »Ich denke, dass wir uns wirklich beeilen …«

Bevor ich den Satz beenden konnte, fand ich mich gegen die Mauer gedrückt wieder, den Hauptmann direkt vor mir.

»Du kleine Hexe«, knurrte er mit blitzenden Augen und hielt mich an den Armen gepackt.

Nicht nur aus Überraschung schnappte ich nach Luft und stellte fest, dass es an dieser Stelle des Vorhofes ziemlich finster war.

»Mr Kane?«, wisperte ich atemlos und starrte zu ihm auf.

Als er mich dann noch an sich zog, war ich kaum mehr in der Lage, zu denken. Oh. Mein. Gott!

Er brummte leise an meinem Hals, während seine Hand über meinen Rücken strich und meine Beine so zu Pudding machte.

»… na gut, vielleicht auch nicht«, piepste ich zusammenhanglos meinen Satz zu Ende.

»Was soll ich bloß mit dir anstellen, Mayrin?«, murmelte er an meinem Ohr und ließ seine Hand tiefer gleiten. Langsam bahnten sich seine Lippen den Weg über meinen Kiefer, zu meinem Mundwinkel, bis er meinen Mund erreicht hatte und ihn beinahe grob eroberte.

Mein Herz raste. *Endlich!*

Ich erschauerte und vergaß alles um mich herum. Dass wir mitten im Winter an einer kalten Schlossmauer standen. Dass uns jederzeit jemand entdecken konnte. Und dass ich mich eigentlich von Mr Kane fernhalten wollte. Fernhalten musste!

Ich fühlte genau, was er mit mir anstellen sollte!

Als hätte eine fremde Macht von mir Besitz ergriffen, schmiegte ich mich an ihn und schlang die Hände um seinen Nacken, während er mich leidenschaftlich küsste. Seine Bartstoppeln rieben meinen Mund wund, und als seine Zunge herausfordernd gegen meine Lippen drückte, konnte ich nicht anders, als mich ihm zu öffnen. Ein leises Stöhnen entfuhr mir, das ihn anzuspornen schien. Alle Unsicherheit, die ich zuvor empfunden hatte, löste sich in Nichts auf, während ich das Gefühl hatte, in seinen Armen am wunderbarsten Ort der Welt zu sein.

Schließlich löste er seine Lippen von meinen und hielt mich einfach nur fest im Arm, als hätte er Sorge, dass ich weglaufen könnte. Gierig sog ich seinen berauschenden Duft ein.

»Oh, Mayrin, was machen wir hier bloß?« Seine Stimme klang rau.

Ich kicherte euphorisch.

Doch der glücklichste Moment meines bisherigen Lebens wurde abrupt durch sich nähernde Schritte auf den Steinen unterbrochen. Hastig befreite ich mich aus seinem Arm und rückte meinen Hut wieder zurecht. Niemand durfte wissen, was wir getan hatten.

»Einen Vertrag brechen?!«, antwortete ich erschrocken auf seine Frage.

Ein Mann kam uns entgegen, der der Kleidung nach einer der Stallknechte zu sein schien. Als er uns sah, blieb er abrupt stehen und verbeugte sich.

Der Hauptmann schob mich vorwärts, und wir gingen an dem Knecht vorbei, als wäre nichts gewesen. Ich wagte es nicht, ihn anzusehen. Mir war mit einem Mal kalt. Eiskalt. Was hatte der Mann gesehen?

Schweigend betraten wir den Innenhof. Der Hauptmann schien tief in seine Gedanken versunken. Er wirkte jetzt wieder ernst und unnahbar. Hatte er ebenfalls Angst vor den Folgen, wenn wir entdeckt wurden?

Am Eingang zum Nordflügel verabschiedete er sich knapp. Ich sah ihm nach, wie er mit energischen Schritten den Hof durchquerte, ohne sich noch einmal umzudrehen.

Kein Wort mehr hatte er über den Kuss verloren. Fast war es, als hätte es ihn nie gegeben. Als hätte ich mir das alles nur eingebildet. Ich berührte meine geschwollenen Lippen. Nein. Es war definitiv passiert. Und es hatte alles zwischen uns verändert.

Aber was sollte ich bloß damit anfangen?

Wir mussten darüber reden, wie es weitergehen sollte. So jedenfalls nicht. Mr Kane wollte mich, und ich wollte ihn. Da war ich mir jetzt ziemlich sicher. Nie wieder würde ich so tun können, als hätte ich Interesse an einem der Prinzen. Aber irgendwie hatte mir beim Anblick seines verschlossenen Gesichts der Mut gefehlt, das zu sagen.

Der nächste Tag brachte einige Aufregung mit sich. Es begann damit, dass es erneut eine Entscheidungsverkündung gab, und schon wieder kam ich weiter.

Mittlerweile wunderte mich gar nichts mehr.

Ich konnte nur hoffen, dass es nicht Prinz Darion gewesen war, der sich für mich ausgesprochen hatte, denn die Erinnerung an seinen Übergriff saß tief. Allerdings hatte er mich gestern am Abend beiseite genommen und sich äußerst zerknirscht entschuldigt. Mit flehendem Hundeblick hatte er mich gebeten, ihm zu vergeben, und versprochen, dass er sich nie wieder derart vergessen würde. Sein jungenhafter Charme machte es mir schwer, ihm lange böse zu sein.

Nun war ich also eine der letzten zwölf. In Gedanken zählte ich auf, welche der übrig gebliebenen Kandidatinnen zu welchem Prinzen gehörte. Interessanterweise konnte ich das bei allen genau sagen – außer bei mir.

Prinz Alexander: Elaine und die Zwillinge.

Prinz Byron: Olivia, Flora und Rose.

Prinz Caiden: Philippa und Brenda.

Prinz Darion: Cecilia, Georgiana und Ismey.

Wenn ich davon ausging, dass für jeden der Prinzen noch drei Damen übrig waren, musste Prinz Caiden für mich gestimmt haben.

Aber war das wirklich so? Und würde es auch die Attentäterin, die ich immer noch unter den Bewerberinnen für Prinz Darion vermutete, so sehen und mich in Ruhe lassen?

Rose ging neben mir her und nestelte an ihrem neuen funkelnden Halsschmuck, als wir uns kurze Zeit später zum Jahreszeitensaal aufmachten, in den Lady Zilery uns gleich nach dem Abschied von den Mädchen, die abreisen mussten, beordert hatte.

»Was ist denn mit dir los, Mayrin? Du hast ja keine Miene verzogen, als du deine Halskette bekommen hast! Freust du dich denn gar nicht?«, fragte Rose. »Wir sind weiter!«

So war es. Aber ich konnte mich darüber wirklich nicht so richtig freuen. Was sich da zwischen dem Hauptmann und mir anbahnte, würde in einer Katastrophe enden. Der Gedanke an Victoria, die hatte abreisen müssen, weil sie einen der adligen Herren geküsst hatte, durchzuckte mich. Ich wollte nicht mit Schimpf und Schande aus dem Schloss gejagt werden!

Doch wie sollte ich es jetzt noch übers Herz bringen, den Hauptmann zu verlassen? Nicht, nachdem ich wusste, wie es sich anfühlte, von seinen Armen umschlungen zu werden, zu spüren, wie seine Lippen … Ich schluckte.

»Entschuldige bitte«, antwortete ich Rose leise. »Es ist wohl alles zu viel im Moment.«

Wir betraten den Jahreszeitensaal, setzten uns zu den anderen und lauschten, was Lady Zilery zu verkünden hatte.

»In den nächsten Tagen werden Sie für ein Gemälde posieren. Das bedeutet: schweigen, still stehen und Haltung bewahren. Wir haben sechs namenhafte Künstler hergebeten, sodass innerhalb weniger Tage von jeder von Ihnen ein Gemälde existieren wird. Die Bilder der Damen, die am Ende der Auswahl von einem der Prinzen zur Braut erwählt werden, erhalten einen Platz in der Galerie. Die anderen dürfen ihres als Andenken mit nach Hause nehmen.«

Die Fensterscheiben erzitterten unter dem nun einsetzenden Jubel.

Nur meine Freude darüber war eher verhalten, denn wo sollte ich mit solch einem Gemälde schon hin? Es in der zugigen Dachkammer bei den Conleys aufhängen?!

Außerdem, so erklärte uns Lady Zilery weiter, würden alle Kandidatinnen in Rhetorik, Geschichte und Staatskunde unterrichtet werden, und einige ausgewählte Damen dürften die Prinzen zu Ausflügen begleiten.

Sie teilte uns in zwei Gruppen. Die einen erhielten in den nächsten drei Tagen Unterricht, die anderen sollten gemalt werden.

Ich landete in der zweiten Gruppe und stand stundenlang einem schlecht gelaunten Künstler Modell. Das Beste an der Sache war das weich fließende Kleid, in welches Sophia mich dafür steckte. Weiß und aus feinster dünner Seide, mit der modernen hohen Taille und Borten in kunstvoller Goldstickerei. Wahrlich ein Kleid für eine Prinzessin.

Der Maler gab kaum ein Wort von sich, außer wenn er knurrte, dass ich irgendetwas an meiner Haltung verändern sollte. Nicht einmal das entstehende Bild durfte ich ansehen. Er drehte es sofort um, sobald die Sitzung beendet war, und scheuchte mich mit barschen Worten hinaus.

Und so war es auch am nächsten Tag.

Nach dem Abendessen ging ich in die Baderäume, um mich im warmen Wasser zu entspannen und anschließend meine steinharten Rückenmuskeln massieren zu lassen. Mein gesamter Körper war steif und verspannt vom langen Stehen, und mein Kopf schmerzte von den Sorgen, die während der Wartezeit ungehindert meine Seele hatten vergiften können.

Während eine Dienerin mit geschickten Bewegungen meinen Rücken knetete, ertappte ich mich dabei, wie ich mir vorstellte, es wären Mr Kanes große, warme Hände, die mich berührten.

Mayrin, du kleine Närrin! Ich schämte mich für meine lüsternen Gedanken und bemühte mich, sie sofort wieder aus meinem Kopf zu verbannen, als Rose aufgeregt hereinkam.

»Mayrin, gerade habe ich erfahren, dass Ismey krank ist! Sie hat furchtbare Magenkrämpfe. Jetzt ist sogar ein Arzt bei ihr.«

»Oh, die Arme!«, rief ich mitleidig, während die Dienerin mir ein Handtuch reichte.

»Du hättest sie mal sehen sollen!« Rose setzte sich auf eine Bank, während ich mich ankleidete. »Leichenblass! Ob das Essen nicht gut war? Vielleicht der Fisch?«

»Wir haben doch alle davon gegessen, dann müsste es uns auch schlecht gehen.« Nachdenklich richtete ich meine Frisur.

»Stimmt. Hoffentlich ist es nicht ansteckend! Stell dir vor, du bist gerade auf einem Ausflug mit dem Prinzen und musst auf einmal …«

»Halt, halt!«, unterbrach ich Rose. »Ich habe verstanden, was du meinst.«

Wir stiegen nebeneinander die Treppe zum Frauentrakt empor. Mir kam ein furchtbarer Verdacht. Nach all diesen Vorkommnissen bei Prinz Darions Favoritinnen … Hatte jetzt etwa jemand versucht, Ismey zu vergiften?!

Seit dem Verhör waren die Wachen auf den Gängen des Nordflügels verstärkt worden, und es hatte keine weiteren Anschläge gegeben. Deshalb waren wir alle davon ausgegangen, dass die Schuldige sich ertappt fühlte und ihren Plan fallen gelassen hatte.

Aber das schien nur ein frommer Wunsch gewesen zu sein. Wer tat so etwas?! Harriet konnte es nicht gewesen sein, denn die hatte heute Morgen abreisen müssen. An Prinz Darion waren noch Ismey, Georgiana und Cecilia interessiert, aber Cecilia war die Einzige, die bisher ungeschoren davongekommen war. Ihr würde ich so einiges zutrauen – aber jemanden zu vergiften …?

»Wollen wir Ismey morgen früh einen Krankenbesuch abstatten?«, fragte Rose in ihrer fürsorglichen Art.

Ich nickte, in Gedanken immer noch bei dem Attentäter. Sollte ich meinen Verdacht laut äußern?

»Du warst heute recht abweisend zu Prinz Darion. Kaum ein Wort hast du von dir gegeben, als er bei uns am Tisch saß. Bist du ihm noch immer böse?«, riss Rose mich aus meinen Überlegungen.

Ich verzog den Mund, während ich ihr die Zimmertür aufhielt. Zwar hatte er sich entschuldigt, aber ich sah keine Veranlassung, ihn weiter zu ermutigen. Ich ließ mich in den Sessel plumpsen, legte die Beine über eine Armlehne und gähnte. Die Massage hatte mich wunderbar entspannt.

»Ehrlich, Mayrin, das hier ist kein Spiel! Wie willst du mit so einer Einstellung in die nächste Runde kommen?«, fuhr Rose fort. »Wir sind nur noch zwölf! Da kannst du doch nicht einfach alles hinschmeißen!«

»Doch«, murmelte ich.

»Wie bitte?«

»Schon gut.« Seufzend stand ich auf, um mir vor dem Spiegel die Frisur zu lösen.

»Mayrin, mach keinen Quatsch! Ohne dich überstehe ich das nicht. Bitte, gib dir Mühe!«, rief sie, und ich nickte unwillkürlich, als ich sah, wie ihre braunen Augen mich anflehten.

Es war wirklich etwas Besonderes, so weit in der Auswahl gekommen zu sein und so viele unglaubliche Dinge erleben zu dürfen. Beispielsweise hätte ich niemals gedacht, dass es einmal ein Gemälde von mir geben würde. Irgendwie war das schon großartig.

Ich trat zum Fenster und schaute über die winterlichen Baumwipfel hinweg.

»Da fällt mir ein: Ich muss eben noch einmal nach unten.« Roses Stimme klang verlegen.

»Ach?!« Neugierig wandte ich den Kopf.

»Naja … Ich bin mit Prinz Byron zu einem … kurzen Gespräch verabredet …« Ihre Porzellanwangen erröteten, und ich musste lächeln, als sie hastig den Raum verließ.

Ein Gespräch … Soso!

Die beiden schienen sich bereits sehr nahezustehen. Allerdings war auch Olivia, ihre wohl ärgste Konkurrentin, noch immer im Rennen. Gedankenversunken fuhr ich mir durch die feuchten Haare, um sie aufzulockern.

Die Zimmertür war noch nicht ins Schloss gefallen, als sie schon wieder aufgedrückt wurde.

»Bitte keine Ermahnungen mehr, Rose«, sagte ich, ohne mich umzudrehen.

»Wäre denn eine Ermahnung nötig?«, erklang eine zynische Männerstimme.

Ich fuhr herum, und mein Herz setzte vor Schreck einen Schlag aus. »Prinz Caiden!«

Sein herbes Parfüm erfüllte den Raum.

Ich schluckte. Weshalb war er hier? Was wollte er von mir? War er es, der für mich gestimmt hatte? Was sollte ich tun, wenn er mich ebenfalls bedrängen würde?

Er musste Rose gesehen und gewusst haben, dass ich allein war. Das konnte nur eines bedeuten: Ich steckte in ernsthaften Schwierigkeiten.

Unwillkürlich trat ich einen Schritt zurück und spürte die Fensterbank in meinem Rücken. So in die Enge getrieben, fühlte ich mich wie ein Gast in meinem eigenen Zimmer. Würde mich jemand hören, wenn ich um Hilfe schrie?

Reglos stand ich da, den Blick auf Prinz Caiden geheftet, als wäre er ein Raubtier, das mich jeden Moment anfallen könnte.

»Wir beide sollten uns einmal ernsthaft unterhalten, nicht wahr, Miss Barnaby?«, sagte er und lächelte ein Lächeln, das seine Augen nicht erreichte.

Auf meinen Armen bildete sich eine Gänsehaut.

Er setzte sich wie selbstverständlich auf unser Sofa, lehnte sich zurück und legte beide Arme über die Rückenlehne.

»Ja«, antwortete ich mit dem Mut der Verzweiflung, »das sollten wir wirklich tun.« Nur zu gern würde ich ihm einmal ein paar Takte über sein Verhalten sagen.

Er klopfte auf den Platz neben sich, aber ich wollte nicht so dicht bei ihm sitzen. Stattdessen ließ ich mich sehr aufrecht auf dem Sessel nieder und unterdrückte den Reflex, mich so weit wie möglich von ihm weg zu lehnen.

»Mir wurde zugetragen, dass Sie sich mehrfach heimlich mit dem Hauptmann getroffen hätten. Aber dabei kann es sich nur um einen Irrtum handeln, nicht wahr?« Seine Stimme klang eisig.

Mein Atem stockte.

Worauf wollte er hinaus? Das stimmte so gar nicht. Wir hatten uns nicht heimlich getroffen. »Nein, wir haben …«

»Sehen Sie, das habe ich auch gesagt. Mayrin Barnaby ist anständig, sie würde sich nicht über den Vertrag hinwegsetzen.«

Ich spürte, wie meine Wangen heiß wurden.

»Sie würde ihre Abfindung beziehungsweise die Chance auf ein Leben als Prinzessin nicht aufs Spiel setzen, und vor allem … würde sie nicht die Schuld an der Entlassung des Hauptmanns tragen wollen, richtig?«

Ich schluckte. An der Art, wie er das gesagt hatte, merkte ich, dass er alles wusste.

Ich dachte an Mr Kane. Seine schönen Augen, seinen Geruch und daran, wie es sich angefühlt hatte, als er mich im Arm gehalten und mir jeden logischen Gedanken und jede Vorsicht aus dem Kopf geküsst hatte.

All das raste mir durch den Kopf, während Prinz Caiden mich mit seinem Blick durchbohrte. Würde man den Hauptmann tatsächlich entlassen?

»Wir haben jetzt ein Problem, Miss Barnaby. Ein Problem, das mit Ihrem Verhalten dem Hauptmann gegenüber zu tun hat.«

Er meinte den Kuss. Er konnte nur den Kuss meinen!

Mit großen Augen starrte ich ihn an und konnte nicht antworten, weil meine Kehle wie ausgedörrt war.

»Können Sie sich vorstellen, was es auslösen würde, wenn alle Damen sich so verhalten würden, wie Sie es tun? Wenn jede mit den Soldaten schöntun würde?« Prinz Caiden rieb sich nachdenklich mit dem Daumen über die volle Unterlippe.

»Aber …«

»Wir Prinzen haben eine verantwortungsvolle Aufgabe übernommen, indem wir uns bereit erklärten, dieses Auswahlverfahren durchzuführen. Doch auch die Kandidatinnen haben gewisse Pflichten. Wie sollen wir die Richtige für jeden von uns finden, wenn wir noch nicht einmal sicher sein können, dass sie es ernst mit uns meint?«

Ich war verblüfft, wie offen das klang, und fühlte mich schlecht. Doch auch Wut regte sich in mir und ließ mich wieder einmal jede Besonnenheit vergessen.

»Sie sprechen von Verantwortung und Regeln, aber was ist mit Ihnen, Königliche Hoheit?! Sie kommen einfach in mein Zimmer hereinspaziert, ohne den Anstand zu besitzen, wenigstens anzuklopfen, und schimpfen im nächsten Atemzug, weil der Hauptmann mich unterstützt und freundlich zu mir ist?!«

Ich saß auf der vordersten Sesselkante, bereit, jederzeit aufzuspringen und zu fliehen, sollte er handgreiflich werden.

Lange Zeit war es still, und der Prinz sah mich nur an. Dann hoben sich seine Mundwinkel leicht. »Der Hauptmann hat recht, Sie sind eine Kämpferin, Miss Barnaby!«

Verlegen hob ich die Schultern. »Was erwarten Sie jetzt von mir? Darf ich ab sofort mit keinem Mann mehr reden, der nicht von Geburt Prinz ist?«

»Wenn es nur so einfach wäre.« Er nahm sich einen Apfel aus der Schale auf dem Tischchen und betrachtete ihn eingehend. »Nicht alles ist so, wie es von außen scheint. Dieser Apfel zum Beispiel. Er könnte innen verdorben sein.« Krachend biss er in die glänzende Frucht und stellte ganz beiläufig seine nächste Frage. »Was denken Sie über den Hauptmann?«

Was sollte das denn jetzt?! Um mein Unbehagen zu überspielen und etwas Zeit zu gewinnen, füllte ich mir eines der Gläser mit Wasser.

»Ich weiß nicht … Er ist sehr hilfsbereit und freundlich«, antwortete ich nervös und verschluckte mich fast, als ich zu hastig trank.

»Also sind Sie nicht ganz so hingerissen von ihm, wie er glaubt – und wie er es von Ihnen ist?«, fragte er mit ruhiger Stimme und biss erneut vom Apfel ab.

Ich riss die Augen auf. »Ist er das?«, fragte ich überrascht. »Hat er das zu Ihnen gesagt?«

Wenn die Prinzen das alles wussten, weshalb war ich dann noch hier?

»Tja, meine liebe Miss Barnaby.« Er beobachtete mich mit Raubvogelaugen. »Könnte es so sein?«

Ich verstand.

»Bitte, entlassen Sie ihn nicht!«, flüsterte ich. »Er war nur hilfsbereit zu mir. Meine Geschwister sind bei seiner Kinderfrau untergebracht. Sein Verhalten war tadellos.« Niemals hatte ich Mr Kane schaden wollen!

»Uns interessiert nur, wie diese … mhm … Situation … Ihr Verhältnis zur Brautschau beeinflusst. Ob Sie die Sache noch ernst nehmen und wir uns darauf verlassen können, dass Sie wahrhaftig an einer Verbindung mit einem von uns interessiert sind.«

Ich schluckte. »Sie können sich auf mich verlassen, Eure Hoheit«, murmelte ich schwach, weil ich nicht wusste, was ich sonst sagen sollte.

Er erhob sich, ließ den Apfelstrunk einfach so auf dem Tisch liegen und wischte sich mit dem Handrücken über den Mund.

»Das will ich hoffen«, sagte er bedeutungsschwanger.

Ich schaute ihn nicht an, als er zur Tür ging, deshalb zuckte ich erschrocken zusammen, als er sich noch einmal zu mir herunterbeugte, meine offenen Haare beiseiteschob und dicht an meinem Ohr flüsterte: »Keine Küsse mehr!«

Fast hätte ich das Glas fallen lassen. Ich spürte seinen Atem heiß an meiner Wange. Er hob die Hand und ließ sie langsam über meinen Nacken gleiten. Die Bewegung hätte als zärtlich gelten können, aber in Wirklichkeit war sie eine Drohung.

Ich zitterte am ganzen Leib, als die Tür hinter ihm ins Schloss fiel.

Verbotenes Rendezvous

Der Duft seines Parfüms lag immer noch in der Luft, als Prinz Caiden das Zimmer längst verlassen hatte.

Ich überlegte, weshalb mir so schwindelig war, bis ich feststellte, dass ich vergessen hatte, Luft zu holen. Ich nahm einen tiefen Atemzug, beugte mich vor und stützte mich auf meinen Knien ab, bis die Flecken vor meinen Augen verschwanden. Mit meiner Hand hielt ich immer noch das Wasserglas umklammert. Behutsam, aus Angst, es fallen zu lassen, stellte ich es auf dem Tisch ab.

Prinz Caiden war in unserem Zimmer gewesen. Ich stöhnte. Er hatte es geschafft, mir das winzige Gefühl von Geborgenheit, das trügerische Gefühl von Sicherheit zu nehmen, das ich hier immer empfunden hatte.

Vielleicht wäre dies ein guter Moment gewesen, um zu weinen, aber ich saß weiterhin nur da und war nicht in der Lage, mich zu rühren.

Erst als Rose eine ganze Weile später das Zimmer betrat, mich mit vor Glück überschnappender Stimme begrüßte und mir erzählte, dass Prinz Byron sie geküsst und ihr die wundervollsten Komplimente gemacht habe, erwachte ich aus meiner Erstarrung.

Sie darf nichts erfahren, dachte ich. Niemand darf etwas davon erfahren. Ich muss Mr Kane schützen.

Mit zittrigen Beinen erhob ich mich und rang mir ein Lächeln ab, das mir, bei genauerem Hinsehen, niemand abgenommen hätte. Rose aber, in ihrer Euphorie, bemerkte nichts.

»Ich freue mich für dich.« Meine Stimme klang irgendwie dumpf.

»Oh, Mayrin, mittlerweile glaube ich wirklich, dass ich eine Chance bei Prinz Byron habe! Oder meinst du, ich bin da zu optimistisch?«

»Nein, nein, gar nicht«, bemühte ich mich, rasch zu versichern. »Er muss dich einfach lieben, wenn er auch nur einen Funken Verstand im Kopf hat!«

Rose wirbelte einmal im Kreis herum. »Er ist so wunderbar!«

Ich versuchte noch einmal erfolglos, meine Mundwinkel zu heben. Dann verließ ich leise das Zimmer, um mich für die Nacht fertig zu machen.

Der Besuch von Prinz Caiden würde mein Geheimnis bleiben. Mit wem sollte ich auch darüber reden? Tionne war weit fort, und Rose wollte ich in diese Sache nicht mit hineinziehen.

Aber wie sollte ich es Mr Kane sagen? Er durfte seine Stellung nicht für eine kleine Liebelei mit einem Mädchen wie mir aufs Spiel setzen. Doch die Vorstellung, nie mehr in seinen Armen liegen zu können, brach mir das Herz.

Aber vielleicht …

Was wäre, wenn ich bei der nächsten Auswahl abgewählt würde? Könnte es dann eine gemeinsame Zukunft für uns geben?

Nach dem Frühstück am nächsten Morgen machten Rose und ich uns auf den Weg, um Ismey einen Krankenbesuch abzustatten.

Dass ich wortkarg war und ziemlich blass aussah, hatte Rose glücklicherweise nicht bemerkt. Und das musste auch unter allen Umständen so bleiben.

Das Zimmer von Ismey und Cecilia war ähnlich möbliert wie unseres, allerdings war die vorherrschende Farbe der Stoffe und Vorhänge ein warmes Rostrot.

»Magst du schon Besuch empfangen?«, fragte Rose behutsam.

Ismey ließ ihre Stickerei sinken und winkte uns herein. Sie saß in ihrem Bett und sah noch dünner und schwächer aus als sonst.

»Lieb, dass ihr vorbeikommt!«, sagte sie mit matter Stimme.

»Wie geht es dir?«, erkundigte ich mich und trat an das Krankenbett.

»Schon besser. Aber das kann auch daran liegen, dass nun wirklich alles aus meinem Körper heraus ist.« Sie verzog das Gesicht zu einem gequälten Grinsen.

»Ach, du Arme!«, rief ich mitleidig, setzte mich auf die Bettkante und ergriff ihre schmale Hand, während Rose neugierig im Zimmer herumging. »Hoffentlich bist du bald wieder kräftig genug, damit du für dein Gemälde Modell stehen kannst!«

»Oh! Calendula officinalis?«, fragte Rose interessiert und schnupperte an einem Gefäß, welches sie vom Schminktisch genommen hatte, auf dem eine ganze Anzahl von kleinen Tiegeln und Fläschchen standen. »Ringelblumensalbe hilft hervorragend bei trockener Haut!«

»Was tut man nicht alles für die Schönheit«, seufzte Ismey und strich sich theatralisch ihre weißblonden Haare zurück. »Schließlich möchte ich einen Prinzen erobern!«

Wir kicherten, und in Ismeys Wangen kam etwas Farbe.

Rose stellte das Gefäß zurück und ließ sich auf dem freien Bett von Cecilia nieder. »Denkst du, dass du zum Abendessen mit den Prinzen wieder auf den Beinen bist?«

»Ich glaube nicht«, sagte Ismey betrübt. »Allein der Gedanke an Essen ist mir zuwider! Ich werde mir hier die Zeit vertreiben.« Sie deutete auf ihre Handarbeit.

Rose begutachtete und lobte Ismeys Stickerei, und die beiden begannen ein Gespräch über Sticharten und Garne, an dem ich mich nicht beteiligte. Stattdessen betrachtete ich Ismey nachdenklich und überlegte, wie ich aussprechen sollte, was mir die ganze Zeit durch den Kopf ging.

»Könnte es vielleicht sein, dass dir jemand etwas ins Essen gegeben hat?«, platzte ich schließlich heraus. »Ich meine … Gift?«

Ismey hob überrascht den Kopf. »Du denkst, das war auch ein Attentat?«

Ich hob die Schultern. »Es könnte doch sein!«

»Aber das wäre dann ja schon fast ein Mordanschlag!«, rief Rose entsetzt. »Wer tut denn so etwas?!«

Daraufhin schwiegen wir alle drei. Ich wollte keine haltlosen Anschuldigungen äußern, und den anderen schien es ebenso zu gehen.

»Machst du dir deshalb auch Sorgen, Mayrin?«, fragte Ismey nach einer Weile. »Schließlich interessierst du dich ebenfalls für Prinz Darion.«

»Ich bin doch gar keine ernsthafte Konkurrenz, weil …« Mir fiel gerade noch rechtzeitig ein, dass ich – so nett Ismey auch war – auf gar keinen Fall preisgeben durfte, dass ich in Wahrheit in den Hauptmann verliebt war. »… ich mich noch gar nicht endgültig auf einen der Prinzen festgelegt habe.«

Doch der Gedanke machte mir tatsächlich Angst, denn der Attentäter könnte ebenfalls denken, dass ich eine der Damen von Prinz Darion war. Hoffentlich wurde der oder die Schuldige bald gefunden! Mir schoss durch den Kopf, dass die Härte, mit der die Verhöre geführt worden waren, vielleicht doch nicht unberechtigt gewesen war.

Ismey machte ein ungläubiges Gesicht und wollte gerade zu einer Frage ansetzen, als Cecilia eintrat. Als sie Rose entdeckte, die immer noch auf ihrem Bett saß, verfinsterte sich ihre Miene.

Rose sprang eilig auf und strich den Bettüberwurf wieder glatt.

Kampfbereit erhob ich mich ebenfalls. Ich wollte mich von Cecilia nicht mehr einschüchtern lassen. Aber bevor ich etwas Unüberlegtes von mir geben konnte, zog Rose mich am Arm und sagte: »Tut mir leid, Ismey, aber wir sollten jetzt besser gehen, denn gleich beginnt mein Unterricht, und Mayrin muss zu ihrem Maler.«

»Gute Besserung!«, rief ich noch, bevor die Tür hinter uns zufiel.

Während wir die Treppe hinabstiegen, fragte Rose nachdenklich: »Denkst du, es könnte Cecilia gewesen sein? Sie kommt schließlich hervorragend an Ismey heran!«

»Ich würde es jedenfalls nicht ausschließen«, antwortete ich grimmig.

Sollte sich herausstellen, dass Cecilia Tionne das Gift in ihr Kleid gerieben hatte, würde die etwas erleben können!

Als ich wenig später wieder Modell stand, kritisierte der Maler mich, weil ich Ringe unter den Augen hätte und es mir nicht gelang, das Lächeln abzurufen, welches mir am Vortag noch so mühelos gelungen war. Aber war das ein Wunder, nachdem ich mich die halbe Nacht im Bett herumgewälzt und über die Anschläge auf die Kandidatinnen, den Besuch von Prinz Caiden und die Sache zwischen dem Hauptmann und mir gegrübelt hatte?

Bewegungslos verharrte ich stundenlang in einer Pose. Jede Menge Zeit zum Nachdenken. Jede Menge Zeit, um sich Sorgen zu machen. Und jede Menge Zeit vertan, obwohl ich dringend mit dem Hauptmann reden musste.

Als hätte er meine Gedanken gespürt, kam dieser am Nachmittag ins Atelier. Unwillig hob der Künstler den Kopf und wollte wegen der Störung gerade losschimpfen. Doch als er den Hauptmann erkannte, unterließ er es und brummte stattdessen: »Aber nur ganz kurz. Schließlich habe ich kaum drei Tage Zeit für das Bild – was an sich schon eine Zumutung ist!«

»Gewiss!«, stimmte Mr Kane zu und ließ sich das größtenteils fertige Kunstwerk zeigen, als hätte er es in Auftrag gegeben.

Eine ganze Weile betrachtete er es stumm, während mein verliebtes Herz raste. Sehnsüchtig hing ich an seinen Zügen, in der Hoffnung auf ein Zeichen, dass er ebenso empfand.

»Ein interessantes Modell«, sagte der Maler irgendwann, und Mr Kane nickte.

Gespannt wartete ich. War es gut geworden? Gefiel es ihm? Wie gerne hätte auch ich es einmal betrachtet.

»Und?«, fragte ich ungeduldig und puhlte an meinen Fingern.

»Nicht bewegen!«, fuhr der Künstler mich an und tauchte den Pinsel erneut in die Farbe.

Ich schielte zum Hauptmann, der immer noch mit gerunzelter Stirn auf das Bild blickte.

»Was ist damit?!«

»Sehr schön«, entschied er und verließ ohne ein weiteres Wort den Raum. Bestürzt schaute ich ihm nach, bis der Maler mich erneut zurechtwies.

Es war zum Mäusemelken! Was war auf dem Bild zu sehen, dass Mr Kane solch ein Geheimnis daraus machte? Wie sollte ich die Aussage »interessantes Modell« deuten? Und weshalb war der Hauptmann ohne ein weiteres Wort einfach gegangen? Warum war er überhaupt gekommen, wenn er nicht einmal mit mir sprechen wollte?

Beunruhigt wartete ich auf die Fertigstellung des Gemäldes, aber der Maler erlaubte mir auch dann nicht, es mir anzuschauen.

»Ich muss noch hier und da etwas verbessern«, sagte er mürrisch. »Sie dürfen es – wie alle anderen Damen auch – erst am Montag sehen. Himmel, bin ich froh, wenn diese unhaltbaren Zustände ein Ende haben!«, murmelte er in seinen langen Bart hinein und mischte auf der Farbpalette einen neuen Farbton. »In sechs Tagen zwei Ölgemälde … Wo kommen wir denn da hin, wenn das jeder von mir verlangen würde! Schließlich bin ich Künstler!« Er hob den Blick. »Sie sind ja immer noch da! Raus hier! Sie sehen doch, dass ich zu tun habe!«

»Ihnen auch einen schönen Abend«, sagte ich kühl und ging.

Doch es kam noch schlimmer, denn zu allem Überfluss fing Cecilia mich im Gang ab.

»Du hattest also gestern Herrenbesuch?«, fragte sie lauernd. »Olivia hat gesehen, wie der Prinz aus deinem Zimmer kam.«

Ich war verwundert. Welches Problem hatte sie damit, dass Prinz Caiden mich besucht hatte? Sie müsste doch froh sein, dass es nicht Prinz Darion gewesen war!

»Das geht dich nichts an«, entgegnete ich Cecilia und wollte mich an ihr vorbeidrängen.

Doch das ließ sie nicht zu, sondern packte mich am Ärmel meines Kleides. »Es wird Zeit, dass dir mal jemand klarmacht, wo dein Platz ist – nämlich im Dienstbotenzimmer!« Bei diesen Worten riss sie heftig am Stoff, bis die Naht mit einem hässlichen Geräusch nachgab.

»Hey!«, rief ich erbost. »Sag mal, bist du verrückt geworden?!«

Ihre Stimme klang gefährlich leise, als sie sagte: »Merk dir meine Worte, Mayrin Barnaby, denn ich sage es nur einmal: Lass. Die. Finger. Von. Prinz. Darion.«

Jetzt verstand ich, was los war: Es musste ein Missverständnis gegeben haben. Während Olivia von Prinz Caiden gesprochen hatte, musste Cecilia Prinz Darion gemeint haben.

Mir schauderte bei ihrem eiskalten Blick, und erneut schlich sich der Gedanke in meinen Kopf, ob sie diejenige war, die unfair spielte. Die ganzen Unglücke, die den Prinz Darion-Damen zugestoßen waren … Harriet, Georgiana, mir und nun auch Ismey. Letztere war nicht zum Frühstück erschienen, aber man hatte uns mitgeteilt, dass sie über den Berg sei.

Nur Cecilia, die bisher nicht betroffen war …

Sie ließ ihre Drohung im Raum stehen und rauschte davon.

Wie gut, dass ich dem Maler nicht noch einmal Modell stehen musste. Das hätte großen Ärger wegen des zerstörten Kleides gegeben.

Ja. Ich würde Cecilia die Anschläge zutrauen. Allerdings konnte ich bisher nichts beweisen.

An den nächsten drei Tagen saß ich im Unterricht von Lady Zilery fest, die stundenlang Daten und Fakten herunterratterte. Ich passte gut auf; vielleicht konnte mir die eine oder andere Information in der Zukunft noch einmal bei meinem Geschichtsunterricht nützen. Es war beeindruckend, was man alles können und wissen musste als Prinzessin!

Ismey war glücklicherweise wieder gesund, und es gab keine neuen Anschläge, sodass sich die allgemeine Besorgnis legte. Allerdings machte es mich fast wahnsinnig, dass sich keine Gelegenheit ergab, den Hauptmann zu sprechen oder wenigstens zu sehen. War Prinz Caiden auch zu ihm gegangen und hatte ihm gedroht, sodass er es nicht mehr wagte, Kontakt zu mir aufzunehmen?

Nur einmal begegnete er mir auf dem Flur und warf mir einen innigen Blick zu, der mir direkt in den Magen fuhr und mich sehnsüchtiger als zuvor zurückließ.

Ich versuchte, Fanny, Sophia und Margret nach Informationen über ihn auszuhorchen: nach seiner Familie, woher er stammte, seit wann er auf dem Schloss arbeitete, wie es kam, dass er bereits so jung den Posten des Hauptmannes innehatte … Aber keiner konnte mir etwas über ihn verraten. Oder sie wollten es nicht, dachte ich misstrauisch. Sobald ich unauffällig versuchte, das Thema auf den Hauptmann zu bringen, schien niemand Zeit für ein Gespräch zu haben. Doch warum war das so? Hatte man es ihnen verboten, damit ich von ihm abließ? Ich zermarterte mir den Kopf.

Als wir am Montag endlich unsere Gemälde ansehen durften, bevor sie vorerst unter Verschluss kamen, war ich genauso aufgeregt wie alle anderen Mädchen. Nervös wippte ich auf den Zehenspitzen, während wir vor dem Thronsaal darauf warteten, dass wir eintreten durften. Endlich kamen die Prinzen, begrüßten uns und betraten als Erste den Saal. Gesittet folgten wir. Mehrere Wachmänner standen bereit. Unter ihnen der Hauptmann. Mein Herz machte einen kleinen Hüpfer, als ich an ihm vorbeiging.

Ich hielt nach meinem Bild Ausschau, was bei dem Gedränge vor den Staffeleien gar nicht so einfach war. Die Gemälde waren an der Wand des Saales aufgestellt. Eine lange Reihe wunderschöner Frauenportraits. Bis auf meines. Als ich endlich mein Bild betrachten konnte, war ich zutiefst enttäuscht.

»Diese Dame hier hat etwas Besonderes«, stellte Prinz Byron, der ganz in meiner Nähe stand, beeindruckt fest und deutete auf das Gemälde von Rose. »Aber die daneben ist für meinen Geschmack ein bisschen zu dünn. Was denken Sie, Hauptmann?«, fragte er Mr Kane und rieb sich nachdenklich über den Bart.

Ich errötete, weil das Bild daneben mich zeigte.

»Ich verstehe nicht viel von Kunst«, hörte ich Mr Kane antworten. »Daher muss ich mich leider der Meinung enthalten.«

Als wir den Jahreszeitensaal wieder verließen, fragte mich Rose: »Weshalb guckst du so finster?«

»Alle anderen Mädchen sehen einfach wunderschön auf den Bildern aus!« Ich deutete zurück. »Und ich … Ich habe diese furchtbaren Sommersprossen …! Hätte der Maler sie nicht netterweise weglassen können?«

Sie schmunzelte. »Ist das denn so schlimm?«

»Ja«, brummte ich. Sie hatte gut lachen, ihr Bild zeigte eine kurvig-schöne Prinzessin.

Als Fanny wenig später kam, um nachzusehen, ob Rose und ich etwas benötigten, schob sie mir im Vorbeigehen einen kleinen Zettel zu. Fragend sah ich sie an, doch sie tat, als würde sie es nicht bemerken.

Als ich für einen Moment allein war, faltete ich neugierig das Blatt auseinander.

Verehrte Miss Mayrin, stand dort in schwungvollen Buchstaben, *ich möchte Sie dringend sprechen. Bitte kommen Sie vor dem Abendessen in den Flur mit der Geheimtür.*

Kane

Sollte ich zu ihm gehen? Sollte ich es wagen, auch auf die Gefahr hin, dass wir erwischt wurden? War das vielleicht eine Falle? War das Risiko zu groß? Für mich, aber auch für ihn?

Doch ich musste ihn sehen, um ihm von dem Gespräch mit Prinz Caiden zu berichten, und als Hauptmann sollte er auch von meinem Verdacht erfahren, dass Ismey möglicherweise vergiftet wurde. Wer konnte vorhersehen, was noch alles passieren würde, wenn man die Attentäterin nicht aufhielt?

Ich hatte keine Wahl.

Als ich nach dem Unterricht die Gelegenheit nutzen wollte, Neela und Leo zu besuchen, hielt Ismey mich auf. Über dem Arm trug sie einen Mantel, und in der Hand hielt sie einen schneeweißen Muff.

»Ah, du gehst spazieren? Darf ich dich begleiten? Ich könnte ein wenig frische Luft gut vertragen.«

»Äh … ich …«, stotterte ich. Rose war die einzige Kandidatin, die wusste, dass meine Geschwister bei Margret waren.

»Oh, ich wollte dir nicht zu nahetreten.« Sie sah auf meinen Mantel, der deutlich verriet, dass ich im Begriff war, nach draußen zu gehen. »Wenn du lieber allein sein möchtest, hast du natürlich mein vollstes Verständnis.« Sie nickte mir freundlich zu und wandte sich ab.

»Nein, warte!«, rief ich. »Natürlich kannst du mich gern begleiten.« Ismey war die Liebenswürdigkeit in Person – wie hätte ich sie vor den Kopf stoßen können? »Es ist nur …« Ich gab mir einen Ruck. »… meine Geschwister sind hier ganz in der Nähe untergebracht, während ich auf dem Schloss bin, und ich wollte sie besuchen.« *Und eigentlich wollte ich in Ruhe nachdenken …*

»Deine Geschwister?!«, sagte sie erstaunt. Bildete ich mir das nur ein, oder blitzte da so etwas wie Vorfreude in ihren Augen auf?

»Ich könnte dich vielleicht bis dorthin begleiten. Danach gehe ich allein noch ein paar Schritte durch den Park. Wäre dir das recht?«

»Sehr gerne.«

Ismey zog sich den Mantel über und hakte sich bei mir unter, als wir durch den Schlosshof gingen.

»Ich finde es ganz reizend, dass du dich so um deine Geschwister kümmerst. Eure Eltern sind früh verstorben, richtig?«

Ich nickte nur, da ich keine Lust verspürte, auf dieses Thema einzugehen. »Wie ist es bei dir?«, stellte ich daher rasch eine Gegenfrage. »Hast du Geschwister?«

»Ich bin das jüngste von vier Mädchen. Meine Schwestern sind bereits alle sehr erfolgreich verheiratet, was meine Mutter mir gegenüber gerne erwähnt. Schließlich gehe ich bereits auf die Vierundzwanzig zu. Ich bin schon beinahe eine alte Jungfer!«

Ich schmunzelte. »Und da wäre es natürlich großartig, wenn du in der Lage wärst, alle zu übertrumpfen und dir einen Prinzen zu angeln, richtig?«

Sie errötete mit einem verschämten Lächeln. »Du hast mich durchschaut.«

»Keine Sorge, das würde wohl jedem an deiner Stelle so gehen. Aber vergiss nicht deine kunstfertigen Stickereien! Ich möchte wetten, dass keine deiner Schwestern so geschickt ist.«

Fröhlich plaudernd schlenderten wir zu Margrets Haus, wo Ismey sich verabschiedete, um allein weiter durch den Schlosspark zu wandern.

Was ist denn heute mit dir los? Hast du Flöhe?!«, neckte mich Rose, der meine Unruhe aufgefallen war. Sie saß vor dem Schminktisch und tupfte sich ein wenig Rouge auf die Wangen. Im Spiegelbild begegneten sich unsere Blicke.

»Ich weiß auch nicht«, flunkerte ich und zupfte den Ausschnitt meines Abendkleides zurecht. »Heute komme ich gar nicht zur Ruhe. Es ist wohl besser, wenn ich noch ein bisschen spazieren gehe.«

»Draußen?! So kurz vor dem Abendessen?!«

»Nein, hier im Schloss«, beruhigte ich sie. »Ich werde pünktlich zurücksein, du musst dir keine Sorgen machen, dass ich verloren gehe, hier sind ja überall die Wachen.«

Zum Beispiel ein Hauptmann …

Als ich in den dritten Stock zum Flur mit der geheimen Tür kam, wartete dort tatsächlich Mr Kane auf mich – wie gewohnt in Uniform.

Schüchtern trat ich auf ihn zu und wagte es kaum, ihm in die Augen zu schauen. Ich hatte keine Ahnung, was man zu einem Mann sagte, dem man sich kürzlich an den Hals geworfen hatte, der einen geküsst hatte, dass einem Hören und Sehen verging … und der anschließend so tat, als wäre das Ganze nie geschehen.

»Miss Mayrin«, begrüßte er mich ernst. »Ich freue mich, dass Sie gekommen sind. Ich muss etwas mit Ihnen besprechen.«

Er machte keine Anstalten, mich zu berühren oder gar zu küssen. Ich fragte mich, was er mir so Wichtiges mitteilen wollte.

»Hier?« Besorgt sah ich den Flur hinunter. Es konnte jederzeit jemand vorbeikommen. Das Risiko durften wir nicht eingehen. Nicht nach all dem, was geschehen war.

Er schüttelte den Kopf. »Dort entlang!«, befahl er, legte eine Hand auf meinen Rücken und schob mich zielstrebig vorwärts.

An der Stelle, wo er mich berührte, begann meine Haut zu prickeln.

»Niemand mag Menschen, die anderen immerzu Befehle erteilen, Herr Hauptmann«, murrte ich und entging durch einen Schritt zur Seite seinem beunruhigenden Griff.

Mr Kane verzog leicht das Gesicht. »Ich werde es mir merken.«

»Ich bitte darum.« Mit in die Höhe gerecktem Kinn stieg ich neben ihm eine Treppe hinauf.

Er führte mich in ein Turmzimmer am östlichen Ende eines Flures, den ich vorher noch nie betreten hatte. Wir mussten uns direkt über dem Jahreszeitensaal und dem Teesalon befinden. Über uns waren nur noch die Dienstbotenkammern.

Schweigend entzündete Mr Kane eine Kerze und stellte sie auf einem verschlossenen Sekretär ab.

»Also? Was wollten Sie mit mir besprechen, Sir?«, fragte ich, als er ans Fenster trat, sich am Fensterbrett abstützte und gedankenverloren in die Dämmerung hinaussah.

Ich verharrte einen Moment, um seinen Anblick zu genießen. Die schlanke, hochgewachsene Gestalt, die selbstbewusste, ruhige Ausstrahlung, mit der er den Raum dominierte … Er war wirklich eine Augenweide.

Seufzend drehte er sich zu mir, sodass ich auch sein männliches Gesicht und die leuchtend blauen Augen mit den langen dunklen Wimpern bewundern konnte.

»Mayrin. Ich muss etwas wissen.«

Fasziniert verfolgte ich, wie er sich mit der Hand durch die Haare fuhr.

»Denken Sie …« Er stoppte abrupt und lauschte. Auf dem Gang waren Schritte zu hören.

»Oh nein! Man darf uns auf keinen Fall gemeinsam sehen!«, rief ich erschrocken. Auf der verzweifelten Suche nach einem Versteck sprang ich ungelenk hinter ein Sofa mit vergoldeten Klauenfüßen. Er wusste schließlich noch nichts von Prinz Caiden und der Gefahr, in der wir schwebten!

»Nicht dort!«, durchkreuzte Mr Kane meinen Plan und griff nach meinem Arm. »Hier entlang!« Er nahm die Kerze und zog mich zu einem hohen Schrank mit verzierten Kassettentüren.

Diesmal sparte ich mir eine Bemerkung über sein herrisches Verhalten, sondern gehorchte blind. Nun gut, dann eben in den Schrank. Groß genug war der ja. Konnte allerdings interessant werden, so eng neben dem Hauptmann …

Doch, anstatt die Tür zu öffnen, zog er an einem versteckten Hebel und ließ dadurch die Seitenwand des Schranks aufschwingen.

Mein Mund blieb vor Staunen offen stehen, und fast hätte ich vergessen, dass jeden Augenblick jemand das Zimmer betreten konnte.

»Noch eine Geheimtür!«, wisperte ich aufgeregt.

»Folgen Sie mir!«, befahl Mr Kane und zog mich mit sich.

Ich stolperte vorwärts und erkannte gerade noch rechtzeitig, dass im Schrank eine schmale Treppe nach unten in die Finsternis führte.

Ich zögerte. »Wo geht es da hin?«

»Pst!« Er nahm meine Hand und zog mich die Stufen hinab. Das Licht der Kerze warf flackernde Schatten an die rohen Steinwände. Hinter uns fiel die Tür mit einem leisen »Klick« zu.

Ich atmete auf, obwohl ich die uralte Treppe in die Tiefe alles andere als vertrauenserweckend fand. Wer auch immer da oben gewesen war, hatte uns nicht entdeckt.

Er hält meine Hand! »Mr Kane?«, flüsterte ich und folgte ihm unbeholfen Stufe für Stufe in die Dunkelheit hinab, wobei ich mich bemühte, mit der freien Hand mein schönes Abendkleid von den sicherlich nicht gerade sauberen Wänden fernzuhalten.

Irgendwann blieb der Hauptmann stehen, ließ mich los und tastete an einer Wand herum. Ich stand direkt hinter ihm und war mir seiner Nähe überdeutlich bewusst. Wenige Augenblicke später schwang vor uns eine Holzvertäfelung mit leisem Knirschen beiseite und gab eine Öffnung frei. Wir traten in eine Bibliothek. Im Kamin glühten die letzten Reste eines Feuers.

Staunend blickte ich mich um. Der Durchgang, aus dem wir eben gekommen waren, war von der anderen Seite als Bücherregal getarnt. »Unglaublich! Halten Sie bitte das Licht einmal höher!«

Der Hauptmann entzündete die Kerzen eines großen Leuchters, sodass der Raum von warmem Schein erhellt wurde.

Dies war die größte Sammlung an Büchern, die ich in meinem ganzen Leben gesehen hatte. Begeistert trat ich an eines der Regale und zog ein Buch über Wappenkunde heraus.

»Mayrin, eigentlich wollte ich …«

»Schauen Sie sich diese Zeichnungen an!«, unterbrach ich ihn aufgeregt. »Und sehen Sie nur: Die Anfangsbuchstaben jedes Kapitels sind vergoldet! Vielleicht gibt es hier ein Buch über die königliche Familie, in dem steht, weshalb die Prinzennamen alphabetisch sind!«

»Wohl kaum«, sagte Mr Kane dumpf.

Ich griff nach dem nächsten Buch, einer Abhandlung über Heilpflanzen, und bewunderte die Abbildungen. Wenn ich solche Bücher für meinen Unterricht benutzen könnte, würde ich …

»Himmel, Mayrin!«, fuhr der Hauptmann mich an, sodass ich verwundert den Kopf hob. »Nun machen Sie es mir doch nicht so schwer!«

»Schwer?«, echote ich verwirrt. Der Anblick dieser fantastischen Bibliothek hatte mich ganz aus dem Konzept gebracht. Ach ja, er wollte mir etwas sagen. Und ich ihm auch …

»Setzen Sie sich doch, bitte.« Er deutete auf einen Ohrensessel vor dem Kamin.

Gehorsam ordnete ich mein Kleid und nahm Platz. Mr Kane ging unruhig hin und her, so, als könnte er sich nicht dazu durchringen, auszusprechen, was er mir sagen wollte. Mein Blick wanderte zur Geheimtür. Mir wurde bewusst, dass wir uns auf der verborgenen Treppe in östlicher Richtung bewegt hatten, was bedeutete …

»Dürfen wir überhaupt hier sein?«, entfuhr es mir.

Er blieb stehen. »Sie meinen, ob wir uns hier in den Gemächern der königlichen Familie befinden?«

Ich nickte besorgt, denn ich hatte gedacht, wir wären hier vor den Prinzen in Sicherheit …

»Ja. Aber keine Sorge, um diese Zeit sind alle damit beschäftigt, sich auf das Abendessen vorzubereiten.«

»Aber die Diener …?«

»Vertrauen Sie mir, es wird keiner kommen.«

»Ich weiß nicht …«, sagte ich zweifelnd. Sicher, er war der Hauptmann und wusste und durfte so einiges, aber wir würden wohl kaum straffrei davonkommen, wenn uns hier jemand entdeckte.

Mr Kane ließ sich auf dem Sessel neben mir nieder. Ein bisschen kam ich mir vor wie bei meinem Vorstellungsgespräch als Gouvernante. Unwillkürlich streckte ich den Rücken durch.

»Miss Mayrin …«, setzte er erneut an.

Ich wusste, dass er die ganze Zeit versuchte, mir etwas zu sagen, das für ihn von großer Bedeutung war. Aber weshalb war er dabei so furchtbar ernst? Während er noch nach Worten rang, schossen mir die verschiedensten Schreckensszenarien durch den Kopf.

Vielleicht wollte er mir mitteilen, dass er ebenfalls von Prinz Caiden zur Rede gestellt worden war? Vielleicht wollte er mir schonend beibringen, dass unser Kuss ein Fehler gewesen sei und dass es ihm leidtäte, wenn ich mir falsche Hoffnungen machen würde? Vielleicht aber – und das wäre das Schlimmste, was ich mir vorstellen konnte – wollte er mir sagen, dass das Ganze nur eine Prüfung gewesen sei, bei der er für die Prinzen hatte herausfinden sollen, welche Damen es wirklich ehrlich meinten.

Ich schluckte trocken und blickte ihn ängstlich an. Geheimgang und Bibliothek waren vergessen.

Mr Kane lehnte sich vor und stützte seine Arme auf die Oberschenkel. »Würden Sie …«

Sein Blick schien noch ernster zu werden als zuvor, falls das möglich war. Der eindringliche Klang seiner Stimme ließ mich erschauern. Dann besann er sich und stand auf, um ans Fenster zu gehen. Kurz darauf kam er zurück und stützte sich auf der Lehne des Sessels ab, um seinen Satz endlich zu Ende zu bringen.

»… Würden Sie mich wählen, wenn ich einer der Prinzen wäre?«

Verdutzt starrte ich ihn an. Wie bitte? Mir verschlug es die Sprache.

Konnte es sein? Wollte er damit etwa andeuten, dass er …

Eine gemeine Stimme in meinem Kopf warnte mich, dass dies immer noch eine Falle sein könnte. Aber ich wollte die Stimme nicht hören. Ich wollte nur eines: Dass seine Worte genau das bedeuteten, was ich so sehr erhoffte.

»Bitte, antworten Sie ohne Schonung. Ein Wort von Ihnen genügt, und ich werde das Thema für immer fallen lassen.« Seine Stimme klang unruhig und besorgt, und er ließ mich keinen Moment aus den Augen. Wie immer, wenn ihn etwas aufzuwühlen schien, fuhr er sich mit der Hand durch die Haare.

Ich blinzelte, als würde ich erwachen.

»Nein«, sagte ich zittrig. »Ich würde Sie auf keinen Fall wählen, wenn Sie einer der Prinzen wären …«

Mr Kane presste den Mund fest zusammen. »Nun gut …«, knurrte er und richtete sich abrupt auf.

»Ich habe mich in Sie verliebt, weil Sie der Hauptmann sind!«, fuhr ich leise fort, bevor mich noch der Mut verließ. Ich senkte den Kopf, damit er nicht sah, dass meine Wangen in Flammen standen. »Ich will keinen Prinzen.«

»Was sagen Sie da?«

»Die Frage ist doch vielmehr: Wollen Sie mich?«, flüsterte ich mit brüchiger Stimme. »Inklusive meiner beiden kleinen Geschwister? Auch wenn Sie von Adel sind und ich eine miserable Partie?«

Mit einem Aufstöhnen zog er mich aus dem Sessel hoch in seine Arme und presste mich beinahe grob an sich. Ich vergaß das Atmen, während ich mit klopfendem Herzen zu ihm aufsah.

»Ach, Mayrin!« Er lächelte breit. »Das fragst du noch?!«

Ich konnte es kaum glauben. Erwiderte er tatsächlich meine Liebe? Dieser wunderbare, beeindruckende Mann? Mit weichen Knien griff ich – wie ich es mir schon so oft gewünscht hatte – in seine Haare. An irgendetwas musste ich mich festhalten, sonst würde ich vor Glück zerfließen.

Und dann neigte er den Kopf und eroberte meine Lippen. Mit einer Mischung aus Erschrecken und Erregung keuchte ich auf, als seine Zunge in meinen Mund eindrang. Ich wollte ihn. Ich wollte ihn so sehr. Ihn und keinen anderen.

Er kam als Erster wieder zur Besinnung. Sanft löste er sich von mir, streichelte über mein Gesicht und fuhr mit dem Daumen über meine wundgeküssten Lippen.

»Du musst zurück, mein Herz.«

»Ich kenne noch nicht einmal deinen Vornamen«, seufzte ich, als ich wieder genügend Luft zum Sprechen hatte. »Niemand wollte ihn mir verraten!«

»Ah, du hast dich nach mir erkundigt?!« Seine Augen blitzten.

»Aber natürlich! Ich möchte alles von dir wissen!«

»Das ist gut.« Er beugte sich herab und knabberte an meinem Ohrläppchen.

»Also?«, fragte ich hartnäckig, trotz der prickelnden Ablenkung. »Wie heißt du?« War sein Vorname so schrecklich, dass er ihn vor aller Welt verheimlichen wollte?

Er zögerte einen Moment, sodass ich schon mit dem Schlimmsten rechnete. Archibald, Wilibrord oder vielleicht sogar Hreodbeorht?

»Edmund«, verriet er schließlich.

Irgendetwas an der Art, wie er das sagte, verwirrte mich, aber weil er mich schon wieder küsste, vergaß ich alles andere. Als er von mir abließ, lehnte ich meinen Kopf an seine Brust.

»Edmund, wir können das schaffen, oder? Vielleicht kann ich hier in der Stadt als Gouvernante eine Anstellung finden, dann müsste das Geld reichen.«

Ich spürte, wie er bei meinen Worten leicht zu beben begann.

»Lachst du über mich?«, fragte ich empört und blickte zu ihm auf, weil ich nicht verstand, was an meinen Überlegungen so komisch war.

»Aber nein, das würde ich niemals wagen!« Dann küsste er mich erneut, sodass ich schon wieder vergaß, was ich hatte besprechen wollen.

»Gib mir zwei Tage«, flüsterte er irgendwann an meinem Mund.

Ich lehnte mich zurück, um ihn ansehen zu können. »Zwei Tage?«, wiederholte ich verständnislos.

»So lange brauche ich, um alles zu regeln.«

»Ich soll weiterhin an der Brautschau teilnehmen?«, fragte ich verstört.

»Genau.«

»Ich kann das nicht! Ich kann nicht so tun, als wäre ich an den Prinzen interessiert, wenn ich doch gleichzeitig die ganze Zeit an dich denken muss!«

»Nur noch zwei Tage. Nur, damit ich alles Nötige in die Wege leiten kann.«

Ich rang mit mir. »Nun gut. Für übermorgen Abend ist ohnehin wieder eine Entscheidung angekündigt«, sagte ich schließlich.

»Versprich mir, dass du schweigst – auch wenn du weiterkommst!«

»Aber …« Warum war ihm das so wichtig? »Prinz Caiden hat gedroht, dass er nicht dulden würde, dass ich dich weiterhin sehe.«

»Was?!«

So zornig hatte ich Edmund noch nie erlebt.

»Pst! Nicht so laut!«, machte ich besorgt.

»Dieser …!« Er wanderte mit grimmigem Blick durch die Bibliothek.

»Ich will nicht, dass du meinetwegen Ärger bekommst!« Ich griff nach seiner Hand, damit er stehen blieb und mich ansah.

Sein Blick war immer noch zornig.

»Keine Sorge, Mayrin. Wir bekommen das hin, du musst nur noch ein kleines bisschen Geduld haben, denn …«

»Ja?«, fragte ich erwartungsvoll und drängte mich an ihn.

Mit einem Seufzen schloss er mich in seine Arme. »Oh, Mayrin!«, murmelte er mit rauer Stimme in meine Haare.

Ich kicherte glücklich und ließ meine Hand zärtlich über seinen Rücken gleiten.

»Nun muss ich dich wirklich zurückbringen, sonst kann ich für nichts mehr garantieren. Denk an das Abendessen.« Er lachte kehlig und löste sich behutsam von mir.

Erschrocken blickte ich zu der goldverzierten Standuhr. »Oh, nein!«, rief ich, »schon so spät!« Aber in Wirklichkeit war es mir egal. Sollten die Prinzen doch denken, was sie wollten, wenn ich nicht pünktlich war – es machte mir nichts aus. Ich hatte meinen persönlichen Prinzen bereits gefunden, auch wenn er kein Königssohn war.

Rose

Edmund brachte mich zu meinem Zimmer zurück. Ich hielt, auch wenn es mir unglaublich schwerfiel, gebührlichen Abstand zu ihm. Schließlich konnte jederzeit jemand um die Ecke biegen und uns sehen.

»Bist du auch der Meinung, dass das Mädchen auf dem Bild neben dem von Rose ein bisschen zu dünn ist?«, fragte ich schüchtern, als wir oben angelangt waren.

Der Hauptmann lachte auf. »Das finde ich nicht im Geringsten. Ich glaube, dass sie genau die richtigen Rundungen an genau den richtigen Stellen hat.«

Und dann lächelte er mich auf diese Art an, die mir mit unvermittelter Wucht direkt in den Magen fuhr.

Ich huschte ins Zimmer.

»Wie siehst du denn aus?!«, empfing mich Rose, die auf mich gewartet hatte, mit entsetztem Blick.

Verdutzt blieb ich stehen. Sah man mir meine Verliebtheit etwa dermaßen an?

Rose deutete zum Spiegel, und ich stellte fest, dass meine Frisur sich halb aufgelöst hatte und meine Lippen stark gerötet waren.

»Oje!«, rief ich verlegen. »Äh … also … Ich … brauchte frische Luft, und auf der Galerie war der Wind so stark.«

»Soso«, sagte sie in einem Ton, der mir deutlich machte, dass sie genau wusste, dass es nicht der Wind gewesen war, der meine Frisur zerzaust hatte. Aber sie kommentierte es nicht weiter, sondern bot stattdessen an, mir zu helfen.

Ich setzte mich auf den Stuhl vor dem Schminktisch, und Rose begann, die herausgerutschten Strähnen erneut mit Haarnadeln festzustecken.

»Besser geht es jetzt nicht, wir müssen wirklich los«, sagte Rose kopfschüttelnd, weil in meinem Gesicht die ganze Zeit ein euphorisches Grinsen stand.

Wir eilten zum Jahreszeitensaal. Als ich am Tisch saß und immer noch glückselig vor mich hinlächelte, begegnete ich Cecilias Blick und zuckte zusammen. Sie musterte mich so voll Hass, dass es mir eiskalt den Rücken hinunterlief. Bestimmt dachte sie, Prinz Darion hätte mich geküsst. Unwillkürlich hob ich die Hand an meine Lippen. Als sie das sah, wurden ihre Augen noch schmaler. Oh nein! Jetzt hatte ich das Ganze noch schlimmer gemacht und mich aus ihrer Sicht verraten. Ihr finsterer Blick wanderte zu Prinz Darion und dann wieder zu mir. Hastig wandte ich mich ab und versuchte, mich auf das Geschehen an meinem Tisch zu konzentrieren, wo ich Ismeys neugierigem Blick begegnete.

Es wurde ein anstrengender Abend. Nur die Aussicht darauf, dass das Ganze bald ein Ende haben würde, hielt mich aufrecht.

Während der Vorspeise ließ Rose Olivia, an deren Tisch Prinz Byron saß, nicht aus den Augen, Alice jammerte, weil ihr Kleid zu blau wäre, Elaine unterhielt sich angeregt mit Prinz Alexander über die besten Düngemittel für Rosen, und Brenda lästerte über Georgiana, die am Nebentisch kurz davor war, Prinz Darion auf den Schoß zu klettern.

»Nein, schaut doch mal, wie ungeniert sie ihn in ihren Ausschnitt starren lässt!«, ereiferte sie sich.

Soll er doch, dachte ich bei seinem Anblick. Meinetwegen kann sie ihn geschenkt haben!

»Dabei hat sie immer behauptet, sie wäre nicht leicht zu haben«, stellte Ismey pikiert fest. »Von wegen!«

Ich seufzte.

Nur zwei Tage noch. Das musste doch zu schaffen sein. Dann konnte ich das Schloss verlassen. Ich würde mir eine Bleibe in der Stadt suchen, um Edmund nahe zu sein. Vielleicht konnte ich in den ersten Tagen bei Margret unterkommen?

Am nächsten Vormittag sollte ich bereuen, Edmund die zwei Tage eingeräumt zu haben. Als ich eben Platz für den Unterricht bei Lady Zilery nehmen wollte, stürzte Cecilia in den Jahreszeitensaal.

»Jemand hat meinen Brillantanhänger gestohlen!«, rief sie empört. »Den habe ich von meiner Patin zur Taufe erhalten!«

Die Gespräche im Raum verstummten. Jeder blickte bestürzt zu Cecilia. Dann redeten alle gleichzeitig.

»Wer kann das gewesen sein?«

»Wie sieht der Anhänger aus?«

»War doch nur eine Frage der Zeit, wann die Dienerinnen bei all den wertvollen Schmuckstücken der Versuchung erliegen würden.«

»Ich habe Georgiana gestern vor Cecilias Zimmer gesehen!«

Wilde Verdächtigungen wurden ausgesprochen.

Nur ich blieb stumm. Ich sah Cecilia an, wie sie sich auf einen freien Stuhl sinken ließ und ihr Gesicht in den Händen vergrub, geschüttelt von Schluchzen. Ihre rotblonden Engelslocken kringelten sich dabei dekorativ um ihr gerötetes Gesicht.

Ich wartete, dass sich Mitleid in mir regen würde, doch da war nichts. Meine einzige Empfindung war Hochachtung vor ihrem schauspielerischen Talent.

Das musste es sein! Ihr Schmerz war nicht echt! Die Wahrheit traf mich mit voller Wucht. Ein gestohlenes Schmuckstück, ihre Skrupellosigkeit und berechnende Art, ihr Hass auf mich als vermeintliche Konkurrentin …

Ich erschrak. Aber natürlich! Das Schmuckstück würde in meinem Zimmer gefunden werden! Sie versuchte, mich als Diebin bloßzustellen! So sollte ihre Rache aussehen. So wollte sie mich loswerden. Ich stieß ein Keuchen aus und sprang auf, nur um in der nächsten Sekunde wieder auf meinen Stuhl zu sinken. Wenn ich jetzt den Saal verließ, würde jeder vermuten, dass ich es gewesen war. Da konnte ich meine Schuld auch gleich schriftlich gestehen! Cecilia würde nicht zulassen, dass ich die Chance bekam, den Anhänger zu finden und verschwinden zu lassen.

Diese Frau schreckte vor nichts zurück.

So etwas Abgedroschenes! Auf diese Weise machte man es leider oft in den höheren Kreisen: Wenn man ein Dienstmädchen loswerden wollte, tat man, als hätte es etwas Unrechtes getan. Den Hausherren verführt – oder eben etwas gestohlen. Und niemand würde mir glauben, denn ich war ja nur eine Gouvernante.

Aber diesen Plan würde ich durchkreuzen.

Mit pochenden Ohren vernahm ich, wie der herangerufene Hauptmann versuchte, Cecilia zu beruhigen.

»Liebe Miss de Fayre, lassen Sie uns erst einmal nachsehen, ob das Schmuckstück nicht irgendwo dazwischengerutscht ist, bevor wir das Schlimmste vermuten.«

Auch der furchtbare Mr Grantham kam herein. Mir schauderte, als ich daran dachte, wie er beim Verhör mit mir umgegangen war. Wie würde er erst reagieren, falls man Cecilias Brillantanhänger in meinem Zimmer finden sollte?!

Ich wusste, dass mir nicht mehr viel Zeit blieb. Gleich würde Cecilia so tun, als wäre ihr eben der Gedanke gekommen, dass ich ja – im Gegensatz zu allen anderen – bettelarm war und dazu als Konkurrentin um Prinz Darion auch noch ein Motiv hatte, sie zu bestehlen!

Irgendjemand musste mir helfen. Unwillkürlich blickte ich zu Rose. Niemand würde vermuten, dass die offenherzige junge Frau etwas mit der Sache zu tun hatte.

Verstohlen flüsterte ich ihr zu: »Rose! Vertraust du mir?«

»Hast du den Anhänger?« Besorgt sah sie mich an.

»Nein, natürlich nicht!«, beteuerte ich. »Aber ich habe den Verdacht, dass Cecilia ihn irgendwo bei meinen Sachen versteckt hat, um mir die Schuld in die Schuhe zu schieben. Wärst du bereit, ihn zu suchen und an dich zu nehmen, falls meine Vermutung stimmt?«

Rose überlegte und nickte dann. »Ja. Aber wir benötigen ein Ablenkungsmanöver. Wenn du recht hast, wird Cecilia dafür sorgen, dass niemand den Raum verlässt, bevor ihr Schmuck gefunden worden ist.«

»Darum kümmere ich mich«, sagte ich.

Wenige Augenblicke später stieß Olivia einen spitzen Schrei aus und sprang auf, wobei ihr Stuhl umkippte. Als Rose aus dem Saal huschte, war Olivia gerade dabei, auf den Tisch zu klettern.

Und das nur, weil ich gesagt hatte, dass sie sich nicht erschrecken solle, aber da wäre eben eine Ratte unter unseren Stühlen hindurch gehuscht. Die Situation war ernst, aber es sah wirklich ein bisschen komisch aus, wie sie da mitten auf dem Tisch hockte, irgendwo in den Saal deutete und hysterisch kreischte.

Auch andere Mädchen sprangen schreiend auf, denn niemand wusste, wo sich die imaginäre Ratte im Augenblick befand. Diener stürzten hinzu. Einige, um die Ratte zu fangen, andere, um die Möbel zu schützen. Mehrere Mädchen stürmten aus dem Raum, was mir sehr gelegen kam, weil Rose auf diese Weise unauffällig zurückkehren konnte. Kurz: Es herrschte ein heilloses Durcheinander.

Ich atmete auf. Vielleicht hatte ich eine Chance. Vielleicht fand Rose das Schmuckstück.

Cecilia ließ sich jedoch nicht beirren. »Das wird dir nichts nützen!«, zischte sie mir zu. »Heute Abend bist du hier raus!«

Also lag ich mit meiner Vermutung richtig.

Ich zuckte mit den Schultern und tat ahnungslos. Was Cecilia nicht wissen konnte: Es war mir egal, ob man mich rauswerfen würde. Sorgen machte ich mir nur darum, dass Edmund ihr vielleicht Glauben schenken könnte und mich für eine Diebin halten würde.

Rose war längst zurückgekehrt, als sich alle wieder einigermaßen beruhigt hatten. Nur Olivia ließ ihren Blick immer noch angstvoll suchend durch den Saal gleiten.

Edmund hatte unterdessen Cecilias Zimmermädchen einbestellt, und gemeinsam mit Mr Grantham, Cecilia und einem höhergestellten Diener gingen sie nach oben, um Cecilias Zimmer zu durchsuchen.

»Sie müssen unbedingt auch die Räumlichkeiten der anderen Mädchen durchsuchen!«, hörte ich Cecilias wütende Stimme im Weggehen.

Weil mir bewusst war, dass man mich beobachten würde, tat ich, als wäre nichts weiter geschehen, und verkniff mir jeden fragenden Blick zu Rose, obwohl ich darauf brannte, zu erfahren, was sie erreicht hatte.

Rose war sehr ernst und still. Das war merkwürdig. So kannte ich sie gar nicht. Erst als die Gespräche sich wieder anderen Themen zuwendeten, flüsterte sie mir zu: »Du hattest recht! Ich habe den Anhänger hinter deinem Nachttisch gefunden.«

»Du bist die Beste!« Unter dem Tisch ergriff ich ihre Hand und drückte sie fest.

»Ich habe ihn unter Cecilias Bett versteckt.«

»Das war eine wunderbare Idee. Wie kann ich das je wieder gutmachen?!«

»Mayrin, ich habe da etwas entdeckt, das mir keine Ruhe lässt«, sagte sie mit angespannter Stimme. »Du weißt doch, dass mein leiblicher Vater Apotheker war? Auf dem Schminktisch in …« Sie verstummte, weil Lady Zilery den Saal betrat und es still wurde.

Ich fragte mich, was sie gesehen hatte, dass sie so besorgt klingen ließ.

»Heute werden wir uns mit verschiedenen wohltätigen Bereichen und der Arbeit der Regierung beschäftigen«, erklärte Lady Zilery und beobachtete, wie zwei Diener die Tafel aufstellten, auf der sie während des Unterrichts Informationen zu skizzieren pflegte, um dann fortzufahren: »Als Prinzessin hat man die Verpflichtung, sich mildtätig zu engagieren. Ich nenne Ihnen nun einige Möglichkeiten.«

Sie wurde unterbrochen, weil Cecilia mit hängendem Kopf den Raum betrat, gefolgt von Edmund. Still ließ sie sich auf ihren Platz sinken.

»Wir konnten das Schmuckstück von Miss de Fayre wiederfinden, sodass die Angelegenheit glücklicherweise geklärt ist«, teilte uns der Hauptmann mit.

Mein Hauptmann … Edmund.

Ich verspürte kein Mitleid mit Cecilia, die wie ein Häufchen Elend auf ihrem Stuhl hockte, während Lady Zilery ungerührt mit dem Unterricht fortfuhr.

In der Mittagspause begegnete mir Edmund auf dem Weg zum Gelben Salon. Rose war bereits vorausgegangen.

»Ich muss noch eben etwas klären«, hatte sie zu mir gesagt und dabei sehr ernst ausgesehen. »Du wirst nicht glauben, was ich herausgefunden habe!«

Edmund und ich taten, als wären wir uns fremd. Doch als er mit einem verschmitzten Blitzen in den Augen zwei Finger hochhielt, während er an mir vorbeiging, musste ich mir auf die Lippen beißen, um ein euphorisches Lächeln zu unterdrücken.

Übermorgen …

Was hatte er vor? Würde er mit den Prinzen sprechen? Musste er für mich vielleicht sogar seine Arbeit hier aufgeben? Würde ich an der nächsten Entscheidungsverkündung noch teilnehmen? … Und würde er mir einen Antrag machen?

Nervös kaute ich auf der Innenseite meiner Wange, während ich weiter zum Gelben Salon ging. Doch Cecilia stand in der Tür und versperrte mir den Durchgang.

»Mayrin, es reicht jetzt wirklich, das ist kein Spaß mehr!«, rief sie aufgebracht. »Ich weiß genau, dass *du* bei all diesen …«

Im selben Augenblick erklang von der Treppe her ein gellender Schrei. Der Schrei einer Frau, der mir das Blut in den Adern stocken ließ. Gefolgt von einem dumpfen Poltern. Ich war mir nicht sicher, aber die Stimme klang so schrecklich vertraut.

»Rose?«

Ich rannte los. Hetzte über den Gang, prallte mit einem Wachmann zusammen, der ebenfalls zur Treppe eilte und lief sofort weiter.

Was war da passiert? Weshalb dieser entsetzliche Schrei? Kaltes Grauen hatte mich gepackt. So, wie das geklungen hatte, musste etwas Furchtbares geschehen sein.

Im Treppenhaus erhielt ich die unfassbare Gewissheit: Rose lag am Fuß der Stufen. Wie erstarrt blieb ich stehen, geschockt von dem erschütternden Anblick. Ihr Körper war unnatürlich verdreht, und eine Blutlache breitete sich langsam um ihren hübschen Kopf aus.

»Mayrin!«, flüsterte sie und versuchte, ihre Hand nach mir auszustrecken.

Ein Blick reichte, um zu wissen, dass kein Arzt der Welt mehr in der Lage wäre, ihr zu helfen. Die Faust auf meinen Mund gepresst, sank ich neben sie.

»Oh, Rose«, schluchzte ich fassungslos und griff nach ihrer Hand.

Andere Menschen stürzten hinzu.

»…üss mich!« Ihre Worte gingen in rasselndes Keuchen über.

Küss mich? Was meinte sie damit?

Es war egal. Ich beugte mich über sie und erfüllte ihren Wunsch. Sanft drückte ich meinen Mund auf die zarte Haut ihrer Wange. Ihr Arm wurde schlaff, und ihre Augen schlossen sich mit unerträglicher Endgültigkeit.

Aufgeregte Schreie hallten von den Wänden wider, aber ich nahm sie kaum wahr. Hilflos starrte ich auf Roses bleiches Puppengesicht, sah, wie das Leben aus ihr wich, und streichelte zärtlich über ihre Hand.

Immer wieder. Während die Tränen über meine Wangen rannen, heruntertropften und sich mit Roses Blut auf dem Boden mischten.

Ihre Brust hob sich kaum merklich zu zwei weiteren Atemzügen. Dann regte sie sich nicht mehr.

Unheimliche Stille herrschte um mich herum.

»Miss Barnaby?«, durchbrach nach einiger Zeit Edmunds sanfte Stimme den Nebel.

Ich spürte eine Hand auf meinem Rücken. Unwillig schüttelte ich sie ab. Ich musste bei Rose bleiben.

»Sie können nichts mehr für sie tun.«

Es dauerte eine ganze Weile, bis mir klar wurde, dass er recht hatte. Ich konnte nichts tun. Nichts.

Langsam, als wollte ich sie nicht wecken, legte ich Roses Hand auf den kalten Steinfliesen ab. Ich beugte mich über sie und küsste sie auf die Stirn.

Diese fröhliche, blühende junge Frau in ihrem zarten Tageskleid, die kurz zuvor noch neben mir in Lady Zilerys Unterricht gesessen hatte – sie konnte doch nicht tot sein!

Alles in mir wehrte sich, es zu begreifen.

»Auf Wiedersehen, Rose«, flüsterte ich tonlos.

Dann ließ ich mir von Edmund aufhelfen und mich wegführen.

Ich erinnerte mich später nicht mehr, wie ich in mein Zimmer gelangt war. Erst lange Zeit danach, als Fanny mich zwingen wollte, einen Schluck Wasser zu mir zu nehmen, kam ich wieder zu mir. Edmund war verschwunden.

»Es kann nicht Cecilia gewesen sein«, murmelte ich. Schließlich waren wir beide beim Gelben Salon gewesen, und sie hatte mir irgendetwas sagen wollen.

Aber wer hatte dann Rose die Treppe hinuntergestoßen? Oder war es einfach nur ein Unfall gewesen? War sie gestolpert?

»Bitte trinken Sie, Miss«, flehte das Zimmermädchen, als das Wasser aus dem Glas über mein Kinn rann, ohne dass ich hätte schlucken können. »Sie stehen jetzt schon seit Stunden hier, ohne sich zu rühren.«

Sie versuchte, mich vom Fenster wegzuziehen, aber ich entwand ihr meinen Arm und stieß sie fort. Die Tür öffnete sich, und ich vernahm flüsternde Stimmen auf dem Flur. Es war mir egal.

Jemand trat ein, und ich hörte die Kammerzofe: »Miss Mayrin, möchten Sie sich vielleicht zum Abendessen umziehen?«

Ich schüttelte nur dumpf den Kopf.

Irgendwann ließen sie mich endlich in Ruhe.

Als es draußen so dunkel war, dass mich mein eigenes Spiegelbild im Fenster anstarrte, trat ich an das verlassene Bett von Rose. Ihr

Nachthemd lag, ordentlich zusammengelegt, am Fußende. Ich hob es an mein Gesicht. Es duftete noch schwach nach ihr.

Immer noch im Tageskleid legte ich mich auf ihr Bett und verkroch mich unter der Decke. Obwohl ich so kaum atmen konnte, zog ich sie mir bis über den Kopf. Nicht, weil mir kalt war, sondern, um mich so weit wie möglich vor dem heutigen Tag abzuschotten.

Das Zimmer war so leer. Aber hier in Roses Bett hatte ich das Gefühl, ihr nah zu sein.

Es klopfte an der Tür, und schon wieder trat jemand ein.

»Mayrin?«, hörte ich Edmunds warme Stimme, aber ich kam nicht unter der Decke hervor.

Ich konnte nicht.

Ich spürte, wie er mir sanft über den Rücken strich, hörte, wie er die Vorhänge schloss, die Kerzen ausblies und schließlich den Raum verließ.

Aber ich wollte Licht. Heute fürchtete ich zum ersten Mal seit langer Zeit wieder die Dunkelheit. Sie erinnerte mich an Nacht und Grab.

Hastig schob ich die Decke zurück und sah beruhigt, dass er eine Kerze für mich hatte brennen lassen.

Morgen würde ich darüber nachdenken, wer schuld an Roses Tod sein konnte, wenn es nicht Cecilia gewesen war. Morgen würde ich planen, wie es weitergehen sollte. Und morgen würde ich das Schloss verlassen. Ich konnte nicht länger bleiben. Nicht nach all dem, was geschehen war.

Aber heute Nacht konnte ich mich nur zusammenrollen und an Rose denken. Rose, wie sie lachte, tanzte und scherzte – nicht an die reglose, bleiche Gestalt, die blutend auf harten Steinfliesen lag.

Irgendwann musste ich eingeschlafen sein. In meinen Träumen sah ich sie – lebendig, aber sehr ernst. Sie schien mir etwas mitteilen zu wollen, etwas, das ihr außerordentlich wichtig war. Ich versuchte, ihre Hand zu ergreifen, aber immer, wenn ich sie fast spüren konnte, trat sie einen Schritt fort und ließ mich in wachsender Verzweiflung zurück. Wieder und wieder. Schließlich lächelte sie mir tröstend zu, winkte und entschwand.

Ich wachte auf. Mein Kopfkissen war feucht, ich musste im Schlaf geweint haben. Mühsam öffnete ich die Augen und bemühte mich, ihr Bild festzuhalten, aber es entglitt mir und ließ mich untröstlich zurück.

Eine Schwere erfüllte meinen Körper, als würde mich etwas direkt zu Boden ziehen wollen. Eine Last, die es mir unmöglich machte, so einfache Dinge zu tun, wie aufzustehen. Ich ließ mich in die Kissen zurücksinken und starrte an die Zimmerdecke.

Starrte und starrte.

Im Raum wurde es heller, als draußen die Sonne aufging und einzelne Strahlen am Vorhang vorbei ins Zimmer schickte.

»Guten Morgen!« Das Zimmermädchen, das ich nun ganz für mich allein hatte, kam herein und öffnete die Vorhänge.

Ich schloss die Augen vor dem grellen Licht.

»Aber, Miss Barnaby, Sie haben sich ja im Tageskleid ins Bett gelegt!«, rief Fanny bestürzt aus.

Das feine Kleid war ganz zerknittert. Gleichgültig sah ich an mir herunter.

»Ich habe Ihnen eine heiße Schokolade gebracht. Die wird Ihnen gewiss ein wenig Kraft zurückgeben.«

Ich merkte, dass sie sich um Fröhlichkeit bemühte, war jedoch nicht in der Lage, es zu würdigen. Ich ließ das Essen unberührt und starrte weiterhin apathisch an die Zimmerdecke.

Es war der Gedanke an Neela und Leo, der mich Stunden später aus meiner Lethargie riss. Sie erwarteten, dass ich sie heute besuchen kam. Bestimmt machten sie sich Sorgen. Sie mussten wissen, dass es mir gut ging.

Mühsam richtete ich mich auf. Hob ein Bein nach dem anderen aus dem Bett, als ob sie zentnerschwer wären.

Ein vollständiges Frühstück stand auf dem Tischchen. Ich konnte mich nicht erinnern, dass es jemand gebracht hatte.

Ich drückte mich von der Matratze ab, stand. Jetzt etwas überziehen. Einen Mantel, einen Hut.

Irgendwann schaffte ich es, das Zimmer zu verlassen und nach unten zu gehen. Ein Soldat wachte direkt neben meiner Tür, was mich verwunderte, ansonsten begegnete ich keiner Menschenseele. Es musste

Zeit für das Mittagessen sein. Bestimmt saßen alle im Jahreszeitensaal und aßen. Allein der Gedanke an Essen war mir zuwider.

Ich verließ das Schloss, ohne dass mich jemand aufhielt, wanderte durch den Torbogen hin zu Margrets Haus. Jemand folgte mir, behelligte mich jedoch nicht. Ich drehte mich nicht um. Es interessierte mich nicht.

Erst als ich in Margrets Armen lag, spürte ich, dass mir die ganze Zeit Tränen über die Wangen rannen.

»Schhh, Kindchen, schhh!« Sie strich mir über den Rücken und machte tröstende Geräusche, während Neela und Leo verunsichert neben uns standen. »Jetzt ist alles gut. Kommen Sie in die Küche und setzen Sie sich! Wir haben schon gehört, was passiert ist. Ich mache Ihnen einen Tee mit beruhigenden Kräutern, und dann werden Sie erst einmal etwas essen.«

Ihre bestimmende Mütterlichkeit brachte mich dazu, ihre Anweisungen zu befolgen. Nachdem ich ein paar Löffel Suppe in meinem Magen hatte, ging es mir etwas besser. Ich bemühte mich um ein Lächeln zu Neela und Leo, die mich mit großen Augen beobachteten.

»Ist das Mädchen, das gestorben ist, deine Freundin gewesen?«, fragte Leo schließlich.

»Ja«, sagte ich aus vollem Herzen. Rose war eine wahre Freundin gewesen. »Wir haben uns sogar ein Zimmer geteilt.«

»Ist sie auf der Treppe ausgerutscht?«, wollte Neela wissen.

Ich rang um Atem, weil in meinem Kopf sofort wieder das Bild von Rose am Fuß der Treppe auftauchte.

»Ich weiß es nicht«, sagte ich gepresst. »Ich weiß nur, dass sie …« *etwas Beunruhigendes entdeckt hat und kurz darauf dringend mit jemandem reden wollte.*

Weil ich meine Geschwister nicht unnötig verängstigen wollte, ließ ich meinen Satz unvollendet. Stattdessen biss ich mir auf die Wange und sah zu Margret, die mich beobachtete.

»Tja, die Stufen in alten Schlössern sind manchmal wirklich gefährlich«, schloss ich.

Margret nickte und hob dann betont fröhlich den Zeigefinger. »Also: Immer gut am Geländer festhalten, Kinder!« Sie erhob sich, um einen Apfel für mich aufzuschneiden.

»Musst du wirklich wieder zurück, May?«, fragte Neela besorgt, als ich mich später zum Aufbruch bereit machte.

Draußen setzte schon die Dämmerung ein.

»Ja. Aber … wenn alles klappt …«

Ich warf Margret einen kurzen Blick zu. Da war etwas Wissendes in ihren Augen, als sie mich mit einem leisen Lächeln musterte, und ich fragte mich, ob Edmund ihr wohl von uns erzählt hatte. »… dann werde ich Wondringham Castle morgen verlassen.«

Ein Klopfen an der Tür ließ mich zusammenzucken. Ich war schreckhaft geworden.

Margret öffnete, und ein Soldat trat ein.

»Ich möchte Miss Barnaby zum Abendessen ins Schloss zurückgeleiten«, sagte er, woraufhin ich in den Flur trat und ihm zunickte.

Margret reichte mir meinen Mantel und drückte mich noch einmal an ihren ausladenden Busen. »Lassen Sie sich nicht unterkriegen, meine Liebe. Seien Sie gewiss: Der Hauptmann wird auf Sie aufpassen.«

Ich wusste, was sie meinte. Der Wachmann, der mir gefolgt war … Das war bestimmt Edmunds Werk, der sich nach dem Anschlag auf Rose um mich sorgte.

Ich folgte dem Soldaten durch die Dunkelheit zum Schloss zurück und ging dann nach oben, um mich von Sophia für das Abendessen vorbereiten zu lassen.

Teilnahmslos ließ ich mich in irgendein Kleid stecken und die Haare zu einer sicherlich kunstvollen Frisur richten, jedenfalls dauerte es endlos lang, bis die Kammerzofe fertig war.

Die Stimmung im Schloss war gedrückt, wie ich beim Abendessen feststellte. Auch die anderen Kandidatinnen rätselten, ob es ein Unfall gewesen war, und sprachen über die Vorfälle, die es zuvor gegeben hatte. Ich schwieg. Prinz Byron war nicht anwesend.

»Kommt euch im Nachhinein die plötzliche Abreise von Josephine nicht auch ein wenig merkwürdig vor?«, fragte Brenda. »Vielleicht hat ihr jemand gedroht!«

Prinz Alexander bat mit ernstem Gesicht um Besonnenheit. »Mit unbewiesenen Anschuldigungen kommen wir doch nicht weiter, meine Damen!«

Aber niemand hörte auf ihn.

»Bisher hat es doch meistens die Kandidatinnen, die sich für Prinz Darion interessiert haben, getroffen«, stellte Philippa fest. »Weshalb jetzt Rose?«

»Es kann nur ein Unfall gewesen sein«, sagte Elaine mit leiser Stimme. »Ich kann mir nicht vorstellen, dass irgendeine von uns so etwas täte.«

Vielleicht. Vielleicht aber war Rose der Täterin auf die Schliche gekommen und hatte deshalb sterben müssen. Irgendetwas hatte sie entdeckt. Aber bevor ich weiter darüber nachdenken konnte, überstürzten sich die Ereignisse.

Die beiden Flügel der Saaltür wurden geöffnet, und ein Diener schob einen Rollstuhl herein. Jetzt erkannte ich auch, weshalb einige der Kandidatinnen aufsprangen und in einen tiefen Knicks versanken: Der blasse, magere Herr mit den eingefallenen Wangen, der im Rollstuhl saß, musste der König sein!

Hastig tat ich es den anderen gleich, neigte den Kopf und versank ebenfalls in einen Knicks. Der König! Was machte er hier?

Auch die Prinzen waren aufgesprungen.

»Ich halte es nach dem Tod der jungen Dame für nötig, hier nach dem Rechten zu sehen.« König Osberts Stimme klang leise. Trotzdem verstand man ihn deutlich im ganzen Saal. Die schwere Krankheit hatte seine machtvolle Ausstrahlung nicht zerstören können. »Man hat mir zugetragen, dass es gewisse Vorkommnisse unter den Damen gab, die vermuten lassen, dass sich zumindest eine von Ihnen nicht korrekt verhält.«

Er ließ sich weiter in den Raum schieben, sodass er uns gut erkennen konnte.

»Bitte heben Sie die Köpfe«, befahl er. Prüfend blickte er jede von uns an, als könnte er es uns am Gesicht ablesen. Im Saal herrschte angespannte Stille.

Als sein Blick auf mich fiel, fühlte ich mich in meine Kindheit zurückversetzt. Es war genau der Gesichtsausdruck, mit dem mein Vater mich stets bedacht hatte, wenn ich nicht brav gewesen war. Ich errötete. Ahnte der König, dass ich nur so tat, als hätte ich Interesse an einem seiner Söhne? Wusste er vielleicht sogar schon von meiner Liebe zu Edmund, seinem Hauptmann?

Falsches Spiel

Mühsam schluckte ich. Wo war Edmund? Was sollte ich tun, wenn der König mich zur Rede stellte?

Endlich ließ mich der prüfende Blick los und wanderte weiter zum nächsten Mädchen, sodass ich aufatmen konnte.

»Wo sind Prinz Byron und Prinz Caiden?«, fragte der König unvermittelt mit gerunzelter Stirn und schaute sich suchend um. »Unglücksfall hin oder her, sie haben sich beim Abendessen um die Damen zu kümmern!«

Verständnislos blickte ich zu Prinz Caiden hin, der doch unübersehbar bei seinen beiden Brüdern stand. Den anderen Mädchen erging es nicht anders als mir, wie ich an den verwirrten Blicken erkannte.

»Und was hat Royden hier verloren?«, grollte der König. »Ich wünsche eine Erklärung!«

Royden? Wer war Royden? Was ging hier vor sich?

»Vater, ich kann alles erklären«, sagte Prinz Alexander beschwichtigend und trat zum Rollstuhl.

»Ich bitte darum. Augenblicklich!«, rief der König erzürnt.

»Gewiss. Doch besser nicht hier«, bat der Kronprinz mit unglücklichem Gesicht und deutete zur Tür.

»Was soll diese Heimlichtuerei? Ich sagte: AUGENBLICKLICH!«

Der Tonfall ließ dem Prinzen keine Wahl. Er beugte sich zu seinem Vater hinab.

»Byron grämt sich um die verstorbene Dame, für die er Zuneigung gefasst hatte, und lässt sich für heute Abend entschuldigen. Und Caiden …« Jetzt flüsterte er so leise, dass wir nichts mehr verstehen konnten.

Wenn Caiden nicht Caiden, sondern dieser Royden war, wo zum Teufel steckte dann der echte Prinz?

In diesem Augenblick trat Edmund ein und blieb, als er den König erblickte, für einen Moment lang stocksteif stehen. Dann straffte er den Rücken und ging zum Rollstuhl.

Ich konnte nicht mehr atmen, weil mir ein furchtbarer Verdacht kam. Prinz Caiden … Mr Kane … Oh mein Gott!

Meine Befürchtungen bestätigten sich, als der König den Hauptmann erblickte.

»Was soll dieser alberne Aufzug? Hatte ich nicht deutlich genug meinen Wunsch geäußert, dass meine Söhne an der Brautschau teilnehmen mögen? Ohne Ausnahme! Wo ist die Königin? Ich dulde nicht, dass meine Befehle so missachtet werden. Noch bin ich am Leben, und noch habe ich hier das Sagen!« Seine letzten Worte gingen in starkes Husten über. Erschöpft von seinem Ausbruch lehnte der König sich im Rollstuhl zurück und atmete ein paar Mal rasselnd.

»Vater! Ihr dürft Euch nicht aufregen!« Sofort drängten sich die Prinzen um den Rollstuhl, und der König wurde hastig hinausgeschoben. Die drei echten Prinzen und der falsche folgten ihm.

Fassungslos starrte ich ihnen nach. Mir war, als hätte ich einen Schlag ins Gesicht erhalten. Im Jahreszeitensaal herrschte schockierte Stille. Selbst die Dienerschaft wagte es nicht, sich zu regen.

Dann setzte aufgeregtes Gemurmel ein. Ich hörte Brenda aufschluchzen, die sich bei ihren Bemühungen auf den falschen Prinz Caiden konzentriert hatte.

Erschüttert presste ich meine Hand auf den Mund, als sich die Erkenntnis in meinem Hirn festzusetzen begann: Edmund war in Wirklichkeit der drittälteste Königssohn! Weil mir mit einem Mal schwindelig wurde, ließ ich mich auf einen Stuhl sinken. Meine Welt zerfiel in Einzelteile.

Ich war so blind gewesen!

Alles, was mir an ihm merkwürdig vorgekommen war, ergab nun einen Sinn. Seine gestelzte Sprache, sein bestimmendes Auftreten und die Unbekümmertheit, mit der er sich in der königlichen Bibliothek bewegt hatte – alles ließ sich auf einmal logisch erklären. Auch sein Aufbrausen, wenn ich frech geworden war. Natürlich! Er war der Prinz, und jeder hatte ihn höflich und zuvorkommend zu behandeln!

Und deshalb hatte er auch nicht an der großen Gesellschaft teilnehmen können. Gewiss hätte ihn einer der Gäste erkannt!

Aber die adligen Tanzpartner vom Ball …? Waren die etwa alle eingeweiht gewesen? Und die gesamte Dienerschaft?!

Bittere Scham überrollte mich. Ich ballte die Hände zu Fäusten. Wie hatte ich nicht bemerken können, dass ich Opfer eines grausamen Streichs geworden war? Tionne hatte mich noch gewarnt!

Dass Edmund ein Spion der Prinzen sein könnte, war mir schon lange klar gewesen. Aber dass sie so weit gehen würden, einen der Brüder als Soldaten auszugeben, das hätte ich nicht erwartet. Dabei hatte ich schon so viel über die Schelmereien junger adliger Herren gehört, gewusst, dass es ihnen oft egal war, was sie damit anrichteten.

Aber der Hauptmann war anders gewesen. Zu mir. So ernst und überlegt. So besorgt und zärtlich.

Immer noch konnte ich es kaum glauben. Mein Herz schmerzte, als würde eine tonnenschwere Last es beschweren. Der Verrat wog schwer.

Bis der Hauptgang beendet war, bewahrte ich die Contenance. Dann entschuldigte ich mich mit tonloser Stimme bei den anderen Mädchen, stand auf, ohne den Blick zu heben, und ging mit steifen Schritten aus dem Saal. Sobald ich die Tür leise hinter mir geschlossen hatte, begann ich zu laufen. Meinen Augen brannten. Die Wachen im Gang warfen mir merkwürdige Blicke zu, hielten mich jedoch nicht auf, als ich in mein Zimmer floh.

Ich schloss die Tür hinter mir und lehnte mich dagegen. Erst dann kamen die Tränen. Geschüttelt von heftigem Schluchzen rutschte ich zu Boden. Was sollte nun aus mir werden?

Ich hatte mich in einen Soldaten verliebt und nicht in einen verdammten Prinzen! Erfüllt von hilfloser Wut, trat ich gegen einen Bettpfosten, dass es krachte. Aber auch das half nicht.

Innerlich fühlte ich mich wie ausgeleert. Rose … der Hauptmann … ich hatte keine Kraft mehr.

Ich brauchte Zeit, um die Wunden verheilen zu lassen und mein Leben wieder in Ordnung zu bringen. Ich wollte in Ruhe gelassen werden.

Unglücklicherweise war Ruhe nicht verfügbar. Denn, als ich mich nach einer ganzen Weile aufrappelte, entdeckte ich einen Brief auf meinem Bett. Ich griff danach und öffnete ihn.

Er war nicht von Prinz Caiden, wie ich im ersten Moment erhofft hatte.

Es war die Schrift einer Frau.

Mit wachsender Verzweiflung las ich.

Geehrte Miss Barnaby,

ich bedauere sehr, Ihnen mitteilen zu müssen, dass wir uns genötigt sahen, Ihre Geschwister von hier zu entfernen. Die Gründe möchte ich Ihnen gerne persönlich mitteilen und bitte Sie daher, sich umgehend zu den Stallungen zu begeben. Von dort aus werden Sie unbehelligt zu Ihren Geschwistern geleitet, wo all die Fragen, die Sie sicherlich zurecht stellen möchten, beantwortet werden sollen.

Sollte es Ihnen allerdings nicht möglich sein, allein zu kommen, sehen wir uns leider gezwungen, weitere Maßnahmen zu ergreifen.

Wenn Sie jedoch unseren Wünschen Folge leisten, wird weder Ihnen noch Ihren Geschwistern ein Leid geschehen.

Hochachtungsvoll,

eine Freundin

Fassungslos ließ ich den Brief sinken, nur um ihn gleich noch einmal zu lesen. Im ersten Augenblick hatte ich gedacht, dass es sich um ein Schreiben der Königsfamilie handeln würde, die keine Veranlassung mehr sah, die Anwesenheit meiner Geschwister zu dulden.

Aber dann wurde mir klar, dass es sich um einen Erpresserbrief handelte. Jemand hatte Leo und Neela entführt.

Und es gab niemanden, der mir helfen könnte.

Welche Mächte hatten sich bloß gegen mich verschworen? Aufstöhnend rieb ich mir mit der Hand über das Gesicht. *Ruhig bleiben, Mayrin. Konzentrieren. Nachdenken!*

War es ein weiterer Anschlag? War es immer dieselbe Frau, die hinter all dem steckte? Ich versuchte, meine Gedanken zur Ruhe zu zwingen und zu begreifen, was dies alles bedeutete.

Wer auch immer es gewesen war, er musste Helfer haben. Wie hatten sonst meine Geschwister entführt werden können?

Oder war es nur ein Streich und meine Geschwister waren immer noch bei Margret?

Margret! Margret, die wahrscheinlich das Kindermädchen der Prinzen gewesen war.

Ich kaute auf meiner Wange, bis es blutete. Sie musste es gewusst haben! Wie grausam von ihr, mich nicht zu warnen.

Aber das alles war nun nebensächlich. Nur meine Geschwister waren wichtig.

Ich zog die Stiefel über und griff nach Handschuhen, Mantel und Hut. Mir blieb nur eins: nachzuschauen. Aber nicht ohne eine Rückversicherung.

Womit konnte ich für den Notfall eine Spur legen? Ich sah mich im Zimmer um. Da war nicht viel, was ich mitnehmen konnte. Kurzerhand ergriff ich das Obstmesser und zerteilte alle Äpfel aus der Obstschale in kleine Stücke, die ich dann in meine Manteltaschen steckte. Ein paar Schnitze legte ich so neben dem Brief auf dem Tisch ab, dass sie ins Auge fielen. Ein Hinweis. Vielleicht würde jemand ihn verstehen.

Dann öffnete ich die Tür einen Spalt und schaute in den Flur. Der Wachmann stand neben meiner Tür bereit. Er war also noch nicht abkommandiert worden.

Fieberhaft überlegte ich, wie ich ihn loswerden konnte. Weil mir jedoch nichts einfiel, rannte ich einfach los, in der Hoffnung, dass ich ihm entschlüpfen konnte. Doch seine schweren Schritte folgten mir bis zur Treppe. Also nahm ich eine List zur Hilfe, stürmte in den Flur mit der geheimen Tür und schlüpfte hinter den Vorhang. Er würde hoffentlich nicht auf die Idee kommen, dass sich eine der Kandidatinnen hier auskannte.

Ich hatte keine Ahnung, in wessen Gewalt ich mich da gerade begab, aber mir war bewusst, dass diejenige möglicherweise Rose auf dem Gewissen hatte. Das trug nicht gerade dazu bei, mich ruhiger werden zu lassen. Doch ich musste meine Geschwister finden. Und ich musste herausfinden, wer die Attentäterin war. Für Rose.

Vorsichtig tastete ich mich im Dunkeln die Treppe hinab, bis ich an der Schlossküche angelangt war. Ich hörte geschäftige Geräusche und Stimmen. Man würde mich bemerken, wenn ich hindurchging, aber ich sah keine andere Möglichkeit.

Behutsam öffnete ich die Tür und spähte in den Dunst der Küche. Gerade wurde schmutziges Geschirr zum Abwasch zurückgebracht. Ich atmete tief durch und trat ein. Als ich den Raum durchquerte, folgten mir erstaunte Blicke. Freundlich winkte ich in die Runde und ging weiter, als wäre es vollkommen normal, dass ich durch die Küche spazierte.

Niemand hielt mich auf.

Ich ging auf den Flur hinaus, ohne einem weiteren Soldaten zu begegnen. Hier unten im Keller, wo sonst nur die Bediensteten verkehrten, war wohl keine Wache nötig. Umso mehr verwunderte es mich, als ich auf einmal einer anderen Kandidatin begegnete. Sie kam aus einer der Türen, hielt in der Hand einen Wasserkrug und eilte zum Treppenhaus.

»Ismey?«, sprach ich sie an, und sie fuhr herum.

»Oh, Mayrin!« Sie lachte, aber es klang aus irgendeinem Grund verlegen. »Ich habe gerade ein bisschen Wasser …«

Ungläubig starrte ich auf das winzige Fläschchen in ihrer anderen Hand. Sie hatte doch nicht … sie wollte nicht etwa …

»Du bist das?!«, stieß ich bestürzt hervor.

Mit einem Mal ergab alles einen Sinn: Ismey war eine der Favoritinnen von Prinz Darion. Sie war eine der wenigen im Schloss, die den Aufenthaltsort meiner Geschwister kannten. In dem Zimmer, das sie mit Cecilia teilte, war das Schmuckstück verschwunden, und dort hatte Rose etwas entdeckt, was sie sehr beunruhigt hatte.

»Was bin ich?«, fragte sie mit blassem Gesicht und blieb stocksteif stehen.

»Du warst es selbst, richtig? Du selbst hast etwas eingenommen, was dich krank werden ließ! Das also hat Rose entdeckt! Was ist in dem Fläschchen?«, rief ich aufgebracht und zeigte auf ihre Hand.

»Aber, Mayrin, ich würde doch …«

Ich ließ sie nicht ausreden. »Sag schon? Wen willst du als Nächstes vergiften?«, schrie ich sie an. »Und willst du mich, jetzt, wo ich es herausbekommen habe, auch die Treppe hinunterstoßen?!«

Ihre Augen wurden schmal.

»Mäßige dich!«, herrschte sie mich an und bedeutete mir, leise zu sein. Sie seufzte. »Das alles ist mir so unangenehm! Ja, ich habe ein paar Streiche verübt, ich gebe es zu«, fuhr sie mit dünner Stimme fort. »Aber ich habe niemals jemandem wirklich schaden wollen!« Ihr Blick flehte um Verständnis. »Das musst du mir bitte glauben!« Tränen schossen in ihre Augen. »Dass Rose gefallen ist, war ein Unfall! Richtig, ich war dabei, und wir hatten eine Auseinandersetzung, aber ich schwöre, dass ich sie nicht einmal berührt habe! Sie ist gestolpert, und als ich sah, wie sie fiel, bin ich geflohen, weil ich schon ahnte, dass man mich verdächtigen würde. Ich bin das verabscheuungswürdigste Wesen auf der ganzen Erde!« Sturzbachartig rann es über ihre Wangen und schwemmte meinen Hass fort.

Ich schluckte bitter. Rose fehlte mir so. Jetzt, wo sich der Hauptmann als Prinz entpuppt hatte, fühlte ich mich völlig allein gelassen.

»Und das hier sind nur ein paar harmlose Abführtropfen. Ich habe bei der ganzen Aufregung hier Probleme mit der … naja, du weißt schon. Neulich habe ich wohl versehentlich ein paar Tropfen zu viel in mein Wasser getan. Ich konnte ja nicht ahnen, dass ich damit solch einen Wirbel auslösen würde!«, heulte sie.

Also hatte ich Cecilia die ganze Zeit völlig zu Unrecht in Verdacht. Auch Georgiana hätte ich solche Heimtücke durchaus zugetraut – aber Ismey? Die freundliche, höfliche Ismey …?!

Was sollte ich jetzt bloß machen?

»Warum hast du das alles getan?« Ich wollte verstehen, was in jemandem vor sich ging, der so Abscheuliches tat.

Sie senkte den Kopf und schniefte. »Weißt du, meine Mutter hat mir gedroht, dass sie mich zu Hause nicht wieder aufnehmen würde, wenn es mir nicht gelänge, einen der Prinzen zu angeln. Ich habe solche Angst, verstehst du?« Sie schluchzte erstickt.

Nachdenklich reichte ich ihr ein Taschentuch. »Was ist mit meinen Geschwistern? War das auch nur ein *Streich*?«, fragte ich lauernd.

»Mit deinen Geschwistern?« Sie schaute mich mit großen Augen an.

Wusste sie wirklich nichts davon?

»Ich habe einen Erpresserbrief auf meinem Bett vorgefunden, in dem stand, dass meine Geschwister entführt wurden«, erklärte ich schließlich.

»Was?!«, rief sie entsetzt. »Aber das ist ja furchtbar! Wer vergreift sich denn an unschuldigen Kindern? Pfui Teufel!«

»Du warst es also nicht?«, fragte ich verunsichert.

»Ich hätte doch niemals … doch nicht bei *dir*!«, rief sie entrüstet. »Wo du doch immer so nett zu mir warst!« Ismey legte ihre Stirn in Falten und dachte angestrengt nach. »Zeig mir mal den Brief«, bat sie. »Vielleicht erkenne ich die Handschrift.«

»Ich habe ihn nicht dabei«, sagte ich und berichtete, was in dem Schreiben gestanden hatte.

Nachdem ich geendet hatte, sah Ismey mich schockiert an. »Das gibt es nicht!«, stieß sie hervor.

Hilflos verzog ich das Gesicht. *Leider doch.*

»Du willst da jetzt hingehen? Alleine?!«

»Was bleibt mir anderes übrig? Vielleicht lassen die Entführer meine Geschwister frei, wenn ich ihnen erzähle, dass ich vorhatte, spätestens morgen Abend das Schloss zu verlassen.«

»Und Prinz Darion?«

»Aber ich habe doch gar kein Interesse an ihm!«, rief ich ungeduldig. »Ich weiß gar nicht, wie alle darauf kommen, ich kann ihn noch nicht einmal gut leiden!«

Die Zeit drängte. Ich musste mich auf den Weg machen, bevor die Entführer es sich anders überlegten. Daher wandte ich mich zum Gehen.

»Warte, Mayrin, ich begleite dich heimlich, damit dir nichts passiert. Ich hole mir nur rasch einen Mantel. Wir treffen uns am Tor.«

»Aber ich soll doch …«

Ohne meine Erwiderung abzuwarten, verschwand Ismey.

Verzweifelt rieb ich mir über die Stirn. *Leo, Neela! Es tut mir so leid, dass ich euch da mit hineingezogen habe!*

Mit schweren Beinen ging ich zum Schlosshof und versteckte mich hinter einem Pfeiler. Kurze Zeit später war Ismey wieder da und schaute sich suchend um.

»Ich bin hier!«, rief ich sie leise an, damit die Wachen uns nicht bemerkten.

Wir eilten durch das Tor. Die Soldaten nickten uns zu, machten aber keine Anstalten, uns aufzuhalten. Doch lange würde ich nicht unbehelligt bleiben, das war mir klar. Ich musste mich beeilen.

»Wir sollten erst einmal nachsehen, ob vielleicht alles ein Scherz war und deine Geschwister brav in ihren Betten liegen«, schlug Ismey vor.

Ich war dankbar, dass wenigstens sie einen kühlen Kopf behielt.

Es hatte erneut zu schneien begonnen, vereinzelte Flocken schwebten friedlich auf die Erde. Die Stille hier draußen ließ alles unwirklich erscheinen. Und auf eine gewisse Weise war meine Welt das auch geworden: unwirklich. Es gelang mir kaum, all die Dinge zu begreifen, die in den letzten Tagen geschehen waren.

Dann waren wir bei Margrets Haus angelangt. Es lag vollständig im Dunkeln. Dumpfe Verzweiflung erfüllte mich, als auf mein heftiges Klopfen hin niemand öffnete.

»Neela! Leo! Margret!«, schrie ich, bis meine Stimme brach, aber niemand antwortete.

Irgendwann ergriff Ismey meinen schmerzenden Arm. »Mayrin, hör auf!«

»Sie sind tatsächlich entführt worden!«, schluchzte ich. »Sonst wäre Margret nie um diese Uhrzeit mit den Kindern unterwegs gewesen.« Ich starrte auf die verschlossene Tür, während mir die Tränen über die Wangen liefen. Es war zu viel – zu viel Unglück auf einmal. Zu viel Grausamkeit.

Dabei war ich vorgestern noch so unendlich glücklich gewesen, als Rose noch am Leben war und der falsche Hauptmann mir gesagt hatte, dass er sich eine gemeinsame Zukunft wünsche.

Ach, Caiden! Wärst du doch kein Prinz.

Ich gestattete mir nicht, darüber nachzudenken, ob wenigstens seine Gefühle für mich echt waren, auch wenn alles andere erlogen war. Dafür war jetzt keine Zeit. Ich musste die Stallungen erreichen, bevor man mich fand und ins Schloss zurückbeförderte. Meine Geschwister gingen vor. Vielleicht konnte ich die Entführer überzeugen, dass ich gar kein Interesse daran hatte, Prinz Darion zu ehelichen, und sie ließen Leo und Neela frei?

»Ich geh jetzt zum Stall, aber du darfst mir auf keinen Fall folgen. Im Brief stand, dass ich allein kommen müsse, und ich will dich da nicht mit hineinziehen.«

Ismey nickte. »Es tut mir wirklich leid, Mayrin!«

»Wenn ich nicht zurückkehre, sagst du dann im Schloss Bescheid, was geschehen ist?«

Ismey schüttelte den Kopf. »Nein, das werde ich nicht«, antwortete sie.

»Ich verstehe nicht?«

Sie nickte in die Dunkelheit hinaus, und ich fuhr herum.

Ein schwarz gekleideter Mann, der seinen Hut tief in die Stirn gezogen hatte, hielt mir die Spitze seines Säbels entgegen. Mein Schrei musste bis zum Schloss zu hören gewesen sein, doch schon im nächsten Augenblick hielt er mir den Mund zu. Ich spürte die scharfe Klinge an meinem Hals und erstarrte.

»Aber, liebe Freundin«, sagte Ismey mit dem Beiklang des Bedauerns und lächelte zuckersüß, »ich habe wirklich alles versucht, um dich zu schonen. Doch nun hast du mich in eine recht verzwickte Lage gebracht.«

Der Schock und die Enttäuschung machten mich sprachlos.

»Eigentlich wollte ich euch laufen lassen, nachdem ich Prinzessin geworden bin. Aber jetzt, wo du mich enttarnt hast, ist das unmöglich geworden. Wir müssen unsere Pläne ändern, das musst du verstehen.«

Mit wachsender Verzweiflung lauschte ich. Ihre unterschwellige Wut war mehr zu spüren, als zu sehen.

»Glaube mir, es lag nie in meiner Absicht, dir Leid zuzufügen«, fuhr sie ungerührt fort. »Ich wollte dich lediglich von Prinz Darion fernhalten. Natürlich konnte ich nicht ahnen, dass du gar nicht vorhattest, ihn zu heiraten. Wobei ich mich frage, weshalb du dann so lange … Aber egal, uns bleibt nicht viel Zeit. Denn leider …«

»Man wird mich suchen!«, brüllte ich durch die Hand, woraufhin ihr Komplize sofort fester zupresste. Ich versuchte, mich seinem Griff zu entwinden.

»Halte den Mund!« Jetzt stand offener Zorn in ihrem Blick.

Sie trat heran und ohrfeigte mich mit voller Wucht. Ihre Hand klatschte brutal auf meine Haut, ohne dass ich ausweichen konnte, weil der Mann mich immer noch fest umklammert hielt. Mein Kopf flog zur Seite, und der Schmerz brandete über mein Gesicht. Dass die Säbelklinge mich dabei leicht in den Hals geritzt hatte, spürte ich kaum.

Dunkle Punkte trübten meine Sicht. Mir war schwindelig. Tränen schossen in meine Augen. Ich blinzelte sie weg. Ismey sollte nicht die Genugtuung erhalten, mich weinen zu sehen.

So viel Niedertracht.

»Wenn du nicht leise bist, sehen wir uns gezwungen, es gleich hier zu Ende zu bringen, bevor du deine Geschwister noch einmal sehen kannst«, sagte sie mit gnadenloser Stimme, die keinen Zweifel daran ließ, wie bitterernst sie es meinte.

Ich stöhnte erstickt und nickte, woraufhin der Mann meinen Mund freigab. Unter meinen Achseln breitete sich kalter Schweiß aus, während Panik mich überrollte.

»Es ist wirklich eine Schande, liebe Mayrin«, fuhr Ismey seufzend fort, »aber leider wird dich niemand suchen, denn schließlich wird man bald deinen Brief entdecken, in dem steht, dass du aufgibst und mit deinen Geschwistern abreist.«

Meinen Brief? Oh … Ich verstand. In ein verwaistes Zimmer kam man leicht hinein.

Ich betete um ein Wunder, dass uns retten würde. Oder wenigstens um einen glücklichen Zufall, der bewirken könnte, dass man den Erpresserbrief und die Apfelstücke entdecken würde, bevor Ismey oder ihr Komplize in mein Zimmer gelangen konnten.

So viel abgrundtiefe Bosheit.

»War es bei Josephine genauso? Hast du sie auch mit Erpressung aus dem Weg geschafft?!«

Und Rose? Der vermeintliche Unfall?

Endlich verstand ich, was mir Rose mit ihren letzten Worten hatte sagen wollen: Sie hatte nicht »Küss mich«, sondern »Ismey« gemeint, bevor ihre Stimme in ein Keuchen überging! Doch wer hätte eine solch abgrundtief böse Seele hinter deren freundlicher Fassade vermuten können?

»Ach ja, die gute Josephine … Bei ihr war es genau wie mit Rose. Sie war einfach im Weg.« Ismey lächelte abfällig und bedeutete dem Mann, loszugehen. Grob zerrte er mich mit sich.

»Was ist mit Margret?«, keuchte ich. »Wurde sie auch entführt?«

»Die Gute irrt wohl noch in der Stadt herum auf der Suche nach deinen Geschwistern. Kleine Kinder können in einer belebten Straße ja so schrecklich leicht verloren gehen …«

Ich ballte die Fäuste, während ich um Beherrschung rang. Unbarmherzig zog der Mann mich weiter. Sie führten mich zu einem unbewachten Seitentor, welches der Schwarzgekleidete aufschloss.

»Nimm sie erst einmal mit, wie besprochen, Chester«, befahl Ismey. »Wir können uns hier auf dem Schlossgelände keine Fehler erlauben.

Weitere Anweisungen werde ich euch noch senden. Vermasselt es nicht! Niemand darf erfahren, was hier passiert ist, denk daran!«

Während sie redete, versuchte ich verzweifelt, einen Ausweg zu finden. Gut, dass ich ihr nichts von meinem Notfallplan erzählt hatte. Verstohlen ließ ich drei Apfelstückchen auf einmal in den Schnee fallen. Würde das reichen? Besorgt warf ich einen Blick zum Himmel. Was, wenn der Schneefall heftiger wurde? Wenn ich großes Glück hatte, würden die Hunde meiner Spur folgen können. Aber dafür musste es aufhören zu schneien. Und es musste jemand auf die Idee kommen, mich zu suchen.

»Lebe wohl, Mayrin«, sagte Ismey mit sanfter Stimme, als wären wir beste Freundinnen, und strich mir zum Abschied über die immer noch schmerzende Wange.

Es schüttelte mich. Sie verschwand in der Dunkelheit Richtung Schloss. Mit offenem Mund starrte ich ihr hinterher, bis ihr Komplize Chester mich durch das Tor schob. Dann schloss er von außen ab. Das Geräusch hatte etwas Endgültiges.

Es war mir sehr wohl bewusst, dass Ismey nicht »Auf Wiedersehen« gesagt hatte.

Chester packte meinen Arm und führte mich zu einer geschlossenen Kutsche, die in der Dunkelheit wartete. Ein einfaches, unauffälliges Gefährt, ohne jedes Wappen. Er stieß mich hinein und nahm dann vorn neben dem Kutscher Platz. Die Pferde zogen an, und die Kutsche rollte in den Wald hinaus. Immer weiter weg von den schützenden Mauern des Schlosses. Meine Wange und der Schnitt am Hals brannten. Ich atmete tief durch, um den Schmerz auszublenden. Es war jetzt überlebenswichtig, dass ich mich konzentrierte. Nicht nur für mich.

Ich öffnete das kleine Fensterchen und warf ein paar Obststückchen hinaus, während die Lichter von Wondringham Castle in der Nacht verschwanden. Dies wiederholte ich, sooft wir eine Weggabelung passiert hatten. Hoffentlich waren die Waldtiere nicht zu hungrig. Hoffentlich blieb es bei vereinzelten Schneeflocken. Und hoffentlich war ich Prinz Caiden nicht gleichgültig.

Hätte ich ihn doch bloß um Hilfe gebeten! Er hatte zwar ein falsches Spiel mit mir getrieben, aber ich war mir sicher, dass er uns geholfen hätte – auch wenn er in Wirklichkeit gar nicht der Hauptmann war.

Entführt

Sehr langsam ging die Fahrt voran, Schnee und Dunkelheit machten eine höhere Geschwindigkeit unmöglich. Nur die Flammen der beiden Laternen am Kutschbock warfen ein wenig Licht in die Finsternis des Waldes.

Ich rieb meine Finger, während die Kälte an meinen Beinen heraufkroch. Es gab keine Decke in der Kutsche, und der Wind zog eisig hindurch. Ein Schlagloch ließ mich den Halt verlieren, und ich hörte den Kutscher draußen fluchen.

Neela, Leo … Ein trockenes Schluchzen stieg in meiner Kehle auf, während ich leise zu beten begann. Hatten sie Angst? Erlitten sie Schmerzen?

Endlich, als nur noch bedenklich wenige Apfelstückchen übrig waren, hielt die Kutsche vor einem einsamen Haus mitten im Wald. Meinem Gefühl nach hatte die Fahrt etwa eine Viertelstunde gedauert, vielleicht ein bisschen länger. Das Schloss war also gar nicht so weit entfernt, überlegte ich.

Weil meine Finger steif gefroren waren, konnte ich mich beim Aussteigen kaum festhalten. Chester musste meinen Arm ergreifen, um mir zu helfen, sonst wäre ich gestürzt, denn auch meine Beine wollten ihren Dienst nicht verrichten.

»Wo sind wir? Sind Neela und Leo hier?«, fragte ich ihn ängstlich.

Doch er gab mir keine Antwort, sondern schob mich einfach weiter auf das Haus zu.

Wer war er? Und wie war es Ismey gelungen, mit ihm Kontakt aufzunehmen?

Immer noch fielen nur vereinzelte Schneeflocken. Das war gut. Dann hatten meine potenziellen Retter eine Chance, die Apfelstückchen zu entdecken.

Durch die geschlossenen Vorhänge des Hauses drang schwaches Licht. Gerade ging jemand am Fenster vorbei. Chester stieß mich zur Tür und klopfte einen Rhythmus.

»Endlich«, sagte der ungepflegt aussehende Mann, der uns öffnete.

»Es gab unerwartete Schwierigkeiten.« Mein Begleiter schob mich vorwärts.

Zögernd betrat ich das Haus. Muffige Wärme schlug mir entgegen.

»Sind meine Geschwister hier?«, fragte ich erneut. Immer noch klapperten meine Zähne, ohne dass ich es verhindern konnte. Und das lag nicht nur an der Kälte.

Der Mann in der Tür kratzte sich zwischen den Beinen und deutete zur Treppe. »Dachgeschoss.«

Ich stürmte die Stufen und anschließend noch eine Stiege hinauf, ganz nach oben. »Neela? Leo!«

»Mayrin?«, hörte ich zwei verzagte Stimmen.

Ich gelangte zu einer verschlossenen Tür. Der Schlüssel steckte von außen. Ich drehte ihn um und stieß die Tür auf.

Schluchzend stürzte sich Neela in meine Arme.

»Geht es euch gut? Haben sie euch wehgetan?«, rief ich atemlos und hielt sie von mir ab, um sie ansehen zu können. Glücklicherweise schien Neela körperlich nichts zu fehlen. Nun kniete ich mich hin, um Leo ansehen zu können, der meine Beine fest umklammerte.

»Alles klar, junger Mann?«, fragte ich mit angestrengtem Lächeln.

»Die haben uns einfach gepackt und in eine Kutsche gezerrt, als wir in der Stadt einkaufen waren! Dabei war Margret nur ganz kurz in einem Geschäft, während wir einem Musikanten zugehört haben.« Neela griff aufgelöst nach meiner Hand.

Leo hatte es vollkommen die Sprache verschlagen, was ein dramatisches Zeichen war.

Zornig drehte ich mich zu dem Mann um, der mir die Treppe hinauf gefolgt war. Aber bevor ich irgendetwas sagen konnte, schlug er die Tür hinter mir zu und schloss ab.

Ich stöhnte. Jetzt war ich ebenfalls gefangen. Und was hatte ich nun gewonnen? Nur die Erkenntnis, dass meine Geschwister am Leben waren.

Ich blickte mich um. Es gab zwei bezogene Betten, einen Schrank, ja sogar einen Tisch mit Stühlen. Eigentlich sah es recht wohnlich aus.

Bedrückt sahen wir uns an. Leo klammerte sich an mich, so fest er konnte. Mit einem letzten Rest Selbstbeherrschung streichelte ich ihm über den Rücken.

»Haben sie euch wenigstens Essen und Trinken gegeben?«

»Nein.«

Das war nicht gut. Gar nicht gut. Wie es schien, hatte unser Wohlergehen keine Priorität. Das bedeutete wohl, dass sie uns nicht lange am Leben lassen wollten.

In hilfloser Wut stürmte ich zur Tür und schlug mit der Faust dagegen. »Hallo? Machen Sie auf! Hallo?! Hört mich jemand?«

Irgendwann kam der Mann, der uns hereingelassen hatte, nach oben und riss die Tür auf.

»Was ist?«, knurrte er ungehalten.

»Ihnen muss doch klar sein, dass es Unrecht ist, uns hier gefangen zu halten!«, sagte ich so hoheitsvoll wie möglich. »Ich erwarte, dass Sie uns unverzüglich freilassen!«

Er lachte. Ein böses Lachen, das mir klarmachte, dass ich hier überhaupt nichts zu erwarten hatte.

Ich bemühte mich, meine geballten Fäuste zu entspannen, und wechselte die Taktik. »Wenn Sie uns freilassen, werde ich dafür sorgen, dass Sie ein reicher Mann sind.«

Wie ich das anstellen sollte, wusste ich allerdings noch nicht.

Er grinste höhnisch. »Netter Versuch, Miss.« Dann ging er einfach wieder hinaus.

»Warten Sie!«, rief ich verzweifelt. »Vielleicht gibt es noch einen anderen Weg? Wir erzählen niemandem, wo wir waren, ich schwöre es! Wir fahren einfach zurück nach Talebridge und leben ein friedliches Leben, ohne jemandem in die Quere zu kommen.«

Aber der Fremde verschloss ohne ein weiteres Wort die Tür.

»Bringen Sie uns wenigstens etwas zu trinken und zu essen!«, schrie ich ihm hinterher.

Er musste mich gehört haben, machte jedoch keine Anstalten zu antworten. Seine Schritte verhallten auf der Stiege.

»Verdammt, das sind noch Kinder!«, brüllte ich und schlug gewaltsam mit der Hand gegen die Tür.

Ich fluchte sehr undamenhaft. Dann fielen mir meine Geschwister ein, und ich atmete tief durch.

»Nun gut.« Entschlossen drehte ich mich um und bemühte mich um ein fröhliches Gesicht, obwohl ich spürte, wie die Panik meinen

Nacken hinaufkroch. »Lasst mich mal sehen, wie es mit Fluchtmöglichkeiten aussieht.«

Die Fahrt hierher hatte nicht lange gedauert. Das sollte zu Fuß zu bewältigen sein. Ich ging zum Fenster.

»Es ist zu tief«, sagte Neela leise. »Das habe ich schon versucht.«

Trotzdem öffnete ich den einen Fensterflügel und spähte in die Dunkelheit. Draußen schien der Mond für einen Moment zwischen den Wolken hervor, und ich konnte die Spuren der Kutsche im Schnee hervorragend erkennen. Neben dem Haus standen die beiden abgeschirrten Kutschpferde im Paddock. Zwei dunkle Gestalten, deren Atem zu Nebel gefror, während um sie herum der Schneefall zunahm.

Eisige Kälte zog herein, sodass ich mich beeilte, das Fenster wieder zu schließen. Ein kurzer Blick hatte gereicht: Es war wirklich zu tief zum Springen, und es gab keine Möglichkeit, hinunterzuklettern.

Ich nagte an meiner Unterlippe, während ich fieberhaft überlegte. Niemand konnte sagen, wann Ismeys Befehle eintreffen würden. Doch sie würde mit Sicherheit keine Zeit verlieren. Je länger sie zögerte, desto größer war die Wahrscheinlichkeit, dass uns jemand fand. Schließlich war sie nicht dumm. Das hatte sie mit ihrer Hinterlist bewiesen.

Ich schluckte. »Wie viele Männer sind es?«

»Wir haben nur drei gesehen.«

Aha. Also Chester, der Kutscher und der von eben. Das Risiko mussten wir eingehen.

»Wir können nicht hierbleiben, bis uns die Kräfte verlassen haben«, entschied ich. Oder, bis man uns ermordet. »Wir binden die Laken zu einem Seil und klettern hinunter.«

»Ich trau mich das nicht!«, weinte Leo.

»Du musst!«, beharrte ich. »Das wird ein aufregendes Abenteuer! Wie bei einem echten Soldaten!« Resolut begann ich, die Laken vom Bett zu ziehen und sie fest miteinander zu verknüpfen. »Nehmt auch die Decken als Schutz gegen die Kälte mit.«

Ich verknotete das Ende des provisorischen Seiles an einem Bettpfosten. Das sollte halten.

»Erst ich, dann Leo, damit du ihm beim Hinausklettern helfen kannst, und zuletzt du«, sagte ich zu Neela. »Notfalls fange ich euch auf.«

Nachdem wir die Decken nach unten geworfen hatten, überprüfte ich noch einmal die Festigkeit unseres Seilersatzes und schob mich dann nach draußen. Der eisige Wind biss sich brutal durch die Kleidung in meine Haut und ließ meine Finger in Sekundenschnelle gefühllos werden. So behutsam wie möglich versuchte ich, mich mit den Füßen an der Hauswand abzustützen. Krampfhaft hielt ich den Stoff umklammert und hangelte mich Stück für Stück tiefer. Ich hielt inne und lauschte. War ich zu laut?

Es war so entsetzlich kalt. Ungewollte Tränen gefroren auf meinen Wangen. Ich musste weiter! Fieberhaft kämpfte ich darum, die Gewalt über meine Finger zu behalten, noch ein Stück, zwang mich voran, trotz der Qual. Doch es nützte nichts.

Meine Hände glitten ab, ich verlor den Halt und stürzte die letzten beiden Meter in die Tiefe. Glücklicherweise federten die Decken und der Schnee darunter meinen Fall. Ein Stöhnen entfuhr mir.

Im gleichen Moment wurde es oben am Fenster unruhig.

»Mayrin, sie kommen!« Neela beugte sich mit angstverzerrtem Gesicht hinaus. »Leo schafft das nicht so schnell! Was sollen wir machen?!«

Ich sprang auf und ächzte hilflos. Das Entsetzen ließ mich erstarren. *Oh Gott!* Was sollte ich tun? Ich konnte sie doch nicht alleine lassen! Aber blieb mir eine andere Möglichkeit? Es war zu hoch, als dass sie hätten springen können, und mit Leos kurzen Beinchen würden wir auch nicht weit kommen. Ich musste mich entscheiden. Mein Blick fiel auf die Pferde.

»Ich hole Hilfe! Sie werden euch nichts tun, sie wollen mich!«

Hoffentlich stimmte das. Ich kämpfte gegen die lähmenden Schuldgefühle an, raffte meinen Rock und rannte zum Paddock. Vielleicht konnte ich den Entführern auf einem Pferd entkommen. Ich stürmte zum Gatter und öffnete es. Die beiden Braunen blieben stehen und schauten mir neugierig entgegen. Puh, waren die groß! Und ich hatte weder Sattel noch Zaumzeug zur Hilfe.

Mit dem Mut der Verzweiflung drängte ich eines der Pferde an den Zaun und kletterte vom Balken aus ungelenk auf seinen Rücken. Unwillig trippelte es auf der Stelle und warf den Kopf hoch, während ich mich zurechtsetzte. Doch als ich es antrieb, gehorchte es und verließ den Paddock. Dies hier war etwas ganz anderes als der Reitunterricht im Damensattel, den ich als Heranwachsende genossen hatte!

Aus dem Fenster drangen aufgeregte Stimmen, dann hörte ich einen der Männer brüllen: »Da ist sie! Hinterher!«

Oh, Herr im Himmel, beschütze meine Geschwister!

Ich klammerte mich mit aller Kraft an der Mähne fest und hieb dem Tier mehrfach die Fersen in die Seite. Im gestreckten Galopp rasten wir in den nächtlichen Wald hinein und folgten den Spuren der Kutsche, die der fallende Schnee zu verdecken begann. Mir blieb nicht viel Zeit.

Angstvoll schaute ich über die Schulter, um zu sehen, wie dicht mir die Verfolger auf den Fersen waren. Direkt hinter uns folgte das andere Pferd ohne Reiter. Was für ein Glück! Ohne Reittier waren sie langsam, dann hatte ich vielleicht eine Chance.

Nach einer Kurve geriet das Haus außer Sicht. Nur der pumpende Atem der Pferde und das Knirschen ihrer Tritte im Schnee durchbrachen noch die Stille des Waldes. Es schneite heftiger. Mein hektischer Atem wurde in der Kälte zu Nebel, und der Wind trieb mir Tränen in die Augen. Ohne Halt rutschte ich auf dem weichen Fell des Pferdes hin und her, obwohl ich mit aller Kraft versuchte, mich mit den Beinen an seinem Bauch festzuklammern. Ich wagte nicht, die Mähne loszulassen, um mir die Feuchtigkeit von Augen und Nase aus dem Gesicht zu wischen. Wieder stieß ich dem Pferd die Hacken in die Seite. *Schneller!*

Würde ich das Tier lenken können, wenn wir an eine Weggabelung gelangten? Ich war mir nicht sicher.

Unerwartet glitt der Braune auf dem vereisten Untergrund aus, stolperte und konnte sich gerade noch fangen. Doch ohne Sattel gelang es mir nicht, mich auf dem glatten Pferderücken zu halten und ich rutschte ab. Verwirrt scheute das Tier, während ich mich verzweifelt an der Mähne festkrallte. Für einen Moment hing ich an der Seite, dann musste ich loslassen, wenn ich nicht unter seine Beine geraten wollte.

Der Aufprall presste mir die Luft aus den Lungen. Mein Ellenbogen, meine Hand und diverse andere Körperteile schmerzten, aber was machte das schon?

Die erschrockenen Pferde verschwanden mit wehenden Schweifen um die nächste Wegbiegung. *Verdammt!* Ich war nicht weit genug vom Haus entfernt, hatte höchstens ein paar Minuten Vorsprung.

Mit schmerzenden Gliedern rappelte ich mich auf und lief notgedrungen zu Fuß weiter, behindert von meinen schweren Röcken. Keuchend hetzte ich durch den finsteren Wald. Ein Ast, der unvermutet aus dem Schneetreiben auftauchte, zerkratzte mein Gesicht und riss mir den Hut vom Kopf. *Bloß nicht stehen bleiben!* Nur wenn ich lange genug den Abdrücken der Kutsche folgen konnte, würde ich den Weg zurück nach Wondringham Castle finden. Nur wenn ich genügend Abstand gewann, konnte der Schnee meine Spuren zudecken.

Nach einiger Zeit brannte meine Lunge wie Feuer, und meine Beine waren schwer wie Blei. War ich schon weit genug entfernt? Je länger ich durchhielt, desto besser. Ich zwang mich, noch schneller zu laufen. Jeder Schritt und jeder Atemzug wurde zur Qual. Ich musste husten. *Weiter!*

Wie lange ich schon durch den nächtlichen Wald stürmte, wusste ich nicht. Die Spuren der Kutsche waren schon längst nicht mehr unter der Schneedecke zu erkennen.

Irgendwann fielen die Flocken so dicht, dass ich es wagte, den Weg zu verlassen, um mich im Unterholz zu verstecken. Bis meine Verfolger da waren, würde der Schnee meine Spuren verdeckt haben.

Ich war keine Sekunde zu früh abgebogen, denn ich musste mich übergeben. Viel kam nicht, weil ich seit Roses Tod kaum in der Lage gewesen war, etwas zu mir zu nehmen. Abgestützt an einem Baum würgte ich, bis nur noch Galle kam. Ich musste aufrecht bleiben, obwohl mein Körper sich mit jeder Faser nach Ruhe sehnte.

Dann waren sie da. Ich blinzelte in das helle Licht ihrer Fackeln, wenige Meter entfernt auf dem Weg, während das Herz in meiner Brust donnerte.

»Von einer Jagd mitten in der Nacht bei dieser Kälte war bei dem Auftrag aber nie die Rede!«, hörte ich einen der Männer schimpfen.

»Dafür wird sie büßen müssen, wenn wir sie geschnappt haben!«, antwortete ein anderer. »Hätten wir sie bloß gleich abgemurkst!«

»Mir würden da noch ein paar andere Dinge einfallen, die wir mit der Kleinen anstellen könnte!«, warf ein Dritter mit süffisanter Stimme ein. »Ist schließlich ein hübsches Ding!«

Ich schluckte angsterfüllt.

Weil das Rasseln mich verraten hätte, wagte ich es kaum, zu atmen. Niemand durfte mich hören. Wenn ich bloß nicht wieder würgen musste!

Jetzt, da ich still stand, fühlte ich die Kälte unbarmherzig meine Beine emporkriechen. Mein ganzer Körper zitterte unkontrolliert. Ich musste in Bewegung bleiben, aber immer noch waren die Entführer ganz in der Nähe.

Endlich verklangen ihre Stimmen, und der Schein ihrer Fackeln verschwand in Richtung Schloss. Ich wartete, bis ich mir sicher war, dass sie weit genug entfernt waren. Ich musste weiter – doch meine Muskeln verweigerten den Gehorsam. Erschöpft hielt ich den Baum mit einem Arm umschlungen, um nicht umzufallen. Aber wenn ich jetzt nicht in Gang kam, würde ich hier im Gebüsch jämmerlich erfrieren.

Es war wieder einmal der Gedanke an meine Geschwister, der mich zum Weitermachen zwang. Ohne mich waren sie verloren.

Mühsam zwängte ich mich durch das Gebüsch zurück zum Weg und folgte den Entführern, stets auf der Hut, falls sie umkehren sollten. *Immer einen Fuß vor den anderen. Nicht stehen bleiben.* Bäume, Bäume, Bäume, wohin ich auch schaute.

Wo war Edmund? Pardon, Prinz Caiden? Suchte er mich? Oder war er damit beschäftigt, sich an den Avancen der schönen Mädchen zu erfreuen, von denen sich nun gewiss einige auf ihn stürzen würden?

Als ich meine Zehen und Finger nicht mehr spürte, wurde mir klar, dass Liebeskummer meine geringste Sorge war. Die Frage war vielmehr, wie ich das hier lebend überstehen sollte.

Obwohl ich all meine Kräfte aufbot, wurden meine Tritte immer schwerfälliger und das Bedürfnis nach Schlaf übermächtig. Mich nur für einen kleinen Augenblick an den Baum dort lehnen …

Es grenzte an ein Wunder, dass es mir gelang, mich weiterzuschleppen, doch wenn ich jetzt stehen bleiben würde, wäre ich dem Tode geweiht. Und Neela und Leo ebenso.

In Bewegung bleiben. Einen Schritt und noch einen, sagte ich mir. Nur noch ein wenig weiter bergauf. Aber auch an der nächsten Bergkuppe war vom Schloss weit und breit nichts zu sehen. Nur Bäume und Schnee, so weit das Auge reichte.

Hufgetrappel schreckte mich auf. Hatten die Entführer die Pferde einfangen können? Panisch sprang ich ins Unterholz, stürzte über einen heruntergefallenen Ast und schlug hart auf dem Boden auf.

»Ah!« Ohne das schmerzerfüllte Stöhnen unterdrücken zu können, rollte ich mich auf die Seite. Irgendetwas hatte sich durch den Handschuh in meine Handflächen gebohrt. Ich rappelte mich mühsam auf und tastete nach dem Dorn. Mit einem Ruck zog ich ihn heraus.

Die Reiter kamen näher, sodass ich bereits den Schein ihrer Fackeln erkennen konnte. Am Boden kauernd versuchte ich, mit dem Wald zu verschmelzen, bis sie vorüber waren. Um das Klappern meiner Zähne zu verhindern, schob ich die Zunge dazwischen. Dann hörte ich es.

»Mayrin! Mayrin, wo bist du?«

Jemand rief nach mir. Das war doch Caidens Stimme! Sie hatten meine Spur entdeckt!

»Hier!« Meine Antwort war nur ein Krächzen, also versuchte ich es noch einmal, während ich mit letzter Kraft aus dem Gebüsch kroch. »Ich bin hier!«

Es waren sechs Reiter, unter ihnen Mr Grantham.

Der falsche Hauptmann stoppte sein Pferd und sprang ab. »Oh Gott, Mayrin! Endlich!«

Er half mir auf, doch meine Beine gehorchten mir genauso wenig wie meine Stimme.

»Himmel! Sie ist eiskalt!«, rief er besorgt, nahm mich fürsorglich in seinen Arm und rieb mir die Hände warm. »Wir bringen dich jetzt auf dem schnellsten Weg nach Hause.«

»Meine Geschwister«, krächzte ich mühsam, jedes Wort musste ich mit Gewalt aus meinem Hals pressen. »… Ismey hat sie entführen lassen. Sie sind in einem Haus gefangen! Dort entlang, und an der Abzweigung rechts.«

»Ismey?!« Sofort war Prinz Caiden wieder ganz der Hauptmann. Er teilte drei der Männer ein, unter ihnen Mr Grantham, und befahl ihnen, zum Versteck der Entführer zu reiten, um die Kinder zu befreien.

»Seid vorsichtig! Wir wissen noch nicht, mit wem wir es zu tun haben!«, rief er ihnen zum Abschied hinterher.

Die Männer galoppierten sofort in die Richtung, die ich ihnen gewiesen hatte, davon.

Ich wollte aufatmen, aber es war zu früh. Wenige Augenblicke, nachdem die Soldaten um die Wegbiegung verschwunden waren, stieß Caiden mich abrupt ins Gebüsch. Ich kippte wie ein gefällter Baum und blieb liegen. Flehend schaute ich zu ihm auf, aber er sah mich nicht an.

»Bitte …«, flüsterte ich verwirrt.

Der Prinz blickte angespannt in die Dunkelheit. Die verbliebenen zwei Wachen waren ebenfalls herumgefahren, und alle drei starrten in die Richtung, aus der sie eben gekommen waren.

Da war jemand! Entsetzen übermannte mich.

»An die Waffen!«, zischte Prinz Caiden und zog mit einer geübten Bewegung seinen Säbel.

Und dann hörte ich es auch. Mit Gebrüll stürmten vier bewaffnete Männer heran. Die Entführer. Also waren es doch mehr Männer gewesen, als ich gedacht hatte.

»Nein«, wollte ich schreien, aber die Worte erstickten in meinem Hals.

Sofort stellten sich die zwei verbliebenen Soldaten vor den Prinzen, um sein Leben zu schützen, doch der schob sie energisch beiseite und begab sich ebenfalls in Angriffsposition.

Vier gegen drei. Ohne mich rühren zu können, starrte ich verzweifelt auf die Angreifer. Die Gesichter zu Fratzen verzogen, stürzten sie sich, ohne zu zögern, auf den Prinzen und seine Männer. Ihnen war klar, dass sie dem Tode geweiht waren, wenn sie nicht siegen würden.

Ich vermutete, dass sie die Soldaten, die nach mir gesucht hatten, rechtzeitig bemerkt und sich versteckt hatten. Als sie dann die Reiter erkannt hatten, waren sie ihnen wohl gefolgt und hatten sich von hinten angeschlichen. Nachdem Prinz Caiden drei seiner Männer weggeschickt hatte, hatten sie sich dann hervorgewagt, um die Gegner zu töten. Anschließend würden sie mich sicher erledigen, denn sie durften keine Zeugen hinterlassen.

»Bitte, verschont den Prinzen!«, wollte ich den Angreifern zurufen, aber es kam nur ein tonloses Keuchen.

Jetzt prallten die Kämpfer krachend aufeinander.

Die Bewegungen der Säbel erfolgten so schnell, dass ich sie kaum wahrnehmen konnte. Die Männer von Prinz Caiden waren geschickter, das konnte sogar mein ungeschultes Auge erkennen, aber die anderen waren zu viert.

Meine Hände und Füße waren völlig taub. Kraftlos sank ich in den Schnee. Ein Stock bohrte sich in meine Schulter. Ich konnte es nicht ändern. Der Wald, der Schnee, die Männer – alles verschwamm vor meinen Augen. Ich blinzelte gegen die dunklen Flecken in meinem Sichtfeld an. Nur das Klirren der Säbel und die hektischen Atemgeräusche nahm ich noch wahr. Ein dumpfer Schlag, ein gequältes Stöhnen, weiteres Säbelklirren, dann ein markerschütternder Schrei.

Wie gern hätte ich meine Ohren verschlossen.

Wer war der Urheber der Geräusche? Es durfte nicht Caiden sein. *Bitte, bitte, lass es nicht Caiden sein!* Ich wimmerte.

Wieder drang ein schmerzerfülltes Aufstöhnen in meinen verschwommenen Geist. Dann war es still. Totenstill.

Ein rasselnder Atemzug. Es musste meiner sein. Gemurmel. Jemand kam zu mir und beugte sich über mich.

»Mayrin?«

Ich wurde hochgehoben, und das war das Letzte, was ich wahrnahm, bevor Dunkelheit mich umhüllte.

Prinzessin

Es war so heiß … nein, es war viel zu kalt.

Die Gedanken entglitten mir, sobald ich versuchte, sie zu fassen. Mein Kopf und meine Hand schmerzten, und auf meiner Brust saß ein schweres Ungetüm, das verhinderte, dass ich Luft bekam. Ich schlug um mich und hustete, um es zu vertreiben, versuchte, meine Augen zu öffnen, aber das Licht blendete mich, sodass ich die Anstrengung aufgab und mich wieder davontreiben ließ.

Die Zeit verging, und das Fieber gaukelte mir Dinge vor, die nicht sein konnten. Dass ich in einem großen Bett unter einem mächtigen Baldachin lag. Dass ich immer wieder Mr Kanes Stimme hörte, die mir liebevolle Worte zuflüsterte, und dass seine Hand meine hielt, er mein Gesicht streichelte und versuchte, mir Wasser einzuflößen.

Wenn ich im Himmel war, weshalb schmerzte dann mein Kopf so furchtbar?

»Neela … Leo …?«, wisperte ich kraftlos.

»Sei beruhigt, Mayrin. Es geht ihnen gut. Meine Männer konnten sie befreien.«

Erleichtert wollte ich wieder fortdämmern, aber er ließ mich nicht in Ruhe.

»Trink!« Er schob eine Hand unter meinen Nacken und half mir, den Kopf oben zu halten, während ich am Glas nippte. Das Schlucken fiel mir schwer.

»Weiter!«

»Zu Befehl, Herr Hauptmann!«, krächzte ich.

Er seufzte. Ich verstand nicht, warum.

Obwohl mir so kalt war, hatte ich das Gefühl, ich stünde in Flammen. Hauptmann oder Prinz? Alles vermengte sich in meinem Kopf zu einem undurchdringlichen Brei. War es ein Traum oder Wirklichkeit?

Irgendwann gab ich es auf, zu grübeln, und überließ mich der beruhigenden Wirkung seiner weichen Stimme, die mich endlich in einen tiefen, traumlosen Schlaf fallen ließ.

Beim nächsten Erwachen erklang ein blubberndes Geräusch nah an meinem Ohr, das mich an einen brodelnden Kessel in Sallies Küche erinnerte. Aber als ich mich regte, merkte ich, dass es keine kochende Suppe, sondern ein leises Schnarchen war. Gleichzeitig spürte ich etwas Warmes unter Hand und Wange. Ich schlug die verklebten Lider auf und drehte mühsam den Kopf.

Es war Prinz Caiden im ersten Licht des frühen Morgen. Schlafend. Mit mir im gleichen Bett. Und nicht nur das: Mein Kopf war auf seinen Arm gebettet, und meine Hand lag auf seiner Brust. Ich befand mich nicht bei Sallie in der Küche der Conleys, sondern in einem prächtigen Schlafzimmer.

Als ich mir den Schlaf aus den Augen reiben wollte, stellte ich fest, dass meine Hand verbunden war. Ein Blick aus dem Fenster bestätigte mir, was ich bereits geahnt hatte: Ich befand mich im Ostflügel. Nur von hier aus konnte man den Kirchturm der Stadt erkennen.

Perplex wischte ich mir etwas Feuchtes aus dem Mundwinkel. Hatte ich etwa gerade auf einen Prinzen gesabbert?! Benommen betrachtete ich seine leicht zerzausten Haare, die fein geschnittenen männlichen Gesichtszüge und die langen dunklen Wimpern. Seine Lider zuckten, und sein Mund sah aus, als würde er leicht schmunzeln.

Dann endlich begriff ich das Problem vollständig: Er und ich – allein! Im Bett …

»Sie haben mich kompromittiert?!«, keuchte ich und fuhr hoch, nur, um sofort wieder zurückzusinken. Selbst diese kleine Bewegung zeigte mir, wie schwach ich noch war. Mir schwindelte.

Der Prinz wandte mir den Kopf zu und blinzelte benommen. »Guten Morgen, meine Liebe.«

Sein Gesicht war dem meinen beängstigend nah.

Ich starrte ihn mit gerunzelter Stirn an. Das hier konnte nicht die Wirklichkeit sein! Aber in einem Traum hätte ich keine hämmernden Kopfschmerzen verspürt.

Weil ich keine Kraft hatte, es zu ändern, blieb ich genau dort liegen, wo ich war. In seinem Arm. *Oh Gott! Er ist doch der Prinz!* Ich konnte ihn nur weiterhin stumm anstarren.

Achselzuckend murmelte er schließlich: »Ja, man könnte wohl sagen, dass ich dich kompromittiert habe.«

»Aber jetzt …«, stöhnte ich verzweifelt, doch ein Hustenanfall ließ mich verstummen. Noch einmal versuchte ich erfolglos, mich aufzusetzen.

»… musst du mich heiraten«, vervollständigte er meinen Satz mit einem zufriedenen Lächeln und drückte mich sanft zurück in die Kissen.

Ich konnte nicht glauben, was ich da hörte. »Das haben Sie so geplant?!«, flüsterte ich empört.

»Richtig. Nachdem du mir so deutlich klargemacht hattest, dass du keinen Prinzen willst, fand ich das eine elegante Lösung.«

»Oh.« Ich blinzelte verwirrt.

Ich konnte ihn nicht heiraten. Obwohl es nichts gab, das ich mir sehnlicher wünschte. Denn dafür müsste ich ja Prinzessin werden.

Ich blickte in seine blauen Augen mit den hellen Sprenkeln und schob mich schüchtern ein wenig fort von ihm.

Es war also kein Fiebertraum gewesen. Prinz Caiden hatte die ganze Zeit an meinem (Pardon – seinem!) Bett verbracht und sich um mich gekümmert, obwohl er das problemlos den Dienerinnen hätte überlassen können. Ich wusste gerade nicht, ob ich jubeln oder sterben wollte …

Aber das machte sein schändliches Verhalten nicht ungeschehen.

»Sie sind ein Lügner«, beschuldigte ich ihn. »Die ganze Zeit sollten wir denken, dass Sie der Hauptmann sind!«

Er hob die Augenbrauen. »Ich habe dich nie angelogen.«

»Jemanden absichtlich in die Irre zu führen, hat nicht besonders viel mit Wahrheit zu tun, denken Sie nicht, Königliche Hoheit?«, gab ich aufgebracht zurück. Wie konnte man nur so mit anderen Menschen umgehen? Manipulieren und betrügen, wie es einem passte?

Er antwortete nicht, sondern betrachtete mich mit geduldigem Blick, der die Wut in mir weiter anfachte. Schließlich stand er auf.

»Wie geht es dir?«, fragte er in neutralem Ton und zog sich einen Morgenmantel über.

Das beruhigte mich außerordentlich, denn er hatte nur eine Hose getragen. Seine muskulöse Brust, der harte Bauch und die dunklen Härchen, die von seinem Bauchnabel nach unten wanderten und dort in seiner Hose verschwanden, hatten meinen Blick wie magisch angezogen. Ich schluckte.

Schamhaft zog ich die Decke bis zu meinem Hals hoch, doch nach allem, was geschehen war, war meine Verlegenheit vermutlich mehr als lächerlich.

»Besser«, sagte ich rau. »Aber ich habe Durst.«

»Warte kurz.« Er verließ das Zimmer.

Ich verzog den Mund. Ich hatte nicht vorgehabt, wegzulaufen. Während er fort war, sah ich mich um. Es war gemütlich hier. Warme Farben, ein Feuer im Kamin, Teppiche, schöne Gemälde … Moment mal! Das Bild da drüben an der Wand kannte ich. Es zeigte eine junge Dame mit roten Haaren und Sommersprossen. Mich! Was machte mein Bild hier?

Der Prinz kam zurück und setzte sich neben mich auf das Bett. Er hielt mir ein Glas Wasser an die Lippen. Mühsam schluckte ich.

Nachdem ich meinen Durst gelöscht hatte, deutete ich fragend auf das Gemälde.

Mit einem etwas verlegenen Lächeln erklärte er: »Ich hatte viel zu selten Gelegenheit, dich zu sehen …«

»Warum haben Sie sich überhaupt als Hauptmann ausgegeben, wenn Ihnen das Heiraten so wichtig ist? Dann hätten Sie besser an der Brautschau teilnehmen sollen!«

Ohne auf meine Provokation einzugehen, zupfte er die Decke über mir zurecht und erklärte mir geduldig: »Mayrin, glaub mir, mich hat kein Ehrgeiz getrieben, mir auf diese Art eine Frau zu suchen. Aber für mich und meine Brüder schien es eine gute Möglichkeit, den Charakter der Bewerberinnen zu prüfen. Denn ich konnte mich unauffällig im Schloss bewegen, sie beobachten und aushorchen. Und das war auch gut so, denn viele der Damen haben sich doch recht anders dargestellt, wenn kein Prinz in der Nähe war.«

Deshalb hatte ich ihn ständig mit irgendwelchen Kandidatinnen reden sehen!

»Und so haben wir beschlossen, dass Lord Royden, ein guter Freund von mir, so tun sollte, als wäre er ich. Die Königin war eingeweiht, das Personal gut instruiert, und wir gingen davon aus, dass unser Vater von alledem gar nichts mitbekommen würde, da er zu diesem Zeitpunkt seine Gemächer kaum mehr verließ.«

»Dann waren alle Dienstboten und auch unsere Tanzpartner eingeweiht und haben das Spiel mitgespielt?!«

»So ist es.«

»Und wann wollten Sie den Schwindel aufklären? Schließlich war es den Damen gegenüber, die um Lord Royden gekämpft haben, alles andere als fair!«

»Richtig. Das war einer der Schwachpunkte unseres Planes. Außerdem hat meine unerwartete Zuneigung zu dir das Ganze ein klein wenig durcheinandergebracht, muss ich gestehen. Aber selbst ohne den Auftritt meines Vaters hätte ich alles aufgeklärt. Das hatte ich dir schließlich versprochen.«

Bei den Worten »meine unerwartete Zuneigung zu dir« machte mein Herz einen erleichterten Hüpfer.

»So hatte ich mir das nicht vorgestellt, als Sie mich um zwei Tage baten, in denen Sie alles regeln wollten!«, seufzte ich. Weil ich doch einen Prinzen nicht so einfach duzen konnte, hielt ich hartnäckig am »Sie« fest.

»Das ist mir bewusst«, gluckste er und erhob sich.

»Was ist mit meiner Hand passiert?« Fragend hielt ich den Verband in die Höhe.

»Du musst dir irgendetwas Spitzes in deine Handfläche gerammt haben. Es blutete stark, aber der Arzt hat versichert, dass die Wunde vollständig heilen würde. Nächstes Mal wäre es allerdings nett, wenn du mir vorher Bescheid geben würdest, falls du vorhast, dich mit irgendwelchen Entführern zu treffen. Wir können von Glück sagen, dass die Wachen mir sofort Bescheid gegeben haben, als du das Schloss verlassen hattest und dein Zimmermädchen zeitgleich den Erpresserbrief entdeckt hat.«

»Sind Sie den Äpfeln gefolgt?«

Er schaute verwundert. »Welchen Äpfeln? Wir sind den Spuren der Kutsche gefolgt – zumindest, bis der Schnee sie verdeckt hat.«

Nun gut. Soweit zu meinem genialen Plan.

Er erhob sich. »Jetzt ruhe dich noch ein bisschen aus, Mayrin.«

Ich nickte brav, denn es gelang mir kaum mehr, die Augen offen zu halten. Doch vorher musste ich noch die wichtigste Frage klären: »Wo sind Neela und Leo?«

Er beugte sich herab und strich mir zärtlich über die Wange. »Sie sind in Sicherheit. Ich werde dafür sorgen, dass sie dich später besuchen kommen, aber jetzt schlafe!«

Nachdem er mich auf die Stirn geküsst hatte, verließ er den Raum. Ich spürte seine Lippen noch immer warm auf meiner Haut, als seine Schritte längst verhallt waren. Mit einem unerwartet zufriedenen Gefühl im Bauch schloss ich die Augen und schlief sofort ein.

Als ich wieder aufwachte, war ich allein. Probehalber richtete ich mich auf. Mein Kopf tat kaum mehr weh, aber ich fühlte mich noch schwach.

»Hallo?«, krächzte ich und hustete.

Sofort öffnete sich eine Tür, und eine Bedienstete kam herein.

»Miss Barnaby! Endlich sind Sie wach!« Sie trat geschäftig ans Fenster, schob die Vorhänge beiseite und ließ das letzte Tageslicht herein.

Ich blinzelte. »Wie lange bin ich denn überhaupt schon hier?«

»Zwei Tage«, antwortete sie und zog mir mein Kopfkissen weg, um es aufzuschütteln.

Zwei Tage?!

»Wo sind meine Geschwister?«, stieß ich besorgt hervor. Bei Margret waren sie nicht mehr sicher, solange niemand Ismey aus dem Verkehr gezogen hatte.

Die Bedienstete lächelte mir beruhigend zu. »Keine Sorge, Miss Barnaby, den beiden geht es gut. Sie warten schon den ganzen Tag darauf, dass sie endlich zu Ihnen kommen dürfen. Sie werden gleich zu Abend essen. Soll ich sie anschließend holen?«

Ich nickte, und die Dienerin verschwand wieder, um mir etwas zu essen und zu trinken zu bringen.

»Sehen Sie sich in der Lage, Besuch zu empfangen?«, fragte sie, als sie kurze Zeit später mit einem großzügig gefüllten Tablett zurückkehrte und es auf einem Tischchen neben dem Bett abstellte.

Ein besonderer Duft stieg mir in die Nase: Maronen!

Er hatte es nicht vergessen.

»Ich weiß nicht …« Aber da hörte ich schon das Kichern vor der Zimmertür. »Lassen Sie sie in Gottes Namen herein«, sagte ich schicksalsergeben.

Elaine und Philippa traten ein und stürzten sich sofort auf mich. Ihnen folgte Cecilia. Was wollte *die* denn hier?

»Wie geht es dir, Mayrin?«, fragte Elaine, setzte sich auf die Bettkante und ergriff meine Hand. »Was für eine schreckliche Geschichte!«

Philippa ließ sich auf der anderen Bettseite nieder, nur Cecilia stand etwas unsicher im Raum. Ich ignorierte sie.

»Zum Glück haben sie Ismey erwischt, bevor sie weiteres Unheil anrichten konnte«, berichtete Philippa sogleich.

»Wirklich?!«, fragte ich.

»Oh, Pastete!«, sagte Elaine und deutete auf mein unberührtes Tablett. »Du solltest davon essen, bevor sie kalt wird!«

»Elaine!«, fuhr ich sie an. »Erzählt schon, was mit Ismey geschehen ist!«

»Ja, ja! Niemand wusste etwas über deinen Verbleib. Dann wurde ein striktes Ausgehverbot für alle Damen erlassen. Niemand durfte aus dem Schloss heraus. Sie haben Ismey schließlich auf frischer Tat ertappt, als sie einem Diener einen Brief mit der Anweisung gab, dass man dich und deine Geschwister … also …«

»… töten solle!«, beendete Philippa den Satz nüchtern.

Ich zog scharf die Luft ein. Das musste ich erst einmal verdauen. Sie hätte es also tatsächlich getan! Was für eine abgrundtief bösartige Frau. Der Diener war vermutlich dieser Chester gewesen, der mich mit der Kutsche entführt hatte.

»Es kam heraus, dass der ihr Komplize, dieser Diener, ein Verwandter von Ismey ist, sodass sie über ihn jederzeit Kontakt zur Außenwelt aufnehmen konnte«, berichtete Philippa. »Wir vermuten, dass er ihr auch bei der Durchführung der ganzen Anschläge auf die anderen Kandidatinnen geholfen hat.«

Das erklärte einiges. Chester hatte sich im Schloss und im Park frei bewegen können, ohne aufzufallen, und einen Schlüssel für das kleine Tor besessen.

»Jetzt verstehe ich auch, weshalb Ismey immer wieder versucht hat, mit dem Hauptmann ins Gespräch zu kommen«, warf Cecilia ein. »Ihr würdet nicht glauben, unter welchen Vorwänden sie ihn in der ersten Zeit zu unserem Zimmer gelockt hat! Ihr Verwandter muss ihr verraten haben, dass er in Wirklichkeit der Prinz ist.«

»Ha!«, rief Philippa. »Daher auch ihre Abneigung gegenüber Lord Royden! Ich hatte mich immer gewundert, weshalb sie zu ihm so kühl war.«

»Jedenfalls wurden Ismey und ihr Verwandter festgenommen, ebenso wie die anderen Verbrecher, und sie haben inzwischen alles gestanden«, ergänzte Elaine. »Dass sie an deiner Entführung beteiligt waren, wird die Richter natürlich nicht gnädiger stimmen. Ich denke nicht, dass Ismey jemals wieder freikommen wird, zumal sie zugegeben hat, dass sie Rose …« Sie schluckte und ließ den Satz unvollendet.

Meine Augen wurden feucht. Wir schwiegen für einen Moment. Der Gedanken, dass Rose nie wieder bei uns sein und mit uns lachen würde, schien nicht nur mich zu erschüttern.

Cecilia ergriff das Wort. »Mayrin, ich möchte mich in aller Form bei dir entschuldigen«, sagte sie mit dünner Stimme und knetete ihre Hände.

Überrascht wartete ich ab.

»Weißt du, Ismey hat auch auf mich ihre Anschläge verübt. Es waren immer wieder kleine Sachen, wie verlegte Bürsten oder Schmuckstücke, scharfe Gewürze in meinem Essen, die meinen Mund wie Feuer brennen ließen, und vergessene Nähnadeln in meinen Kleidern. Nichts, das wert war, es weiterzuerzählen. Und dann die Sache mit meinem Schmuck! Das war natürlich auch Ismey, aber ich hatte dich im Verdacht, weil dir nie etwas zu geschehen schien und du mich immer so böse angeguckt hast.«

»Aber doch nur, weil ich das Gefühl hatte, dass du mich hasst!«

»Hm.« Sie stockte für einen Augenblick. »Ständig kamst du weiter, obwohl dir überhaupt nichts daran lag. Für mich war die Zeit hier eine sehr wichtige Angelegenheit, und du schienst es überhaupt nicht ernst zu nehmen und hattest trotzdem Erfolg. Und das als einfache Gouvernante! Davon hat mir übrigens Ismey berichtet. Sie muss es von ihrem Verwandten erfahren haben. Das Ganze hat mich so wütend gemacht. Aber jetzt, wo ich weiß, dass es Ismey und ihr Komplize waren und du mit den Vorfällen nie etwas zu tun hattest, tut mir mein Verhalten wirklich leid.«

Erstaunt betrachtete ich Cecilia. So kleinlaut hatte ich sie noch nie erlebt. Mit gesenktem Haupt und gefalteten Händen stand sie vor mir, als wäre ich ihr Richter.

»In Ordnung«, sagte ich. »Aber nur, wenn meine Ärmel ab sofort dran bleiben!« Ich grinste, und sie wurde rot. Dass ich das noch einmal erleben durfte!

Um Cecilia weitere Peinlichkeiten zu ersparen, fragte ich in die Runde: »Habe ich sonst noch etwas verpasst? Irgendwelche gemeinen Herausforderungen und Prüfungen?«

Ich blickte in lange Gesichter.

»Du meinst bis auf die kleine Rede an das Volk, die jede von uns halten musste?«, sagte Philippa.

Sie stöhnten einhellig.

»Ach, und von dem Skandal um Georgiana weißt du wahrscheinlich auch noch nichts!«, rief Elaine. »Sie wurde mit Prinz Darion erwischt, als sie ... Nun ja. Jedenfalls hat der König bestimmt, dass sie jetzt heiraten müssen.«

Ich erinnerte mich an Georgianas frühere Worte, dass sie nicht leicht zu haben sei, und dachte mir meinen Teil.

»Der Prinz soll daraufhin angeblich mit den Schultern gezuckt und gesagt haben, dass es schlimmere Schicksale gäbe«, fügte Philippa hinzu.

»Ist es Georgiana denn egal, dass sie für ihn nur eine unter vielen ist?«, überlegte ich laut. »Ein Mann wie er wird nicht treu bleiben.«

Mir würde es etwas ausmachen. Ich wollte nicht aus einer gesellschaftlichen Notwendigkeit heraus geheiratet werden.

Ich muss dringend mit Prinz Caiden reden ...

»Georgiana ist so damit beschäftigt, ihn anzuhimmeln, dass sie gar nicht bemerkt, dass er ihr nicht die gleichen Gefühle entgegenbringt«, sagte Cecilia trocken.

Betroffen sah ich zu ihr, denn mir fiel ein, dass sie ebenfalls um die Gunst des jüngsten Prinzen gekämpft hatte. »Oh, du Arme!«

»Ja, ich werde übermorgen abreisen.« Sie zuckte mit den Schultern. »Es konnte ja keiner ahnen, dass man sozusagen mit vollem Körpereinsatz um Prinz Darion kämpfen muss ...« Sie verzog den Mund zu einem gequälten Grinsen.

»Es werden so einige Mädchen übermorgen abreisen«, eröffnete Philippa.

Ich machte große Augen. »Wieder eine Entscheidung?!«

»Eigentlich nicht. Aber nach den Ereignissen um den echten Prinz Caiden, Georgiana und Ismey wurde beschlossen, die Brautschau morgen Abend mit einem großen Fest zu beenden. Prinz Darion muss Georgiana heiraten, Prinz Byron hat Flora erwählt ...«

»Flora?!«, unterbrach ich sie entrüstet.

Dass Prinz Byron sich so schnell eine andere Braut aussuchte, machte mich furchtbar wütend. Es fühlte sich an, als würde er Roses Andenken schänden. Ich hatte geglaubt, dass zwischen ihm und Rose eine tiefe, wahrhaftige Liebe bestanden hätte, die nicht so rasch zu ersetzen wäre. Erneut musste ich bei dem Gedanken an Rose die Tränen unterdrücken. Hatte ich zu viel in seine Gefühle für sie hineininterpretiert? Schließlich kannten sich die beiden erst kurze Zeit.

Ich schluckte. Die besonnene Flora also.

Nun gut. Sie war ein freundliches, unkompliziertes Mädchen, dass ihm sicherlich eine liebevolle Ehefrau abgeben würde.

Wenigstens hatte er nicht Olivia erwählt. Eine Schwägerin wie Georgiana zu bekommen, war schon Strafe genug.

»Genau. Die stille Flora«, fuhr Philippa fort. »Und Prinz Alexander hat sich auch schon entschieden.«

»Wen hat er denn ausgesucht?«, fragte ich gespannt und beobachtete interessiert, wie Elaine errötete.

»Er hat dich gewählt?!«

»Es ist noch nicht offiziell«, winkte sie verlegen ab.

Ich runzelte zweifelnd die Stirn.

»Also gut. Er hat mich tatsächlich gefragt, ob ich seine Frau werden möchte.«

Ich jubelte und umarmte Elaine. »Dann wirst du ja einmal Königin werden!«

Philippa neckte sie damit, dass sie sie »Eure Majestät« nannte, und Cecilia trieb es so weit, dass sie vor Elaine in einen Hofknicks versank, die daraufhin spielerisch nach ihr schlug, was in allgemeinem Gekicher endete.

»Also stehen drei der Bräute für die Prinzen bereits fest«, fasste Philippa zusammen. »Was ist mit dir, Mayrin?« Sie ließ ihren Blick bedeutungsschwanger durch das Schlafzimmer von Prinz Caiden schweifen.

»Äh, ich bin nicht sicher, ob ich …«, stotterte ich verlegen, weil mir die kompromittierende Situation erneut bewusst wurde. »Ich dachte ja, er wäre der Hauptmann …«

Weil ich nicht weiterreden konnte, beschränkte ich mich auf einen hilflosen Blick in die Runde.

Die anderen musterten mich überrascht. Anscheinend waren alle davon ausgegangen, dass ich Prinz Caiden heiraten würde, weil ich schließlich in seinem Bett lag.

Elaine erlöste mich. »Du musst erst einmal wieder zu Kräften kommen, nach allem, was du durchgemacht hast. Alles andere wird sich schon fügen.«

Und dann lenkte glücklicherweise noch eine überraschende Nachricht von Philippa von meinem Schicksal ab. Strahlend verkündete sie uns, dass sie sich mit Lord Royden verlobt habe. Wir freuten uns herzlich für sie.

Schließlich konnte ich kaum noch die Augen aufhalten. Das fröhliche Geplauder lullte mich ein. Als meine drei Besucherinnen das bemerkten, verließen sie mich mit dem Versprechen, morgen wiederzukommen.

Die Zukunft der drei war klar. Cecilia würde, wie alle anderen ausgeschiedenen Kandidatinnen, nach Hause zurückkehren und dort sicher eine gute Partie machen, Elaine würde Prinz Alexander heiraten, Philippa Lord Royden.

Und ich? Was sollte ich tun?

Ein verstohlenes Flüstern weckte mich. Neela und Leo standen an meinem Bett. Eben huschte die Bedienstete, die sie gebracht hatte, aus dem Zimmer.

Endlich. Ich setzte mich auf, breitete die Arme aus, und sie kamen zu mir. Beide trugen feinere Kleidung als je zuvor.

»Wir wohnen jetzt auch im Schloss!«, erklärte Leo stolz, während ich mich im Bett zurechtsetzte und mir ein Kissen in den Rücken schob. »In einem Zimmer, das ist fast so groß wie der Salon der Conleys!« Wie üblich hüpfte er vor Aufregung auf der Stelle.

Das war gut, denn es zeigte, dass Prinz Caiden dafür gesorgt hatte, dass die beiden in Sicherheit waren. Ich gewann den Eindruck, dass es ihnen hervorragend ging, so munter und rosig, wie sie aussahen.

Als ich mich nach Margret erkundigte, berichtete Neela, dass sie sich von dem großen Schrecken erholt hätte und vorübergehend den Raum neben ihnen bewohnen würde, um auf sie aufzupassen.

»Ich habe wunderschöne Kleider bekommen, guck mal!« Neela stand auf und drehte sich, bis ihr feines Seidenkleid flog, während ich applaudierte.

»Und wir durften den Prinzen ›Guten Tag‹ sagen!«, erzählte Leo mit leuchtenden Augen.

»Wirklich?!«, rief ich erstaunt und fragte mich, was Prinz Caidens Brüder darüber denken mochten, dass eine wie ich hier im Bett ihres Bruders lag.

»Ja, sogar dem Kronprinzen!«, erzählte Leo zufrieden. »Aber den Hauptmann finde ich immer noch am nettesten. Auch wenn er jetzt leider doch kein Soldat ist.« Leo machte aus seiner ehrlichen Enttäuschung keinen Hehl. »Wenn es denn sein muss, kannst du eben auch einen Prinzen heiraten«, gestattete er großzügig.

»Wer sagt denn, dass ich ihn heiraten werde?!«, entrüstete ich mich. Jeder in diesem Schloss schien es als feststehende Tatsache anzusehen. Es war zwar nicht so, dass ich Prinz Caiden nicht wollte … es war eher die Art und Weise, wie er das entschieden hatte, ohne mich zu fragen!

»Das war wohl ich«, erklang eine tiefe Stimme von der Tür, und Prinz Caiden trat ein.

Ich musterte ihn empört. »So. Seine Königliche Hoheit, der Prinz, gibt sich die Ehre«, begrüßte ich ihn spöttisch. »Wird nun schon per Befehl bestimmt, wer Sie zu heiraten hat?«

Er hob eine Augenbraue. »Ich sehe, es geht dir besser, denn du hast schon wieder Kraft zum Streiten.«

»Pah!«

Neela und Leo sahen irritiert zwischen uns hin und her.

»Was ist mit Ihren Eltern? Sie werden sicher nicht begeistert sein von einer Schwiegertochter wie mir.«

»Im Gegenteil«, erwiderte er, setzte sich neben mich auf das Bett und sah seufzend auf mein unberührtes Tablett. »Erst musst du etwas essen«, entschied er und fütterte mich mit einem Stück Brot.

Während ich kaute, berichtete er: »Nachdem ich meiner Mutter versichert habe, dass du sicherlich keine Staatsgäste mit Schuhen bewerfen würdest, war sie durchaus angetan von meiner Wahl. Und der König … nun ja, der ist immer noch zornig, weil ich mich vor der Brautschau gedrückt habe. Aber wenn er sieht, dass ich ebenfalls eine Ehefrau gewählt habe, wird er vor allem froh sein, dass die Dynastie Bestand hat.«

»Aber Prinz Alexander, Prinz Byron … und vor allem Prinz Darion … Wie soll ich ihnen je wieder gegenübertreten können?!«

Caiden erklärte mir, dass sie mich nur hatten testen wollen. »Leider ist mein nutzloses kleines Brüderchen da gewaltig über das Ziel hinausgeschossen. Ich kann dir jedoch versprechen, dass sich so etwas nicht wiederholen wird. Andernfalls müsste ich ihn fordern.«

»Um Gottes willen!«, winkte ich erschrocken ab. Ich wollte nicht daran schuld sein, wenn sich die Prinzen duellierten.

Aus dem Augenwinkel sah ich, wie Leo, der anfing, sich zu langweilen, eine Marone von meinem Tablett stibitzte.

»Es war übrigens nur eine verlorene Wette«, wechselte Prinz Caiden abrupt das Thema. »Da gibt es gar keine tiefere Bedeutung.«

Verständnislos blickte ich ihn an.

»Unsere Namensanfänge. A, B, C und D!«

»Oh!« Leo und Neela lauschten ebenso gespannt wie ich.

»Mein Vater hat in jugendlichen Jahren mit seinen beiden älteren Schwestern gewettet, wem es gelingen würde, einen Tag lang unentdeckt in der Kleidung des jeweils anderen Geschlechtes zu verbringen. Das war während eines Besuches auf dem Gut entfernter Verwandter. Sie haben sich Kleidung der Bediensteten geliehen und auf dem Gut so getan, als würden sie zur Dienerschaft gehören, die bereits vorausgeschickt worden war.«

Ich musste kichern, hörte aber sofort damit auf, weil mein Hals schmerzte.

»Also ist Ihr Vater …«, japste ich. »Der König ist also in einem Kleid herumgelaufen?!« Ich grinste breit. Kein Wunder, dass niemand davon wissen sollte …

»Nun ja, damals war er nur Prinz.«

»Und Ihre Tanten haben Frack und Hose getragen?« Das war wirklich skandalös!

»Genau. Vor allem die hochgestellten Hemdkragen und die kunstvoll gelegten Halstücher haben ihnen zu schaffen gemacht. Sie empfanden es als äußerst unbequem.«

»Das kann ich mir vorstellen. Ist es ihnen gelungen, ihre Umgebung zu täuschen?«

»Meinen Tanten ja.«

Als er nicht weiterredete, hakte ich nach: »Aber Ihr Vater musste seine zukünftigen Kinder nach dem Alphabet benennen?«

»Richtig. Er wurde im Wald dabei erwischt, wie er … ähm … im Stehen … hm. Und das tun Damen ja doch eher selten.«

Mir entfuhr ein schallendes Lachen, das mir Tränen die Wangen herunterlaufen ließ, bei der Vorstellung, wie der mächtige, einschüchternde König Osbert sein Kleid gerafft hatte. Mein Lachen ging in Husten über.

»Wie sind Ihr Vater und Ihre Tanten denn auf die merkwürdige Wettschuld-Idee mit den Namen gekommen?«, fragte ich, als ich wieder sprechen konnte.

»Die Erstgeborenen meiner Tanten hießen zufälligerweise bereits Ann-Elizabeth und Arthur … Leo, du hattest gerade dein Abendessen, das ist für deine Schwester«, ermahnte der Prinz meinen Bruder, der schon wieder seine kleinen Finger am Tablett hatte, und schob mir ebenfalls eine Marone in den Mund.

»Morgen gibt es ein großes Abschlussfest und eine letzte Entscheidungsverkündung, habe ich gehört?«, fragte ich, nachdem ich brav zu Ende gegessen hatte.

Eine Bedienstete kam herein, knickste und brachte frischen Tee für mich. Sie goss ein wenig davon in eine Tasse.

»Im Grunde ist das Ergebnis bekannt, aber es werden noch offiziell die letzten Schmuckstücke überreicht: Verlobungsringe.«

»Oh, was für eine schöne Idee!«, sagte ich romantisch berührt. Auch Neela sah ganz verträumt aus. »Wird mein Erscheinen erwartet?«

»Aber nein! Du wirst dich weiterhin schonen und brav im Bett bleiben.« Er reichte mir die gefüllte Teetasse.

In seinem Bett …

»Weiß Ihre Familie, wo ich bin?«, fragte ich schüchtern und nippte am Tee.

»Aber gewiss! Sie müssen doch Kenntnis davon haben, wo sich meine zukünftige Frau befindet.« Er steckte mir ein Stückchen Apfel in den Mund und lächelte auf mich herab.

»Und wie kommen Sie zu der Annahme, dass ich Sie heiraten werde?«, fragte ich in einem letzten Aufbegehren.

Ich hörte, wie sich die Dienerin, bestürzt über meine Dreistigkeit, die Hand vor den Mund schlug. Auch Neela und Leo musterten mich mit großen Augen.

Nun gut, wenn ich ehrlich war, konnte ich mir keinen besseren Ehemann wünschen. Aber, Himmel! Er war der Prinz! Das würde bedeuten, dass ich all die Dinge, die Lady Zilery uns beizubringen versucht hatte, wirklich beherrschen musste. Ich, der es kaum einmal gelang, einen Saal auf hochhackigen Schuhen zu durchqueren, ohne umzuknicken. Doch letzten Endes lautete die Frage: Was war schlimmer? Ein Leben mit ihm voller Regeln und Zwänge bei Hofe oder ein Leben ohne ihn?

Prinz Caiden seufzte. »Wenn dich jemand entführt und dir und deinen Geschwistern nach dem Leben trachtet, bist du tapfer wie eine Löwin und rennst die halbe Nacht bei Eiseskälte durch den Schnee, um Hilfe zu holen. Aber wenn ein gut aussehender, netter junger Mann dich zur Frau nehmen will …« Seine Augen blitzten.

»Ein ziemlich von sich selbst überzeugter gut aussehender, netter junger Mann!«, ergänzte ich streng, musste jedoch ein Lächeln unterdrücken.

Caiden legte den Arm um meine Hüfte und zog mich an sich. Ich spürte seine Wärme, roch seinen betörenden Duft, als er mir einen Kuss auf den Hals hauchte. Ich konnte nur hoffen, dass ich nicht so schlecht roch, wie ich mich fühlte.

»Mayrin, ich werde dir helfen, dich bei Hofe zurechtzufinden und auf dich aufpassen. Ich lasse dich nicht allein, das verspreche ich, bei allem, das mir lieb ist.«

Mein Atem ging schneller, als er seine Lippen zu meinem Ohr wandern ließ und die Hand auf mein Bein legte.

Was tat er da?! Wir waren schließlich nicht allein! Verlegen schaute ich zu meinen Geschwistern, doch sie bestaunten gerade eine besonders reizende Spieluhr.

Dann wurde ich abgelenkt, weil der Prinz Koseworte an meinem Mundwinkel flüsterte. Was auch immer Caiden damit bezweckte, es wirkte. Vielleicht war es an der Zeit, doch wieder zum »du« überzugehen?

Ich schluckte. *Prinzessin – ich …*

Die Bedienstete legte Holz im Kamin nach. Caiden beachtete sie nicht. »Ich habe Zeit«, mahnte er, als ich nicht gleich antwortete. »Notfalls ein ganzes Leben lang.«

Ich seufzte. »Mir wurde ja noch nicht einmal ein Antrag gemacht!«, wies ich ihn mit gespielt vorwurfsvollem Blick zurecht.

Seine Augen weiteten sich. »Ein unverzeihliches Versäumnis meinerseits.« Im nächsten Moment sank der Prinz vor dem Bett auf die Knie und ergriff meine Hand.

»Nein, nicht doch!« Ich kicherte verlegen.

»Doch!«, flüsterte Neela, die aufgeregt auf ihrer Lippe kaute, und auch Leo, der kleine Verräter, nickte heftig.

Hilfe suchend blickte ich zur Bediensteten. Doch die zog sich gerade dezent zurück.

Nun gut, dann eben hier, mit muffigem Nachthemd im Bett, vor den Augen meiner Geschwister. Ich blinzelte zu Caiden, der mich liebevoll ansah.

Und dann machte er mir einen solch bezaubernden, wortgewaltigen Heiratsantrag, dass ich unmöglich ablehnen konnte. Und nachdem ich einen Augenblick lang darüber nachgedacht hatte, wie er es meinte, dass ich es so wundervoll verstünde, Aufregung in sein geordnetes Leben zu bringen, zog ich ihn zu mir hoch, schlang meine Arme zärtlich um seinen Hals und wandte mich der durchaus angenehmen Aufgabe zu, ihn davon zu überzeugen, dass ich ihn ebenso liebte.

Ich hörte noch, wie Leo ein angeekeltes Geräusch machte, während Neela ihn hastig aus dem Raum schob, damit wir ungestört waren.

Anderthalb Monate später

In meinem Zimmer herrschte emsiges Kommen und Gehen, während ich in ein weißes Kleid gesteckt wurde, welches über und über mit Goldstickereien verziert war. Die hohe Taille wurde von einem perlenbesetzten goldenen Band umschlungen, und der Ausschnitt ließ so viel Haut frei, dass ich froh war, dass aufgrund der Jahreszeit nur wenige Sommersprossen auf meinem Dekolleté prangten. Das zarte Gebilde wirkte, als wäre es von Feen gefertigt.

Ich wusste nur noch nicht, wie ich es mit der meterlangen Schleppe schaffen sollte, den Tag unfallfrei zu überstehen.

Eben kam Margret herein, um meine Geschwister abzuholen, die zugesehen hatten, wie ich vorbereitet wurde. Neela stand brav auf und ging schon mal vor, doch Leo blieb mit finsterer Miene auf meinem Bett sitzen.

»Ab zum Waschen und Fertigmachen, Leo!«, forderte ihn Margret freundlich auf.

»Warum muss ich den doofen Anzug anziehen?! Der kratzt!« Abwehrend verschränkte er die Arme vor der Brust.

»Aber deine Schwester wird doch heute eine echte Prinzessin!«, rief Sophia überschwänglich und zupfte noch einmal meinen Ausschnitt zurecht.

»Da kann ich doch nichts dafür!«, murmelte er missmutig, folgte Margret dann aber doch.

Belustigt sah ich ihm nach. Doch das Lachen verging mir, als die Kammerzofe den endlos langen Schleier aus Spitze an meinen Haaren befestigte, die sie kurz zuvor in kunstvollen Flechten und Locken aufgesteckt hatte. Dann krönte sie das Ganze mit einem glitzernden Diadem, welches mir die Königin geschickt hatte, womit einiges an Gewicht auf meinem Kopf zusammenkam. Sophia ignorierte mein Stöhnen und legte mir auch noch ein goldenes Collier um den Hals.

Seit Stunden war sie mithilfe des Zimmermädchens und der Schneiderin damit beschäftigt, mich herauszuputzen und sich zu beschweren, weil ich vor Aufregung kaum stillhalten konnte.

Wie um mich zusätzlich zu quälen, ging Lady Zilery vor mir auf und ab und rappelte schon wieder die endlose Liste an Verhaltensregeln herunter, die sie mir bereits seit Tagen eintrichterte. Ich versuchte erst gar nicht, ihr zuzuhören. Ich war auch so schon nervös genug.

Hoffentlich wanderte sie bald weiter zu einem der Zimmer, in denen die anderen drei Bräute für die Hochzeit vorbereitet wurden: Elaine, Georgiana und tatsächlich auch Flora.

Es würde eine Vernunftehe werden. Flora war nur Ersatz für Rose, wie mir Caiden unter dem Siegel der Verschwiegenheit verraten hatte. Sie war, auf ihre zurückhaltende Art, für Prinz Byron dagewesen und hatte ihm Trost gespendet, als er um Rose getrauert hatte. Das hatte die beiden zusammengeschweißt. Weil sich der Gesundheitszustand des Königs zusehends verschlechterte, wollte der Prinz seinem Vater unbedingt den letzten Wunsch erfüllen und hatte sich kurzerhand mit Flora verlobt.

Es hatte eine Weile gedauert, bis ich mich mit dieser Tatsache arrangiert hatte. Aber je besser ich Flora kennenlernte, desto mehr schätzte ich ihr ausgeglichenes, freundliches Wesen.

Nur wir vier waren von den vielen Bewerberinnen, die den Nordflügel des Schlosses einst bewohnt hatten, übrig geblieben. Es war sehr leer und still geworden. Die Abendessen nahmen wir mittlerweile mit der königlichen Familie gemeinsam im Ostflügel ein, oft waren dabei Gäste anwesend.

Neela und Leo hatten das leere Zimmer neben meinem beziehen dürfen. Aus diesem ertönten gerade fröhliches Gelächter und vereinzelte Proteste.

Margret wiederum bewohnte das sich anschließende Zimmer. Sie würde sich weiterhin um meine Geschwister kümmern, auch wenn für die beiden mittlerweile eine Gouvernante angestellt worden war. Neela und Leo fühlten sich glücklicherweise pudelwohl auf dem Schloss und hielten ihre Gouvernante ordentlich auf Trab.

Nach der Hochzeit würden wir alle in den Ostflügel übersiedeln. Der Gedanke an ein gemeinsames Schlafzimmer mit Caiden ließ mein Herz schneller schlagen, und meine Wangen wurden heiß.

Der König hatte auf eine baldige Hochzeit gedrängt und entschieden, dass die Prinzen gleichzeitig verheiratet werden sollten, damit er der Trauung noch würde beiwohnen können. Drei Tage sollte das Fest dauern und alles in den Schatten stellen, was das Königreich bisher erlebt hatte.

Ich schluckte bei dem Gedanken daran. Was hatte mich bloß dazu getrieben, mich mit diesem Wahnsinn einverstanden zu erklären und einen Prinzen zu heiraten?

Mittlerweile war es Frühling geworden. Draußen strahlte die Sonne vom Himmel herab auf den Schlosspark, der nach und nach begann, seine Pracht zu entfalten. Die vergangenen anderthalb Monate seit dem offiziellen Ende der Brautschau waren wie im Fluge vergangen. Elaine, Georgiana, Flora und ich hatten der Königin und dem König Rede und Antwort stehen müssen, den ganz speziellen Prinzessinnen-Vorbereitungskurs von Lady Zilery über uns ergehen lassen und sogar schon einen öffentlichen Auftritt absolviert, bei dem wir in der Hauptstadt dem Volk präsentiert worden waren.

Der schönste Termin, an dem wir hatten teilnehmen dürfen, war jedoch die Hochzeit von Philippa und Lord Royden gewesen. Ein Fest voll Freude, bei dem wir viele der ehemaligen Kandidatinnen wiedergetroffen hatten.

Mit Caiden Zeit allein zu verbringen, war für mich nahezu unmöglich gewesen, da wir Damen fast ebenso gut wie der Staatsschatz bewacht wurden. Dabei sehnte ich mich so nach seiner Nähe! Vermutlich sollte verhindert werden, dass es weitere Skandale wie den um Georgiana gab, bei der sich mittlerweile herausgestellt hatte, dass sie schwanger war. Meine Anwesenheit in Caidens Bett während meiner Krankheit hatte man der Öffentlichkeit verschweigen können, aber ich wusste, dass der König und die Königin darüber nicht sehr erbaut gewesen waren. Sobald mein Zustand es zugelassen hatte, war ich wieder in mein altes Zimmer gezogen.

Trotzdem hatten Prinz Caiden und ich kleine heimliche Momente für uns gefunden, indem wir uns in den Geheimgängen getroffen hatten. Verstohlene Küsse auf einer dunklen, feucht-zugigen Treppe waren zwar nicht gerade der Inbegriff von Romantik, doch mit ihm erschienen sie mir wie das Wunderbarste auf Erden. Ohne Caidens Liebesbeweise hätte ich die Zeit bis zur Hochzeit gewiss nicht überstanden, sondern wäre geflohen. Spätestens bei dieser Brautkleidschlacht, die jetzt in meinem Zimmer tobte.

Wenig später war es so weit. Ich wurde hinunter zu einer geschlossenen Kutsche geführt, die mich in die Stadt zur Kathedrale bringen sollte. Nach der Hochzeit würde ich gemeinsam mit Prinz Caiden in einer offenen Kutsche zum Schloss zurückkehren, stundenlang huldvoll winkend. *Puh!* Allein der Gedanke daran ließ meinen Arm schmerzen.

Ich stieg in die Kutsche und wartete, bis die Kammerzofe meine Schleppe und den Schleier behutsam gerafft hatte. Meine Geschwister durften mit mir fahren. Sie saßen bereits und rutschten unruhig auf ihren Sitzen herum: Leo mit unglücklichem Gesicht in seinem schicken neuen Anzug und Neela zauberhaft in einer kleinen, schlichteren Ausgabe meines Kleides. Sie sollten Blumen streuen, worauf beide sehr stolz waren.

Auch Lord Healing, Tionnes Vater, saß mit in der Kutsche. Weil ich die Einzige der Bräute war, die keine nahen Verwandten mehr besaß, hatte man Tionnes Vorschlag angenommen, dass er mich zum Altar führen könnte, begleitet von meinen Geschwistern.

»Aufgeregt?«, fragte Lord Healing während der Fahrt mit wohlwollendem Lächeln.

Ich konnte nur nicken, weil ich meiner Stimme nicht traute.

Nach unserer Ankunft vor der Kathedrale dauerte es eine ganze Weile, bis wir vier Bräute so hergerichtet waren, dass wir in die Kirche einziehen konnten.

Von drinnen erscholl bereits der schmetternde Klang von Trompeten und Posaunen, während draußen Menschenmassen den Platz säumten, um einen Blick auf uns zu erhaschen. Soldaten hielten sie zurück, unter ihnen Mr Edmund Grantham, der mir damals so schreckliche Angst bei dem Verhör eingejagt hatte. Es hatte sich herausgestellt, dass er der echte Hauptmann war. Von ihm hatte Caiden sich in der Eile auch den Vornamen »geborgt«.

Elaine ging als Erste am Arm ihres Vaters. Sie sah wunderschön aus. Ich war mir sicher, dass sie die Rolle der Königin später einmal hervorragend ausfüllen würde.

Flora folgte ihr, während ein Knabenchor, begleitet von den Blasinstrumenten, zu singen anhob, und die riesige Kirche mit majestätischen Tönen erfüllte.

Dann war ich an der Reihe.

Ich schluckte, als ich durch das offene Kirchentor in die bis zum letzten Platz gefüllte Kathedrale blickte, und meine Knie zitterten.

Lord Healing drückte zur Aufmunterung meine Hand, die auf seinem Arm lag, und zog mich sanft vorwärts. Ich atmete tief durch und machte den ersten Schritt.

Unendlich langsam bewegten wir uns durch das Kirchenschiff, vorbei an all den hochrangigen Adligen des Landes und den Abgesandten und Königlichen Hoheiten befreundeter Länder.

Gut, dass ich nicht die Einzige war, auf die sich heute die Augen der Massen richten würden. Aber auch so war dies alles beängstigend genug. Meine Beine wollten mich kaum noch tragen, und der Gedanke an Flucht wuchs, je näher ich dem Altar kam. Von überallher blickten mich Menschen an. Sie verschwammen zu einem Gesichtermeer. Meine Hände waren eiskalt und feucht.

Vorne sah ich die Königin und daneben den König – die Haut grau, die Wangen eingefallen. Wir waren uns bis zuletzt nicht sicher gewesen, ob er diesen Tag noch erleben würde.

Am Altar standen die Prinzen, und der Kronprinz übernahm gerade Elaines Hand von deren Vater. Neben Prinz Byron stand Caiden. Weil mir beim Anblick des wunderbaren Mannes, der mich erwählt hatte, Tränen der Rührung in die Augen schossen, blinzelte ich rasch zur Seite. Dabei fiel mein Blick auf Philippa und ihren Gatten, Lord Royden. Obwohl mir mittlerweile klar war, dass er nicht wirklich böse war, sondern nur eine Rolle gespielt hatte, um mich zu testen, begegnete ich ihm immer noch mit Vorsicht.

»Mayrin!«, ertönte – ganz gegen das Protokoll – ein leiser Ruf.

Suchend blickte ich mich um und entdeckte Tionne in einer der hinteren Bänke neben ihrer Mutter. Mit begeistertem Grinsen warf sie mir enthusiastisch Kusshändchen zu. Ich unterdrückte ein unangemessen breites Lächeln.

Sie hatte mir geschrieben, dass sie als kleine Berühmtheit nach Talebridge zurückgekehrt und nun umschwärmter Gast auf allen Gesellschaften sei. Ich war heilfroh, dass meine beste Freundin heute dabei sein konnte. Ihr Anblick gab mir die Kraft, weiterzugehen.

Ich drückte meinen Rücken durch und konzentrierte mich darauf, Fuß vor Fuß zu setzen. Immer näher kam ich dem Altar, wo Caiden stand – mein Prinz. In seiner mit Orden behängten Uniform stellte er jeden anderen der anwesenden Herren in den Schatten. Er blickte mich an, und in seinen blauen Augen spiegelte sich die Tiefe seiner Gefühle.

Und mit einem Mal waren alle Gedanken an Umkehr verschwunden. Ich wollte nur noch eins: die Ehefrau dieses großartigen Mannes werden. Beinahe hätte ich vergessen, vor der Königin und dem König in seinem Rollstuhl einen tiefen Knicks zu machen, so schnell wollte ich zu ihm.

Mit zittrigen Knien erklomm ich die kleine Stufe zum Altarraum, und Lord Healing übergab meine Hand mit einer Verbeugung an Caiden.

»Du siehst unbeschreiblich schön aus, Mayrin«, flüsterte er.

Ich lächelte scheu zu ihm auf.

Dann verstummte der Chor, und die Zeremonie begann, die mich zu einer Prinzessin machte. Es gab kein Entkommen mehr.

Als Caiden irgendwann meinen Schleier hob und mich – begleitet vom Jubel der Gäste – küsste, war ich vor allem eins: glücklich. Beim Auszug aus der Kirche, begleitet von den Hochrufen des Volkes, drückte Caiden verstohlen meine Hand, und ich wusste: Mit ihm an meiner Seite konnte ich alles schaffen.

Ich schaute zu meinen Blumen streuenden Geschwistern und sah, dass Leo gerade unauffällig versuchte, stattdessen seine Schwester mit den Blüten zu bewerfen.

… Nun gut. Ich konnte fast alles schaffen.

Personenverzeichnis

Talebridge

Familie Barnaby:
Mayrin Barnaby, 19 Jahre alt, Gouvernante bei Familie Conley
Neela Barnaby, ihre 10-jährige Schwester
Leopold Barnaby (genannt Leo), ihr 6-jähriger Bruder

Familie Healing:
Tionne Healing, 19 Jahre alt, Mayrins beste Freundin
Lord und Lady Healing, ihre Eltern

Familie Conley:
Mr und Mrs Conley, Mayrins Arbeitgeber, drei Kinder
Sallie, die Köchin
Paul, der Kammerdiener

Wondringham Castle

Die königliche Familie:
König Osbert, todkrank
Königin Theodora
Prinz Alexander, 28 Jahre alt, Thronfolger
Prinz Byron, 26 Jahre alt
Prinz Caiden, 24 Jahre alt
Prinz Darion, 21 Jahre alt

Bedienstete bei Hofe:
Mr Kane, der Hauptmann der Schlosswache
Fanny, das Zimmermädchen
Sophia, die Kammerzofe
Lady Zilery, die Lehrerin der Kandidatinnen

Mr Grantham, ein Soldat
Chester, ein Diener
und
Margret, das ehemalige Kindermädchen des Hauptmanns

Die namentlich genannten Kandidatinnen der Brautschau:

Bewerberinnen um Prinz Alexander:
Alice und Kathleen Brey, Zwillingsschwestern
Elaine Rochfort

Bewerberinnen um Prinz Byron:
Flora Jardine
Olivia Townsend
Rose Darley

Bewerberinnen um Prinz Caiden:
Brenda Owen
Philippa Este
Victoria Stapleton

Bewerberinnen um Prinz Darion:
Cecilia de Fayre
Georgiana Neave
Harriet Mensell
Ismey Pakenham
Josephine Anson

Adlige Herrschaften:
Lord Bristed
Sir Hailsmith
Lady und Lord Mallet
Duke of Leeds

Dank und so ...

Ich danke herzlich ...

... meinen großartigen Testlesern
Anna, Astrid, Britta, Carolin, Christian, Elgin,
Heike, Martina, Meike, Richard und Virko.

... Sarah für das zauberhafte Cover.

... meiner tollen Lektorin Konny.

... meiner Familie, die geduldig meine Schreibattacken ertragen hat.

... meiner unglaublich sympathischen Verlegerin Astrid,
die dieser Geschichte endlich eine Heimat gegeben hat.

... und vor allem Euch, meinen Leserinnen und Lesern (wobei die
männlichen Exemplare stark in der Unterzahl sein dürften ...),
dass Ihr meine Geschichten lest und mir so wundervolle Rezensionen,
Kommentare, Nachrichten und Rückmeldungen hinterlasst!

Ich freue mich immer über Nachrichten auf meiner Facebook-Seite
oder unter Julianna-Grohe@online.de!

Eure

Julianna Grohe

Julia Adrian
Die Dreizehnte Fee - Erwachen
ISBN: 978-3-95991-131-3
Klappbroschur, EUR 12,00

Ich bin nicht Schneewittchen. Ich bin die böse Königin. Für tausend Jahre schlief die Dreizehnte Fee den Dornröschenschlaf, jetzt ist sie wach und sinnt auf Rache. Eine tödliche Jagd beginnt, die nur einer überleben kann. Gemeinsam mit dem geheimnisvollen Hexenjäger erkundet sie eine Welt, die ihr fremd geworden ist. Und sie lernt, dass es mehr gibt als den Wunsch nach Vergeltung. »Kennst du das Märchen von Hänsel und Gretel?«, frage ich flüsternd. Er braucht mir nicht zu antworten, er weiß, dass nicht alle Märchen wahr sind. Nicht ganz zumindest. Es gibt keine Happy Ends, es gab sie nie. Für keine von uns.

Prolog

Ich komme zu spät. Ich weiß es.

Die Erde fliegt unter meinen Füßen dahin. Ich berühre sie kaum, achte nicht auf meinen Tritt. *Vorwärts*, ist alles, was ich denken kann. *Vorwärts.* Und meine Füße tragen mich schnell und doch nicht schnell genug.

Dreh um, hallt es in meinem Kopf, *du willst das nicht sehen.*

Ich muss. Ich habe keine Wahl.

So ist die Liebe. Sie bindet, sie bindet mich und ich kann nicht anders, als dem Schrecken entgegenzulaufen. Ich weiß, was mich erwartet und dennoch kann ich nicht aufhören zu hoffen.

Bitte, bitte, habe sie verschont!

Ich beiße die Zähne zusammen, würge den Schrei hinunter. Nur die Tränen kann ich nicht aufhalten.

Du wolltest lieben. Liebe bedeutet Leid. Hast du das denn immer noch nicht begriffen?

Nein! Ich schließe die Augen, lasse mich tragen über die Wiesen. Und alles, was ich sehe, ist ihr Gesicht und es brennt in mir. Alles brennt. Nur nicht sie!

Sie ist ein Mensch. Unbedeutend.

Sie ist alles.

Die Königin in mir lacht, aber sie lacht leise und ich spüre, dass auch sie leidet.

Liebe, höhnt sie und dann verstummt sie. Denn ich stehe am Hang und blicke hinab auf das Tal. Ich blicke hinab auf den Tod.

Ich habe sie verloren.

Bett aus Rosen

Es war einmal – so beginnen die Märchen und so begann auch mein Leben. Und es hätte tatsächlich ein Märchen werden können, doch das ist lange, lange her. So lange, dass sich die Jahre zu Staub verwandelten, zu Bruchstücken einer sich selbst vergessenden Zeit. Und nicht einmal ich kann sagen, wann mein erstes *Es war einmal* seinen Anfang fand.

Ich atme. Ich lebe. Zum zweiten Mal.

Während ich keuchend die süße, unheilschwangere Luft einsauge, mein Herz in wilder, neu erwachter Energie pumpt, ahne ich, dass sich alles verändert hat, und begreife doch nicht was. Meine Lippen prickeln wie in Erinnerung an einen zärtlichen Kuss. Ich fasse mit meinen Händen in die steifen Laken, fühle den rauen Stoff unter meinen Fingerkuppen zu Staub zerfallen.

Ich schlage die Augen auf und sehe doch nichts. Aber ich fühle, dass da jemand ist, bei mir. Ich höre den Atem, das nervöse Zucken von Wimpern. Ich rieche Schweiß: Angst, Erregung und Erschöpfung.

Fremde Hände greifen nach mir, berühren mich. Etwas zerbröselt. Bestürzt stelle ich fest, dass es mein Kleid ist. Ich balle die Finger zur Faust, erwarte die Hitze der Magie – doch meine Hand bleibt leer.

Das Bett schwankt unter dem Gewicht des Fremden. Ich öffne die Hand und rufe erneut nach meiner Macht – nichts geschieht. Nur die Finger fassen mich an, schüren meine Verwirrung und meinen Zorn.

»Verflucht.«

Stille.

Dann: »O Gott, sie ist wach!« Lauter: »Sie ist wach!«

Hallende Schritte. Eine Tür, die aufgerissen wird. Frische Luft.

»Was sagst du? Sie ist wach? Was machst du da?«

»Ich dachte, weil sie doch nur so da liegt … ich glaubte, es würde niemanden stören!«

»Hast du sie geküsst?«

»Nein, ich meine ja …«

Ein Schwert wird zischend aus der Scheide gezogen. Ich kenne das Geräusch. Ich blinzele, kämpfe gegen die gleißende Helle, gegen das Gefühl der Ohnmacht. Nur langsam kehrt die Kraft zurück. Ich muss lange geschlafen haben. Zu lange. Etwas stimmt nicht. Etwas ist ganz und gar falsch.

»Wieso ist sie nackt?«

»Ich naja … ich … ich habe nur …«

»Was hast du getan?«

»Beim Fluch der Eishexe! Ich wollte sie nur einmal berühren. Aber das Kleid, das Kleid, es zerfiel einfach!« Die Worte überschlagen sich fast. Es schmerzt in meinen Ohren.

»Du hast die Schlafende erweckt. Ich hatte befohlen, sie nicht anzufassen.«

»Ich dachte … ich meine …«

»Wie lange?« Ich unterbreche den Streit. Meine Stimme klingt so sanft wie die einer neugeborenen Elfe, nicht wie die der uralten Frau, die ich fürchte zu sein.

»Wie lange?« Ich wiederhole die Frage und kann endlich Schemen ausmachen. Vage Umrisse, von vier oder fünf Gestalten. *Menschen.* Ein gutes Zeichen, wenn es noch Menschen gibt. Dann hat die Welt sich nicht allzu oft gedreht.

»Wie lange was?«, fragt der Mann mit der unerträglichen Stimme. Blonde Haare, helle Haut.

»Wie lange habe ich geschlafen?«, frage ich.

Schweigen.

Und in dem Schweigen kommt mir die Erinnerung an die letzten Momente, kurz bevor der Zauber seine Wirkung tat.

Und ich begreife die entsetzliche Wahrheit: Sie haben mich betrogen!

Eiskalter Hass brennt in mir, flammt durch meine Adern. Ich hebe den Arm, drehe die Hand. Das Zeichen auf dem Handgelenk brennt schwarz wie eh und je.

Ein verlogenes Symbol!

»Sie ist eine Hexe«, knurrt der Zweite. Der Blonde kreischt, er weicht zurück. Noch mehr Schwerter zischen. Eines legt sich an meinen Hals, kühl und scharf. Endlich klärt sich mein Blick und ich löse die Gedanken von der Vergangenheit. Ich sehe von dem tödlichen Stahl auf meiner Kehle hinauf in die schwarzen Augen eines dunkelhaarigen Mannes.

»Unser Dornröschen ist eine Hexe«, murmelt er und hebt mein Kinn mit der Spitze des Schwertes.

Fünf Männer stehen im Raum. Drei von ihnen scheinen Soldaten eines Reiches zu sein, dessen Wappen mir unbekannt ist: eine goldene Schlange auf blauem Grund. Der Blonde ist ein Edelmann, ein Prinz. Falls es noch Prinzen gibt und Königreiche.

Der fünfte und letzte Mann jedoch ist mir ein Rätsel. Er ist anders – er riecht anders.

»Was seid Ihr?«, frage ich.

Er neigt den Kopf, als würde er sich wundern. Die Augen verengen sich.

»Unmöglich, eine Hexe?«, näselt der Blonde und späht über die Schultern der verängstigten Soldaten. Seine Augen sind wässern. Kein Glanz ist in ihnen, keine Andeutung von Tiefe.

»Sie trägt das Zeichen«, antwortet der Dunkelhaarige.

»Sie sieht nicht aus wie eine Hexe!«, beharrt der Prinz störrisch. »Ich meine, sie ist so überaus reizend. So vollkommen und schön!«

»Die Eishexe ist auch schön«, flüstert einer der Soldaten.

»Und die Giftmischerin«, wirft der zweite ein.

»Es ist das Zeichen der Dreizehn Hexen.« Der Dunkelhaarige mustert mich genau. »Doch gab es bisher nur zwölf.«

Zwölf, sie leben.

»Es sind dreizehn, waren es immer«, sage ich leise und ignoriere die hastig gestammelten Gebete der vier anderen. Ich brauche sie nicht anzusehen, um sie wahrzunehmen. Ich höre ihre ängstlich flatternden Herzen, das Zischen ihrer Lungenflügel. Doch erreicht es mein Bewusstsein nur dumpf. Keine Magie, geschwächte Wahrnehmung. Die Jahre fordern ihren Tribut.

»Wer hat den Fluch gebrochen?«, frage ich und mein eigenes Herz beginnt zu stocken. Der Mann neben mir hebt eine Braue. Seine kurzen Haare schimmern schwarz wie der Himmel bei Nacht. Ob er …?

Er fixiert mich. Sein Blick sucht eine Antwort. Er scheint sie nicht zu finden.

»Unser Prinz«, antwortet er.

Nur langsam begreife ich den Sinn der Worte. Der blonde Prinz, er küsste mich. Mein Blick fährt herum, findet ihn. Er erbleicht.

»Du!«, zische ich und schmecke bittere Enttäuschung. Feige versteckt er sich zwischen den Soldaten und ihren Schwertern. Verlogenheit und Selbstsucht umgibt ihn wie ein schwelender Gestank. Dieser Mensch erlöste mich durch einen Kuss? Er soll der Eine sein? Meine wahre Liebe …?

»Ich … ich glaubte, Ihr wäret eine Prinzessin«, wirft er mir pikiert vor.

»Was soll mit Eurer Hexe geschehen?«, fragt der Dunkelhaarige. »Ihr erwecktet sie, jetzt gehört sie zu Euch.«

Hexe?

Es klingt wie eine Beleidigung. Besäße ich meine angestammte Macht, wäre sein Urteil besiegelt: Tod. Hätte ich meine Magie, würde nichts, aber auch nichts von ihnen bleiben. Ich würde sie alle zerstören, meinen Frust an ihnen auslassen … und meine Enttäuschung.

Verdiene ich jemand so selbstsüchtigen wie den Prinzen?, frage ich mich plötzlich erschöpft. Ist es das, was die Menschen Gewissen nennen? Die Erkenntnis über die eigenen Fehler?

»Ihr seid der Hexenjäger«, schnappt der Prinz. »Ich bin gesandt, um meinem Vater von dem Turm zu berichten. Nicht um Hexen zu töten oder gar heimzubringen.«

»Hexenjäger?« Ich ziehe überrascht die Augenbrauen hoch und mustere den Mann. Er wirkt kräftig, die Augen wachsam. Eine Narbe zieht sich über die Hälfte der Wange. Und noch während ich ihn betrachte, zuckt sein Mundwinkel spöttisch. Hexenjäger – das gab es zu meiner Zeit nicht.

Das Gewicht der Armbrust an seiner Schulter scheint er kaum zu spüren, zwei Dolche stecken im Gürtel. Das Schwert in seiner Hand liegt ruhig, ich spüre kein Zögern wie bei den Soldaten. Nein, der fürchtet mich nicht. Im Gegenteil, er würde keine Sekunde zögern, mich zu töten. Doch er tut es nicht. Warum?

»Die Dreizehnte Hexe«, höre ich ihn murmeln.

Lange, so lange Zeit. Die Spuren der Zauber, die einst diesen Ort umgaben, liegen noch in der Luft. Ich höre meine Schwestern ihre Bannsprüche sprechen, um meinen Schlaf der Ewigkeit auszuliefern, versteckt im Wald. Doch ihre Flüche sind gebrochen, verflogen die Zauber, die mich vor den Augen der Welt verbargen. Vergaßen sie, sie zu erneuern? Vergaßen sie mich?

Ihr Fehler wird sie teuer zu stehen kommen, denn jetzt bin ich frei.

»Was machen wir mit ihr?«, ruft der Prinz. »Beim Feuer der Drachen, sie ist eine Hexe! Eine der Dreizehn!« Seine Miene wechselt zwischen Hilflosigkeit, Angst und Wut. »Es ist mir gleich, was das Gesetz der Magie besagt. Niemals kann diese Hexe meine wahre Liebe sein! Hätte ich sie doch nur nicht geküsst!«

»Ja«, zische ich und erkenne, dass alles misslungen ist. Ich starre ihn an, den Prinzen, der den Zauber erlöste, und empfinde nichts als Verachtung.

Er keucht und die Furcht lodert in ihm auf wie ein gleißendes Schwert. »Tötet sie!«, kreischt er. »Sofort!«

Die Waffe auf meiner Kehle zuckt unmerklich – doch ich atme noch, ich lebe. Der Hexenjäger verharrt. Innerhalb eines Wimpernschlags erkenne ich, dass es nicht der Prinz ist, der über Leben und Tod entscheidet, sondern der Hexenjäger. Doch war ich zu lange an der Macht, um mich unterzuordnen. Ich werde nicht im Staub kriechen!

Ich überfliege die Situation. Der Turm, erinnere ich mich mit klarer Gewissheit. Ich befinde mich in dem Turm. In meinem luftigen Grab: die einst seidenen Vorhänge des nun zerschlissenen Himmelbettes, die zerbrochenen Fensterscheiben, die rankenden Rosen mit ihrem unerträglichen Duft, der an verwesende Leiber erinnert.

Hinter dem Prinzen gähnt die Tür wie ein dunkles Omen. Die Treppe hinab in die Freiheit, hinunter in den Wald der Geister – oder wie immer er heute heißen mag.

Mit einer einzigen, überaus flinken Bewegung schlage ich das Schwert des Hexenjägers beiseite und gleite an ihm vorbei. Der Mund des Prinzen klafft im stummen Schrei. Die Soldaten weichen. Ein Schwert klirrt verloren auf den kalten Steinfliesen. Ich bin an der Tür, als mich ein Schlag in die Seite trifft. Obwohl ich fast so schnell bin wie einst, gelingt es dem Hexenjäger, meinen Zopf zu greifen. Er reißt daran. Ich lande mit dem Rücken auf den kalten Fliesen. Der Aufprall raubt mir den Atem. Der Hexenjäger zieht mich zurück. Ich winde mich, will ihn treten. Doch er holt aus und seine Faust landet auf meiner Schläfe. Schmerz explodiert in meinem Kopf, Punkte tanzen vor meinen Augen und meine Gegenwehr erstickt.

Er hat mich geschlagen.

Ein Mensch.

Mich!

»Was bist du?«, knurrt der Hexenjäger, reißt mich hoch und drückt mich gegen die Wand. Er nimmt mir den Atem. *Sein Duft. Ich mag seinen Duft.* Unfähig mich zu befreien, starre ich in sein grimmiges Gesicht. Er ist nicht nur stark. Er ist schnell. Viel schneller als erwartet. Ja, die Welt hat sich verändert. Die Menschen sind nicht mehr die Opfer, die sie einst waren.

»Hexenjäger«, flüstere ich seinen Namen und muss fast lachen. Seine Augen glühen. Ich kenne den Blick. Ich muss schön sein, so schön wie in meinem ersten Leben, dass es selbst ihm schwerfällt, sich meinem Zauber zu widersetzen. Haut so weiß wie Schnee, Haare so schwarz wie Ebenholz und Lippen so rot wie Blut.

Die perfekten Menschen – Feenkinder – heute Hexen.

»Du hast das Zeichen«, sagt er und streicht mit den Fingern über die schwarze Stelle an meinem Handgelenk. »Aber du hast keine Macht. Du bist nicht wie sie. Wer bist du?«

Ich balle die Hand, öffne die Finger, einen nach dem anderen. Ich rufe nach ihr, mit all meinen Fasern. Ich rufe nach meiner Magie.

Die Muskeln des Hexenjägers verkrampfen. Die scharfe Klinge des Dolches presst sich auf die pulsierende Ader an meiner Kehle.

»Was bist du für eine seltsame Hexe«, murmelt er, als nichts passiert.

»Hexen«, zische ich und muss die Tränen unterdrücken. »Früher nannte man uns Feen.«

»Nenn dich, wie du willst.« Der Dolch schneidet in die Haut. Ich spüre den Schmerz kaum. Schmerz gehörte schon immer zu meinem Leben – sodass ich kaum weiß, wie es ohne ihn ist. Einzig der Duft des Blutes gräbt sich tief in mein Bewusstsein und ich erkenne, dass er kurz davor ist, sich für meinen Tod zu entscheiden.

»Du jagst uns Feen?«, flüstere ich erstickt. Ich darf nicht zweifeln, darf nicht der ungewohnten Angst nachgeben, die in meinem Bauch wächst und meine Glieder zu lähmen droht. Meine Kraft wird wiederkehren und mit ihr meine Magie. »Töte nicht die Einzige, die dir helfen kann, sie zu finden.«

Der Mund des Hexenjägers verzieht sich zu einem spöttischen Grinsen, aber die Klinge verharrt. Er hört mir zu. »Wie kommst du auf die Idee, dass ich deine Hilfe brauche?«

»Brauchst du nicht?«, frage ich zurück.

Sein schwarzer Blick wandert von meinen Lippen zu meiner Kehle. »Nein.« Doch er zögert.

»Bist du sicher?«, frage ich und versuche das gleichmäßige Pulsieren seines Herzen zu ignorieren. Er fürchtet mich nicht. Magie nährt sich von Furcht. Wer ist er? »Ich kann von Nutzen sein«, presse ich hervor. »Ich weiß Geheimnisse über sie, die niemand sonst kennt. Ihre Schwachstellen, ihre Vergangenheit.«

»Bringt es zu Ende, Hexenjäger«, ruft der Prinz ungeduldig. Jetzt da ich gefangen bin, traut er sich vorzutreten. Der Hexenjäger schweigt, mustert mich nachdenklich. »Hört nicht auf ihre Worte. Sie ist eine verdammte Hexe. Ach, wisst Ihr was? Behaltet sie. Ich überlasse sie Euch für die Mühen Eures Geleitschutzes durch die Hecke. Betrachtet sie als Lohn.« An die Soldaten gewandt fügt er hinzu: »Wenn wir uns beeilen, schaffen wir es vor dem nächsten Sonnenaufgang hinaus aus diesem verfluchten Wald. Vater wird erfreut sein, von dem Turm zu hören und dem Geheimnis, das er barg. Eine Hexe, eine der Dreizehn – jetzt muss er mich zum Erben bestimmen!« Er klatscht in die Hände. »Los, los. Sattelt die Pferde!«

Die Soldaten fliehen der Treppe entgegen. Sie können dem muffigen Grab nicht schnell genug entkommen. Ihre Schritte hallen tausendfach aus dem Schacht empor. Der Prinz kehrt als Letzter zur Tür. Sein Blick fängt den meinen, er verzieht den Mund, als ekele er sich vor mir, und doch sehe ich die Gier. Angst und Lust, eine gefährliche Mischung.

»Beeilt Euch, falls Ihr mit uns reiten wollt – wir warten nicht!« Er folgt den Soldaten. Und der Prinz, der mich erweckte, verschwindet aus meinem Leben, ohne eine Spur hinterlassen zu haben.

Wir sind alleine. Ich und der Mann, der meine Schwestern jagt. Ich blicke in seine Augen und erkenne voller Verwunderung, dass sie nicht schwarz sind, sondern grün wie die dichtesten Tannenwälder.

»Was mache ich nur mit dir?«, murmelt er.

»Was würdest du denn gerne mit mir tun?«, wispere ich zurück. Eine Einladung, ein Versprechen. Die einfachste und älteste Falle der Welt und doch so effektiv.

Er stockt, seine Augen weiten sich, dann lacht er schallend auf. »Es steht wahrlich schlimm um dich.« Langsam nähert er sich, den Blick auf meine Lippen gerichtet, dann sieht er mich aus seinen geheimnisvollen Augen an. Mein Herzschlag beschleunigt, mein Atem stockt. *Was geschieht mit mir?* Ich spüre seinen Atem, die Wärme seiner Haut und fühle mich unendlich verletzlich. »Selbst wenn du die letzte Frau auf Erden wärst …«, flüstert er rau, greift in meine Haare und zieht meinen Kopf in den Nacken. »Deine Hexenkräfte wirken bei mir nicht.«

»Nicht?«, flüstere ich gepresst.

»Nein«, sagt er nur. »Ich finde dich nicht im Mindesten anziehend.«

»Du lügst.«

Er lacht und ebenso plötzlich, wie er sich mir näherte, entfernt er sich wieder, gibt meine Hände frei. Nur den Zopf schlingt er um die Hand. Eine Leine. Eine Demonstration seiner Macht.

»Du bist anders als die anderen«, meint er nachdenklich.

Anders, das war ich schon immer. Doch es gibt niemanden mehr, der um mein Geheimnis weiß – niemanden außer meinen Schwestern.

»Du bist schwach.«

»Ich war eine Königin«, erwidere ich und hebe die Handflächen empor. Sanft zeichnen sich die Linien ab. Es sollten die Hände einer alten Frau sein – runzelig und verbraucht. Stattdessen sind sie weich und stark: die Hände der Königin von einst.

Ich hebe den Blick. Vor uns thront der mächtigste Spiegel des Landes. Mein Spiegel. Mein Land. Ich hauche gegen das matte Glas, und wie von Feenflügeln berührt weicht der feine Staub, um mein Antlitz zu enthüllen. Glattes, tiefschwarzes Haar umfließt ein blasses Gesicht, das schöner nicht sein könnte. Dunkle Wimpern, stechende Augen, ein sinnlicher Mund so rot wie der pulsierende Lebenssaft selbst. Das Gesicht der Königin. Das Gesicht der Schönsten. Daneben der Hexenjäger, feindlich und ungezähmt. Er lässt meinen Zopf durch die Finger gleiten. Er hebt ihn an und fast – aber eben nur fast – ist er versucht, an meinen Haaren zu riechen.

»Zieh dich an«, fordert er abrupt und ich weiß, dass seine Entscheidung gefallen ist. Doch es ist nur ein Aufschub, ein bisschen Zeit.

»Ich weiß nicht was«, sage ich ruhig. *Wie lange …*, frage ich mich. Wie lange hielt mich der Fluch gefangen? Der Fluch des Todesschlafs.

Der Hexenjäger reißt einen Schrank auf. Für einen Moment glänzen Dutzende Kleider in allen Farben des Regenbogens. Prächtige Juwelen, golddurchwebte Schleier. Doch wie von Zauberhand verblasst der Glanz. Und langsam, so als würden sie den Moment hinauszögern, zerfallen sie und rieseln seufzend zu Boden. Von den einst kostbaren Kleidern bleibt nichts als ein Haufen Staub.

»Was ist das für ein Zauber?«, knurrt er und zerrt an dem Zopf.

»Kein Zauber«, erkläre ich schlicht. »Nur der Tribut der Zeit.«

Er schnaubt. »Ich glaube dir kein Wort. Aber gut, du willst nackt sein? Nur zu, mich soll es nicht stören.« Ohne zu zögern, strebt er dem Ausgang zu. Sein Schritt ist fest und entschlossen. Er wird mich nicht töten, noch nicht.

Ich folge dem Feind meiner Schwestern die Stufen hinab. Mit jedem Schritt wird der Duft des muffigen, nach Leichen stinkenden Grabes schwächer. Ich entfliehe meinem Gefängnis. Ich bin bereit, so bereit, mein zweites Leben zu beginnen.

Meine Rache wird furchtbar sein.

Julianna Grohe
Räuberherz
ISBN: 978-3-95991-210-5
kartoniert, EUR 14,90

Als wäre sie in eine schräge Version von *Die Schöne und das Biest* geraten, findet sich Ella in der Villa eines reichen Mannes wieder. Statt jedoch mit tollen Kleidern und Schmuck verwöhnt zu werden, soll sie putzen, während ihr Entführer eine Traumfrau nach der anderen mit nach Hause bringt.
Welches Geheimnis verbirgt er? Weshalb sind manchmal Stimmen im Haus zu hören, obwohl niemand in der Nähe ist?
Und warum gibt es diese seltsamen elektrischen Schläge, wenn sie aus Versehen seine Haut berührt?
Ella ahnt, dass seine Hartherzigkeit nichts als Fassade ist …
doch was wird sie dahinter finden?
Vielleicht etwas viel Gefährlicheres?

»Verdammt! Kochen, putzen, waschen, bügeln –
und das alles für diesen super-arroganten Schönling?
Ein Traum. Genau so hab ich mir den Rest meines Lebens vorgestellt …«

Gothic-Girl

Beim ersten Mal, als ich den Schatten in der Dämmerung sah, dachte ich mir noch nichts Böses dabei. Es war sicher nur ein seltsam gewachsener Busch, der da auf der Anhöhe stand, wo kein Laternenlicht mehr hinreichte. Nichts, was mich ängstigen sollte, schließlich war ich kein kleines Kind mehr, sondern schon beinahe siebzehn Jahre alt – und in gefühlten Jahren sogar deutlich älter. Aber trotzdem überkam mich beim Anblick der dunklen Silhouette ein ungutes Gefühl.

Fröstelnd zog ich den Reißverschluss meiner zerschlissenen Jacke weiter nach oben, während der Herbstnebel die Häuser und Bäume von Brookville langsam, aber unaufhörlich verhüllte.

Obwohl ich mich nicht fürchten wollte, beschleunigten sich wie von allein meine Schritte, bis ich endlich die richtige Auffahrt erreichte. Ich versteckte mich hinter einem Baumstamm und wartete ab, ob mir jemand folgte. Aber da war niemand. Und dennoch ziepte es unruhig in meinem Magen. Dass ich so schreckhaft war, lag bestimmt daran, dass morgen Halloween war und alle Leute schon eifrig ihre Häuser schmückten, um einander das Gruseln zu lehren. Ein bisschen freute ich mich sogar auf die beleuchteten Kürbisse, Skelette und Spinnennetze.

Eilig huschte ich durch das raschelnde Herbstlaub zur Hintertür.

»Kack, verdammter!«, fluchte ich, als ich auf den bröckeligen Steinstufen zur Veranda stolperte. Ohne Licht konnte man kaum etwas erkennen.

Mit Schwung warf ich mich gegen die unverschlossene Tür, von der die Farbe schon zum größten Teil abgeblättert war, bis sie sich mit einem lautstarken Knarzen öffnete. Ich schlüpfte hinein, drückte sie wieder zu und schob rasch den Riegel vor. Endlich zu Hause.

Sofern man diese verlassene Ruine ein Zuhause nennen konnte. Irgendeinen Erbschaftsstreit gab es da, hatte ich gehört, weshalb in dem Gebäude seit einigen Jahren niemand mehr wohnte – zumindest so lange, bis ich hier einfach eingezogen war.

Damit ganz sicher niemand hereinkommen konnte, schob ich zusätzlich einen gusseisernen Beistelltisch vor die Tür und ließ dann meinen Rucksack von der Schulter rutschen. Dabei fiel der dicke Wälzer aus der Bibliothek heraus, in dem ich draußen bis zum Einbruch der Dämmerung gelesen hatte. Geliehene Bücher kosteten zum Glück nichts …

Du brauchst Lesenachschub und hast Entscheidungsschwierigkeiten, möchtest dich überraschen lassen oder wünschst Empfehlungen? Da können wir helfen!
Wir stellen für dich ganz individuell gepackte Buchpakete zusammen – unsere

Drachenpost

Du wählst, wie groß dein Paket sein soll, wir sorgen für den Rest.

Du sagst uns, welche Bücher du schon hast oder kennst und zu welchem Anlass es sein soll.
Bekommst du es zum Geburtstag #birthday
oder schenkst du es jemandem? #withlove
Belohnst du dich selber damit #mytime
oder hast du dir eine Aufmunterung verdient? #savemyday
Je mehr wir wissen, umso passender können wir dein Drachenmond-Care-Paket schnüren.
Du wirst nicht nur Bücher und Drachenmondstaubglitzer vorfinden, sondern auch Beigaben, die deine Seele streicheln. Was genau das sein wird, bleibt unser Geheimnis …

Die Wahrscheinlichkeit ist groß,
dass sich das ein oder andere signierte Exemplar in deiner Box befinden wird. :)

Wir liefern die Box in einer Umverpackung, damit der schöne Karton heil bei dir ankommt und als Geschenk nicht schon verrät, worum es sich handelt.

Lisan bringt das kleinste Drachenpaket zu dir, wobei *klein* bei Drachen ja relativ ist. € 49,90
Djiwar schleppt dir in ihren Klauen einen seitenstarken Gruß aus der Drachenhöhle bis vor die Tür. € 74,90
Xorjum hütet dein Paket wie seinen persönlichen Schatz und sorgt dafür, dass es heil bei dir ankommt – und wenn er sich den Weg freibrennt! € 99,90

Zu bestellen unter www.drachenmond.de